本书获得甘肃省哲学社会科学规划项目"甘肃当代文学的文化形象力评估与提升对策研究"(编号:14YB086)资助

小说品读

王源 叶淑媛◎编著

甘肃当代文学作品精选与研究丛书

知识产权出版社
全国百佳图书出版单位

图书在版编目（CIP）数据

小说品读 / 王源，叶淑媛编著 . —北京：知识产权出版社，2018.8
（甘肃当代文学作品精选与研究丛书）
ISBN 978 - 7 - 5130 - 5571 - 0

Ⅰ. ①小…　Ⅱ. ①王…②叶…　Ⅲ. ①小说研究—中国—当代　Ⅳ. ①I207.42

中国版本图书馆 CIP 数据核字（2018）第 099644 号

内容提要

本书精选甘肃当代小说家代表作，意为读者提供一本能够直观了解甘肃当代小说创作的小说精选本，同时通过评析者对作家作品的品读介绍，由点带面地辐射作家的整体创作情况，并勾画出中华人民共和国成立以来甘肃小说发展的样貌。本书体现了编选者的阅读体验和文学追求，为读者提供一部了解甘肃当代小说的有益读本，也是一部推介和弘扬甘肃当代文学的作品。

责任编辑：张水华　　　　　　责任印制：孙婷婷

小说品读

王源　叶淑媛　编著

出版发行：**知识产权出版社** 有限责任公司	网　　址：http：//www.ipph.cn
社　　址：北京市海淀区气象路 50 号院	邮　　编：100081
责编电话：010 - 82000860 转 8389	责编邮箱：miss.shuihua99@163.com
发行电话：010 - 82000860 转 8101/8102	发行传真：010 - 82000893/82005070/82000270
印　　刷：北京建宏印刷有限公司	经　　销：各大网上书店、新华书店及相关专业书店
开　　本：720mm×1000mm　1/16	印　　张：22
版　　次：2018 年 8 月第 1 版	印　　次：2018 年 8 月第 1 次印刷
字　　数：329 千字	定　　价：59.00 元

ISBN 978 - 7 - 5130 -5571 - 0

自 序

　　甘肃是中华文化的发祥地之一。丰厚的人文土壤，独特的自然条件，孕育了内涵丰富、类型多样的地域文化。黄河文化、长城文化、简牍文化、敦煌文化、丝路文化、石窟文化等，以大地湾为代表的新石器早期文化，以马家窑文化、齐家文化为代表的新石期晚期文化，表明甘肃是中华文明的重要起源地。

　　厚重陇土，吸引着历代无数文人贤士，激发了他们文学艺术创作热情。东汉时代的赵壹、王符，南北朝时期的皇甫谧、傅玄、阴铿，唐代的李白、李益、梁肃、李翱、传奇作家"陇西三李"，晚唐词人"二牛"，宋代及以后的许多作家，诸如李梦阳、金銮、胡缵宗、巩建丰、吴镇、王权、安维峻等文学家，都世代生长在这片黄土地上，他们以其辉煌的文学成就，独特的人格魅力，代表了甘肃古代文学独特的风貌，奠定了甘肃地域文学在中国古代文学史上的地位。

　　在中国现代文学版图上，甘肃文学是个空白。中华人民共和国成立后，甘肃作家开始发出自己的声音。改革开放40年来，涌现出一批优秀的小说家，如益西卓玛、赵燕翼、何岳、李民发、景风、邵振国、李本深、范文、李西岐、王家达、柏原、张弛、唐光玉、浩岭、马自祥、尕藏才旦、杨显慧、陈自仁、金吉泰、叶舟、张存学、雪漠、徐兆寿、弋舟、马步升、李学辉、史生荣、向春、阿寅、王登渤、闫强国、张琳、和军校、冯玉雷、柏夫、陈玉福、尔雅、王新军、严英秀、王晓燕、赵剑云、杨逍、陈天佑、马宇龙，以及正在崭露头角的80后、90后作家，以多样的丰硕小说创作成果共同形成了甘肃小说欣欣向荣的局面。甘肃小说创作获得到了前所未有的骄绩，长、中、短篇小说都得到了充分的发展和完善，并产生了一些享誉全国的标志性作品。邵振国的《麦客》荣获1984年全国优秀短篇小说奖；柏原的《喊会》荣获1987—1988年全国优秀短篇小说奖；这两篇作品成为甘肃文学进军全国文坛的标志。

2014年，叶舟的《我的帐篷里有平安》获第六届鲁迅文学奖。弋舟近年来创作风头劲健，有大量优秀的小说作品获得国内各种文学大奖，2018年短篇小说《出警》获得第七届鲁迅文学奖。叶舟和弋舟荣获鲁迅文学奖是甘肃小说创作再攀高峰的标志。雪漠的长篇《大漠祭》入围茅盾文学奖提名和荣获"第三届冯牧文学奖"等多项奖项。总之，改革开放40年来的甘肃小说无论从取材上、主题的拓展上，还是艺术表现手法的探索运用上，都有不俗的表现和创新，显示了甘肃作家的才情和个性，在全国文坛也取得了一定的反响。

可是在我们完成省社科项目"甘肃当代文学的文化影响力评估与提升对策研究"的过程中，在进行问卷调查时，却突然发现，甘肃文学创作对甘肃文化影响力提升的作用远没有我们想象的乐观，甘肃小说在整体的宣传和传播上，与取得的成绩相比，还远远不够。正如青年评论家杨光祖所说："我省的文学新闻总是满足于报道一些消息，而缺乏关于文学艺术的深度报道和追踪报道。或局限于整体报道，而少个体的推介。"对甘肃文学来说，本土作家怎样利用和转化地方文化资源，生产优秀的文学精品，怎样与现代传媒之间形成互动，将文字文本通过影视传媒实现大众传播，提高文化影响力，进而实现提升地域文化软实力，是摆在我们面前亟待思考解决的重要问题。

生活在甘肃本土的人不了解甘肃的作家作品，甘肃的高校没有开设有关甘肃作家作品导读的课程，相关的文学课堂和教材中，甘肃作家是缺席的。这就导致了甘肃作家的创作呈现出"墙里开花墙外香"的局面，文学接受的重要受众群体——大学生和年轻人既不了解甘肃作家，也对甘肃作家作品没有形成较高的关注度。青年学生和许多普通读者，他们希望增进对甘肃文学的了解，但却不知道走近甘肃文学的路径。

作为教师，我们长期关注甘肃文学，深爱着这片大地的文脉，希望能为当前我省蓬勃发展的文学做一点力所能及的事，让甘肃的文学创作为甘肃文化影响力的提升发挥作用。于是，我们编选了这样一部命名为《小说品读》的甘肃当代小说选读本，与先期出版的《诗学现场》（诗歌卷），《文苑散步》（散文戏剧卷）一起组成甘肃当代文学作品精选与研究丛书，意图为读者提供一套能快捷直观地浏览甘肃文学的丛书，让读者了解甘肃这片热地上的作家们的文学情怀与追求，以及中国人民共和国成立以来甘肃文学发展的样貌。

当今世界，文化与经济和政治相互交融，文化也是一种生产力，在社会发展中具有思想先导、凝聚人、推动社会和谐发展的重要作用。对于甘肃省来说，拥有自己独特的地域文化并重视文化的影响力，自然非常有利于甘肃经济社会的发展和对外形象的重塑。因此，重新审视甘肃籍作家的创作对进一步传承并弘扬甘肃的优秀文化、建设文化大省有不可忽视的作用。王家达、邵振国、柏原、马步升、徐兆寿、雪漠、王新军、尕藏才旦、范文、叶舟等诸多甘肃籍作家的作品都与家乡有不可分割的联系，对家乡也有不同程度地表现。我们说"一方水土养一方人"，作为在一个特定地域生长生活的作家，其主体意识会在创作中自觉不自觉地将其地域文化特性、民风民俗及生活习性等或多或少地体现在自己的作品之中，显示出一位作家与他的家乡之间不可分割的文化联系。比如庆阳地域文化对马步升的影响，平凉对柏原的影响，凉州对雪漠、李学辉、徐兆寿的影响……作家本人的地域文化情结，首先来自他童年和少年时代的生长地，来自他的故乡。"雪漠以他丰富而痛苦的'原型'资源，真实地揭示了西北地区农民生之艰难、死之无奈、爱之盲目、病之痛苦的沉重的生存状况及生命形式。"（赵学勇《全球化时代的西部乡土小说》新华文摘）故土的自然风物、文化传统、乡俗民情等熏陶、感染着他，因此不经意间，作家们就会在自己的作品中流露出这种乡土情结或地方特色。作家们在作品中对自己家乡文化的表现不仅有助于人们了解其家乡的历史文化特性，更有利于传播家乡文化。所以对他们的小说重新进行解读，将其置入全球化的视野中，观照地域文化对文学品格的塑造、文化传统的认同与重建等命题，从而论证甘肃小说的文化书写反映的甘肃社会变迁、文化变迁的独特意义，甘肃小说对西部优秀文化的弘扬，以及发挥文学的民族精神凝聚力的重要作用，有助于重新认识和评估甘肃小说自身文化影响力的形成、优势和不足。

我也期望，这部作品能够起到宣传甘肃当代文学的作用，能对甘肃当代文学的文化影响力的提升发挥一定的作用。这也是编选这部著作的初衷。

王源

2018年7月

目　录

赵燕翼的作品

桑金兰错

　　千里河西走廊，沿着祁连山一带，尽有许多水足草丰的高山牧场。一到夏季，鞭麻花开了，满沟满坡，一片金黄。这时节，从帐篷里跑出来的小娃娃们，在那绒毡般绵软的绿草滩上，蹦跳玩耍。尖嗓门叽叽喳喳像野雀子叫，唱着一首年年要唱的童谣：

搓、搓、搓绳绳，

黑绳绳，

白绳绳，

花花绳绳长绳绳；

搓下绳绳干啥哩？

套牛哩，

绑牛哩，

"端阳"过了剪毛哩！

磨、磨、磨剪刀，

长剪刀，

宽剪刀，

韭叶剪刀大剪刀，

磨快剪刀干啥哩？

不剪裤，

不裁衣，

"端阳"过了剪毛哩！

一听到这活泼泼的歌声，就知道该是牧区收获牛毛的时节了。

开剪前两日，白云牧场的全体劳动成员，挤在场部办公处的小院子里开会。会场上不时爆发出一阵阵掌声笑语，好热烈！他们在选拔英雄好汉，组织剪毛突击队哩。

最先被提出的一些人物，不用说，都是全场有威望的干家：使剪刀的好把式，打撒绳的能手，还有那摔牛绑牛的大力士和女英雄……他们的名字，被响亮的声音唱出来，又被掌声和叫好声淹没。最后，全体举手通过，郑重地写入剪毛突击队队员名单。这不是普通的名单，这应该叫作"英雄榜"：谁的名字一经排列上去，谁就增添了莫大光彩。

突击队原定二十人。当名单上已经有了十五六个英雄的名字以后，会场的气氛，渐渐冷静下来。因为拔尖儿的第一流人物，似乎一鼓气被提完了，下缺的四五名，需要在一般劳动力中衡量、比较，仔细地来选择了。正当会场转入沉静，大家都在心里酝酿考虑的时候，一个高大的身影，慢慢地从人堆里站立起来，人们看时，原来是老牧人索南。这位五十二岁的老头，在日常生活里，并不是一个饶舌的人。但每当在群众集会上，往往会出人意料地提出一些深思熟虑的意见。他要发言的时候，照例是郑重其事地站起来，态度不慌不忙，语句有板有眼；再加上那总是捏着一只旱烟锅子的手，比比画画，打出各种手势，很有一种老雄辩家的风度。他一张口，会场听众的注意力就被吸引过来。

"乡亲们！"老牧人用洪亮的声音说道，"我们的劳动突击队，已经选拔出十六位英雄了。不用说，他们都是真正的英雄，而不是软

肋巴狗熊！可是，难道我们白云牧场，就再也没有称得上英雄的人物了吗？大家为什么忽然变成断了弦的龙头琴——弹不响了呢？马里头挑马，也没有一般般高的。十个指头伸出来，还有个长短呢。乡亲们，我来提一个人吧，提出来大家考虑一下。这就是，嗯……我们的桑金兰错同志！……"

会场的气氛，顿时活跃起来。姑娘们用长袖子掩住口笑。小伙子们挤眉弄眼伸舌头。就是上了年纪的人，也忍不住乐了。嘻嘻！索南阿伯真是个有趣的老头子！要知道，这桑金兰错，对老牧人索南说来，不是别人啊，她是他的儿媳妇！而且，过门不几天，还是一位新娘子呢。听他称呼得多妙："桑金兰错同志！"哦嗬，世界上竟有这么有趣的老阿公！……

会场上，到处发出咪咪的笑声，闪着揶揄嘲弄的眼睛，竟把一个老雄辩家，窘得满脸通红。但他干咳了几声，勉强镇静着自己，又接着说道：

"乡亲们！哦，哦……我要提的，就是这样一个人。她刚到咱们牧场不久，也许很多乡亲还不认识她。哦，让我介绍一下：那板凳上坐着的，就是她——我们的新场员、共青团员桑金兰错同志！"老牧人说着，用烟锅头朝南屋廊檐下一指。

人们顺着索南阿伯指点的方向望过去，在那里，静静地坐着一个青年女子。她穿一领颜色新艳的紫缎长袍，系着条绿绸腰带。那袍边、袖口，都压镶着二寸多宽的滚花锦边。她的脸庞是蛋形的，皮肤微黑而细润。一双泉水般纯净的眼睛里，蕴蓄着柔和的光亮。她那红润的嘴唇，好像两片带露的花瓣；微凹的嘴角边，隐约挂着一丝儿笑意。她有一头乌黑光洁的长发，梳成了几十条细碎均匀的小发辫；发辫分披两肩，束起来套入背后的辫套中。耳边拖垂着两串长长的耳坠，颈项上围着一圈用彩珠银牌联缀而成的项串。身材苗条，神态沉静，给人的整个印象是端庄而美丽的。但是，在她身上，总觉还缺少了一点儿什么。哦，是了，她虽是草原上的藏族女儿，却没有那种粗犷、洒脱的气质。看起来，未免太文雅、太秀气了。

当然，看来桑金兰错是一个招人喜爱的姑娘。可是，如果把这样一位娇艳鲜嫩如一朵花似的女人，贸然投置于龙腾虎跃的斗牛场中，未免有点儿粗暴鲁莽吧！人们心里有些犹豫和担心。

这时候，会场主持人君尼场长，大有深意地笑着，向大家招呼道：

"喂！同志们，请把你们的眼光，暂时从正南方移开一点。关于新娘子，我们以后有机会再细细地看。现在，还是让我们来讨论正事。大家对桑金兰错同志参加突击队的问题，有什么意见？谁来发言？"

第二生产小队队长松巴柴让，咳嗽了两声，说话了。这是一个三十岁左右的强壮汉子。他的体格，像一头公牛似的剽悍，是被写入突击队名单上的第二位人物。他说话的时候，头仰得高高的，眼睛不望任何人。仿佛他是向高远的蓝天在发表他的议论。

"……要叫我说嘛，咱们的突击队，不一定非选够二十个人不可。"松巴队长用粗哑的声音说，"选拔突击队，那是为了突击干活，并不是虚摆阵势。没有二十个，我们就用十八个。没有十八个，就用十六个也行嘛，何必勉强凑数呢？要叫我说嘛，突击队已经选上三位女同志了，再多就怕影响突击工作。妇女的生理特点，我们得照顾。对新媳妇我们更需要照顾。要叫我说嘛，我就是这个意见！"

松巴柴让说完之后，君尼场长征询大家还有什么不同看法。另一个小伙子眨巴了几下眼睛，说："还是让索南阿伯详细谈谈吧。既然他提出了桑金兰错同志，不会没有充足理由的。"

索南阿伯高大的身影，又从人堆里巍然立起。先前谈到儿媳妇时的那种忸怩表情，已经没有了。他又恢复了一个老雄辩家的势派。他用一种捍卫真理的庄严神态，重申他的意见。他首先表白，他提名桑金兰错同志参加突击队，并不因为她是他的儿媳妇；他所以要提她，是由于他觉得对方是一个可以培养的年轻人……

"……乡亲们！"老牧人说，"我们老喊叫自己的技术力量太弱，难道会从半天空里掉下一批技术人才吗？我们不来培养我们的年轻人，当我们这一辈有技术的人老死之后，我们的后代儿孙，就不生活了吗？松巴队长！你的意见我要反对，你太骄傲了！好像只有你一般的人，才是顶天立地的好汉，才配在斗牛场里卖弄英雄；索南老头子，桑金兰错小姑娘，最好都不要沾边儿，免得拉了英雄们的后腿……你的意思，难道不是这样吗？"

松巴柴让望着老牧人炯炯逼人的目光，苦笑了一下，说："阿伯！

您……"

"不是我故意揭你的疮疤，老实说，你高傲的眼睛，就是有点轻视妇女！'照顾妇女的生理特点'，我不反对；就是不要口里说是'照顾'，心里却是'轻视'。我们从千百年繁重的劳动中滚过来的妇女，不会是不能干活、只想坐在帐篷里吃现成糌粑的吧？"

老牧人讲到这里，忽然转过脸去，向坐在南廊檐下的儿媳妇问道：

"桑金兰错同志！你是牧民的女儿，你还是一个共青团员，请你说说，你参加咱们的剪毛突击队，好吗？"

会场上人们的眼睛，立刻又向桑金兰错身上射来。姑娘的脸庞上，不觉飞起一抹红晕。她有些难为情地微笑着，慢慢低下头去。人们只听到她用低低的但是非常清晰的声音说道："哑！"

这一个简单而又谦逊的"哑"字，在藏语中包含着"是的""好""对呵"这样的意思；这一个"哑"字，此刻从桑金兰错的口里吐露出来，正是明白地表明了她的态度——她，赞同阿公的意见！

会场上的群众，不约而同，热烈地鼓起掌来……

欢乐的端阳佳节度过之后，白云牧场在农历五月初六，正式开剪收获牛毛了。

由群众民主鉴定选拔的二十名劳动突击队队员，按体力强弱、技术高低分成两个组。老牧人索南被划分在第一组，组长是副场长贡博太。新娘子桑金兰错在第二组，组长就是第二生产小队队长松巴柴让。全队共四位女同志，平均分派在两个组里。各组成员阵容，看起来确是旗鼓相当，不相上下。他们互下了挑战书，摩拳擦掌，决心在突击战役中，争个胜负！

这天早晨，桑金兰错最早赶到剪毛圈场。她做新娘时穿着的新艳袍服和那些佩饰，完全解除了。现在，她上身换了一件没有着色的羊毛粗褐衫，腿上是旧蓝布裤子。新牛皮靴子脱下了，赤着一双淡褐色的光脚板。原来分披在满头几十条美丽的细辫子，现在总起来编做两条粗发辫绾在脑后。这一身装扮，虽然仍不能改变她那沉静秀雅的风度，但比起昨天给人的印象，却显得精干利索得多了。在她的腰际，还挎了一只羊毛线织成的方形的口袋，人们都不知道这是派什么用场的。

她一到剪毛圈场，默默地不说一句话，嘴角上总挂着那么一丝儿憨憨的笑意，只顾忙着帮助老炊事员架火、背水、烧茶、洗碗盏……直到全队人员陆续到齐才罢手。

剪毛圈场的一角，煨着三大堆牛粪火。头一堆火上烧着一锅酽茶，第二堆火上煨着一锅热水，第三堆火烧起五六条铁火印子。陆续走来的突击队队员们，有的盛上滚烫的酽茶，兑上牛奶，坐在地上嘘嘘地喝；有的蹲在烧印子的牛粪火堆旁边，亮出考究的镶银包头、玛瑙嘴子的旱烟袋，喷云吐雾，抽着烈性的烟叶子，一面不分男女，互相开着粗野的玩笑。桑金兰错只是远远地站着，偶尔用褐衫的长袖掩住口微微笑着。

一群牦牛赶进圈场了。那长毛披散、像狮子一般威猛的大牛，一个个瞪起凶狠的眼睛望望圈场上的人们，鼻子里发出"哼！哼！"的沉闷的声音，仿佛向人们提出警告："哼，哼！别动我！不然，我将用大弯角挑破你们的肚皮子！哼！……"

开始工作了。第二小组的组长松巴柴让大吼大叫，发布了他的战斗号令。全组八个组员的工作任务，都一气分派完了。最后，只剩下桑金兰错一个人。组长忧郁地打量了这位女战斗员一眼，心里暗暗说："咳，索南阿伯还尽为他的儿媳妇吹牛呢！瞧瞧她这娇嫩样儿，别让老公牛一蹄子踩扁了——真可怜！该派给她什么工作呢？"

"喂，桑金兰错阿姐！"组长尽量把声音放得柔和亲切一些，说："要叫我说嘛，你就帮忙和我捉牛吧。咱们两个这样配合：我专来打撒绳，你专管整理撒绳。要叫我说嘛，这也很简单，我一盘撒绳打出去以后，你赶快把第二条盘好的撒绳递给我——瞧，撒绳的环扣盘这么大刚合适，懂了吧？"

"哑！"桑金兰错仍用那低声但很清晰的一个字回答。

劳动场面一展开，用土墙围起的宽阔圈场里，立刻充满了雷奔电驰的紧张气氛。牦牛群在撒绳的驱赶下，一阵阵满场狂奔。铁蹄踏地，发出滚雷一般的声音。撒绳手看准一头牛，将提在右手的绳环，猛力抛出去，环扣在半空里悬着的一瞬间，狂奔的牛一下子把头闯了进去。撒绳手双手扯住这面的绳头，用劲一勒，活扣的绳环，紧紧地勒紧了牛脖项。于是，另一个擒牛的大力士扑上去，右手抓住牛角，左手扳住牛下巴颏，使劲想拧倒那头牛。被擒的牛呢，当然不甘乖乖地躺下去。这样，牛和人便都使尽平生之力挣扎搏斗了；如果人占得了上风，就会把

牛一个扁踤放翻。接着另一个人也来帮忙，按照一定的方式，将牛的四只蹄子绑住，下一步，就该剪刀手来施展本领了。剪刀手握着尺来长的宽股剪刀，那剪把上，为了不磨手，都缠着厚厚的羊毛。轧动起来，"咔嚓！咔嚓！"一片声响，犹如风卷残云，一阵子就把牛身上的长毛扫光了。之后，烙好火印，打上防疫针，解开绳索。那被扫光了一身长毛的牛，已经大大地失去了威猛的气概，翻起身来，认输似的抖抖沾满遍身的粪渣子，跑向群里去了。不过，如果遇到一头很难制服的凶恶家伙，那强劲的脖项，也会把扯撒绳的人拉倒地上，摔个嘴啃泥。甚至会把企图拧翻它的大力士踩到蹄子下。遇到这一类劲敌，往往增添五六个小伙子，折腾上老半天，摔踤摔得鼻青脸肿，沾上一身烂泥稀粪。嘿呀！你只要看过这斗牛场面，什么搏虎驯狮一类的玩艺儿，也算不得惊险了！

桑金兰错仍然沉静地不讲一句话，嘴角上永远挂着那一丝儿憨憨的笑意。她的一双光脚板，轻捷地在剪毛场中走着；看到哪头牛剪完了，就赶忙上去解下撒绳，然后非常熟练地一盘一盘盘好。一看见松巴组长打完撒绳回过头来的时候，她立刻就将理好的另一盘绳子递送到组长的手里。虽然天气晴明，但高原上差不多经常有风。刚从剪刀下剪下的牛毛，是由放忙假的小学生组织的捡毛小组专门收拾。但大风刮着，难免有一些捡拾不完的零星毛团被吹散到满圈场。这也像抢收农田庄稼时掉下的颗粒穗头一样，人们常常是不当回事的。桑金兰错在场子里走着的时候，却不住地弯下身去，将那些碎毛顺手捡拾起来，塞进斜挎在她腰际的口袋里。在异常忙乱紧张的劳动中，人们再也没有闲情专门注意这位新娘子的行动了。唯有第一组剪刀手索南阿伯，常常在紧张挥剪的一刻余暇中，远远地望一望自己的儿媳妇。当他看见桑金兰错捡拾满圈场的碎毛塞进口袋里的时候，不禁在心里暗暗赞叹道："唔，她是一个节俭而又手勤的人！这些被风吹到满场子里的碎毛，很快就会被牛蹄子踩进泥浆粪片中了。她却知道收捡起来，就是搓些绳绳绑东西，也是有用的呀！是的，她是一个会过日子的人！不过，唉！这会引起别人一种怎样的议论呢？人们也许要说，桑金兰错是个眼小的姑娘，个人利益抓得紧，趁集体收牛毛的时候，自己想搞点外快！……唉唉，这多不好呀！你不如不要拾那一点零零散散的屎渣毛了吧。在我们的家里，成捆的牛羊毛也不稀罕啊！……"老牧人真想走过去暗暗给儿媳妇吩咐一声，但碍着众人的面前，他不便这样做，只想等以后有机会再去提醒她一下。

中午休息的时候，根据记工员的小结宣布：第二组比第一组少剪八头牛。松巴柴让气呼呼地把本组的组员批评了一顿，最后他说：

"……要叫我说嘛，我们不加油可真要输到底啦！以后干活儿，各人要负起个人的责任来（说到这里，他向桑金兰错扫了一眼），再别东抓西抓了！要叫我说嘛，这真是倒了大霉！……"

也许是由于成绩落后而心慌了，松巴柴让在下午开始劳动的时候，他的撒绳大大失去了准头，常常接连三四绳都套不住一头牛。那干燥的毛绳，抛出去轻飘飘的，总是不按照他的意图套在牛头上。他越发暴躁起来。又一次放了空绳之后，他回身接过他的下手递来的绳盘，看也没有细看，就跺着一只脚大声说道：

"你把绳环盘大点好不好？我是怎样教你来的？要叫我说嘛，这真是……唉唉！"

他说着，气愤愤地把那盘绳子抖开了，自个儿又重新理起一个大绳环。正好一群牛从身边被赶过来，暴躁的撒绳手看准一头老骚牛，猛力打出一绳。这一下可打个正着。不过，由于绳环过大，老骚牛一下子连前半身窜了进去，这面绳头一扯，那活扣正好勒在骚牛的腰里。这一来可糟啦，那老骚牛疯狂地惊跳狂奔起来，将松巴组长带得摔了几个跟头。七八个小伙子一齐跑上来扯那条绳。牛腰里的劲可大得怕人！它三跳两纵，将那结实的合股毛绳一挣两截，断了！于是，这头凶猛的家伙，竟从六尺高的圈墙上跳了出去，以致把墙头踢垮了一个大豁垃！它跳出圈墙，拖着半截绳子，飞一般向山沟里跑去了。组长只好吩咐人骑马去追赶。

这里，累得汗流浃背、气喘吁吁的松巴柴让，稍微歇缓了一下，便又转过身来，想拿绳子继续干。不料，他忽然发现桑金兰错不在他的身边。满场子扫了一眼，也看不见她。组长暴跳如雷地骂道：

"嗨嗨！这搞个啥名堂？要叫我说嘛，这简直是不负责任！……"

他正在生气，却看见他的下手甩着一双光脚板，飞快地从圈门外跑进来了。她手里提着四五盘撒绳，都在水沟里浸得湿漉漉的。她跑到组

长跟前，很快理好了一条绳，递了过去。松巴柴让接过这盘湿绳，心里的火气更大了：

"你简直是开玩笑，同志！要叫我说嘛，这绳子浸了水，滑溜溜的，该怎么扯得住？唉唉！简直把你没有法子！——好啦，让我自个儿来，你去烙火印吧！"

"哑！"桑金兰错脸上的微笑一下消失了。她照例低声地回答了一个字，便掉过头向烧着火印的火堆走去了。

这里，松巴柴让开始自理撒绳自捉牛。说也奇怪，这水浸过的毛绳，使起来倒很应手。五盘绳打完，竟套中了四头牛。松巴组长心里不由地纳闷起来："咦，这可不是偶然的呀！也许这个丫头有点道理哩！"他试着又用那没有浸过水的干绳，结果抛出去却有点飘飘忽忽的，既抛不很远，也套不大准。他琢磨了一阵，终于弄明白了一些道理，心里有点后悔自己性子太急躁，刚才不该糊里糊涂将那姑娘训上一顿！既然已经宣布调换了她的工作，又不好立刻再把她叫回来。松巴组长带着深深的歉意，偷眼看那姑娘时，她正提溜着火印，一双光脚板轻捷地跑来跑去。嘴角上那一丝憨憨的笑意又恢复了。在烙完印子的空间，还是不住地随手捡拾碎毛，塞进她腰里的口袋中去。松巴柴让看着，不禁从心底深处对这位年轻的姑娘，产生了一种友好亲切的情感："唔，要叫我说嘛，她是一个好人！……"

当天傍晚收工的时候，第二组的工作成绩已经赶上第一组，还稍微超过了一点。但是，说不清是什么原因，松巴组长心里总感到不大痛快。他不耐烦和别人多说一句话，便拖着疲劳不堪的步子回家去了。当他走到半道上的时候，忽然发现烟袋忘在圈场上了。他烦躁地咒骂了自己一句，只好踅转身去取。这时候，全体突击队队员和做零活的人们都已经走完了，圈场上只有保管员在整理牛毛。松巴柴让刚走近圈墙门口时，不觉一愣，站住了。他意外地发现桑金兰错还没有走。她仍然挎着那只胀鼓鼓的口袋，在绕着场子细心捡收碎毛。偌大一个场子上的每一小撮毛絮，终于都被她收拾得干干净净的了，她这才走到堆放整毛的帐篷跟前，将那斜挎在肩头的口袋取下来，提住袋子底角一抖，那沾着粪渣的一团团的散碎牛毛，都倒在了大堆旁边。

"啊，你这是干什么？"保管员惊讶地问道："这些碎毛是你自己

.009.

捡的，你带回去好了，我不收你的！"

桑金兰错没有说话，只是微微笑了一笑，便提着空袋子转身走开了。松巴柴让看见姑娘朝门口走来，慌忙一闪身，隐蔽到围墙转角的地方，只觉脸上热烘烘的，心里说不出是一种什么滋味。直等到桑金兰错渐渐走远，看不见了，这才嘟嘟囔囔自语道：

"要叫我说嘛，这个姑娘……唉，唉！……"

第二天，松巴柴让那种蓬勃高涨的情绪又恢复了。上工之后，他仍然大吼大叫，布置了每个组员的工作。最后留下桑金兰错，组长用亲切的但稍有点难为情的语调说：

"要叫我说嘛，桑金兰错同志！昨天咱们两个还配合得不坏！今日你还是照旧给我帮忙——去吧，把所有的撒绳都沾沾水。要叫我说嘛，这是有道理的！"

"哑！"姑娘微微地笑着，照例回答了一个字，便抱着十几条绳子跑去了。

这天早上，君尼场长也到剪毛场，参加了义务劳动。他一面在两个组里搭手干一点活儿，一面和干部、队员们交谈着情况。他特别关切地嘱咐桑金兰错，在和松巴组长配合工作的时候，要多多注意打撒绳捉牛的技术，有机会也可以自己练一练。

"别怕人家笑话。"场长鼓励她说，"松巴是咱们这里有名的撒绳手，你跟着他好好学习，不愁学不出一身出色的本领，对吗？"

"哑！"姑娘谦逊地笑着，照例还是这一个字的回答。

过了一会儿，场部捎来话，说县上来了客人，君尼场长便去接待了。场长回到办公室一看，原来是县商业局的干部老邢同志，前来商谈签订牛毛收购合同来了。在谈话中，客人问场长今年的剪毛工作，什么时候能结束。

场长高兴地回答："今年我们把劳动组织好好整顿了一番，进度要大大加快。原计划是在二十五天中全部剪完，根据昨天的成绩看来，有三个星期就能够结束了！"

"三个星期？"客人笑道，"这怕还有些保守吧？"

"还保守吗？往年我们都是一个月呐。"

"往年是往年，今年不同了——你当我不知道吗？你们最近添了一位了不起的捉牛英雄哩！"

"什么？一位了不起的英雄？那是谁？"君尼场长迷惑不解地问。

"别装糊涂了，场长！朵什塔的新媳妇桑金兰错，不是参加生产了吗？"

"噢，你说的是她呀，是的，我们叫她也参加突击队了。"

"怎么样，难道本领不高吗？"

"确实是一个很好的姑娘！她给我们的松巴当下手，正在学习打撒绳呢。"

"呵？"客人惊讶地叫道，"怎么，你让她给别人当下手？这简直是开玩笑！"

"我不懂你这是什么意思。"

"嗨，场长！如果真是那样，你可把状元关到门背后——埋没了人才啦！"客人老邢不胜惋惜地说："这个姑娘，我可是最熟悉了。她娘家是黑河滩草原的人。我在那地方的商店门市部整整工作过五年，和她阿爸还是老朋友哩。姑娘的阿爸叫龙错布，这个老牧人是斗牛场上的一位天神。捉了五十年牛，练出来一手惊人的绝技。他耍的撒绳，人们叫它'盘龙闪电绳'：绳拖长、打得快、套得准。他抛出手的绳环，套牛角，套牛脖子，套牛蹄子，想套哪儿就套哪儿，从来没落过空，那才叫百发百中哩！最绝的是他摔牛的技术，多凶顽的大牛，放在他的手下，就像摔一只羊羔子一般容易。这是一种敏捷、熟练而又巧妙的方法，不像那班愣小伙子只晓得蛮用力气。老牧人有两个儿子一个女儿，全都学会了家传的这一套技术。你别瞧桑金兰错那姑娘身子单单薄薄的，从六七岁起，老阿爸就教她用小毛绳套羊羔。再大一些又练习捉小牛犊子。等到十五六岁，她打出的撒绳底下，已经没有逃脱的牛了……嗨嗨，场长啊场长！你真是个大大的官僚主义！你埋没了英雄了！……"

一席话说得君尼场长目瞪口呆，拍着大腿叹息道："唉呀，我怎么会知道这些情况呢？黑河滩离我们这里二百多里路，她和朵什塔，又是在县上结的婚。这姑娘刚到不几天，她自己又不多说半句话……唉唉，真是委屈了她呵！——快走吧，咱们上剪毛场看看去……"

当场长陪同客人走近剪毛圈场的时候，突然隔墙传来人们一阵惊骇的叫声。两个人快步跑到门口一看，不觉也被惊得呆了。只见一头被撒绳套住的长毛黑大牛，凶狂地跳奔着。它微低下那方布楞楞的大脑袋，竖着一对弯弯的长尖角，恶狠狠地向松巴柴让冲过去。牦牛群里，常有那么一些喜欢抵人的牛。人们稍不提防，触恼了它们，这种凶暴的家伙，便会使用老天爷赐给它们的武器——那一双长角戳穿你的胸膛，或者把人整个儿挑起来，向半空抛去，直摔到几丈开外的地方！此刻，撒绳手松巴柴让正陷入这种危险处境。他在万分惊惶之下，顾不得英雄体面，丢脱手里的绳头绕场奔逃。那发了疯的黑牛直追过去，斗败的英雄躲避不及，眼看就要被挤到墙角里了！就在这万分危急的时刻，桑金兰错赶忙理好了一盘绳提在手里，当那头奔跑的黑牛从她附近冲过的时候，姑娘不慌不忙，高举绳环，在头上绕了一个盘头花式，"嗖！"地向外一抛，那飞往半空的绳扣，不偏不斜，一下子就套住了黑牛的两只角叉。她又趁势向后猛力一带，牛头突然被扯得斜扬向上，两只前蹄撩空，像人一样直立起来；说时迟，那时快，当悬立起来的牛蹄刚落地，桑金兰错已经迅捷地扑到跟前；只见她右手一把攥住牛的一只角，左手反手卡住牛下巴颏；攥牛角的手向下一压，卡牛下颏的手向上微托；两只手合成一股劲，向外一拧；在这同时，伸出一条右腿，轻巧地使了个前绊；在全场人们欢呼喝彩声中，那老大的牦牛"嘭腾！"一声，被姑娘毫不费力地翻倒在场地上！……

中午休息的时候，老牧人索南阿伯，用粗笨的指头捻着黄胡子，微微张着嘴，笑呵呵地听着君尼场长当众表扬自己的儿媳妇桑金兰错，心头禁不住充满自豪和幸福的感情。松巴柴让组长呢，脸上只觉热辣辣的，心里那股儿滋味，要叫他自己说嘛，也说不清那是什么味儿！

桑金兰错仍然是那么一种平平静静的神态。嘴角上仍然浮现着那么一丝儿憨憨的笑意。直听到君尼场长最后说，叫她把全套技术经验回头传授给全体突击队员的时候，年轻的姑娘，脸上微微飞起一抹红晕，照例低声又谦逊地答道：

"哑！"

原载《人民文学》1962年10期

选自《1949—1999甘肃文学作品选萃——小说卷》甘肃作家协会编，甘肃文化出版社1999年第1版。

【评析】

中华人民共和国成立后，文学创作的基调以歌颂为主，歌颂伟大的领袖、伟大的共产党、伟大的新中国及人民的新生活。赵燕翼选取河西走廊牧民剪毛突击队的成立及竞赛这一具有时代特色的劳动场景，歌颂了农牧民的新生活，塑造藏族女牧民桑金兰错这一鲜活生动的形象。

新娘子桑金兰错刚刚嫁到白云牧场，恬静、美丽、娇艳如花，在突击队成立之初，经自己的老公公举荐，进入突击队学习锻炼。二组组长松巴柴让大男子主义思想严重，轻视妇女，当桑金兰错分到他们组时，他一百个不愿意，但只能勉强接受，让文弱清秀的桑金兰错给他打下手。殊不知在危急关头，桑金兰错挺身而出，制服了疯牛，救了松巴柴让，大家才知道桑金兰错在出嫁前，是远近闻名的捉牛英雄。赵燕翼用诙谐幽默的语调、跌宕起伏的故事情节展现了新时代、新观念、新思想冲击下牧民思想观念的转变过程，在笑声中完成对时代主题的诠释。新娘子桑金兰错美丽大方、谦虚低调、捉牛技艺精湛，松巴柴让性格简单急躁、自以为是，老阿公的举贤不避亲等形象都刻画得栩栩如生，特别是桑金兰错捉牛的场景描写，有声有色，语言精练活泼，显示了作家深厚的艺术功力。

【扩展性阅读书（篇）目】

赵燕翼：《草原新传奇》，上海文艺出版社1978年版。

赵燕翼：《集外集小说》，敦煌文艺出版社2008年版。

赵燕翼：《赵燕翼文学精品集》，敦煌文艺出版社2008年版。

益希卓玛的作品

【作家简介】

　　益希卓玛（1925—），汉名王哲，女，藏族，甘肃甘南州卓尼县人。著有中国藏族文学史上第一本儿童长篇小说《清晨》，第一本电影文学剧本《在遥远的牧场上》，以及儿童短篇小说《娜珍走向太阳房》，报告文学《日喀则的时代脉搏》《青藏高原上的太阳房》等。短篇小说《美与丑》获1980年全国优秀短篇小说奖及全国少数民族文学创作荣誉奖。

美与丑

> ——耗牛好不好，看鼻子就知道；姑娘美不美，看父母就知道。

　　放牧员松特尔和畜牧技术员侯刚并肩坐在草地上，他们没有注意远远一抹青山、石峰和山巅淡彩色的云霞，也没有注意这辽阔的大草原上绿波千顷，五彩斑斓的野花，更听不见野百灵宛转的鸣叫。他们只是看着贪婪地吃着露水草的羊群，更准确地说，他们盯着的，是十几只圆头小羊羔。两双眼睛中的神情，就像慈母在爱抚幼子。这是十几只纯种新疆羊羔，却跪在藏母羊的腹下吃着奶，藏羊阿妈亲昵地引着它们找鲜嫩的草吃，松特尔忍不住舒出一口长气，将他心里的话说了出来：

　　"真美啊！"

　　侯刚斜眼瞥了松特尔一眼，嘴角含笑地说："怎么，变美了？不再是大头丑八怪了？"

　　松特尔难为情地嘿嘿笑着，猛地转身扑过去，抱着侯刚在草地上打起滚来。他们像孩子一样哈哈笑着、扭着。知识分子出身的侯刚在草原上生活几年，虽然吃肉、喝奶子和牧民不差上下，脸也晒成了古铜色，但在身高一米八，肩宽膀粗，手臂上的肌肉一疙瘩一疙瘩凸起的松特尔身边，就显得文弱了。他猛使个巧劲儿，从松特尔身下挣出，跳起来，边跑边笑说：

"一定要总结一下这由丑变美的典型经验，在全县推广。"

松特尔臊得满脸通红，边追边喊着说"你敢再说！你敢再说！"

松特尔追近侯刚，伸手去抓。侯刚一闪身又跑远了，仍故意逗着说：

"达何尼草原上，谁不知道松特尔打新疆羊的故事？我看你只有大大方方给大家做个典型报告，人们才不会再说。"

那还是几年以前，县畜牧兽医工作站派青年技术员侯刚到达何尼草原去搞改良羊种试验。他来到了达何尼公社最先进的尼巴大队。党支部决定在模范放牧员松特尔的母羊群搞试点。支部书记赤桑，这个五十多岁的翻身农奴，一心想让牧区跟上时代的步伐。试点一决定，赤桑却又担起心来。松特尔是在他眼皮底下长大的小伙子，勤劳、勇敢、坚强，一颗心完全拴在集体的畜群上。这都没可说的，可是小伙子那像火一样的暴脾气却常使他发愁。他也不断告诫松特尔："好脾气能驯服暴烈的骏马，暴脾气会打坏淘气的羊羔。一个人要能控制自己的性子啊！"

松特尔口头上答应注意，可是一碰上有人损害集体利益，他就控制不住自己了。因此，老支书不无忧虑地叮咛侯刚说"你是个好脾气的青年人。我们藏民有句谚语：'看人要看他的心眼，看马要看它的步伐'。你要和松特尔交成好朋友，就要了解他的脾气。他的脾气虽暴，但心很好。你要常想到这点，他对你有冲撞的地方，你也就能原谅了。"

侯刚从来不会和人争吵，所以他一点也不担心这个将要合作的朋友松特尔的脾气。但他奇怪赤桑为什么偏偏叮嘱他这些话，于是顺口说：

"那就换一个放牧员的羊群好啦！"

赤桑眉毛一扬说："噫！这话你可不能让他知道。你知道马群里的头马，是绝不让别的马跑到它前头的。再说你也找不上比他放得更好的羊群啦！"

噢！原来是这样个脾气。侯刚心里更踏实了，这样的脾气正合他的心意。他并不喜欢那种软绵绵、工作上缺乏毅力的好脾气。

走近了松特尔的羊群，侯刚用畜牧技术人员的眼光观察着。这群羊真好啊！还是初夏，已是一般中秋时节才出现的膘肥肉满的样子了，纯白的羊毛泛着光泽，加上每只母羊身后都跟着一只又白又胖的羊羔，简直是一个标准群，真不愧是模范放牧员啊！

赤桑却忙着做松特尔的工作，他大声说："你自己要将客人留下，那就要保证管住你的脾气啊！"

松特尔理直气壮地说："我只对损害人民利益的坏人发脾气；我从没对为人民谋利益的好人发过脾气。"

侯刚走上前去，向松特尔伸过手去。他见松特尔圆圆的大眼睛中，露出了孩子般纯真的笑意。只是从松特尔挂在腰间的又长又宽的腰刀上，他猜想着他还摸不透松特尔的脾气。赤桑见他们热情地握手，在旁祝福道：

"愿你们如一鹰之翅合作，如一母之子齐心。"

三个人脸上浮笑，心中充满了必定取得胜利的欢乐。

这年剪毛之后，松特尔完全按侯刚的要求，将羊群里的土种公羊送进了生产队的淘汰羊群。到配春羔时，侯刚从县畜牧兽工作站赶来了五只新疆种公羊。配种的时节，侯刚和松特尔同吃同住，一同放牧。侯刚觉得人们对松特尔的性格真是完全理解错了，松特尔的脾气就像明净开朗的蓝天，从来不见一块乌云。他们倾心交谈，忧喜相共，简直不能想象过去是互不相识的陌生人。

赤桑经常骑着马在各牧群上转，总忘不了来看他们。他对两个青年的工作、学习和友谊十分满意，说他们就像自己的左手和右手。他们三个对待新疆种公羊，完全像对待最钟爱的孩子。赤桑每次来，都要走近去看看，拍拍种公羊的背，撕下一小点纤细的毛来，对着亮光看着，嘴里不断赞美着：

"啊啧！啊啧！"

这时，两个青年朋友眼中的光亮，使他们红润的脸变得更加神采焕发了。侯刚每天用从站上驮来的精饲料喂种公羊。他发现松特尔也把自己吃的酥油糌粑加上盐，悄悄喂给种公羊吃。侯刚对松特尔说：

"我带来的饲料尽够它们吃的。你把口粮给它们吃了，你吃什么？以后再别喂了。"

松特尔微微一笑，第二天还是照样喂，不过是背着侯刚偷偷地喂。

侯刚还是知道了，他请赤桑劝止松特尔，不知赤桑是不是和松特尔谈过了？侯刚却又发现赤桑再来时，偷偷从怀里掏出小糌粑袋，将糌粑添到松特尔那瘪下去了的糌粑袋里。酥油盆里也不断出现新酥油块。这使侯刚十分感动。

配完种后，侯刚放心地留下种公羊，回站去了。这以后，松特尔等待着的人不只是阿爸赤桑了，还加上了亲密的朋友侯刚。他回忆着共同放牧的时候畅谈的理想。他要在草原上实现科学养畜，培训优良羊种……这理想使松特尔的心像长上了翅膀，在草原上空翱翔。他用动听的歌声唱出对侯刚的思念：

> 在炎热的夏天，
> 天空洒下的甘露，
> 使碧绿的草地喜欢；
>
> 在幸福的青春时代，
> 你带来的美妙理想，
> 使我从心底里依恋。

侯刚对这个赤心的朋友也一刻不能忘怀，三天两头跑去看望他和羊群。他们像准星和标尺，盯着的靶子是春天母羊产下新一代藏羔来，使他们的理想之花在草原上初次开放。

盼啊盼！终于盼到了产羔的时候，不料却出了大祸事，产下的羊羔全死了。草滩上几百只死羔白花花一片，使人的眼睛不忍去看。母羊"咩咩"哀叫着，使人的耳朵不忍去听。黑老鸦成群飞来抢食，呱呱叫着，使人觉得天昏地暗。草原上的天气是多变的，经常会突然降下暴雨，但打死牛羊的大冰雹，却是罕见的；羊群中的羊羔是嫩弱的，经常会有一些死亡，但成群的羊羔死掉，却没有人见过。每一个死羔就像一把尖刀戳在松特尔的心上，他瘫倒在草地上，连坐起来的力气也没有了。侯刚被这奇祸吓傻了，他坐在死羔旁，想把羊羔解剖，检查一下内脏，探究死因，但他握着刀子的手竟抖得抬不起来。

老赤桑正在公社开会，闻讯立即赶了来。眼前的凄惨情景，也使他的心痛楚得收缩起来。他看见两个青年人的样子，觉得自己应该首先冷静。他将母羊从死羔旁边赶开，然后走到侯刚面前蹲下，劝解道：

"责任由我来负。你是科技干部，你的职责是将羊羔死的原因找出来，只要能弄清为什么死，我们总是能想办法把仗打胜的。"

侯刚一边流泪，一边动手解剖羊羔。赤桑又走到松特尔身边去。松特尔扑倒在地上哭嚎：

"阿爸赤桑，一切像落了地的牛粪，再提不起来了。"

老赤桑知道，这时候任何语言都宽慰不了松特尔的心。只有等把死羔的原因找出来，才能慢慢谈通。他深深地叹了口气，又向侯刚走去。侯刚已经解剖了两只羊羔，他对走近来的赤桑焦急地说：

"支书，我看羊羔的体内没有任何异常现象。"

赤桑提醒说："别着急。那么，母羊有什么问题吗？要不要检查一下？"

"母羊？"侯刚像想起了什么，忽然抬起头来说："应该检查一下放牧管理的情况。"

赤桑为难起来。这阵去检查松特尔的放牧管理，简直就是拿着刀去拨弄正在流血的伤口。但他考虑到科学的问题是不能不弄清的，就对侯刚说："我们去找松特尔谈谈。"

赤桑领着侯刚走到松特尔身边，一块坐下来，却对侯刚说：

"把你解剖死羔的情况，详细给我们说说吧！"

侯刚说："我刚才解剖了三只死羔，一点毛病也没看出来。我想拿几只回去，请站上的兽医再检查化验一下。"

赤桑说："松特尔放羊，我是信得过的，放牧管理和死羔的原因有关系吗？"

侯刚点点头说："现在还说不准有什么关系。不过，放牧管理中发生过什么问题，有什么和往年不一样的情况等，都是进行分析的条件。"

松特尔听他们慢声细气地说着话，他忽然想起有人说，新疆羊头大，配下的羊羔不容易生下来，常会弄得母子双亡。可侯刚为什么要纠缠在放牧管理上呢？"坏人往往把自己的过错，推在别人身上；乌鸦总喜欢把它那脏臭的嘴，在洁白的地方擦净。"松特尔心中不由升起怒气，要知道"是白马不挂黑缨，是好人不受侮蔑"。他陡地坐起来说：

"我年年这么放羊，羊羔生一百活一百。和往年不一样的情况，我看只是给那些大头怪物吃了不少酥油糌粑。"他气忿忿地斜了侯刚一眼，又说，"不怪肉没熟，却怨刀不快。"说完扭转身去，再也不吭声。侯刚的心里也很难受，他讪讪地对赤桑说：

"现在还要去化验水、土、草，看是不是有什么异样？"

赤桑只怕松特尔的脾气突然爆发了，让侯刚吃不消，连忙说：

"你快去化验吧！我们等着结果。"

侯刚忙收集了水、土、草，又带上了死羔，他要上马走了，又回头恋恋不舍地看看松特尔。松特尔坐在草地上，两手蒙着脸，就像一块石头。侯刚觉得不说清楚是不能离开朋友的，他走到松特尔面前，像个犯了过错的小学生一样，低下头对松特尔说：

"我去找出了羊羔死亡的原因，就回来。请你继续把种公羊饲喂好。"

要不是松特尔的肩头颤动了一下，侯刚会以为他睡着了。侯刚咬着嘴唇，骑上马要走了。老赤桑拉住他的马缰叮咛道：

"侯刚啊！回去对你们站里领导说，大雪吓不倒老虎，失败阻不住要前进的牧人。我们改良羊种的决心不会变，只是请你们一定帮助，找出死羔的原因。"

侯刚激动地说："老支书，您放心！找不到死羔的原因，我就不能回到达何尼草原上来。"

……侯刚终于弄清了羊羔死亡的原因，是达何尼草原上的水土中，缺少新疆羊产地水土中含有的一种微量元素。他又千方百计从附近一个国营牧场要到了防治的药品，满心喜悦地骑着马，向达何尼草原走去。想着怎样向老赤桑和松特尔报告好消息，怎么再接再厉，搞好配种工作，明年春天就会有新一代藏杂交羔在达何尼草原上蹦跳。他一路高兴地唱着歌去找老支书。一个小孩对他说，老支书到畜群上去了。他就直奔松特尔的畜群，想着他和朋友含着泪分手，现在也该一块笑起来了。他乐呵呵地找到松特尔的母羊群，却不见松特尔和新疆种公羊。他又东问西寻，终于在药浴池旁边的石圈里找见了。但他看见了怎样的情景啊！松特尔裸着黑黝黝的上身，正在抡起鞭子抽打新疆种公羊。一边打，一边气喘吁吁地骂道：

"我打死你们这些大头丑八怪！我看见你们就恨，我打死你们这些大头丑东西。"

啊！侯刚的手脚都发凉了。为了买这些种公羊，用飞机、火车、汽车运来，花的钱高过损失了的整群羊羔，又花了心血去饲喂，才使它们适应了青藏高原的生活条件；更重要的是，他们的科学理想要用它们来实现。要是种公羊被打死、打伤了，今年配种，明年下羔的计划，就全部落空了。他见松特尔高举起皮鞭，又狠狠向一只种公羊抽了下去，痛心得用要撕裂的声音大吼一声："住手！"就从马背跃上石围墙，跳进圈里，向被松特尔抽倒的那只种公羊扑去。

原来，死羔的情况引起了社员们的议论。有些热讽冷嘲，飘进松特尔的耳朵。他赶着没有羔的母羊群，羞得不敢见人，只好躲到远远的深山去放牧。他日思夜想，这巨大的损失不弥补上，就没脸见人。老赤桑的良言善语，也不能再使他感到快乐与温暖。他的两眼失去了光彩，他的两颊深陷了下去。而他的羊群里又带着五只新疆种公羊，他看见它们就憋气，觉得它们是世界上最丑的怪物。它们的大头是灾祸的根子、不幸的来源。想不到这时又出现了火上添油的人。牧民旦巴骑着马从羊群旁经过，对着新疆种公羊做了个怪脸，打趣地说：

"啊呀！你的头和脖子跟腰身一般粗，怪不得娶了老婆，生不下活孩子。唉！母羊没挣死，还算万幸！万幸！"

松特尔实在气晕了，他怎么也憋不住这口气，走进帐房，拿起半瓶酒，咕嘟嘟一口气喝下了肚。他决定将新疆种公羊送到大队里去。走着被风一吹，他更醉了。走到药浴池，他就将羊赶进圈去，打了起来。越打越骂，心中的火气越大。他听见有人喝令他住手，更是怒不可遏。摔下鞭子，猛地拔出了腰刀，他要将这些大头丑八怪宰了。他正要向羊扑过去，一下看清了含泪躬身扶起那只种公羊的侯刚，那神态，那动作，使他想起在暴风雪中，侯刚就是那样帮助他抢救了羊群。他的手发抖了，腰刀掉下了地。他想去拾腰刀，却身不由己地往地下一蹲，两手捂住了脸。侯刚走到他身边说：

"松特尔，我找到了羊羔死亡的原因。我们再好好干，一定能取得……"

不待侯刚讲完，松特尔爆炸了似的从地上蹦了起来，响雷般地吼道：

"你走开！把你那丑八怪赶上滚！我放牧的羊群再不准它们沾边。你要不走，小心我的刀子，我要把它们全宰了！"

侯刚看着松特尔的样子，想起冬天有一只狼来偷袭羊群，松特尔就是这样圆睁怒目，手举腰刀，突然像射出的箭一样冲上去，对准张着大口扑过来的狼，将腰刀插进了狼的喉咙。而现在，他也会将腰刀对准珍贵的种公羊插下去的。这阵，侯刚才真正明白了松特尔的暴脾气。他决定不去惹盛怒的松特尔，就悄悄赶着五只受伤的新疆种公羊，走出了羊圈。

松特尔眼前再没有令他憎恶的大头丑八怪了，他舒了一口气，躬身从地上拾起刀子，插进刀鞘。他想走回去，但脚下踉跄，头痛欲裂。他将发烧的额头抵在圈墙冰冷的石头上。他朦胧地感到，侯刚赶着种公羊走了，侯刚说的那些科学理想也离开了自己，以后……他觉得心里很空虚，就像五脏都被人从胸膛中掏走了。

侯刚拉着马，赶着种公羊，失神落魄地在草地上慢慢走着。他真说不出这阵自己心里是什么滋味，就像一个失了恋的青年。就在这时，老赤桑像知道了侯刚的心事一样，骑着马，从一个山谷里跑出来，追上了侯刚。侯刚一下变忧为喜，将带来的喜讯，发生的事件和自己心中的喜和愁，都对老赤桑说了。老赤桑细细检查了种公羊身上的伤，和侯刚研究了抓紧治疗的办法，好不误配种。又道歉说：

"这事都怪我对他教育不够，我对他那暴脾气太迁就了。我给你换一个母羊群做试验吧！"

侯刚摇摇头，说："松特尔的脾气虽然暴，但他的心是好的。怨我开始做试验时，考虑不周到，没有掌握过去的一些材料。也没有想到祖国的草原太大了，一个地区和一个地区的自然条件千差万别。只对他讲了胜利，没对他讲清可能失败。现在已经从失败中找到了取得胜利的办法，我们俩是共患难的好朋友，我怎能不让他同享胜利的欢乐。我希望还能在松特尔放牧的羊群上试验，也可以把这个羊群遭受的损失补回来。"

老赤桑的眼睛笑得眯成了一条缝，他连连点头说："好！你这个意见好，我去找松特尔谈。"

老赤桑去对松特尔谈，可是松特尔不相信这次试验再一次能成功。他说：

"阿爸赤桑，打种公羊是我的错，我接受你的批评。但是还要在我放的这羊群上做试验，我可不干。耳听是虚，眼见为实。整天听百灵鸟叫，一个羊羔也活不了。侯刚的话我已经听够了。"

侯刚只好离开松特尔换到旦巴放牧的羊群上，继续做试验。

青草黄了，绿芽又萌发了。繁忙的产羔季节到来了。新疆种公羊和藏羊杂交产下的第一代羊羔活了。这喜讯像长了翅膀一样飞遍了达何尼草原，也像春雷声传到了松特尔的耳朵里。这年松特尔又是百母百羔的模范。但他还是远远躲开改良羊群，到最远的草山上去放牧，谁也不知道他沉默的外表下面，藏着一颗很不平静的心。一年又一年，投入改良的羊群在不断增加。松特尔偷偷去看这长大了的改良羊，承认它们的毛质确实比土种羊好，毛量确实比土种羊多。侯刚早先撒在他心田里的科学理想的种子，又萌芽了。

他再也睡不着觉了。夜晚，走出帐房，看着朦胧的月光下睡得静静的羊群。羊啊！羊啊！你们会不会埋怨放牧员，他的暴脾气阻碍了你们的发展？他在草地上坐下来，想着最近社员们的议论。有人说：

"旦巴的产值占全队第一。松特尔放的羊群要是改良了，不知能剪多少毛？虽说是百母百羔，产值却比改良羊群少得多。"

还有人说："都怪他那脾气。真是永不停息的溪水到了大海，寸步不移的雪仍在原地。"

松特尔皱起眉头，怎么办？去请侯刚回来吗？说出了的话就是射出去的箭、泼出去的水。自己赶走了侯刚和新疆种公羊，怎么去请他们回来呢？

改良羊的毛每年在增加，队里的收入也像夏天的水一样往上涨，社员们再不谈论，更不计较初次试验失败造成的损失了。可是松特尔忘不了这件事。他知道自己走错了路。现在他多盼望生产队长来对他说，队里已将他放的这一群羊，列入了改良羊群。他一定立即悄悄送走土种公羊，模范地搞好杂交配种和接羔、育羔工作。虽然他已经不是改良羊种的带头人，却也不是掉队的伤兵。想不到，一直没有人来对他说这样一句话。甚至像亲阿爸一样的赤桑，也对他一字不提改良羊。

　　侯刚并不曾忘记自己的朋友，他一直想着怎样能让朋友再欢乐起来？怎么能补偿一个放牧员最痛心的巨大损失呢？这年夏天，他又来到达何尼草原。他找到了赤桑，赤桑笑呵呵地说：

　　"大海不会嫌水多，人民不会嫌幸福多。你要干的我都坚决支持，你要我帮你干什么事吗？"

　　侯刚谈了要做的新试验，又说他要治好松特尔心上的创伤，补偿过去的试验造成的损失。赤桑点着头说：

　　"对！对！我看松特尔口里没说，心里却熬煎得够了。这事能行，他就在那边不远，我去喊他。"

　　不一会儿，松特尔就跑来了。他有些腼腆，但又充满激情地两手握住侯刚的手说：

　　"被踩过的青草，会重新生长；犯过错误的人，能重新做人。今年我这群羊也参加改良。"

　　"不，"侯刚却摇着头说，"你这群优良土种羊，是留下和改良羊做对比的。纯种藏母羊，全公社只留下你这一群了，现在我们的试验又需要纯种藏母羊，怎么能改？"

　　赤桑见松特尔的脸色陡地变成了土白色，连忙安慰他说："经研究，决定将你那群羊做对比群。你看！一群羊一群羊的毛分开堆着，立刻可以给人教育，说明改良羊好。"

　　啊！真是"自己酿的酒是酸水也要喝"。松特尔愈听心愈往下沉，现在自己成了全达何尼草原的"反面典型"了，而且不能改变，一直要给人看，让大人、小孩都指着后脑勺说：

　　"看！这座千年不化的雪山。"

　　他觉得心中升起一股火来，不好，自己的暴脾气又要发作了。他想转身冲出门外去，却听老赤桑又说：

　　"当然，你那群羊毛剪得少，产值小，你对集体的贡献少，自己分配的也少。侯刚这次来，就是要解决这个矛盾。而且把以前损失的羊羔都补回来。"

　　松特尔愣生生地问："把以前损失的羊羔都补回来？"

　　赤桑微笑着说："一项新的科学试验又要你配合喽！"

　　松特尔的情绪转了过来，急问："什么新的科学试验？"

侯刚说："全县各生产队都争着要改良羊种，现在最大的困难是种公羊不够。从新疆运种公羊，成本高，困难多。成年羊到青藏高原来，也不容易适应这儿的自然条件和饲养状况。"

赤桑连连点头说："是啊！是啊！就像内地人到我们这高原上来，年龄越大，就越难适应，吃我们的酥油糌粑和羊肉也不习惯。要是从小来，就容易适应。要是胎里来，就和我们一样。"

侯刚说："因此，我们计划自己培育纯种新疆羊。"

"纯种新疆羊？"松特尔不解地问道，"没有新疆母羊，怎么生产新疆羊呢？"

侯刚说："母羊我们运来了三只，死了一只，还有两只，可以逐步解决问题。"

松特尔不觉有些奇怪地说："你刚才说缺很多种公羊，两只母羊一年生两只羊羔，逐步解决问题得多少年呢？"

侯刚摇摇头说："我们想今年配种，明年至少生十几只。这是小试验，成功了，就可以再多生产。"

"什么？"松特尔瞪大了眼睛。

侯刚微微一笑，不急不慌地讲解起超数排卵、借腹怀胎等新试验来。

松特尔只是注意地听着，不吱声。最后侯刚说：

"你一定觉得我的话难相信。这在技术先进的国家已经试验成功了，只是我们的设备条件差，做起来比较难。"

松特尔说："对自己没见过的事，总是不好说什么。"

侯刚两手一摊说："我没法先捧出个羊羔给你看。要见，就得允许我在你放牧的羊群里做试验。那样，才能从头到尾，全看得亮亮清清。我想过了，只要你放牧的母羊能产下十几只新疆羊羔，两年，就可以把死了一群羊的损失补回来。"

松特尔说："给集体造成的损失只要能补回来，我是什么也愿意干的。"

侯刚又说："你可以选十几只将要淘汰的老母羊，咱们一块做试验。"

松特尔爽利地问："准备什么时候配种？"

"配春羔的时节。"

"我一定做好准备。"

可是松特尔没有选要淘汰的老母羊。他对赤桑说:"阿爸赤桑,母强儿才壮。我们要参加科学试验,就应该选最好的母羊。失败了可以扣我的工分,但我一定要坚持试验到最后胜利。"

老赤桑高兴得眼睛笑成了一条缝,他说:"好松特尔,你总算明白过来了,不爬艰险的高山,不到安乐的平原。可就是你那脾气……"

松特尔说:"阿爸赤桑,你放心!我那暴脾气,几乎使我变成了绵羊的尾巴。我再也不那样糊涂了。"

到过大草原的人,都会留恋一望无垠的蓝天、绿波;交过好朋友的人,都难忘深情厚谊的协作、互助。侯刚和松特尔齐心协力,这次试验终于成功了。耳听是虚,眼见为实。请看那十几只圆头小宝贝,它们多么肥壮、活泼,多么美丽、可爱啊!

这阵,侯刚和松特尔在草地上打闹得累了,又一块坐下来,和睦地谈起心来。

侯刚说:"你给了我一个很深的启发,人对美和丑的观念往往会改变。这中间有一个标准,就是人民的利益。新疆羊和藏羊杂交改良失败,给人民造成损失的时候,新疆羊在你眼里是大头丑八怪;它给人民带来利益的时候,在你眼里就变得奇美无比了。"

松特尔深深地赞叹着说:"科学就是美啊!"

原载《人民文学》1980年6期

选自《1949—1999甘肃文学作品选萃——小说卷》甘肃作家协会编,甘肃文化出版社1999年第1版。

【评析】

甘南藏族女作家益希卓玛的作品极富牧区特色,藏区的草原、牧场、帐篷,牧民们直率、爽朗的性格都成了她笔下着力表现的内容。1980年获全国优秀短篇小说奖及全国少数民族文学创作荣誉奖的《美与丑》就代表了她的创作风格。小说故事情节发生在甘南达何尼草原,畜牧技术员侯刚和模范放牧员松特尔搞改良羊种实验,但第一次失败了,看到草滩上几百只死羔白花花一片,模范放牧员松特尔伤心欲绝,认为是新疆种羊造成的，不仅大骂新疆种羊是"大头丑八怪"，而且还有了怒打种羊的行为。后来侯刚找到了失败原因，成功产下了纯种新疆羊羔，松特尔忍不住说"真美啊！"

中华人民共和国成立之初，大力倡导科技创新、发明创造，各行各业都涌现出一批技术革新能手和劳动模范。益希卓玛以独特的视角描写了藏区草原羊种改革的实验过程，通过牧民松特尔"美"和"丑"评判标准的转变过程，既刻画了生活在广袤大草原上的牧民爱恨分明、豪放直爽、简单急躁的性格特征，塑造了新一代牧民的典型形象，也揭示了藏族人民在新时代崭新的精神风貌和对新知识、新科技的热切希望。

小说努力将汉民族语言的纯正规范与藏族语言的活泼绚丽恰到好处地融合在一起，采用大量的藏族谚语、民间语言，生动形象，简洁明快，体现出汉藏两种文化的浓郁韵味。

【扩展性阅读书（篇）目】

益希卓玛：长篇儿童小说《清晨》，中国少年儿童出版社1981年版。

邵振国的作品

【作者简介】

　　邵振国（1948—），北京人。曾任甘肃省作家协会主席。著有长篇小说《月牙泉》《若有人兮》，中短篇小说集《日落复日出》《雀舌》《中国作家经典文库·邵振国卷》等五部；另有论文《通向墓地》《契合与相左——试说〈文心雕龙〉与玄学本体论》等20余篇。短篇小说《麦客》获1984年中国作协第七届全国优秀小说奖、《当代》文学奖、《小说月报》首届百花奖。还曾获甘肃第三届优秀作品奖，甘肃省敦煌文艺奖等。

麦　客

一

　　天还没亮，只是东边有些发白了。

　　这里是陕西千阳县城唯一的一条街，赶集卖当全在这达。

　　街，渐渐显出了轮廓。那是啥，像是过去富户人家门前的石狮子、石磴，黑糊糊的一堆？走近些看，一个个蜷腿躬腰，东倒西卧。

　　他们是做啥的？"跟场"的。噢，庄浪的"麦客子"嘛！

　　庄浪是甘肃的一个县，关山脚下，方圆几百里。别看庄浪地大，可人稠，天爷又年年不作脸，十有九旱，一亩打上二百就算是破天荒。包产后，听说有不少地方打五六百的，可也有部分山地没水少肥，说是有水也不敢浇，庄浪的土地怪着哩，一浇就极结，把苗活活地给箍死。哎，就是这么个势，一人一亩多地，种上算得了，闲下时间跟场走！

　　每年古历四月，庄浪人便成群结队来陕西割麦，一步跨到顶头，一站站往回走。宝鸡割罢，凤祥的麦刚黄；千阳的麦倒了，陇县的又跟上了。到了古历五月，便离家门不远了，回去割自家的麦还能跟上。

麦客跟场，可说是庄浪人的"祖传"。爹这相，娃也这相，习惯了，咋也改不下。一年不出来，总觉得有件啥事没做，全年不得坦然。出来闲心不操，一天三顿饭"掌柜的"管，要馍有馍，要汤有汤。可话说回来，那三顿饭不是好吃的！太阳晒得肩夹子上脱下一层皮，晚上在哪个草窝窝树阴阴、牛棚马圈里一睡，乏得像死驴一样不知道动弹；晒倒没啥，单怕天爷变脸，刚跌个雨星星，就像石头砸在了心上"害死喽，害死喽！麦割不成喽！"不割麦，掌柜的把饭一停，只得打开干粮袋子吃炒面，或吃平时攒下的干馍馍。这些都没啥，最怕跟不上场。这两年麦客子多，掌柜的少，来一个雇主，蜂一样地围住，步子稍迟就跟不上了。再说人多不值价，早先一亩三五元争哩，现时，掌柜的胸脯一挺"一亩一元二，谁去哩！"麦客照样跟上走。过一半天，一亩几角，或是光管饭，看看再没雇主，眼见这达的麦快倒完了，"走，日他妈，肚子吃饱就行！"……

说时，天已大亮了，赶集卖当的都来了，这条街渐渐红火起来。那些麦客早已坐起身，一边搔着昨夜蚊子咬下的腿，一边瞅着推车挑担南来北往的人们，看其中有没有"掌柜的"。

迎面，一个壮实的小伙大步流星地走过来。

"爸！你不会灵透些，只是个坐下等等到啥时辰去！刚刚，汽车站那达，水川的一个队长来着，一下要走了四五十个……"

小伙身材匀称，满脸秀气，大眼珠灵透地闪着。白褂子上印满汗碱，黑裤子打着补丁，一双麻鞋磨掉了后跟，可他却浑身精神。

吴河东望了望气喘吁吁的的儿子，仍旧坐在水泥台阶上吃炒面，待把那口干炒面咽下这才一边刮着碗底一边说：

"甭急，甭急，这达我夜个就观点了，麦厚得很，广得很，一时它割不完。"

说着又把目光移向街上的行人。

儿子叫吴顺昌，对爹妈可说是"顺"哩。这会，尽管他心里急得火烧火燎，但还是一屁股坐在了石台阶上。

"吃些不？给，炒面、干馍馍，去，那面饭馆子里要碗面汤拌上，泡上吃！"

"我不吃！"

顺昌娃把头一甩，两只秀气的大眼竟呆呆地发愣。记得前几年，一次跟老子去西安割麦，老子一看那八百里秦川黄黄的一片，麦厚得风都吹不动弹，两眼笑得弯成了镰刀。见掌柜的吝啬，不肯多给，他"哼"的一声躺在地上"哎，路上走乏了，咱'歇马三天'！"心说，看你不拿大价来抬我！结果第二天睁眼一看，那望不到边的麦全部都割倒了，顺昌急得泪珠子直跌"现在好了，好了哟！"可吴河东望了望那满世界的麦捆子，又说"哼，光这麦捆子往场里捐，也够他狗日的捐几天！甭急，咱再'歇马三天'！"可是刚过头晌，再一看，那八百里地连一个麦捆子都没了。"好我的爸哩！'麦熟一晌'都不懂，你还算是个老庄农！龙口里夺食哩，谁家等你！头晌看着麦还发绿呢，后晌那麦芒就都北起了，麦粒子直落……""对了，对了！我啥不懂，要你说！"……

吴河东真就不怕误场？咋不怕，你看他那老长的头发，多久没刮了，麦土落了寸把厚。别人几把凉水往头顶一撩，抽下镰刃子噌噌几下刮个净光，又凉快，又舒坦。可他，听老人有个说实：头发长了不能刮，一刮就"断了"，搭不上场了。吴河东知道这是句迷信话，闲扯淡，可是你让他刮头他却说啥也不刮。

此时，他那两只浑浊的眼睛里深埋着忧虑，直盯盯地瞅着街上的行人；炒面末子狼藉在布满黑胡茬的下巴上，瘦凸的喉咙骨一上一下，不禁自语道：

"唉，早先还有个'当场的'，如今各顾各喽！……"

当场的，早先也叫"霸场"。一个身强力壮，自以为有些"武艺"的汉子，从麦客子群里唰地站起来，胸脯一拍"这个场我当了！五个元一亩，没五个元也别想雇，谁也不准跟！"谁要雇、要跟，就是一场好打。掌柜的被唬住了，只得抬高雇价。

当年，吴河东就当过"当场的"，胸脯一拍震天价响。可有一次，当他双臂一挥，举起了石碌子的时候，并没把对方吓倒，几个赎买来的恶汉忽地拥上来把他压倒在地，打得再也没爬起。到现在，左腿还有些跛。吴河东牙一咬说："哼，三十年河东，三十年河西，咱走着看！等到你到老子的门上当麦客的时候再看，球！"……

"三十年"过去了，吴河东还是个麦客子，这些赶集卖当的、过路的、来寻短工的，都像是比他高着一头，那眼势一瞥一瞥地，不屑一顾地从他面前走过……

是的，谁把麦客子放在眼里哩？提起来都说：那些，十人有九个贼！见啥偷啥。饭馆里吃饭，把碗偷走，一双竹筷子也不放过；搭车哩，一眼看见了刹车绳，解下来跳车就跑……所以，每年一到过麦客的时候，家家提防，门户紧闭，生怕自家丢床被子少只鸡的。

可是，你要想偷他一只"鸡"，给他割的地少算一亩，那可是打错了算盘。他的腿就是尺，二百四十步是一亩，二十四步是一分，一分也少不下。说是吴河东年轻的时候，扛活回来见一只老鹰把他家的一只老母鸡抓走了，气得咬牙跺脚恨自己飞不上天。事过几天还一个疙瘩堵在心上。后来他想了个法，跑到山坡上，脱了个净光，把猪血往肚皮上一洒，猪下水往胸口上一摆，躺在地上闭住眼装死，单等那刁鹰盘旋下来吃"死人"肉。果然刁鹰落下了，翅膀遮天蔽日，光那鹰钩嘴就能把活人吓死，可吴河东躺得坦坦的，一动不动。等那鹰跳上他的胸脯，正要啄他的眼的时候，突然，他大眼一睁，双手一合，一把抓住了那刁鹰的脖颈。站起身把那猪下水一抖搂，笑着回了庄。满庄子人都跑来看，吴河东一边把鹰往死里打，一边说"我让你这贼知道哩！我都是偷人的人，你还偷我的鸡，我让你偷！我让你偷……"到了把个"大鹏"打咽了气，剥下皮拿到收购站一卖，又换回一只肥嫩嫩的母鸡来……

顺昌知道老子的脾气犟，看着雇主越来越少了，却也不敢吱声，一旁讨了碗面汤，默默地拌起炒面来。

正吃着，一辆拖拉机突突地停在了街口上。车上站起个人，扯嗓一声：

"南川里谁去？麦不算厚，一亩两元二，去的上车！"

"顺昌，赶紧拾掇！"

吴河东大喝一声，嗵地腾起身，一根棍挑起那干粮袋子破棉袄，连着那滴里当啷的镰把子、烂草帽，三步两步已蹦到了车上。

"昌娃子，快！快——"

待顺昌奔到跟前时，那掌柜的已数完车上的人头，大手一挥说。

"不要了，不要了，你听见了没！"

他一边厉声喊着，一边用力掰顺昌扒在车帮上的手。

顺昌扬起那张秀气的脸，央求着说：

"爸爸，爸爸！"他这样称呼着对方。"你把我要下咝，我跟我爸一道……"

"不行，人够了，多去了也白跑路！"

"爸爸，要下咝，爸爸……"

正在这时，只听一个轻盈、脆亮的女声喊道：

"临游，谁去，山地，到那达看了地再估价！"

麦客们蓦然回头，只见说话的是个年轻媳妇家，看上去二十四五，眉清目秀；中式小褂裹身，青麻布裤可腿，一双带樱儿、绣花儿黑布鞋紧脚，浑身上下干净利索。麦客们忽拉一下又拥向这边，可她却赶忙张口：

"我只要一个！"

说时，她那水汪汪的眼睛跳过众人，直望着站在拖拉机旁的顺昌。

突然，拖拉机突突突地启动了，顺昌禁不住回头喊了声：

"爸——"

二

临游这个地方，满山树木绿绿的，山泉汩汩地流。虽说亩产不高，可人少地多，风调雨顺，常有吃不完的粮食。但是，让谁到这达来安家，保准谁都摇头。因为这达水土更怪，十家有九户人"拐"着哩，患一种大骨节病，瘸腿、大头、矬身子。这种病又多患于男人，所以家庭劳动多数得靠女人。外地人说笑话呢：唉，那男人自家上不了炕，得让女人抱上去。爸爸见儿子不乖，恶狠狠地骂"你再捣蛋，甭看我把你没治，哼，等你妈回来把我抱上炕，看把你治不死！"也有个"身强力壮"的，敢拍着腔子说："嘿，我这两条腿，甭看短，那天从这达到那达二十里，没够我三天走！"

临游就是这么个地方，因而更短不了麦客子常去。聊起天，麦客们夸口说，临游那地面，不是咱麦客子去，粮食就全部撒掉了！

太阳金灿灿的，照着绿葱葱的山。

顺昌跟着那媳妇家的脚步，踏着山间的小路。谁也不多说话。绣花鞋，像两只黑蝴蝶扑扑地擦着地面飞；麻鞋露着脚后跟，像两片子连枷板，嗵嗵地砸得地面响……

"跟上！"

半天，媳妇家这样喊一声。

"噢。"

顺昌总这样应一声，最多说一句"跟上着哩！"意思是你头里走。

他把那根挑着的行装换了换肩，脸扭向坡下的一块块山地。那麦是薄，成色也就是个二百来斤，一天割上三亩没问题，这一亩的价……最少一个元给哩吧？哎，七八角也行哩，三七两元一，三八两元四……川地一天最多能割个一亩一二，算下来也差不多……

顺昌正琢磨着，扬脸往前一看，那媳妇家索性停住脚，扭过身直望着他。

"你是哑巴吗？两人走路呢，咋一声不喘？"

"噢？噢……"

顺昌那张秀气的脸一愣，嘴巴尴尬地往腮边咧了咧。

"掌柜的，你家包了多少地？"

只等他跟上来，她才齐着他的肩往前走，那双"黑蝴蝶"也不那么连紧了。小脸儿白里透红，转向他：

"够你割的！我家三口，一人包十亩，你算多少？"

"三十亩！那怕我一个人割不倒，麦就黄过头了！"

"还有我哩！"

说着她将摇曳在脸颊上的那缕青发往耳后一捋，深汪汪的眼睛斜瞅着他：

"咋？怕是我不像个割麦的？"

顺昌对着那双眼不敢多看，眼皮一低，却又落在被胸乳顶起的中式小褂上。

"掌柜哥哩？"

"他？还能割起个麦？……你没来过临游？"

"头一遭。"

说着来到庄上。这庄两面是山，中间是滩，大石头怪狰狰地乱撒着，一股浅浅的水曲曲弯弯绕着滩石，野雀儿在上面跳来跳去。

"瞧，那是我家的地，"她站在山坡上指着前面说。"那里，绿葱葱的那一块，就是我家。"

"噢，噢。"

吱呀一声，院门推开了。年轻媳妇啪啪地跺了两脚，把绣花鞋上的土抖落，先走了进去。

"进来，进来呀，站在门外面做啥？"

顺昌想是自己应该在院外待着，听到叫，踌躇了半会儿，这才学着主人也把那双麻鞋使劲跺了跺，没想后跟没底儿，脚板跺了个生疼。

走进院里，只见这院整饬得利利落落，地扫得净净的，胡麻芥子摊晒在一边，一个老奶奶坐在当中用棍拨拉着。

"妈，晌午了，你不歇着？"

"哦，我娃回来了，那是……"

老奶奶手搭凉棚，虚眯着眼望来。媳妇家忙说：

"是给咱割麦的。"

"哦，饭做好了，在厨房里呢，快吃，吃罢就赶紧割，我看麦都黄得劲大了。"

顺昌把行装放在院墙根里，解开布包，拿出两把镰刀子和一块磨石，要了碗水蹲在一旁噌噌地磨起刀子来。

老人听着那"噌、噌"的磨镰声，又眯起眼：小伙肩膀头圆圆的，一动弹那肌肉一鼓一鼓的，胸膛子挺着，两条长腿叉着，脚跟有劲地蹬着地石，看那相就是个做活的！娃长得也心疼，脸圆圆个，鼻梁鼓鼓个，眼亮亮个……要是我的"白货什"生成这相该多好！

"老奶奶。"

顺昌亲亲地叫了老人一声。一边在大拇指上试着镰刃，一边说：

"麦黄得劲大些不怕，我割得快，我给你抢着割！"

老人连连眨巴着眼。

"哦，哦，我的好娃，这心疼哩！水香——快端饭来！"

扭头一看，只见水香早就端着饭站在一旁，不知想些啥……

拖拉机突突突地一到南川，等候已久的各家主事的便吵嚷开来："我定了三个"，"我要两个"，"我要个小伙"……加上大队广播喇叭里"大花脸"正唱着的一板"乱弹"，真是包谷散饭掺黄米，"搅"作一"团"。

陕西人爱吃"搅粑"，张根发却另有胃口。他不慌不忙地蹲在一旁，两臂交叉，右手在左边捏着根烟抽着；左手腕戴着块新崭崭的表，在右边闪着……麦割得咋相，不图快可图个干净；"围腰"打得咋相，不在花而在个牢实，年轻娃子打得那捆，一提散脱了。娃子饭量大，大汉吃得终归不那么凶，好价，一顿七八碗……

他眯缝着眼瞅着吴河东，掏出一包"红牡丹"，锡纸沙沙地响。

"老哥，接住——"

一根牡丹烟落在吴河东的脚下。

"还有你，你，你们四位跟我走！"

一个背锅（罗锅）老汉，一个圈脸胡，还一个四十开外的中年人一起来到地头。一眼望去，张根发的麦齐茬茬的一片，厚实得入不进镰，穗粗芒壮，上面能铺张席让人睡觉！

吴河东把行装往地头一摞，一边给镰把镶刃子，一边瞅着那麦说：

"掌柜的，这一亩怕五百过喽！……"

"唉——，那没有！"张根发摇着头，又续了根牡丹烟。"你甭看'齐'，其实薄着哩，一天割个一亩半没问题！快收拾，收拾好就下镰！……噢，饿不？早饭的时辰过了，单不饿就等着吃'响午'！"

"嗯，"背锅老抓着顶烂草帽拍着肚子，"吃两嘴能行，不吃也能行，还，还觉不出饿的像是……咋相？"他说着转向同伴，眉骨尴尬地耸着。

"……"吴河东那浑浊的老眼眨巴了两下，又移向麦田，瘸腿一抬，三步两步跨上去，"嚓、嚓"地割了起来。

这时，张家女人端着筐笋走来。望着麦客们的背影刚要招呼，见丈夫向她直摇手：

"娃他妈，去，取我的镰去，快哟！"

她不过意地半天扭不回身去。

……

"嚓、嚓、嚓……"只听镰响，不见挪步；几镰就是一捆，几捆就得换镰，时近响午了，没割下几分地。吴河东那褪了色的麻黑褂子，像块蒸笼里的布，热气一股股地往上冒。觉得那条伤腿有些酸痛，想坐下来歇缓一会，眼前却立时望见了顺昌妈那张脸。他妈在屋里做啥着哩，还在劈那毛竹？竹皮子一茎茎地劈开，剥得一般薄厚、一般长短；水里泡柔，编成席、编成筛……她愁倒了，苦倒了，可昌昌娃的婚事还是没着落，就因为付不起彩礼，说下的媳妇又另嫁了……想到这，他瘸腿一跪往前赶；麦，一片片地倒下了，倒下了……

太阳已经偏过了，大队的广播喇叭又响起来，大花脸一板"乱弹"唱过之后，开始广播本队的稿子"今年比去年更上一层楼，'责任制，越搞越红火……'"陕西腔，土语，高亢、洪亮。"'冒尖户'王家、赵家、张家得奖不骄傲，干劲更加高，他们……"

张根发站在树荫下听着，望着自己的麦田，抑不住笑咧了嘴。

"老哥——，树底下歇缓，吃'晌午'！来，都来！"

张家女人把那只筐笭又端了来。馍馍、青菜就地一摆，一盆面汤，勺子往里一放，说：

"哥哥们，快吃，饭不好，只管吃饱，喝的在盆里，自己盛！"

麦客们围成一堆，席地而坐，狼吞虎咽。

掌柜的走了。圈脸胡正要把馍馍往怀里揣，中年人用胳膊肘把他一捅，向那边努了努嘴。他手里的馍又放回筐笭里。

吴河东往老槐树那边一看，一个七十开外的老者躺着身，头枕在树根子上，像头累倒了的牛。没了牙的嘴里咕弄着啥吃什，一动弹抽起满脸的皱褶，麻胡子一撅一撅的。

"哦……没啥，装了装上些，没啥，没啥……"老者说着，脸上呈现出善良的微笑。

这下麦客们放心了，吴河东也将一个馍馍掰碎晒在了阳坡里。等它一干，好存起来。忽然，他想起了顺昌娃。娃这时吃晌午了没？娃，你在哪达哩！……

三

晌午，一顿"油泼面"，连吃四碗。末了见水香又端上了馍馍，顺昌不过意地忙说：

"唉，对了对了，还没做活计哩……"

"走了一早晨路，多吃些！"水香劝着。顺昌又拿起一个雪白的蒸馍，吃罢，嘴一抹便说：

"掌柜的，我割去。"

"唉，这时晒死哩，过一会吧！"

"那……不怕。"

说着，他镰刀一提走出院门，水香那深汪汪的眼睛直盯着他的背影……

早晨在千阳咋就挑上了他？是见他可怜着，还是看出他老实、能干着？最初见他蹾在街口上，大眼睛寻着雇主，抑不住自己多打量了他一会儿；后来，商店门开了，她走进去随便转转，一抬头，又见到了他。他手里拿着双41码的胶鞋，抬起脚，在那磨掉了后跟的麻鞋底子上比试了半天，口里小声嘟囔着"五个元，五个元……"末了把鞋放在了柜台上。再后来，见他扒在拖拉机旁哀求那个人，不知咋，自己心上忽地涌上来一股子苦味，不由得喊出了声。对，是可怜他，可是，苦焦人多哩，为啥自己单就可怜他？忽地一下，水香脸涨得通红通红。她觉得，好像自己"相中"的不是个麦客，而是个别的啥，于是她狠狠地骂着自己：你坏，不要脸，媳妇家生邪念！

"水香！"

水香一怔，见妈妈站在上房石台阶上说：

"你呆愣着咋，咋不去招呼人家？"

"噢，我，我寻镰把哩！"

镰把、草帽就在眼前，她摘下来匆匆走出门。

顺昌割麦不算慢吧，别人用手割，他连脚都用上。割下的麦不见倒，随着左手转着圈儿地往回卷，刚卷成一大捆，镰头儿并脚尖一抱，唰地撂在一边。可是顺昌往坡下那块地一看，"咦？怪，掌柜的咋那么快！"

水香也觉得自己快，虽说这块地小些，可不一会就割完了，身子还觉不出乏，竟像有使不完的劲。她站起身，从腰里解下汗巾，擦了擦红扑扑的脸颊和那纤长的脖颈，目光不觉投向那边。

她轻快地越过田埂，望着他的背影，他背后那割得干净利落的地。茬儿短，穗儿齐，捆子一般大。望着、望着，像是身上更添了劲似的，几步上去，插在顺昌的垅旁割了起来。

"唉，唉……掌柜的，你咋在这达割？"

"看你割得慢！"

顺昌一怔，紧赶了几镰，忽停下又说：

"到时候，工……咋算？"

"我知道该咋算！"

水香的话，硬得像镰碰麦秆，嚓嚓地响。

"那……"

"咋？算你二十亩，我算十亩还不行？"

"那、那咋能行！那、那就一家一半着算吧。"

草帽下面，那张红扑扑的小脸儿，偷偷地笑了。不觉，她更依近了他，依近了他……

暮色笼罩着南川，笼罩着那裸露出树根子来的老槐树。

几个麦客吃罢饭，坐在树下闲聊，聊，最能解乏。背锅老咂着旱烟，一口比一口有味：

"那天，打宝鸡走到凤祥，天麻麻个了，老腿些乎走断，看好碰着一个在城里工作的，像是个做官的，'哎——上车来！'我心想，'咋，没偷没抢，麦客子犯啥法抓哩？'噢，才是叫着给他屋里割麦哩！'尕卧车'把我一捎么，屁股后面冒着烟就到了乡里。嘿嘿，甭看我背锅子，那有福之人不在忙，他们买得起班车票、过来得早能咋，还不是寻不上个掌柜的干扯淡！嘿嘿嘿……"

"呵呵呵……"圈脸胡半卧在地石上笑着，一个饱嘀嗝打上了嗓。

"我看外面逛还美，这不，小卧车都坐得一个劲的！呵呵呵……唉，是哪达都比咱庄浪强，你看人家川里人吃的啥穿的啥！"

"就说着！"背锅老又接过话茬，"你看这家掌柜的，新瓦房齐整整地盖了一院，怕把他孙子、重孙子的住处都有了！"

中年人咋那么小心，这次又是他用胳膊肘把说话的捅了捅，向树边努了努嘴。

还是那位像累倒的牛一样的老者，不知他是掌柜家的啥，穿得比麦客好不了多少，吃饭也没人叫他，该到睡觉的时候了，他还在这达躺着；从不多说话，即使说，也不那么指手画脚、动眉挤眼，就像这棵老树，没有风，它那枝儿叶子从不动弹……

"那怕啥，看出，老人家是个不管事的。"背锅老还是将声音压低了些，"这家，四个娃一股是城里的干部……"

"噢，所以叫咱'四个老汉'割麦哩？"

圈脸胡粗声大嗓一声，一下把麦客们都惹笑了。

"甭打岔哟！"背锅老敲了敲烟袋，"言归正传"，"早起，我磨镰刀进庄子端水，见那屋里大车、推车、自行车，啥都有哩，你没见掌柜的戴的那表，怕是世上最好的表，新崭崭的，亮锃锃儿的。"

"看你馋得那相！"圈脸胡又插了一杠，"你可不过去抢着？"

"呵呵呵……"

"我说甭打岔、甭打岔么！我端着水正往出走，哩，一个那么漂亮的女子走了进来，那身上香喷喷儿的，脸上白着——白着——"

"扯你妈的淡，你咋不抱住哩！"

"哈哈哈……"麦客们抑不住大笑起来。

"呵呵，我，我怕人家朝我这背锅上捣给两捶，呵呵呵……"背锅老笑着又"言归正传"，"看，那就是人家的媳妇娃，快要上门了，'三千元'买下的！那娃心疼得没个说！"

吴河东不禁那黑胡茬抖了起来，旱烟袋噙在嘴上颤着，火星子落在脚巴骨上，却觉不出疼。

"老哥，你咋心事稠稠的？"

背锅老向他身边凑了凑说。甭看这一"凑"，它表示着麦客子相互间的关心、体贴。再有个啥哩，穷人没别的表示头。

"我知道，你又想娃呢，甭想了，娃二十六七了，还怕丢掉？饿下？他肯定寻上活计了，下个'场'，你两个就'跟'到一达里了。"

"你们吴家河今年粮食咋相？"圈脸胡也关切地为他排解地问道。

"唉，比往年好些……"

可是说来说去，谁知道他的心事呢！

吴河东是个憋不住心事的人，加上同伴的几句体贴话，便哽哽咽咽地说了起来……

要说顺昌妈，那个要强，世上少有。为了给昌娃攒那彩礼钱，一天没黑没亮地干，晚上不敢耗油，凑着月亮，毛竹割破了手，嘴上一吮，血水自己咽到肚里。吴河东自瘸了腿以后，脾气越来越躁，好话到他嘴里都要变个味："你这么做哈！咱寻不起媳妇不会甭寻！"他妈脸一抬"胡拐（说）些啥，媳妇不寻了，日子不过？"当初，大儿子顺盛，就因为没个百把元，娘一狠心把儿给了后山一家"倒插门"。儿远了，日子淡了，当娘的一想起来心上总是苦巴巴的，觉着是自己对不住他爸，对不住娃。

他妈愈是这样，好像愈是伤了吴河东那"大男子汉"的自尊心似的，动不动就把一腔火发给女人"你一天光知道编你那竹席子草筛，两顿饭都做不到时上，老子要你着做啥，滚球子！"可是打过骂过就又后悔，瘸着腿走到没人处去掉泪。末了，把泪一擦，"球，男子汉，三十年河东三十年河西，咱往前走！"

包产的第二年，努力干了，麦子却又晒薄了。顺昌妈一着急，硬是把仅存的百十斤荞麦一股泼上，种了个二茬。庄浪这达一年一熟，伏里种糜种荞只是冒撞哩，收了收些子，不收赔把籽种。下种十天，滴雨不见，吴河东一看那苗，完了！顿时火冒三丈，回到屋里照准他妈一顿痛打，"老子说不种、不种，你个骚驴日的就不听，自把个二百斤荞麦撒掉，过冬吃啥？剥你的皮吃肉哩吗？！"可是没到"处暑"，荞麦单单旺了上来，"秋分"刚过，红花子下面便是沉甸甸的黑颗粒。"昌娃，走！跟妈收荞麦走！"她抑不住满脸的喜，扑到地里一连三天，拔了捆，捆了背，背回来晒，晒罢了打……

待到荞麦装满了大仓小囤的时候，她却累倒在炕头上。

顺昌自小懂得爹妈的苦辛，十来岁就跑几十里路，去关山采药、砍毛竹、打柴，卖些钱一股交到妈的手里。娃头一遭进山，见大山望不到顶、摸不着路，满世界树木黑压压的，咳嗽一声回音森森，吓得头皮子发麻，两腿发软。可到后来，什么大黄、枸杞、五味子都寻见了。

林管局有规定：进山一人收费五角；打柴只许打枯枝子，偷砍一根杉子罚款、坐班房。顺昌生就老实，二十六七了不知道啥是个"偷"。可那天，和爹两个在林子里一东一西忙到后响，各背一大捆毛竹下山来。吴河东看着娃呼嗤嗤地喘，像是比往常吃力，便问："咋，身子不舒坦了？""没，没啥……""捆子往上，往中间背松活，腰躬低……"说时走到山口下面。突然"嘣"的一声，顺昌的捆绳吃不住劲挣断了，捆子落在地上，几个林管人过来检查，踢了一脚，哗啦一声捆心里露出几根胳腕粗的杉木。顿时吴河东惊呆了。林管人二话不说，上前揪起顺昌娃的脖领就打，吴河东两步拐上前去：

"慢打，要打打我，我是他爸……"

说时吴河东抽出那几根杉子放在一旁，末了的一根却留在了手里，他望着儿子，眼睛瞪得冒火。一瘸一瘸走过来：

"谁叫你偷人家的材料？""爸！爸……"

"说！！""嗵"的一棒打在儿的腿上。

"哎哟——爸……"顺昌娃哭嚎着倒在地上，有人拦挡不及，跟着几棒又落了下去。

"你给老子丢脸，惹祸，我吴河东是贼？是贼！！我打你个贼骨头！你为啥要偷哩！"

"爸，爸……饶下，饶下……"

"说！"

"我……我……"顺昌举着噙满泪水的眼睛，望爹只见一个黑糊糊的影："我……我妈吐、吐血了，我没敢告、告诉你，我想攒些钱给、给妈治病哩，爸呀……"

杉子从吴河东的手上咣当当地掉在了地石上。

吴河东奔回家，抱起妻子已是泣不成声了。

"他……他妈……我打你，骂你，我不……不是个好东西！"

"他爸，两口子过日子碗还不碰勺子？说这话哩……"她抽泣着把脸埋在丈夫的怀里，"我担心，我会……他爸，你要给娃说、说上个媳妇，呜、呜……"

吴河东紧紧搂着妻子，大手粗得像树皮一样，在她脸上、头上抚摸着，抚摸着：

"他妈，甭怕，病咱治，媳妇咱娶、娶，咱好夫妻一道，三十年河东……三十年……

他抽泣着，再说不下去了。

……

四

末了，吴河东把那早已熄灭了的烟袋锅一磕，咽了咽旱烟的苦味，说："唉，我不配是个当爸的！"

晚风轻轻地吹着那棵老槐树，它那枝儿叶子，似乎摆动起来。

麦客们默默地，想再说些啥，却又想不起个啥来。那位累倒了的"牛"，像是睡着了，一动不动。可谁也没见他那双眼，竟大大地睁着，睁着。

他们打开行装，正准备就地过夜，张根发哼着"乱弹"走了过来。

"没吃好？粗饭，又没个菜水……"

"唉，好得很，好得很！"

"走，老哥，寻个住处去！"

他说着朝庄子那面大咧咧地迈开了步。麦客们惊动了，呵，掌柜的要让咱进庄哩？上炕哩？虽然，土炕上一张席，家家都有，没啥稀罕，可出门在外的麦客子就以为那是"天堂"，最受活的地方。

于是他们赶忙挑起行李装跟上走。不料，掌柜的绕过庄口，来到庄后的麦场上。

"老哥，甭嫌弃，屋里窄狭，这里有棚棚，有麦草，那达还有间看场的小房，炕小没席，铺些草，能睡下两个人。"

掌柜的走了，麦客们躺下了，渐渐拉开鼾了。

吴河东躺在麦垛根里，身上盖着那件针麻线密的破棉袄。伤腿一阵酸痛，他将棉袄往下拉了拉。

夜，静悄悄的。他睁大眼望那密麻麻的星，像在数数，一个、两个……又像是在想事，这颗是我，那颗亮的是他妈，那颗隔得最远的，是顺昌娃……

真的有使不完的劲！水香从地里回来，镰把子一挂，又拾起木杈，喊哩咳喳地把摊在院里的胡麻芥子挑成一堆，靠在了院墙根里。奶奶踮着小脚，一股劲夺杈：

"唉，我的娃，你咋没个乏的时候，快歇下、快歇下！"

杈放下了，却又挑起担，担起桶。这时，正蹲在一旁洗脸的顺昌，扔下毛巾，两步跨上来：

"掌柜的，让我去！"

"那……"

水香正在犹豫，顺昌却已夺过担走到门口，她忙将那绺浮在脸颊上的发丝往耳后一捋喊道：

"哎呀，你知道井在哪达？"

星星闪着，炊烟绕着，一个摇辘轳，一个接水，水哗哗地响……

吃罢饭，顺昌把镰刀子一片片地磨完，便打开行装往院墙根里一铺，准备过夜了。正要躺身，老奶奶叫着过来：

"我的娃，快拾起，快拾起，我早就把那间草房腾好了，去睡去！"

"妈——"水香娇滴滴地嗔怪地喊道。

"嗯？咋……"

说时，水香已推开了西厢房的门。

"他哥，进屋里住吧！"

"……"顺昌呆愣了，半晌才说，"唉，不不，我是哪达一倒就行，不，不……"

老奶奶也愣了一会，可一看顺昌那老实相，却又不禁说"对对，咱屋里宽展，随便住，走，走，"说着拽起顺昌那晒脱了皮的膀子走进西厢房。

屋里没啥家什，炕上一张席，一床被，地下一张桌，桌上摆着只闹钟嘀嘀嗒嗒地响。

"这是我那'白货什'的房，他走亲戚去了，转去、耍去了，割罢麦，他就要回来了……"

"噢……"顺昌感激地望着老人家，不自在地坐在炕沿上，粗手摩挲着沿边那磨光了的横木。"奶奶……"

"哦，甭叫我'奶奶'，我看上去老气，其实才五十几岁，那是苦老了。我三十几上有了水香，才觉得好过些了。"

"噢，掌柜哥咋不能做活计？"

"……唉，跟他爸一样，玩着哩！"看得出，老人家满肚子辛酸，她颤着手擦了根火柴，默默地点亮了一盏煤油灯。"我生了几个都是'白货什'，两个没活，丢下一个，还……还不如死了好，不是水香娃，我早就跟那'老鬼'一达'走'了……"

顺昌娃心软，眼圈早已湿漉漉的了，不过灯暗，看不亮清。

"哦，娃割麦乏坏了，睡吧，我去了……"

她刚要出门，却又折身回来，"哦，那达的被子，嗯，盖上……"半会儿，半会儿，总是迈不出屋去，末了蹲到桌前，吃力地、为难地伸出了手，抓起那个闹钟。昏黄的灯光照着她那张苍老的脸，尴尬地笑了笑退出门去。

顺昌知道这是不放心自己，但他却没有半点怪怨老人家的，反倒觉得自己使人家做难，过意不去。跟了一路场，见得多了，能让咱住到屋里，就把咱当人得很哩……

正在思想，吱呀一声门响，水香走进屋来。她一手抱着一把新新的花皮暖壶，一手拿着两只精细的瓷茶杯。

"他哥，渴了喝水！都给你放下。"

说着，她从衣袋里掏出了刚才那只闹钟，放回原处。

顺昌一见这钟，不觉脸红了，好像他真的对它动过心思似的。水香留意了他的神色，忙说：

"我妈不会给钟上弦，上个弦都得叫我干哩！"

顺昌听得出她是在说谎，但一片感激堆在脸上。麦客子吃百家饭哩，哪家水甜，心上尝来。虽说掌柜的们待人都好，可他真正尝到被人看起、信过、当人的甘甜滋味还是头一道。它唤醒了他那麻木了的自尊感，细细品尝还有些苦涩，就像久不吃糖，一下吃多了会觉得苦一样，不禁心上针刺似地痛，但他却又觉得像有只手在那痛处抚摸着、抚摸着。他由不得抬起两眼直直地望着水香。这时，他好像才发现她那张脸长得这么俊秀，这么温和、善良；特别是那对眼睛，像是两汪水，深得望不到底，亮得照见人……

水香一阵羞窘，垂落眼睑望着那盏灯。灯芯结了个花，扑扑地跳着，跳着。

"你喝水不？"说着她提起暖壶。

"噢，掌柜的，我不喝！"

"跟你说甭叫'掌柜的'，你还叫，不会改改！"

"那……"

"我妈叫我水香，说自打有了我，井里的水都香甜开了……"

说着她倒了一杯水，凉在一边。沉吟了半会，突然问道：

"你二十六了，咋还不说亲哩？"

"嗯……嫂……嫂子，问这做啥？"

灯芯更跳了起来，她从鬓上摘下只卡子，一边挑着那灯花一边说：

"问问怕啥！"

"嗯……咱庄浪苦焦，说不起……"

半晌，半晌。

"我借给你些钱，你去说好不？"

"那，那咋行！嘿嘿，嫂子耍笑人哩！"

"不，你好年年来……割麦！"

灯一下拨亮了，照着她那红扑扑的脸，把她那丰盈的身影映印在墙壁上。

"他哥，早些睡吧，明天早起咱早些走。"

水香扭身走出屋，匆匆奔向东厢房。

五

我吴河东年年割麦能挣几个元？啥时间……不，再不能让娃等了，最迟正月里完婚！不行我就拆间房，四墙留下，梁椽子门窗一卖，又多个百十元；过两天回去麦一割，我也照他妈那相种茬荞麦，吃荞麦过冬把麦全卖掉，又是个百十元，凑个七八百看他宋家成不，单不成，我就跟"背锅"结亲家！他说他那女子要得少……

"'亲家爸'！你慢坦些，小心老腿挣断着！呵呵呵……"背锅老站在另一块麦地里，一边活动着蹲麻了的腿，一边开着玩笑喊道。"咋，把我背锅的工钱你想一个人挣上去哩？"

吴河东又赶了几镰，才一屁股坐倒在麦地上。草帽子向上一抬，眼皮使劲眨巴着，挤掉眼角边的汗珠子：扯淡，他的女子别再也是个背锅……

"掌柜的，割麦还戴着表，不怕土钻给？！"那个中年人紧靠张根发那边，他一边给镰换刃子，一边望着掌柜的胳腕上的表说道。

"嘿嘿，咱这表防水、防震，就防不下个土？全钢的，那'钢'在外面挡着，土钻不进去！嘿嘿嘿……"

吴河东扭过脸望了望掌柜的那满脸神气，轻轻一叹，哎，我要是有块表就用不着拆房喽！

晌午割麦，太阳正毒。但麦干不伤镰，割得快，唯怕太阳不毒哩！

掌柜的拿起汗巾满各处擦，塞到那"松紧"表带子里面，"蹦"的一下，表带子断了。

"娃他妈——送茶水来——"

中年人头一扭，手不停镰地说。

"掌柜的，两天没见送茶的，咋今个想起了？嘿嘿，要笑的，甭见怪，你渴了我给咱进庄里端去！"

"哎，甭甭甭，紧着割麦，紧着割麦，我看麦黄得劲大了……"

他说着，悄悄把褂子一脱，紧紧裹作一团放在脚下，继续往前赶。

麦田，像退潮似的，忽忽地倒了过去。太阳毒狠狠地晒着，晒着。

不知咋，吴河东那后背上却一阵阵地凉，凉……

汗珠子噼里啪啦掉着，镰狠狠地砍，不怕把那麦砍倒后再伤着腿，伤着身子、心口子……

吴河东赶出地头，一捆捆地往回扎麦。扎……扎……不知咋，背着太阳发冷，迎着太阳还冷；浑浊的老眼使劲地眨，眨，不知挤出的是泪还是汗。

他没命地使着劲扎那捆子，嘣地一声，"围腰"抻断了，撇掉，抓起股麦重新打一个。手噤噤得不听使唤。这是咋，我吴河东咋，要死？老鬼！你真单要死，就找个没人的地方死去！甭在这达丢人现世！但还是抑不住那红丝丝的眼，往那裹作一团的褂子上瞟，瞟……

水香的麦已经全都割倒了。最后一块地在那深深的谷里，像一条卧蚕吐尽了它的丝，需要休息似的，静静地躺着。

地上，一堆堆麦捆整齐地摆着，不多的一些未及打捆的麦散落着；两把镰刀撇在一旁边，东一只、西一个，但相距不远，一摸，烫手……

"哥！你喝水——"

不知她啥时把那个"哥"前面的"他"字去掉了。她说着大步走到地头，端起碗凉茶咕咚咚地自己先喝了下去，之后提着茶壶走了过来。

落日的余辉，从那郁郁葱葱的谷口射过来，把水香染成金黄色的，勾勒着她那腰和臀部的曲线，苗条、丰腴……

"汩汩汩……"茶壶嘴儿吐出一连串清脆的响声，像是这山谷里的鸟儿叫。

"喝！"

顺昌一骨碌从麦捆上滚起身，接过碗一口气喝了个痛快。

"再喝不？再喝自己倒，甭让人侍候！"

"嘿嘿，嫂子……"顺昌憨笑着。

水香把那绺湿漉漉的头发往耳后一捋：

"你胡叫些啥呀，我比你小好几岁，不会叫我妹妹！"

"那……"

"'那'啥，不想叫？"

说时，她纤细的脖颈一梗，侧脸望着顺昌。

一股热流忽地在顺昌身上一闪，胸口呼呼地，他禁不住一声：

"妹妹——"

她，甜甜地笑了。

"叫了几天，今个才叫到相上！"

收割后的麦田，散发着泥土味和清馨的麦草味，水香躺在一堆未及打捆的麦子上，舒展着身子。青麻布裤紧绷着圆圆的腿部，轻轻地蠕动着；那厚厚的胸脯，凸起那汗湿的小褂，一起一伏的。顺昌望着她，心上一阵阵麻嗦嗦的，那里，那一切，对于他都是个神秘的世界。她头枕着胳膊肘，扭过脸来。

"我也是庄浪人……咋，不信？"

"嘿嘿，当然不信，说话都不像么！"

"说话咋！甭看临游尽出拐子，说话比你们庄浪人好听！咋，不对？"

"就是，就是，我们庄浪人说话侉着哩，把人耳瓜子往死里剌！"

"咯咯咯……"一串笑声，像那谷底的水，放荡不羁地流。

"你看临游好不？"

"好，好得很！"

"你……想来不？"

"……"

"……"

水香扭过脸去，是那样望着收割后的麦田，像是抱怨那麦倒得太快了似的。

"哥，别走，帮我打场好不？"

顺昌忽地一怔，也像是失去了什么似的，不由自已地走近她的身边。

他咋不恋她？二十六七的人了，从来没有一个女娃对他这么亲近过，这样把他个穷杠子看起过；他没有和谁多说过几句话，没能摸一下哪个女娃的手！而她，这么个善良、温柔、俊秀的女人，竟把他一句一声"哥"地叫着哩,他咋不动情!刚才,咋不叫出那声"妹"来!可是,可是她……她只能是个"嫂"呵!

"不,我还是走,跟我爸说好的,在下一站会面哩!……"

水香像是有满肚的话要说,却又说不出来,只把那深汪汪的眼睛望了过去。突然,一股顽强的力,在她身上冲撞起来。

"哥……"

"……妹妹!"

她慢慢伸出手,像是有些抖。

他握住了它,心,怦怦地要冲出胸膛。

她轻轻地拉,向着那堆未及打捆的麦。

他渐渐俯着身,喘着气;泥土味,麦草香,和那汗味,人体的味混合一气;麦草叽叽喳喳地,轻得听不见声似的,"哥,晚上……到东屋里……"

这晚,吴河东依旧躺在麦垛根里,睁大眼瞅着天上的星。

天上的星稠着,咋密密麻麻的,那颗最亮的咋寻不着了。他妈,你好着么?做活计不要没黑没亮的,心放坦然,春上我一准给娃办事情,你等着,我快到回去的时间了。

他忽地一骨碌翻起身,大手按在干粮袋上。这咋枕着不合适,硬梆梆得硌人哩;哎,净是些掰凉下的干馍馍么,咋不硌哩!他搓巴搓巴又躺下身去。不一会,觉得肚里空荡荡的,怕是饿了,他又翻起身,打开干粮袋。那袋子大着没个底,怕能盛个几百斤;白洋布缝下的,现时像是块油抹布,污垢垢得一片子黑。

星光照着,忽听一声咳嗽,握袋子的手不觉一颤。抬头一看,是那位老者,颤巍巍地站在跟前。他手里拿把木杈,把木杈当拐杖。

"老人家还没睡么?"吴河东问候道。

"哦,还没,我看看场,抽烟小心着火。"说着,他又瞅了瞅那口袋,刚才像是啥亮铟铟地一闪,又没了,老眼不中用了,把星星望着地下,地下的望着天上,哎……

吴河东不由得手嗦嗦的,忙说:

"我,咋觉得饿了,想,想吃些!"

"哦,他哥,快吃快吃,甭饿坏身子,我给你端些水去……"

星光照着东厢房那虚掩着的门，照着那静悄悄的窗。

水香没有睡，呆坐在炕边上，想去重新点亮那盏灯，却又没心思。屋里黑黑的，只有窗子是亮的，把那一块块窗格子印在窗幔上。

看来，他不会来了，她又一次撩起窗幔，望着西厢房……

顺昌躺在炕上，翻来覆去。

眼前浮现出一个人，拐腿，大头，数数都数不到十上。但他也是一个人，一个身心残了的可怜人，咋能去伤害他，良心哩！"哥……"麦草叽叽喳喳地，轻得听不见声，他握着她的手，握着，握着，嗅到一股浓郁的泥土味、麦草味、汗味、人体的味……不知不觉，发出拨动门闩的响声，星光从门缝射入，照见一双战栗的手，呵！这是做啥，做啥哩！门紧闭了。顺昌不知自己啥时站在了门前，他那壮实的身子痛苦地贴在门上。不觉，眼前又映出那位老人的面容……

从地里回来，老奶奶炒了四大盘菜，还斟上了酒，"娃明早就走了，好好吃一回！"顺昌拿不起那筷，搛不动那菜，因为他握了水香的手，觉得对不住奶奶，没脸领这份情。"娃，吃啰，愣着咋？""奶奶……嫂哩？""说是去供销社灌煤油就回来，娃先吃，先吃！"哎，手摸了就摸了罢，不是又太冷淡了水香妹子……他大口大口地吃着"年饭"，真的，庄浪人过年也没吃这么好。老奶奶把一沓钱票子点了又点，末了放在饭桌上，"给，娃，快收起，按二十亩算，一亩三个元。""啊——？奶奶，不能这么，不能……""哎，你再甭犟，我水香娃说话算话哩！好好吃，好好吃……"

顺昌回到炕上，想起前前后后，不禁自语道："妹子，你要亮清，我不能这么做！但我……忘不了你，心上记着哩……"

窗幔轻轻地从手上滑落下去。

她转过脸，呆滞地望着为他擦亮的桌，为他凉下的茶，为他铺开的被……突然一声，"我也是庄浪人"，使她回想起很远很远的事……

她是庄浪人，是的。亲娘生下她就殁了，那是五八年。接着闹灾荒，庄浪养不住她，把女儿换了粮食。这个庄浪儿，从记事到现在不知道自己的亲娘老子是谁。一问这个妈，她老人家便落着泪说"娃，我就是你的亲妈，亲亲个的，甭问了，甭听外人瞎说……"问啥哩，褓褓里奶大了，五九年、六〇年没饿死，还不比亲妈更亲？"寡妇带娃，连滚带爬"，多少辛酸的日子是她老人家一个人"爬"过来的，记得自己刚会说话的时间，"妈，我几岁？""娃三岁。""你几岁？""我……三十三岁。""我啥时能给妈做活计""我的娃，问这咋？"她不说话了，小眼滴溜溜地斜向"白货什"哥哥，妈一下明白了，"我的娃呀……"抱起水香泪簌簌地流。

可是，最初当妈的是把她当"童养媳"买来的，后来见她出落得那样，却又不落忍，一心认她做亲女儿。再后来，眼看着娃一天天大了，要出门做人家的人了，当妈的半生辛苦、一点盼头全都要化为乌有了，咋办，老人心一硬"娃，跟你哥成婚吧！""成婚？！妈——我是你的亲女儿，亲女儿呀！……"她哭了，妈也哭了，但她没能觉出自己的眼睛湿，看到的却是妈脸上的泪"妈，你甭哭，甭落泪，娃咋个都行……"

……她呆滞地望着窗幔上的格子影，像是数着她从十四岁成婚到现在的日子。她，没有爱过人，从来没有，咋会爱上了他，她不知道，只记得最初骂自己的时候……是的，她的确认为自己坏，眼前她依旧这样认为：我是个坏女人，坏女人呵！哥，你不来对着哩，对着哩，对着……

她倒了下去，一股风掀动着窗幔上的格子影……

六

天麻麻亮，顺昌从炕上爬起。

悄悄地把这屋收拾一遍，桌子抹净，把那闹钟、暖壶、茶杯……还有那盏结过花的油灯，一一摆了摆。

他走出屋，想着等她们起来后说一声再走，可见了水香咋说，说些啥！末了，只把那东屋望了望，行装一挑走出院门。

这达，是他俩割过的麦田；这达，是他俩走过的那条小路……"临游，谁去……我只要一个！"……"跟上，你是哑巴吗？"……"哥——"……

他走着，像是又看见了水香，又听到那声声呼唤，不禁停住脚步回身望去——庄子已看不见了，只是空空的山谷，间或几声破晓的鸟叫。

"哥——"又是一声。

他转过身来，正要往前迈步，忽地怔呆住了。

水香站在前面小径上。她背着光，只见一个黑黑的影。

他大步奔上前去，在五步开外又停下来。看清了，她那张脸，白得像窗户纸一样；她那身，新换了件青色的大襟袄，显得那样朴素、庄重……

"我送送你……"

她说罢愣了一会儿，取下挎在胳膊肘上的布包，打开，是几个馍馍和一双新新的四十一码的胶鞋。

"哥，馍，饿了吃；鞋，路上穿……"

她捧着，渐渐地抖动起来。

"咋，你不要？"

两行泪，从顺昌的脸颊上悄悄地流下来。那镰刀、草帽、干粮袋慢慢从肩头滑下，他再也抑制不住自己了，一声"妹妹"奔上前，紧紧地把她搂抱在怀里，在那失去了血色的脸上、唇上亲着，亲着；这时，一股流不出的泪，才从水香紧闭着的眼睑里涌流出来……

吴河东待到天亮，和同伴一起背上行装走出场院。经过庄口正准备上路，突然，一片急促的脚步声、吵嚷声在身后响起"我的表肯定在他身上……"

"站住——！"

麦客子四人一同扭回身。圈脸胡和中年人忿忿地瞪着眼；背锅蔫笑着走上前；唯有吴河东脸上怵怵一怔，呆若木鸡。

"咋，掌柜哥、掌柜嫂，又咋？"背锅老笑着问。

张根发推开他，望着吴河东走过来：

"老哥，昨天割麦，你……你在我边里哩！"

吴河东半晌呆愣着，脸上没有任何表情，但是不由他竟慢慢放下肩上的干粮袋，突然，一个苍老的声音喊道：

"甭动弹！"

抬头一看，那位累倒了的牛似的老者，竟挺着腔子蹒跚过来。

"没有，夜个我把他的袋子翻过了，没有，你让他走，"老者说着转向吴河东："你走，你们走，走！"

"爸，你这是做啥哩！"张根发喊叫着。

老者声色俱厉地说："表在哩，我赔你，是我偷上了！"

"在？在哪！"

"在看场房里放着！！"

老者一声高过一声，张根发无奈吞没了声气。老者转对大家说：

"走吧，大家走吧！"

吴河东反倒迈不动步了，直到那三个麦客头里走了，他仍旧呆立在这达。这时，老者又返回原来的样，善良地笑着，皱褶抽搐着，麻胡子一搐一搐：

"他哥，甭难过，我亮清你，我旧社会打了大半辈子短工，我知道，知道，我的娃错怪了你，甭记恨，快走，快走，给，这是我攒的几个钱，你装上……"

一双干枯的手颤颤抖抖地举着钱伸了过来。

吴河东像是从梦中渐渐醒来，不禁老泪纵横了。那浑浊的泪眼，似乎才看清老者的面容：

"老爸……呜，呜……"

他哭号着俯下身去打开粮袋，老者急忙跌抢上去，一把攥住了袋子口，是吴河东硬掰开老者的手，从袋子里摸出一块馍馍，又从那馍缝里抽出了那块亮锃锃的表。

"我……我吴河东是个贼，是个贼呀，呜……呜呜……"

年迈苍苍的老者，竟抑不住那同情的泪珠扑簌簌地掉，张家女人也抽泣起来……

七

古历五月十几，麦客们陆续从陕西回到甘肃境内。

这里是华亭的一个小镇——安口。十字街口有块路标，箭头西指，写着"庄浪150公里"。时有拉煤的卡车路经，扬起那掺着煤末的尘土，灰蒙蒙好久不散。把那黑色的粒子，洒向卖猪肚子羊肠的小摊，洒向凉粉儿、糍糕、一锅子面……

时已黄昏。

一家店铺外面，一张小四方桌，几条低板凳，围坐着五六个人。桌上一盆汤，一碟儿盐，几双湿筷子头儿在那盐里一蘸，放在那泡着干馍馍的碗里搅和起来。

吴河东例外地端着碗面条，从店铺里走出，一步一小心地看着碗，走到桌前。

"昌娃，给，吃上！"

"嗯不，你吃，你吃咶。"

"快端上，端上呗！"

顺昌接过面条，一边吃一边却眼盯着爸爸的伤腿，再往下又望见那双脚板，忽地想起了那双41码的胶鞋，于是几口把饭吃罢，从行装里把它取了出来。

"爸，明早回家把鞋换上！"

"嗯——？你咋买这么贵的鞋哩！"

"不是买的，是……"

顺昌忽地脸红了，咋也说不出口。

"'不是买的'？"

吴河东望着儿子那神色，两眼渐渐地落在那双鞋上，浑身嗖地一个冷战。

"那是从哪达来的？"

"嗯，是……"

吴河东心碎了，"嗵"地一声碗筷摔在桌上。

"爸，是……是别人送的！"

"'送的'？嘿嘿，贼骨头，谁把你教下的，还……还会编……编谎！"他强抑住伤心的泪水，一把从行装上抽出那条棍，忽起身一棍打落了儿子手上的鞋。

顺昌双膝跪下，一把接住棍，说：

"爸，真是人送下的！"

"谁！谁会送你个驴日的哩！"

"爸，是……是——是水香——"

顺昌呜呜地抑不住声。

第二天，吴河东还是让娃自己穿上了这双鞋，爹俩扛着棍、挑着行装回家。快走，回到家还能跟上割麦……

原载《当代》1984年3期

选自《1949—1999甘肃文学作品选萃——小说卷》甘肃作家协会编，甘肃文化出版社1999年第1版149~178页。

【评析】

《麦客》是邵振国的成名作。虽然现代化的收割机已替代了烈日炎炎下背朝青天、面朝黄土的庄浪麦客，庄浪麦客亦已脱离贫困走向小康，但小说给人的震撼力却依然不减当年。生活的悲怆性和人性的善良美好交织在一起，呈现了西部农民生活的本真状态。庄浪土地贫瘠，靠天吃饭，农民吴河东生活贫困，儿子吴顺昌27岁还无钱娶亲，父子为生活所迫，走上麦客之路。

短篇小说最大的成功在于精心设置的结构，吴河东父子迫于生活的需要出卖劳力，但在出卖劳力时如何坚守住尊严成为小说矛盾的关节点。父子俩分别被不同县的两家人所雇，吴河东为给儿子攒娶媳妇的钱，做了自己一辈子不齿的事，偷了东家儿子的一块表，被查时老东家维护了吴河东的尊严，但吴河东被东家的善良理解所感动，毅然交出了手表；儿子吴顺昌朴实勤快，在与丈夫残疾的苦命女雇主水香共同劳动时，心生怜悯爱慕之情，但他守住了初心，获得了尊敬和高额工钱，另加一双球鞋。故事情节跌宕起伏，吴河东的所作所为既在意料之外，又在情理之中。小说非常巧妙地展示了生活在底层的西部农民在贫困与尊严、诱惑与良心的矛盾交织中所做的艰难选择，无论是吴河东父子、老东家、水香及水香婆婆，在他们身上都表现了人性的美好善良，显示人性的纯真本色。邵振国先生使小说回归了乡土、回归了本真，生活的悲怆感和生存的尊严感是这篇小说所显示的主要力量，这也是恒久的力量。

【扩展性阅读书（篇）目】

邵振国：《月牙泉》（长篇小说），敦煌文艺出版社2012年版。

邵振国：《日落复日出》（中短篇小说集），北京出版社1999年版。

邵振国：《雀舌》，《中国作家》1997年第1期。

唐光玉的作品

戈壁情话

　　曜愣震地的一阵子雷声，揪面片子大小的雨点儿劈头盖脸地砸下来，把沙地上的尕石头溅得乱蹦乱跳，天爷勺（傻）掉了。

　　陈猫儿湿得像跌在井里刚捞出来，他把皮车吆到烽火墩前，架上车，卸了牲口又拴好，前后瞅瞅挡车的雨布，这才钻进墩前的土洞里避雨。他一边拧身上的雨水，一边用黑熏熏的脸和生气的斜眼珠子看看那个缩成一团的小翠，没好气地说："浇死你！"

　　小翠的脸冻成个熟透的紫桃儿，眼神淡了好些，懒懒的，乏乏的，没一句话。她见陈猫儿过来，拉拉身上的雨布，哆嗦了一下，便向陈猫儿这边靠。陈猫儿像被火棍子烫了一下，连忙躲闪，眼睛瞪成个核桃："人家看见像啥嘛！"

　　小翠吃吃一笑，拍拍怀里的包袱，说："吃——不？"

　　陈猫儿以为小翠用吃的挖叉他，气得粗着嗓门儿喊："我不饿！"

　　按照我们河西走廊的风俗习惯，村里把嘴馋贪吃的人叫馋死猫。皮车户陈猫儿就是这么一个猫吃浆糊——尽在嘴上挖抓的人。

　　陈猫儿名声不太好。

小翠的名声也不好。

小翠二十三岁嫁到塔尔湾，过年男人得病死了。年纪轻轻的寡妇又有一副叫人心疼的脸子，男人一见，腿重得挪不动。村里一些小伙子放着丫头姑娘不去黏，非要上门缠她。那几年小翠气性不好，从心眼里讨厌这个穷地方，人都让她提上笤帚疙瘩撵走了，其中就有陈猫儿。也许是这个原因吧，小翠的事成了炕桌上男人们的下酒菜，你一句，我一句，有人看见这，有人憷（看）见那，说得有鼻子有眼，跟真的一模一样。那些嘴长喜欢盯闲话的老婆子也有事情干了，小翠前面走路，她们在后面指指点点。

这次进城运货，小翠死黏着要去，陈猫儿咋说也不松口。小翠的事不管是真是假，一把沙也搓成了绳绳。陈猫儿虽不完全相信，也不愿意和这样的女人多打交道。县城离塔尔湾二百一十五里，一路上没有村子，没有绿洲，尽是长着地蔓草和骆驼刺的大戈壁滩，还有一大截子山路，最麻缠的是来来回回都要在野滩上过夜，带上小翠岂不是把尿盆子往自己头上扣？

猪往前拱，鸡往后扒。小翠有小翠的办法。她先找来了和陈猫儿关系密切的本家四舅母和邻居殷奶奶一旁攒劲，看看差不多了才自己出面。小翠穿一件对襟子毛蓝褂子，可可怜怜地站在陈猫儿跟前，左一个猫儿哥，右一个猫儿哥，叫得陈猫儿张不开嘴。当小翠最后答应回来时坐别人的皮车，陈猫儿这才点了头。去的时候好办，车上还有陈猫儿的一个姨娘，吃吃住住没啥。陈猫儿最担心回来，如果再没别人，就是陈猫儿和小翠，又要在戈壁滩上过夜，那还了得！

返回的那天，陈猫儿没见小翠，心里暗暗高兴。心想这个女人多多少少说话还算个数儿。可当皮车吆到火烧沟时，小翠一个蹦子从树棵子里钻出来，不管陈猫儿答应不答应，把小包袱往车上撂，一勾子（屁股）坐在车辕上，就像坐自家男人的车一样，望着陈猫儿眼睛笑成个胖豆芽子。

乡里乡亲的，再恶的人也不好一下子翻脸，为了不让别人捣脊梁骨，陈猫儿决定天黑前把皮车吆到黑山子，那里有乡里的几户放羊的。在黑山子过夜，老老少少人多，谁也说不上个啥。哪知老天爷偏偏和他顶仗，刚过羊胡子滩，一团黑云飘过来，接着叮叮咣咣一阵子响雷过后

下起大雨来。戈壁滩上的雨倒不可怕，说下就下，说站就站，但总误了时辰，路也淋得湿叽吧嗒的，到了晌午，皮车才吆到东沙门子。陈猫儿心里嘀咕：以现在这个走法，不长一双翅膀天黑前要命也到不了黑山子。更让他着气的是路上来来回回没碰上一辆皮车。塔尔湾偏到祁连山西山疙佬里，上城只有一条土路。这路上除了村里的皮车，十天半月见不着一辆汽车。

陈猫儿把一肚子火气泼给小翠，说："真是个扫把星，勺婆姨，嫁人死男人，上城天下雨，小心着，睡到半夜里地开口子哩……"

不管陈猫儿嘴上攒多大的劲，小翠一点儿也不着气。她笑眯眯地坐在车上，倒像是从庙里拉来了个观音菩萨。过了一阵子，陈猫儿气得差不多了，也说累了，再不想吭声了，小翠却用胳膊轻轻碰碰他。陈猫儿的火又着起来，他吼着说："正经儿些！"

"吃，比啥都正经！"小翠笑笑说。

陈猫儿看看天色，虽然半个子天阴着，他知道日头已经走到头顶上。这时候，小翠又用胳膊碰他。

"啥？"

"肘把子！"

一听是肘把子，拉长脸着气的陈猫儿心里"咯噔"一下。的确，他真的饿了。早上太忙，又是装车又是开票，还要取给乡亲们捎的这个那个，他只啃了几嘴干馍馍，连口热开水都没有顺顺当当倒在肚子里。

小翠好像啥都知道，啥都清楚。她拿着大肘子在陈猫儿眼睛前、鼻子下晃着，一股浓浓卤肉味扑向陈猫儿。他闻出小翠手里的肘子是县城东大街"老正兴"菜馆的酱肘子，只有这家的肘子才有这种特殊的黏人鼻子的香味。每次上城他都要买上几个，这回儿恰恰忘了。

陈猫儿咂咂嘴，有些不安稳了。当小翠又一次把肘子递到身边，陈猫儿咳嗽一声，不好把脸转过去，却用左手从右胳肢窝掏出来，不声不响地把肘子接过去。小翠见他接了肘子，心里好不高兴，又递过四个牛舌头芝麻烧饼。吃烧饼撕肘子，简直可以称为皮车户的一种名吃。陈猫儿一边吃一边思想：见肉不吃是勺娃子，不过别以为吃了你的肘子就被你拉过去了，我还是我，塔尔湾的皮车掌柜。吃完了饭，陈猫儿抹抹油嘴，浑身是劲，却还是不理小翠。

小翠为了和他说话，一张脸笑成滩上盛开的阳雀花。陈猫儿不动脖子，一听她叨叨便故意把鞭子甩得"啪啪"地响，要不就扭过头看祁连山，嘴里哼哼着秦腔。

小翠见他唱"乱弹"，劲儿也上了，说："猫儿哥，我给你唱个歌啥相？"说完，不等陈猫儿表态，头一扬便唱开了：

> 甘州有个白塔寺，
> 离天只有四尺四。
> 肃州有个钟鼓楼，
> 半截子入在天里头。

唱完，小翠自己也觉得没劲，便又换一个：

> 日头下山半滩子红，
> 妹妹像个豆豆虫。
> 看哩摸哩你思想，
> 悄悄儿领到湖滩尘。
> 月牙儿出山弯又弯，
> 妹妹候在毛菇滩
> 亲哩抱哩你掂量，
> 乏了回来我背上。

歌声又甜又脆，像刚捞出来的浆水菜，一股浓浓的塔尔湾的土味儿，听得陈猫儿把秦腔也收住了。

又走了一阵子，猛听后面"砰"的一声山响，轮胎放炮了。陈猫儿猛一惊，一个猫跳从车上窜下去，拍拍撒气的轮子，气得连连叹气跺脚，没奈何地唱一句"好一个苦命的王宝钏呀"，然后把鞭杆子往地下一摞，一张脸愁成个晒干的菜葫芦。他抬头看看天，日头偏西已是大后晌了。陈猫儿没有办法，只好架上车卸了牲口扒轮子补胎。

这个意外情况，倒使小翠心里的花儿一朵一朵地开了。说真格的，这次上城她根本没有事，就是为了和陈猫儿在一起，把想了半年的心里话倒给他。现在车轱辘出了毛病走不成，给她帮了大忙。为了不让陈猫儿看出她心里的事儿，她也慌慌张张地跑过去，帮着陈猫儿发了一阵子

愁，叹了一阵子气，说了几句"老天爷啥节儿哭，啥节儿笑给人不说"之类的宽心话。她见陈猫儿埋头忙开了，这才取下车上的水桶去找水。

两三里的红柳滩里，有个不大不小的涝濒。小翠到了跟前，先满满打了一桶水，然后在沟叉里从头到脚洗了个痛快。洗完慢慢儿地梳头，梳完头又洗手方子，都拾掇便宜了这才提着水往回走。刚上了坡，陈猫儿已经等不及气乎乎地赶来了，补胎需要用水。陈猫儿恶恶地瞪了小翠一眼，一声不吭夺过水桶提上就走。小翠看看陈猫儿，心里劈劈啪啪地拍巴掌。这一趟提水，她不多不少占了一个多小时，陈猫儿就是天大的本事，天黑之前也把皮车吆不走。

回来以后，小翠只好忙着做饭。几块石头，架起了铁锅。

这半个，陈猫儿补好胎，装上轮子天已经有些麻昏昏的了。

小翠递过一盆热水，陈猫儿洗完手脸，一碗又白又细的拉条子面端在他面前。拉条子面上撒着一撮滩上鲜嫩的沙葱，还有一疙瘩香喷喷油浸浸的罐头大肉。馋人本来就饿得快，这一阵子捣鼓，他早就前心贴后心了。他端过碗刚拨拉了两下，小翠又在他碗里倒了一股子黑醋，另一只手把一个尕瓶瓶一举，说：

"给！"

"啥东西？"

"油辣子……"

陈猫儿剜了一大疙瘩往碗里一拌，耸耸鼻子再也等不及了，唏哩呼噜就是四大碗。吃喝硬了，又蹲在皮车轱辘跟前叼个烟棒子生闷气，思想着晚上的事儿。

五月的戈壁，蔓草绿了。绿了的蔓草湿漉漉的。上午下过大雨，黄昏乍晴便起了地雾。一缕缕一缕缕的地雾，天上洁白的云朵似的，排着队在滩上轻轻飘动，轻轻飘动。如果稍微站远点，会以为整个滩似乎都在动，远处的山似乎也在动。

又抽了半根烟，天慢慢黑下来，地上的刺棵子看不清了。白天开得火爆爆的阳雀花，在迷离的夜色里悄悄送来一阵阵诱人的清香。猛抬头，月亮拱出来了。

小翠洗过碗，收拾了一下头发这才过来。她从包袱里摸出一包带锡纸的"红牡丹"，笑眯眯地撂给陈猫儿。陈猫儿接过烟，又瞅瞅小翠，说：

“你今天安的什么心……”

“好心！”

“好心？”

“咋，你还不信？”

小翠噘嘴笑笑，给陈猫儿点燃烟，然后像个温顺的母鸡蹲在陈猫儿跟前，好一阵子才甜甜地说：“猫儿哥，你还生我的气？”

陈猫儿知道她指的不是这会子的事，又黑上脸说：“生——！”

他们两个早就有些小曲儿。

两年前的一个晚上，陈猫儿曾偷偷去给小翠送一件从城里带来的“的确良”衬衣。小翠一看是他，嘴咧成个鞋口子哈哈大笑，笑完又瞪上眼睛说：“谁让你来的？”

陈猫儿平时嘴是嘴，舌头是舌头，可这会子不知咋搞的，那张嘴比棉裤腰还笨。他愣了半天，把辛辛苦苦攒了三天两后晌的话全忘了。最后哼哼唧唧地说了句没油没盐的话：“今天真凉快哟！”

小翠不饶他，紧着问：“谁叫你来的？”

陈猫儿晾台了，疙愣了半天，只好把衬衣举到人前，说：“我……我来给……给你送件衣服……”

“给我送衣服？”小翠扬头又是一阵子大笑，然后指指陈猫儿说：“你先看看你自己，‘长三片，短四片，一年四季穿破烂’。‘下山老虎一张皮，头没帽子脚没鞋’。我要是嫁给你，用不上三个月，你准会把我卖了填你的那个馋窟窿。”

陈猫儿见她当面揭短，人一下塌下去了半截儿。他走也不是，说也不是，可可怜怜地偎在炕头，眼巴巴儿的看着小翠，好半天才憋出一句话：“嘴馋又不……不是个毛病，只要有……是吧？”

小翠用扫把点着陈猫儿，说：“可你现在什么也没有。拿啥娶媳妇？拿啥养媳妇？就凭你儿根肋条撑着个干头！”

陈猫儿看看小翠举在头上随时都可能打下来的笤帚疙瘩，再一次鼓足勇气说：“翠，我真的，真的……哎——！”那个“爱”字好像卡住了他的舌头，咋都吐不出来。最后一使劲终于说出来了，却变了音，走了调，说成“哎”了。

小翠忍住笑，故意学着他的口气说：“猫儿，可我是假的，假的……哎——！"

不等陈猫儿再张嘴，小翠一阵子笤帚疙瘩把陈猫儿打跑了。陈猫儿回来摸着一头疙瘩，长长地叹口气，他知道小翠嫌他穷。

……想到这，陈猫儿已经消下去的气又胀起来了，他不自觉地摸着头，仿佛头又在隐隐作疼。这会子，小翠仿佛已经猜到陈猫儿在想什么。她心里说，那阵子的事能怪谁呢？我过去撵过你，要是现在热些儿顺些儿呢？

想到这，小翠便把皮车上的羊皮子取下来，准备打地铺用。皮车户在野地里过夜，都把铺铺在大梁下面。谁知陈猫儿用手一挡，说：

"别铺！"

"咋？"

"走！"

"走？"

小翠抬头看看天，不知陈猫儿说的是什么意思。是吆皮车走，还是让自己走？停了停啥动静也没有，小翠才明白是陈猫儿不让她搭地铺。她思想了一阵子，把羊皮往地上一扔，铺开两张，然后一把拉陈猫儿坐在羊皮上，攒了攒劲，正儿八经地说："猫儿哥，你这个人真没过场，不是男子汉大丈夫。人家说'男人脚大踩江山，女儿手大抓针线'。你这个踩江山的男子汉大丈夫怎么只有半个黄米大的肚子？要是气我以前断过你还凑凑合合，人都有个脾气。如果是信别人的谣传闲话，你就不是个东西！"

这话倒很管用，陈猫儿听了竟然被震住了。他默默地思想了一阵子，然后深深地吸口气又吐出来，抓了抓头皮，脸色和悦多了。

小翠见他消了气，便亲亲热热地和他喧荒（聊天）。开始虽然喧得很远，但话中藏着心眼儿，一星星儿一星星儿地、一点点儿一点点儿地给陈猫儿上上了：

"……大榆树院的张秀花，说陈家在县上当干部的贵生看上了她。给她来过几封信，信上咋长筋短话说得黏人哩。可人家贵生能看上她吗？农业局的大秘书，堂堂的中专生。等把事情挑明，你猜张秀花说啥？说人家贵生有病，这个病那个病，哎哟哟我的妈呀爹爹呀，肺烂掉了半个子，些乎活不成。谁知陈贵生端端回到庄子里结婚，媳妇是农业局白白嫩嫩拿工

资的打字员。第二年一个胖娃子养下，张秀花再也不响了……

"还有河边的殷桂兰，眼珠子长在头顶上。这个她也看不上，那个她也瞅不来。人家找下的女婿子，在她的眼里不是'老驴'就是一泡'狗屎'，结果怎么样？她自己择了半天择了个苦瓜——山后头的杨跟娃。哎哟哟我的天爷地娘娘，模样不用说了，大勾子吊在小腿上……挫得像屋里的水缸……"

小翠见陈猫儿听得很专心，眨眨眼睛便往近里喧："……小时节儿，我到姨妈家来转游，你领上我去偷马老四家院子里的酸杏子，把我的鞋跌在沟灞里。"

陈猫儿搭话说："那个不怪我，马老四家的黑狗一扑过来，你吓得又嚎又嚷，我只好领上你放趟子跑，谁知道你的鞋跌掉了……"

小翠说："那会子你就向着我。"

陈猫儿看看小翠那双热乎乎明晃晃的大眼睛，说："那会子我们都是小屁虫子，知道个啥！"

小翠说："这节儿还不知道？"

陈猫儿张张嘴，却不响了。

说心里话，陈猫儿是喜欢小翠的。生她的气主要是小翠蹶过他一回，尤其是这种事，人都有个脸。当然，这些年关于小翠的闲话他也装了满满两耳刮子。但他心中有数，小翠并不像人们说的那么坏。

小翠见他活泛了，便和他喧村里的年轻人，张家的王家的李家的赵家的，喧着喧着拐了个弯儿，落在人家都是一对一双上……

话越喧越多，陈猫儿越听越热。小翠感觉到了，她抬头看了一阵子天，忽闪忽闪大眼睛，又咬咬嘴唇子，然后三蹭两蹭便蹭到陈猫儿跟前，用一双着了火的眼睛盯住陈猫儿。陈猫儿是典型的塔尔湾人的长相：脸圆墩墩儿的，鼻子高棱棱儿的，嘴唇子薄薄的儿的，外戴一顶皱巴巴儿的黄帽子。

陈猫儿被看羞了，勾着头，靠住车轱辘一动不动。小翠却大方地把头靠在他身上。陈猫儿一惊，到底心虚，伸头向四周看了看。四周静悄悄的。戈壁滩上，五月的夜风，多少还有一点儿凉意。

陈猫儿已经感到小翠身子的温热。还有一种咚咚的心跳。小翠那一绺松软的头发在他脖子下面轻轻蠕动，痒酥酥绵酥酥的。三十岁的光棍

汉陈猫儿有些晕乎了。小翠虽不是十分人才，但在村子里面还是亮火得很。她的眼睛水水儿的，眼珠子黑黑儿的，小嘴尕尕儿的，脸蛋儿红红的，腰身细溜溜儿不显得长，丰实实儿不显得胖，虽然嫁过一次人，还是该高的地方高，该细的地方细……可他忽然又想起不知是谁讲过的一句话："好货不便宜，便宜没好货。"他瞅瞅偎在自己怀里闭上眼睛的小翠，心想：她今天和我这个样，明天又和别人那个样，我不成了枣胡（核）、核桃皮？想到这，一股血上涌，他一把推开了小翠。

小翠愣愣地看着陈猫儿说："猫儿哥！"

陈猫儿这会子灵光得不行了，他学着不知道是哪部电影里头说的洋话，说："怎么，你要把我拉下水？"

"拉你下水？！"

小翠眨眨眼睛笑了。笑完她又噘上嘴嗲声嗲气地说："你不是说过真……真的'爱'我吗？"不知咋搞的，小翠说这个"爱"字也有些走调。

陈猫儿说："那是啥节儿的老皇历。"他看看小翠的模样又说，"咱们算算账，你那会子为啥要打我一头青红疙瘩？"

小翠不响了，好半天才吭吭哧哧地说："那会子……大家都……都穷。"

陈猫儿一把薅住不放："这么说你现在是图我的票票子？"

"猫儿哥！"小翠娇娇地叫了一声，似乎被他刺疼了，却说，"当然要图，过日子没票票能行？殷家富是咋死的？"

一提殷家富，陈猫儿心里"咯噔"一下。这个殷家富就是小翠死去的那个男人。他的死因陈猫儿从头到尾知道得一清二楚。

大前年秋天，他们一伙子在东沟里割甘草。殷家富不小心一刀子把自己脚脖子割了个豁口，血忽忽地冒。庄稼人嘛，哪有那么讲究，殷家富一急，从地上抓了一把黄土堵上。没多长时间，脚底子肿成个大冬瓜。小翠慌神了，连忙把他架到医院，大夫看了说："咋拖成这个样子，早来治嘛，快住院！"殷家富一打听，在医院住一天，光床铺费就一元五角，加上药费什么的，一天最少也得两三块钱，吓得直吐舌头。那节儿一个劳动日才一毛八分钱。小翠说："管他花多少钱，病总得治好。"殷家富一巴掌扇过去，说："真不是个过日子的婆娘。人一年三

迷九糊七十二个不亮清，咋能没个天灾人祸？我就不信这条腿还跌掉哩！”事情着着儿朝他说的这条路上来了。没多久，殷家富的腿化脓感染，只好眼巴巴地锯掉了。因为锯腿住大医院花了两千多块钱，屋里的东西都抬空了。出院伤口没好，又在家里捣鼓什么天麻地鳖虫，结果得了骨髓病，三拖两不拖，硬是把伙食账算掉了……

小翠见他不吭声，知道他在想什么，说：

“我不是那些唱高调的女人，我苦怕了，我不愿意过穷，也不能过穷日子。”

陈猫儿说：“这节儿该是这个相了。”

小翠接上说：“那你笑我啥？我多少攒了点教训。过日子靠啥，两人好不用说，不好咋能结婚？还要有钱，没钱啥都弄不成。当然有本事也算有钱。”

陈猫儿无话可说了，他话把子一转对小翠说：“村里有钱有本事的人这节儿多起来了，你咋不找别人！”

小翠生气了，她噘上嘴火冲冲地说：“你真是个牲口，人家把心掏给你，你还以为是不值钱的红石头。”

两个人默默地蹲了一阵子。小翠说：“我给你说几个有钱有本事的人你掂瓜掂瓜。小桥东面的铁柱儿种天麻着实有一手。可人二里二气的，心也瞎得厉害。那阵子三天两头往我那跑，八字还没有一撇，又想亲又想搂，跪在炕上啥话都说了可我知道他是去找我改心慌的。现在你看他，西服领带，穿一双苍蝇爬上都打滑的尖尖皮鞋，头梳得明晃晃儿的，不知道抹了多少油。裤缝子压得直溜溜儿，能当刀子削梨儿，见了人脖子都不给，还让人捎话给我，说什么‘牛吃草图个新鲜’……”

说到这，小翠眼泪巴巴的。她看看陈猫儿，又继续说：“……还有杨国祥，这个人脑子活，拾掇温室也很有两把刷子。去年光早上市的韭菜就卖了一千多元。可这个人也是不正经。我找过他，他推说他妈不同意，我问为啥不同意，他说，他妈讲的：家穷了随便找个女人对付对付，有钱了再不能胡凑合。——这明明是他自己的话。可我要走时，他又一把住我的手，要我让他临时临时……

说到这，小翠失声痛哭了，她一边哭一边对陈猫儿说：“我咋了，是缺鼻子还是少眼睛，人家把我当成个啥？长子儿的葫芦老蔓菁，一个嫌我不新鲜，一个拿我去当临时工……

陈猫儿听着听着脸上多云转阴了，眼睛有些发红，鼻子酸酸的。他一面把毛巾递过去让小翠擦眼泪，一面帮小翠骂杨国祥和铁柱："这两个吃下野粮食的，精勾子攥狼——胆大不害羞。下次见了不尿他们！"

小翠会心会意地点点头，又说："人一有上几个子儿，脸壳子就抹掉了。这节儿是人是狼一眼就瞅个差不多。"

"那我是人还是狼？"陈猫儿灵机一动，望着小翠说。

小翠抬起头，眼睛里藏了好多话，她大大方方地看看陈猫儿，却绕开说："你就是你，陈猫儿，勺鬼！"

月亮当顶了，当顶的月亮又白又亮，多看一阵子扎眼哩。月光下，毗连的祁连山露出深深浅浅清晰的轮廓，再远的地方是森林吧，蓝蒙蒙灰蒙蒙的。滩上，一只只夵跳兔出来了，它们高兴得跳来跳去，好几次竟然跳到皮车跟前，还乍起小拇哥大小的长耳朵听人说话哩。

陈猫儿思想了思想说："可人品好的也有，像刘家的长顺。"

小翠说："刘长顺人品没挑头，老实厚道，心善嘴软，可就是人太老实了，光老实管屁用，驴太老了都没劲！"

陈猫儿笑了，说："这么说你就端端地看上我了！"

"我就看上你了！"小翠直戳戳地说，说完又补一句，"就是看上你了你也别轻狂。这节儿祁连山上砍树哩——山高水高木头高。家里堆的有堆的，装的有装的，挂的有挂的，数的有数的，一河滩一河滩的……我主要图你人好。"

陈猫儿说："我这个人，最瞎的毛病就是嘴上挖抓。"

小翠说："我就喜欢你这个嘴上挖抓。你和别人又不一样。别人是十懒九个馋，你偏偏是嘴馋人不懒。家里有了，嘴上挖抓就不是个毛病。"

听了小翠的话，陈猫儿像吃了两碗浆水揪片子，心里着实舒坦。说真格的，这二年票子可沓沓地往口袋里装，有了钱嘴不受穷，但仔细想，好好的东西都让他糟蹋了。有鸡有鱼没人给收拾，放得有了味道，半个半个的猪，半个半个的羊，买回来只凭他的手艺煮在白水里。男人做饭，熟了就算，吃了半天没一点点儿香气。过年过节就更窝囊，人家领上媳妇这游哩那逛哩，在家做好吃头哩，给人提这个哩提那个哩，他只好在家睡觉，最后一个人撕个肘子，再好的东西，一个人吃也就不香了。

小翠似乎知道他在想什么了，顺手捋着说："我也是个馋死猫，其实人都是馋死猫。上面长的是嘴，又不是石头缝子，谁不知道吃好的？以后，你的本事你的嘴，我的家里我的手艺，日子谁也没个比！"

说到这，小翠站起来一伸手，又从包袱里摸出一瓶酒，在陈猫儿眼前一晃，说："你猜这是啥牌子？"

陈猫儿摇摇头。

小翠把酒一亮说："汾酒，杏花村的！"

陈猫儿眼睛亮成个灯泡子，说："从哪弄来的？"

小翠神秘一笑，说："你别管，有钱我也会花。"说完打开瓶塞把酒攮给陈猫儿。陈猫儿好酒量，一扬脖咣当了半瓶子，小翠又变魔术似的拿出一只肘子。

陈猫儿眼珠子明晃晃的，说："还有肘把子？"

小翠说："一共买了三个，中午一人一个，还给你留了一个。"

陈猫儿不客气了，他接过来大嘴大嘴的撕着吃，小翠看看他那副馋相，笑眯眯地说："以后有我操持，啥都有！"

月亮偏西了，偏西的月亮大了许多，又变得土土的，黄黄的。五更天的风很凉，似乎从冰窖里吹出来，人迎上打哆嗦哩。地上的蔓草挂满了晶莹闪亮的露珠儿，早起惯了的沙鸡睡不安稳了，它们看着天色，开始"咕咕咕咕"地叫。

一只大肘子下肚，酒已经喝掉了大半瓶。陈猫儿身上热乎乎的，眼睛也热乎乎的。他大胆地向小翠这边蹭了蹭，像看生人一样望着她。小翠那棱棱的鼻子，桃型的脸儿，尖尖的下巴，以及秀秀气气的身子，让月亮镶了一道金边，显得更加美丽。陈猫儿左看右看，越看越顺眼，便伸手去搂。

"站下"，这回是小翠用手一挡。这节儿的小翠，真是腊月天吃韭菜哩——价钱高了。她把辫子拿在手里搓呀搓呀，好半天搓出一句话："我只有一个条件。"

"你讲我听。"

小翠说："回村以后，你让人提上糖果点心包包子，到我家去说亲。"

陈猫儿说："没劲。我两个还定不下来？"

小翠说:"我俩没事,可还有爹娘老子,一村的耳朵眼睛哩……"

陈猫儿一下明白了,笑着说:"人家说'寡妇门前是非多',你是'寡妇心眼稠'。明明是你这次出来攀撺我,却要我背个上门说你的名声,真舍得下功夫……"

"下功夫,你还没说到相上。"

"还有啥哩?"陈猫儿睁大了眼睛。

小翠说:"我要利用你的猫鼻子、猫嘴儿、猫眼睛,好好地做些事哩。"

陈猫儿以为小翠又拿他开涮,说:"咋的个话,你还不饶我?"

小翠说:"看你想到哪个沟瀣里去了,我说的是真的。你嘴馋,对吃头最关心。城里的吃吃喝喝你像数自己的手指头一样清楚。你吆皮车,有运输手段。有了这些方便条件,你以后把城里的各种好吃头,好喝头,统统给我弄来,我在村里开个店,让乡亲们也和咱们一样吃美喝美……"

"哈哈哈哈……"陈猫儿嘴扯成个鞋口子舒心地笑了,他用手点着小翠的鼻子,感情稠稠地说:"屁把火吹着了!"

这节儿,使唤了一晚夕的月亮像办完一件事高高兴兴地回家去了。替她站在东山上的是一个又大又圆红红的日头。晨风里,阳雀花笑了,戈壁滩上的花,一开就是半滩子。皮车正在下坡,刮板子"吱扭,吱扭"地响着……

原载《人民文学》1985年10期

选自《1949—1999甘肃文学作品选萃——小说卷》甘肃作家协会编甘肃文化出版社1999年第1版248~262页。

【评析】

唐光玉作为20世纪60年代步入文坛的老作家,所关注和表现的是他生活的土地以及在土地上艰难生存的西部农民。小说打破了传统的男追女的结构模式,描写了年轻美丽的女子小翠嫁到偏僻贫穷的塔尔湾,丈夫因病没钱治疗而死,自己沦为村人茶余饭后非议的寡妇,她恨透了这个穷地方以及生活在此的穷人,所以用苔帚疙瘩打走了向她表达心意的光棍陈猫儿。改革开放后,塔尔湾的生活发生了翻天覆地的变化,小翠重新有了对生活的追求和梦想，为了向如今的赶车人陈猫儿表达自己的情思，找借口搭乘陈猫儿的皮车进城运货，夜宿戈壁荒滩，大胆直白地向陈猫儿表达希望两人共同创造新生活的想法。故事由男追女到女追男的转变，透视出改革开放给农村带来的巨大变化，虽然农村的生存条件依然艰苦，但是农民追求新生活的意识已经觉醒，农民情感价值及评判标准也发生了巨大转变。小说为我们塑造了一个能言善辩、泼辣有主见、不为传统意识约束、大胆追求幸福新生活的女性形象小翠。该作品语言特别有特色，通篇使用河西方言俚语，表现出浓郁的地方色彩。"墩墩儿的""棱棱儿的""薄薄儿的""水水儿的""黑黑儿的""红红儿的"叠音字加上儿化，鲜活贴切，形象生动。

【扩展性阅读书（篇）目】

唐光玉：《东方夜谭》（轻小说集），北京出版社1999年版。

唐光玉：《敦煌窟珍》（小说集），作家出版社2006年版。

柏原的作品

【作者简介】

　　柏原（1948—），原名王博渊，甘肃镇原人。中国作家协会会员，原甘肃省作家协会副主席。著有短篇小说集《红河九道弯》《在那个早晨》《我的黄土高原》，散文集《谈花说木》《陇头幽咽水》等。长期致力于中短篇小说创作，多篇作品入选各类选本，曾获各类文学奖项20余项，短篇小说《喊会》获1987—1988年全国优秀短篇小说奖。

喊　会

　　山咀咀队今天开会。

　　山咀咀队顾名思义是在山上，实际它是在沟道里，在一条两面的黄土高坡上。沟叫作冰草沟，因其土质贫薄多生冰草。

　　要说山咀咀队今天这个会，就得耗笔墨描绘一下冰草沟的地形。沟大体呈南北走向，沟垴衔接北塬，沟口通洪水河，中间七扭八拐几道弯弯。不仅如此，每个拐弯的地方必定向东或向西分出一条小的沟岔，俗称拐沟；每两条拐沟必然夹持一座高高的尖尖的黄土山咀。所以才叫山咀咀队。农家都凿在山咀咀上，因耕地在高处，山咀都劈出一层层重叠而上的陡坡梯田。

　　那么，山咀咀队画在平面图上，就活像一只多足的蚰蜒，或者像一根盘结扭曲的树根。

　　有位下来搞种草种树治贫致富的干部，蹲在早先队部所在的大场坎楞边。观察冰草沟许久许久，不禁突发怪想哑然失禁。蛮队长问说你笑什么？他说笑"山咀咀"这名称。蛮队长说这名字咋的啦？他说这名字让人一听就饿得慌，几百年没吃饱似的。

山咀咀，嗐，冰草沟里再没什么，只有一张一张的"嘴"；长这么多"嘴"咋的？等着吃嘛。那干部说你瞧瞧，一处山咀上安两三户人家，家家连堵院墙都不打，窑洞豁张着庄舍袒露着，远看那一孔孔黑咕隆咚的窑口都像是大张的嘴，永远也填不满啊。那扶贫来的干部这样比喻。蛮队长说，阿们老祖先这么叫了下来，现在听着不吉利也没法改喽。

山咀咀队今天要开会。

开会这码子事，山咀咀队的庄稼人早就熟悉。自打合作化以来，开会就是队里顶要紧的一种活动，开会在很大意义上才体现出队或村的行政存在。要是不开会的话，山咀咀还成其为队吗？但是，山咀咀队要开一场会，都是相当相当的艰难。

一家和一家隔着大沟小沟，人和人站门前看得见，说话也听得见；可是你要把所有人收罗到一处圪蹴在一个场里，就很不容易了，光是下达开会通知这项议程，就够队干部出一身臭汗的。山沟里至今没通电，当然也就不会安装有线广播之类。在搞土地承包前，队里掏大钱买过一只装八节电池的扩音喇叭，蛮队长视若珍宝，挎手枪一样时时刻刻吊在腚上。结果，一不留神，搁他家热炕上蒸得淌了白脓黑水，坏了球的。如今，队里的家当都分到各家各户去了，再没钱买电池喇叭；他嘛，只得倒退回去，像早年那样，选择地势最佳的队部大场坎楞边，把两只手卷成肉喇叭，鼓足劲运足气直着嗓子野喊。

山咀咀队今天开的这个会，议题正是与"嘴"有关，所以这会非得喊起来不可。

蛮队长这就开始喊了。

"噢——有娃——开会咪——"

冰草沟的沟沟岔岔里的崖娃娃或许是弄错了，以为喊他们一伙呢，此呼彼应此起彼伏起哄似的跟着喊"噢——有娃——开会咪——会咪——咪……"

被喊的村民有娃，在大沟里面他家小场上排二茬麦秸，麦秸排干净就准备上垛泥。他一边吆碌碡转圈子轧场，一边竖起耳朵听满沟道的回声。他耳朵听得明明白白，脸上表情硬是没任何反应。这是有娃长久培养起来的赴会习惯；开会这码子事嘛，无论瞎事好事，绝不要反应灵敏雷厉风行。

蛮队长嘴喇叭向北偏转七度左右，鼓足劲运足气野声野气喊下一户的户主。这也是他长久形成的喊会习惯。他绝不死盯住哪一家喊到底，"打一枪换一个地方"。他知道，头一腔绝不会把他们哪个喊灵醒喊出声来，喊得应也罢喊不应也罢，反正他首先必须点名似的喊一遍。

"噢——有生——开会咪——"

山咀咀队的人家同一个祖先同一个姓，所以相互称呼不说姓只说名字。沟岔里的黄土崖娃娃大概也是同宗同姓吧？他们遥相呼应"噢——开会咪——会咪——咪……"

"蛮队长的声嗓老喽，听着不像他了。"有娃的媳妇小声评论。

有娃女人在家麦场坎下的谷子地里培土。农谚曰：谷子锄七遍，自成黄米哩。农历七月正是伏阳如火晒透骨的时节，铁锄口里有水分，锄一遍等于降场薄雨，所以她挥汗如雨挥锄培土。

"队长的心劲不足啦。"有娃在场上附和着说，有娃左手牵根细长的牛鼻缰绳，右手执一把牛屎爪篱；他居圆心牛走圈圈，慢慢悠悠反反复复吆着石碡碡在麦秸上面旋转。他一只眼眯眯地睡着了，另一只眼却警惕地注视着牛尾巴，牛尾巴往起一扎，他忙不迭抢近几步，把牛屎爪篱蹾在牛尾巴下面，以防牛屎洒在麦秸里。这场二茬麦秸兴许能排出三四升麦子哩。

蛮队长挨家挨户喊了一通，转回来打头重新喊。可以听出，他的声气已经有点躁，因为喊第一遍，山咀咀所有户主是同样反应：无声无息。

"噢——有娃——开会咪——"

继续装聋作哑就要挨骂了。有娃这才表现有所反应的情状，喝牛站住，搁下牛屎爪篱和鞭子，懒洋洋走出到场畔畔上，像队长那样把手卷到嘴上，喊：

"噢——开啥会——"

既然开会，就无须乎保密。按理来说，任何级别的保密文件也传达不到山咀咀庄稼人这一级，几十年的保密基本是对于庄稼人保着的。事实上，对山咀咀人有保密价值的，只是救济款项；扶贫、救济、小投资等分拨下来，队长、会计、党小组长几个私下捏摸捏摸就定了，也用不着喊天喊地地开他娘的什么会。

蛮队长却硬是不肯说明今天开啥会。这又是他长久总结出的开会经

验了，如果把会议内容预先隔山沟喊明叫响，这个会八成就开不起来。

蛮队长喊"噢——村民会——"

有娃喊"噢——啥村民会嘛——"

队长躁了，骂"蔫熊一个！"

骂的这句有娃的确没听清。他没听清也很清楚，队长在骂他，他也就再不刨根究底地问。当然他也不会生气，队长骂人天经地义，队长不骂哪个来骂？有娃蔫耷耷挪回场心里，拣起绳头牛屎爪篱鞭杆，继续吆牛走圈继续排他的麦秸。别以为他这是一种轻慢的表示，不，他可没有任何抵触情绪；开会嘛肯定是要去参加的，开会怎能不去？他只是不打算第一个到队部大场上去，去得早误家里的工，蹲那儿也没意思，无论开的什么会，出头冒尖的事少说少干。

蛮队长向北偏转，使出吃奶的力气继续喊：

"噢——有生——开会——"

坎下锄谷子的女人幸灾乐祸地说："现在队长腔调不凶了。"

场上吆碌碡的有娃应和说："现在庄稼人不害怕当官的了。"

包产到户之前，队里喊会也难喊。社员被喝牲口一样喝喊了十几二十年，一个个都喊疲了。但以前社员还是害怕队干部的，蛮队长往大场坎塄一叉，喊两三腔喊不喘，就破口污骂，骂一句，说"下沟底里筑坝去！"骂一句，说"上峁顶顶修大寨田去！"社员就跌跤扒扑往来跑哩。现在呢，用蛮队长自己的话说，驴没了笼头牛没了鼻系，队长把他们没处抓挖咧。还说：像这样整下去，山咀咀队还算个队吗？国家有纲常没有，共产党有王法没有？他对包产到户很不满。各家种各家的责任田，各家上各家的国税粮；上粮是按承包地亩摊派的，化肥、地膜、农药和柴油等按地亩往下分。当队长还有什么权力？除这些与他们生死相关的东西，队长手里就有一种法杖：扶贫款、救济款一类。但那毕竟不是常数，给了，他们觉得应该给，不给，他们也能过下去。所以，这会越喊越难喊，这队长的官儿越当越没劲道。但，山咀咀的村民偏是要选他当队长，事情就这么奇怪。

女人高兴地说："就是，让他喊得挣死！"男人附和说："队长这官当头不大喽"。

蛮队长照着各家的山咀喊一遍又转回来。他把塬上头的日轮从一杆子高喊到三杆子高，喊得喉咙嘶哑嘴唇乌青眼珠子外凸，脖颈里青筋显露鼻窦上汗粒晶莹。他想发火发不起来。他再不敢像从前骂"驴日的""狗日的"什么。

"噢——有娃——开会唻……"

最后这腔，声嗓软溜溜颤悠悠明显地底气不够。有娃两口听得舒心惬意非常满足，耳朵也就变灵了。

有娃喝牛站住，故意乏塌塌回应一声："来唻——"

蛮队长喊问："碾完了么——"

有娃一边卸牛一边回应："完了完了——"

"日你家的！"

蛮队长这下才扎实骂了一句。有娃仍然不生气。开会嘛，肯定是要去的。他这就去。

山咀咀队今天开会，讨论给国库上粮的事情。蛮队长打日头一杆子高喊到日头三杆子高，才喊拢半场男人和零三巴四几个女人。先到的人咂完两根旱烟喇叭了，冰草沟两面曲曲折折的坡道上，仍然有人弓腰驼背罗圈着腿不慌不忙往下磨往上蹭。

山咀咀队的大场有三个篮球场大，这是冰草沟最平坦的一块高地。场后斩出一弯弧形山坎，崖有两丈多高，凿了几孔大窑。有的窑可以并排停六辆汽车，有的窑可以搭戏台、演电影，当然那都是集体化时的美好假设。过去，每当夏收之后，窑里就显得满满当当，气氛肃穆，戒备森严；现在包产到户窑都空了，窑角里悬起蚊帐那样大的蜘蛛网。唯剩下主窑门外一挂特大的石碌碡，记载着过去的一段历史。

碌碡竖起来放着，这是主持会议的蛮队长固定的位置，别的人来迟来早不能随便占据，具有某种法定的意味。蛮队长虽然失去了昔日的威风气魄，又虽然说队长这官当头不大了，但多年造成的心理状态具有一定的稳固性，他自觉不自觉地照旧圪蹴在他的碌碡端面上，双臂交抱搂住膝头，瞪着两颗牛眼看人。对每个走进场的与会者，他都免不了要久久地瞪上一眼；因为除去他一人，来的人无意识地离开他远点，寻找一坨地皮就地落座。这一个一个的无意识合起来，便组成了一个有意识：人人都和碌碡保持相应距离形成一个半圆。于是，碌碡端面上的人得到烘托凸现出来，可以比作一只猴子，也可以比作一只老虎；总之，碌碡后面的土崖上显示出一圈山大王的灵光。有的人戏称这挂碌碡为"镇山石"，想想也的确有道理，山咀咀从上到下从里到外纯是黄土，没有一只轧场的碌碡的话，庄稼怎么打得下来？

山咀咀队今天开会讨论上粮的事，这会眼看就要开起来了。塬上空的日光已经很刺眼很灼烫，这会儿有几杆子高再不好量它了。男村民抓住会前的空闲谝闲传，他们对开会这码子事的热情，很大程度上正是要来这儿乱谝一场；虽是同一条沟同一个队的人，自从包了产，各自为政各自忙各的，难得有机会凑一起大谝一场。而女人，撮成一堆儿做针线拉家常；她们要离男人群远点，男人们都是山汉，谝着谝着就日哩戳哩胡说开了，女人的脸没处搁，只好低头把脸面埋起来。

上粮会应该开了呀，怎么还不开？

蛮队长不说开的话，他就故意不说！蛮队长今天喊会把一身牛劲喊光又喊出一肚子火，如果没个发泄的捻子，他打那挂石碌碡上咋得下来啊？

他的这个"蛮"，其实不是绰号，是他的奶名，"蛮"有丑陋的意思，又有胡乱搅和的意思。山里人给娃取奶名讲究丑陋贫贱以求吉利。他大（父亲）喊他蛮儿，他妈喊他蛮娃，喊大了果然有些蛮横霸道，大伙便喊他蛮子，因其蛮所以才当选原来的生产队长现在的自然村村长。村民叫了几十年队长改不过来仍叫"队长"。山咀咀的队长不蛮就当不住，他不蛮的话这会他能召起来吗？

会应该开了呀，还等什么？有娃等急了，憋不住说"开吧开吧，再不敢熬时间啦，后晌我还得扬场呢！"他二茬麦秸排出的一堆麦衣帽帽堆在场上，怕下雨。

蛮队长腾地从碌碡上跳下——引子有了，会终于开起来了。

"日他家的这会不开了！"

队长的开幕词就是这话。他说"不开了"就是说开了。他骂的"他家的"，泛指在场的同辈男人的婆娘，摊在每个人头上分量轻得多，所以一场人仍旧不大介意。队长的开口混骂乃开会时的家常便饭。

骂过后，蛮子才拿出队长应有的姿态，宣布：昨天，乡政府召集行政村自然村干部会议，布置夏粮征购任务。场上霎时静悄悄的，听说上粮，庄稼人都神经紧张，这是他们祖宗八辈以来最关心最敏感的一桩事

情。蛮队长在身上乱揣，像要揣什么文件却又没能揣出什么，便将两只眼向上翻起，努力回忆着宣读：

"公粮，一万一千八百斤！购粮，两万三千四百斤，总数是……"

场上轰轰作响。庄稼人就像豆荚晒破了皮豆粒儿蹦出来，喊着大大、妈妈、爷爷、奶奶，说今年这数字能把人吓死，努力表现着各种惊恐状。蛮队长这时脸上生出些狠毒的笑意，他一转身又上了碌碡端面，手揣在口袋抠旱烟渣子，脖颈一梗一梗的，好像他把在场的人都整治了一下似的。

"完了么？"有娃小心翼翼地探询。

蛮队长一边拧旱烟喇叭，一边瞪着有娃，瞪够了才说：

"按地亩一亩摊二十八斤，按人口平均一口人贡献一百七十四斤。乡上说了，二十天内全部交清。交得清得交，交不清也得交，我的话完了。大家踊跃发言吧！"

就这么多。蛮队长传达上级会议精神，没有许多的官话铺垫，关于国际国内形势农村经济改革成就种草种树的动员等，一概省略，他是块石头，碌碡也是块石头，实打实的。人群渐渐安静下来，日头花花很凶，庄稼人粗糙得像黄土一样的皮肤渐渐沁出一层油膜。从场畔畔望出去。多皱的沟壑地表闪烁着金属箔片似的光点。

"我家交不起……"

有娃解开衣衫纽扣伸进手去摸揣，好像衣服里有虫。他说给队长听又怕队长听清，头尽量往怀里抠眼睛努力向上睁，额上便涌现着深深密密的沟壑。他又咕噜说："我有两个碎娃没分上责任地，我兜底儿交了，婆娘娃娃喝风呀屙屁呀。"

他家底儿薄是事实，但说八九百斤粮能把粮囤底儿掏出来，假话。却没人立即揭穿他。有人接上话荐说"你两个碎娃没地，怪你婆娘高产超了计划喀"。又有人接口说："计划生育风头又紧啦。听说南河川有个李啥啥乡长，是个瞎熊，超计划生育罚款不交，领上人闯进庄里硬抢，见羊牵羊见驴牵驴见箱子柜就往外抬哩"。大伙七嘴八舌咬牙切齿，说那李乡长真是个瞎熊，进而扩展开来，说现在条条政策都好，就是计划生育一条不好……

蛮队长发觉会议走题，蹲碌碡上高声喝道："大家发言！交得清得交，交不清也得交！"土场上闷寂片刻，照样又哄哄嗡嗡起来。有娃趁着人声混杂喊冤似的小声说："我家交不起……"大伙不再理会他。他就咕咕哝哝自算自账，他捡了根草棍在腿当间地皮上划了许多横杠竖道。麦子国库开价一斤一毛七分三，一百斤十七块三，一千斤才是一百七十三块。高价尿素一斤八毛，一百斤八十块，二百斤就是二八一百六十块！有娃把草棍一扔，失声嚷道："种不得了！这地种不得了！"马上引起一片响应："种不得了！的确种不得了！"

大伙就兴致勃勃地说尿素。有人神谋鬼道地透露消息一则。说哪个地区哪个县的农民把化肥给抢了！抢化肥不是犯法吗？别人不信。说：那不犯法地抢。问：怎么叫不犯法地抢？说是把县上拉化肥的卡车截住，爬上去自己下手拿，你一袋我一袋硬给扛下来了。问：这不叫抢叫什么？答：就是不叫抢。因为谁也没扛回家去喀。扛下来压在屁股底下，手里举一张拾圆大票子。县长赶来说你们怎么能抢啊？把闹事的人抓起几个！人家说得好，我不白拿国家的啊，我有钱我买哩……大伙听得眉飞色舞心花怒放，连说好好好，往后咱们碰着拉化肥的车也截住也硬往下扛，把拾圆的大票子准备着。

主导会议的蛮队长发觉，会又开到岔路里去了，打碌碡上往起纵纵，吼一嗓子："大家踊跃发言！交得清得交，交不清也得交！"他这两句话把一切都概括完了，别人还有什么可发的？场上静默了较长时间。碌碡的影子开始往东偏斜，当顶喷射的日光的威力却有增无减。男人们黧黑的面孔褐色的脖颈渗漏出一缕缕蓖麻油似的黏汁；女人的脸庞被炙烤得膨发起来，像高粱穗穗似的鲜艳红亮。场面地表泛起一股土的腥味，唯屁股底下一坨感到潮湿不舒。没忘了戴草帽的人把帽檐稍稍向西斜叩，遮住刺目的光晕；依崖坎坐的人干脆仰靠下去，任凭日炎灼烧而悠然拉响似睡非睡的鼾声。山咀咀庄稼人实在经得起晒，他们权当这会儿圪蹴在地里锄草哩。

"我家交不起……"有娃过一会儿就重复咕哝一遍，就像他吆碌碡轧场一样，耐得住性子。

蛮队长一只手弯到脑后，捏住衣领抖了抖，日光把他脊背和衫子烧结在一块了。那么，会议是否可以考虑早点结束？不，还是开下去。现在散会就不像个会的样子。

有人打破沉闷问道：据说上面有什么文件，规定往后的平价化肥按上粮任务和养猪头数下发。乡长说没说这事？队长回答：说是说了，他可没说多会儿往下分，也没说一亩地一头猪分几斤。问的人叹息道："那是没菜的包子。"一场人嘀儿嘀儿起笑。山咀咀人种菜极少，包子包菜跟城里人包子包肉一样。又有人问：公购粮既然能带化肥，按理也能带塑料地膜、柴油是么？山咀咀庄稼人已经重视现代化农业技术，也就关心化工产品和柴油一类物资。接着有人提问：那么买不到煤油是怎么回事？为什么连煤油也卖高价？不是说咱们国家地底下石油多得很吗？问题越提越多，越问越古怪。上粮会变得有点像"记者招待会"。

蛮队长不再回答。他回答不上，也回答不完。你们爱问什么问什么，他干脆来个"无可奉告"。他只管履行自己的职责，隔一会，想起似的喝一声"大家发言，交得清得交，交不清也得交！"

碌碡和碌碡上人的影子拉长变尖，斜阳热火逐渐减退。麦场上很静，现在真正地静下来了。山咀咀自打合作化以来，就熟悉了开会是怎么回事，都能很好地把握会的节奏感。大家这时都感到疲困，也感到乏味。因为要谝的闲传谝了，要问的问题问了，要发的怪话牢骚也发了……结论自然不会有，也不需有，开会从来都不为得出一个会前没有的结论，开会就是为了会。事实上结论早就有，比如蛮队长反复强调的两句话。所以握到日头倒影这工夫，一场人全都沉默不语，充分地展示着茫茫然空空然，这种群体意识就意味着：会议应该收尾啦。

蛮队长坐功再好也终有个坐不住的时候，他一蹿打碌碡端面上跳下来，两腿打三折圪蹴得太久站起来有点罗圈，一瘸一晃地瞪着大眼在人前走动，进行会议收尾工作。他广泛地训斥几句："一个个装得瓷实，像一袋袋粮食，装着不喘就能抗过去吗？……"这之后，他按各个山咀住家位置开始逐个点名考问。

"有能，你能交清么交不清？"队长从存粮较多的户主问起。

"交嘛，那就交嘛。"有能并不直接回答。

"有生你呢？交上交不上？"

"交着看嘛，尽力量交着看嘛。"

"有宝！"

"交是要交，怕交不出那么多。"

"有年，懒熊一个，你还睡了个踏实！"

"——哦，我没意见，大家说啥就是啥。

挨家挨户考问了一遍。

至此，冰草沟山咀咀队今天的上粮会可以结束了？是的。蛮队长认为可以，那就可以了。他本来就不抱什么希望，谁会在会场上给他一个简洁明确泾渭分明的回答。他又不是那种学生干部光按文件办事，他很清楚，谁家囤里粮多谁家囤里粮少，谁家能交清谁家能交一部分谁家确实交不上，他心里早就有本底账呢。既然如此，今天开这个会不是扯淡吗？不是，蛮子队长今天喊会骂会，本不是为了解决谁家交得清谁家交不清这个问题的，开会嘛就是为了开一场会，开会能叫窑掌草囤里的小麦变多变少吗？开会只是开会，如此而已。所以今天这会无论开成啥局面，队长认为可以结束那就结束了。但是，还不能马上宣布散会。会要开得像个会，还须一段结束语。蛮队长留着一手——队里存粮最少的户主有娃，他把他留到最后。

"有娃，你交得上交不上？"

有娃回答得干脆"我交不上！我两个碎娃没分上地，夏田够不着秋田呢。"

"交不上咋办呀？"

"你们当官的看着办嘛，共产党讲实事求是，你把我家囤底底掏空背走，我婆娘娃娃喝风呀屙屁呀？"

"日你家的！"蛮队长眼珠暴凸破口大骂，同时用手拍打屁股上沾的黄土，表现出他向来不讲理的蛮劲。"你交就交，不交拉球倒！你给我家上粮哩？你们都像是给我家上粮哩！"蛮队长转而针对一场的乡亲乡党"从明天起，我这队长不干球了！谁爱干谁干，我图了个啥！"

蛮队长拍打着已经没土的屁股，脖颈一梗一梗，捽下全场开会的人，扬长而去。山咀咀队今天的上粮会到此结束。

晾在场上的乡亲乡党并不难堪，甚至不感到有什么奇怪。开会往往就是这样结束的。他们从蛮队长一通赌气的骂话中听出：只有像有娃这样的贫穷户，购粮任务免了吧。当然队长嘴上不说那个"免"字，他始终就说那两句话：交得清得交，交不清也得交。

至于队长这个官儿，虽然越来干头越不大，但他还会干下去的。每

次开村民选举会，大家都乐意选他。山咀咀队的队长，不蛮的人你就当不住。

会罢几日，各家黄土山咀小土场里拾掇整洁了，山咀咀队的庄稼人开始给国库上粮。

清早，不待塬畔日头冒花花，他们就灌饱袋子吆罗喝罗出了庄门。人肩上掮的，驴背上驮的，架板车上拉的，手扶拖拉机上摞的……五个六个一队，唶咻唶咻，断断续续，循着沟老里一条蜿蜒小路缓慢地爬坡。蛮队长也在送粮队伍里。

队长不再挨家挨户吆喊催骂，村民们也不再怨天尤人哭穷叫苦，大家伙运载着一袋袋粮食气喘如牛黑水汗流，神情却显得冷静自若，庄稼人做着几十辈先代子祖代代如是年年如是的事情。种地嘛就要年年给国家上粮，种地人要是不给国家上粮，那这国家还是个国家吗？这与几日前的上粮会并无必然的逻辑关系。

原载《青年文学》1988年12期，《小说选刊》1989年4期

选自《1949—1999甘肃文学作品选萃——小说卷》甘肃作家协会编、甘肃文化出版社1999年第1版434~445页。

【评析】

柏原的短篇小说创作代表了20世纪80年代全国短篇小说创作的水平。《喊会》获1987—1988年全国优秀短篇小说奖。它以陇东特有的地域为背景，选取日常村长喊村民开会的琐碎小事，真实展现了甘肃陇东农民的生存状态、心理结构和精神面貌，故事情节看似简单但寓意深刻。山咀咀队坐落在纵横交错的山沟沟里，一家和一家隔着大沟小沟，人和人站门前看得见，说话也听得见，但是要把所有人召集到一起，就很不容易。作者通过村长（原生产队）蛮队长延用传统喊会的方式召集村民开会布置交公粮的事情，详细描写了陇东农民的传统、习惯、心理特质和行为方式，揭示了土地承包后，农民的温饱问题得到彻底解决后精神世界的转变，村民不再是老实巴交、没有个体意识的"跟跟派"，他们用故意拖延磨蹭，会上拉闲话、打瞌睡的方式表明个体意识的觉醒。他们卑微却不低贱，老实却不愚昧，他们表面懵懂但内心狡黠，他们有自己独特判定事物的标准和做事原则。比如村民通过蛮队长喊会的

声音、腔调、急缓推断会议的重要、蛮队长的心理活动和情绪变化，决定自己是否参加，这是陇东独有的地域特征形成的农民思维方式，也是长期以来作为弱势的农民群体对种种不合理政策养成的消极抵抗策略。作品深刻描写了民间理念对政府权力的消解，从一个侧面揭示了新时期农村的变化。小说的结构紧凑、完整，起承转合把握得十分好；较多地使用地方语言，精粹、生动、幽默，显示了老作家艺术的功力。正如管卫中先生所说："柏原记录的是上世纪某些年代陇东农村的事情，那个年代已经逝去，如今的农村已不复当年模样，他的小说便成了一方百姓的生活档案，一群农民的精神秘史，一个民族的部分记忆。这一点，任何社会学著作都无可比拟。他的写实小说的价值之一就在此。"（《重读柏原/管卫中》，选自《甘肃日报》2016年7月28日）。

【扩展性阅读书（篇）目】

柏原：《红河九道弯》，甘肃文艺出版社1988年版。

柏原：《在那个早晨》，敦煌文艺出版社1994年版。

马步升的作品

【作者简介】

　　马步升（1963—），甘肃合水人，中国作协会员，甘肃省作家协会主席。发表小说、散文及学术论著约600万字，获国际、国内文学奖20多次。出版长篇小说"江湖三部曲"《青白盐》《野鬼部落》《刀客遁》，以及《一九五〇年的婚事》《小收煞》等6部，中篇小说集《老碗会》《马步升的小说》，散文集《一个人的边界》《天干地支》《陇上行》等多部，学术论著《走西口》《刀尖上的道德》等6部。曾多次出任茅盾文学奖、鲁迅文学奖、骏马奖、施耐庵文学奖等国内文学奖评委。

老碗会

　　从村部回来，马伙儿锁起眉头思谋了几天，终于思谋出了好门道。他狠着心把预算给媳妇添置衣服的钱称了几斤茶叶。

　　夕阳西下时分，他站在风子峁的峁尖上，眼里看着不紧不慢往下沉落的夕阳，将嘴对准郎家峁撂出一嗓子：

　　"郎大叔——"

　　正蹲在峁畔受活地看着自家一公一母两头牛爬坡的郎四辈，听见喊声把眼光越过沟撂到风子峁上，嘴里悠闲地抽着旱烟锅不答话。他等着第二声撂过来，但只听到了飕飕的风声。他隐约看见马伙儿站在峁尖上，风将几面衣襟揭起来，像要飞或跳崖一样。郎四辈将烟锅在硬地上磕几磕，等有余火的烟灰被风卷走划出一溜暗淡的火星后，他才把嘴对住风子峁，鼓了底气却奓了嗓子撂一句：

　　"喊球啥呢？"

　　马伙儿显然受到了鼓舞，他的身子往起耸了耸，欢喜了许多的声音就越沟飘过来：

"请你喝茶呢——"

"啥茶么，还隔沟叫人喝呢？"郎四辈又装了一锅烟，丁吃丁吃打着火吸一口，待烟雾随风飘散才撂过一嗓：

"好茶。带上老碗。说定啦，一定要来，啊？"

"噢噢。"听说喝老碗茶，郎四辈痛快地回了话。

马伙儿在峁头上转了一圈，朝其他几个峁头喊着分别对了话。这时，太阳已完全沉入山里了，只留下点滴余晖挂在空茫的天际。马伙儿舒口气，推开庄院门，朝厨窑里撂一嗓：

"熬茶！熬得酽酽的，多多的！"

吆喝完，又觉得不妥，媳妇眼巴巴等待的衣服变成了和她毫不相干的茶叶，给村民小组长当媳妇也难。马伙儿蹀进厨房，埋住心里的焦躁，和悦地说：

"今晚商量熬煎人的事，你担待着点。两口子狗皮袜子没反正，往后我给你补心。"

先推开庄院门进来的是周家山的周满来。他见马伙儿蹲在客窑门槛上使劲抽着旱烟棒，就亲热地紧走几步，在当院里顿住脚，侧耳听风箱呱哒呱哒的声音从厨窑里传出来，说：

"啥好茶么，组长还没忘你周家叔？"

马伙儿从门槛上挪下脚，让开门，脸上挂着平常的笑，说：

"周家叔，屋里坐，歇口气儿，茶熬好了喝茶。"

周满来把大老碗从腋窝下掏出来中蹲在炕边，接过马伙儿递过来的烟篮子卷起了烟棒。

说话间，柳家峁的柳疯子来了，赫家旗的赫老二来了，樊家洼的樊黑子来了，风子峁的马连生来了。马伙儿一一将他们迎进屋，递上烟篮和卷烟纸，老碗顺炕沿摆了一溜。马伙儿跟他们说着话，眼睛却瞅着大门。赫老二知道他在瞅谁，就坏笑着说：

"这娃，叫人喝茶哩，不上茶，让人干瞅空老碗哩。""先吊吊你老人家的胃口。"马伙儿也坏笑着说。

"我性子急，你要吊就吊别人胃口，我要走了。"赫老二说着就要往炕下溜。马伙儿忙说马上好了马上好了，扭过头朝厨窑里云天雾地喝

一嗓：

"茶还没熬好？驴日的懒婆娘想挨打？"

赫老二知道喝老碗茶的讲究，没有大事不聚众喝老碗茶。赫家在风子峁属中等户头，地位介于不上不下之间，说话的分量也在不轻不重间。平日，赫老二拿一点架子，也正好拿在了地方上，说出的话就管用一些，否则，就沦于零散小户之列了。赫老二说，我真的很忙，给牲口还没铡草呢。马伙儿虽是组长，却是小辈，他不愿对他显出过分的重视，但又离不得他。正在为难，马连生将烟锅在炕边敲出一溜火星，嘿嘿一笑，说：

"人不急，把驴急的。"

按村里传统辈份，马连生和赫老二互相称兄道弟，能互相笑骂，开不轻不重的玩笑。赫老二见马连生发了话，也嘿嘿一笑说："驴槽里添了一张马嘴。老熊不让我走我就不走，白喝茶谁不喝。"

几个老头子正要笑着，马伙儿身子一正，脸上有了笑，急着步子跨出门去，热情得有些虚假地说：

"哦，郎大叔来啦，翻沟过堑的，快进屋里歇缓歇缓。"

郎四辈嘴里叼着烟锅，吊在烟锅杆上的烟袋，一甩一甩，像个吊死鬼。他的脸不热也不寒，两眼像是瞅着马伙儿，其实没瞅着，嘴像是对着马伙儿，其实没对着。他不阴不阳地说：

"大组长叫喝茶哩，我不敢不喝么？"马伙儿脸上忙堆起笑块，说：

"我知道大叔要骂我哩。好长时间没和大叔谝了，正好有点茶，喝起来还不错，就想请你老人家一定尝尝。"

"啥茶么，把你娃烧的，还怕没人喝？"

"好茶，好茶。"马伙儿说着，就从郎四辈腋下抽出老碗，双手端平放在炕边。这时，厨窑里风箱也戛然而停，马伙儿撂过一嗓："上茶！叫人喝茶哩，不上茶，喝啥茶呢？"

郎四辈一进屋，屋里就热闹了。他往炕上环视一过，装做惊讶地说：

"咳咳，这些老不来钱的，提起喝茶贼腿子跑得比谁都快，都不怕黑天半夜的滚下沟里摔死！"

周满来、赫老二、柳疯子、樊黑子笑骂着忙腾开炕中间的位置。马连生算是主人，忙将屁股用力欠了欠，但没有挪地方，他仍坐在炕中间。他笑着说：

"快上来快上来，老熊再迟来一步，还喝茶哩，喝尿都没多余的。"

郎四辈没有立即回嘴，他很正经地问：

"大哥，听说家里大水缸破了，是不是？"马连生一愣，说：

"没有啊，你听谁说的？"

郎四辈吐出一口烟雾，悠闲地说：

"也没听人说，我只是见大嫂整天端着盆子，见驴要尿就忙着接。我以为是缸破了没水吃呢。"

屋子里顿时笑声一片。受了捉弄的马连生将刚卷好的一支烟塞到郎四辈嘴里，对大家说：

"你们看，这像不像干那活儿？"

摆好炕桌，老碗里斟满茶，马伙儿举起自己的茶杯绕桌晃一圈，说：

"喝，喝茶，尽饱喝，茶不够，是我的事，各位老人家喝不好，就是贱看小辈哩！"

喝喝，马连生吱喝着，自己双手端碗先呷了口。不知是烫的还是香的，他嘴咧得很扁，还在不清不爽地吱喝着，喝喝。郎四辈将烟棒从嘴上卸下来，也不摁灭火就放在桌上，一只手去端碗，没端起来，就用两只手将碗送到嘴边轻轻呷一下，他也咧了嘴，吱喝着，喝喝。其他几个人也先后咧着嘴，吱喝着喝着。

喝了一会儿茶，赫老二放下碗，说：

"这娃，有啥话就快说，有需要我们说的啥话你也说，光喝茶呀？"说着，还将新近买的一只六元钱的电子表抠出来看一看。

柳疯子说："有啥话就说，乡里乡亲的，没啥为难的。"

樊黑子也说："按私说，你是小辈，按公说，你是组长，是领导，有啥过不去的沟坎，有你这些老叔在这儿，怕啥？"

见马伙儿仍只是说着喝茶喝茶，周满来将一口茶咽下去，说：

"周家人口不多，做事向来可是响当当的，你说得在理，出力哩流汗哩，没说的。"

马伙儿见郎四辈平着脸不说话，脸上忙生了笑，他提起茶壶，给每只老碗里添上茶，说："喝茶喝茶，没啥事，就是喝茶哩，没啥事。"

喝了一气茶，赫老二又催马伙儿发话，马伙儿只是笑着，说喝茶

喝茶。

看看火候差不多了，马连生捅了捅郎四辈，笑着说：

"你老熊八辈子没喝过茶，平日不让你说话，你那嘴像驴尻子，一蹶一宅儿的，正经叫你说话，又包得紧紧的。"

郎四辈一笑，又要端碗，马伙儿忙把铜壶伸过去，溜出一线青绿，说喝好喝好。

马连生把眼一瞪，说：

"光叫你叔喝茶？人家隔沟跨洼就是为喝你一口茶，得是？有啥话就说么，黑天黑夜的成啥精哩！"

马伙儿向炕桌四周嘿嘿笑一圈，若无其事地说，其实，也没啥大事。主要是和前辈们好长时间没谝了，我手上捉了公家这件不值钱事，丢，丢不开，拿，拿不起，又想是为大家出力服务的，自己苦点累点没啥，只要能为乡亲们办点事。往日，工作靠前辈们惦念，幸好没出啥乱子。今天弄回一点茶，请前辈们尝一尝，茶淡情不淡，就这事。喝茶喝茶。

越说没事，事就越大，大得不敢轻易说出口。没有大事能随便把人召来喝老碗茶？家族出面召旁姓人喝老碗茶，无异表明本家族已无能人，就好比企业宣布破产；以组长身份召各家族掌门人喝茶，那就是关乎全庄头命运的大事了。

马伙儿把事做到这地步，作为一个大户说话人的郎四辈，平时不轻易说话，是拿身份，到非说话不可还不说话，就得失身份。本来召集人是马伙儿。应由马伙儿先说话，这样，来的客人就是帮助他处理问题的，但他把事做成了好像是郎家的事他和众人帮其处理问题。郎四辈清楚这点，但无力扭转，就咕噜几口茶，说：

"这娃，公事没干几天，还和你老叔吞三吐四的。你老叔大字不识一个，家门没出一步，也不懂国家这法那令的，你老叔只懂得情道理，有啥为难事你就说，有你老叔在，这村子里你就放心大胆地弄你的公事。"

马伙儿这才嘿嘿一笑，给五只老碗添一圈茶，说，其实，我今晚主要是请前辈们喝茶，没别的事。既然各位大叔鼓励我说些事，那就恭敬不如从命了。他又给已经很满的五只老碗里添了一圈茶，才为难地说，前几天我到村里开了个会，这一阶段上面要抓计划生育。目前国家，尤其是省上区上县上计划生育任务格外紧张……

一听是这事，郎四辈"球"一声，打断马伙儿的话，说：

"与国家、省地县球相干！看那么远干啥？咱只说咱村里的事。你就明说谁家婆娘该计划就行了。扯那么远，谁不知道你是风子峁村村民组长，公家人！"

挨了几句训，马伙儿心里有了底。他为自己今天的独出心裁暗自得意。抓了好几年计划生育年年抓不好，计划对象明抗暗躲，各户掌门阳奉阴违。能否以处理私事的方式，让各户把这件公事当成自己本家的私事处理呢？这次计划生育不比往常，上面的口号简单明白，只有四个字：一次平茬！就是育龄妇女凡生了二胎以上子女的一次性结扎。村里起先给风子峁分了三十五个名额，马伙儿急了，给村长把能想到的好话都说完，不管用，又把能说出口的脏话混话都倒光，还不济事，他又把己说过的好话捡起来再说。村长拿他没办法，当减至二十九个名额时，村长说："马伙儿，你狗日的再胡缠，就让你当村长！"

把要紧话说完，马伙儿苦着脸说："我实在为难得没办法。谁不愿意每家都生个七男八女的？话说难听点，就是和别人打架，我这当组长的也能多拉几个人，对不对？可这是国家政策，上面说，咳咳，又是上面。话说回来，平谁的茬呢？我划算来划算去，平不下去。照我的心思，一个茬也不平，但不平对大家不利，咋办？没办法，茬是大家的，大家一块平。就这，噢，喝茶喝茶，只顾说话，误了喝茶。"

这是一件难缠事。大家心里一嘀咕，二十九个平茬任务，看来不平茬不行，那么，先平谁的茬后平谁的茬谁的茬绕过不平呢。赫老二大事小事都爱先说话，都爱与人较个短长，但每次事后一合计，吃亏最多的是赫家。这次可是顶要紧的大事，赫家本身人丁不旺，在风子峁村虽是能站出来说话的人家，但在马家、郎家两座大山前，一直得弯着脖子说话。今天，他干脆把嘴变成豌豆——包得紧紧的。他只是捧住茶碗嗞溜一口，嗞溜一口，喝得绿汁挂在了胡茬上。周满来觉得气氛有些沉闷，他肩上顶着的周家大厦有被空气压瘪的危险，就想丢个笑话把气放一放。他指着赫老二说：

"这老家伙光知道喝茶，把他的老茬平了算了！"

没等大家笑出声来，赫老二却变了脸子，他将老碗往桌上一顿说：

"给，干脆把我这身老毛也剃了算啦。赫家在风子峁还能活不能

活，把女的割了还要割男的，少的割了还要割老的，给，看我身上还有碍你事的东西没有，你一齐拾掇了算啦！"

周满来一点都没觉着尴尬，他知道赫老二是借天下雨，话说给马家、郎家听的。而赫老二下的雨正是酝酿许久没有落下的雨。他只哈哈一笑不说话。赫老二还想借机说些难听话，马连生把他的话截住了，说，你两个老家伙不要再咬了，老口老牙的咬啥哩。我问一句，咱村不用再生娃的婆娘共有多少？能凑够二十九名就一河水都开了。

一直没说话的郎四辈将烟锅在桌子上几敲，慢吞吞的以卖弄的口气说：

"不多不少，整二十名。"

郎四辈的话一出口，大家心里凛然一惊，这老家伙对村里的情况就是挖得熟。马伙儿心里有些紧张，自己是组长还没有他对村里的情况熟悉。这不是好事，自己辈份小年纪轻，唯一的优势就是读过几天书。但在这鬼都懒得光顾的山村，书的力量微乎其微。他就要靠腿脚勤算计精，控制这些各家族的说话人，在一个人身上失了效用，就等于在一个家族、一个山头降下了村民小组长的旗子。他见郎四辈要掰着指头算人头，就朝厨窑里吆喝：

"上茶！叫人喝茶哩不上茶叫干啥哩！"

就像机器，一按电钮就转过来了。马伙儿喊声刚落，厨窑里的风箱就哗然响起。

"还有哩还有哩，催那么急干啥？"柳疯子见马伙儿有些焦躁，忙出来打圆场。马伙儿报以一笑，借这当儿，他正了色，竖起指头说：

"对，郎叔说得对。我先前也仔细合算过，二十九个名额，有二十个不存在啥问题，难缠就难缠在这九名上。"

马伙儿对村里的情况也很熟悉，郎四辈刚说出二十这个数来，他的脑子就一片明亮，二十个人头一个个蹦蹦跳出来。他像倒干核桃，不打咯噔地报出了二十个女人的名字，大家小户都有。平这些人的茬，无论是谁家人，大家都没意见，而且心里还希望自家人多占一些名额，以便给还想生孩子的自家人创造一些条件。马伙儿见大家眼色里对他有鼓励，就想进一步加强这种效果。他说，村里当时分配名额时，我死死咬住只认二十名，再多一个都不认，这样的话，谁都不用作难了，但没法了，狗日的每一组都盯得很紧，而且，他扫了一眼大家，嘴上用了劲，说，村长给我下了死命令：一定要完成任务！这直接关系到化肥指标、公购粮任务、义务工等所有事情。他换了一口气，语气虽然轻了，但人能觉出些许寒气，他说，我当成当不成这烂组长一点关系都没有，说心里话，我早都不想当了，整天向人求爷爷告奶奶的，跑烂鞋的差事，本是给大家办事，好像我欠着谁的，给办十件好事不领情，办一件不合自己心意的事，就给我结仇记恨的。前辈们都在这儿，明人不说瞎话，我马伙儿啥时候飞刀子扎过人？

见马伙儿脸上布满伤感，樊黑子忙说，这娃，说这话干啥哩，自己蒸的白馍黑馍，蒸馍的人心里清楚，吃馍的人心里更亮堂，说这话干啥哩。樊黑子盯了郎四辈一眼，挺起干瘪的胸膛说，你放心大胆地干事，别人的事我管不了，樊家洼那几家子我樊黑子说一不二！

柳疯子也接上说，谁不知道你娃心眼正，腿脚勤，为乡亲的利益上顶下包，气没少受，亏没少吃，谁亏了良心人前人后捣你娃娃的鬼，小心我柳疯子再发疯病！他也盯了郎四辈一眼。

赫老二、周满来也都表示支持马伙儿。马伙儿对他们一一在脸上表示了受委屈后得到理解的感激和欣慰。

这几个人说的尽管都是空话，但无形中造成了郎家捣组长鬼的印象。因为马家人自己人当组长，从说法上不可能成为自己人的对手。

郎四辈在专心呷着茶，抽着烟，好像大家说的话与他了无关涉。但，马伙儿还是从他眼里看出了一丝不安。他要的就是这效果，他必须依靠马家人多势众做后盾，将其他几个中等家族在表面上合为一股，让郎家这个唯一在村里能与组长权威抗衡的家族，既感到自己的分量又有孤立无援的感觉。而且，马伙儿还得与本家族保持着若即若离的关系。这样，他才能在三角平衡中开展工作。

马伙儿还不想打破屋里的沉闷。他要用沉闷加重自己的分量。他慢悠悠地卷起一支旱烟棒，待一圈烟散落后，才伸长脖子朝大家碗里一看，立马火烧火燎地喊起来：

"添茶，还不快添茶，这死婆娘想死啦！"

马伙儿先给郎四辈碗里添了茶。添茶中，他陪着笑，问：

"郎叔，是不是嫌茶淡了不过瘾？"

"不淡不淡，过瘾得很呢，我老汉一辈子的瘾今晚都过了。"郎四辈说得轻松，但话中暗藏机锋，他要让马伙儿知道：你小子那点花子瞒得了我么？

关键问题还是要落实九名平茬对象，马伙儿把必须的气氛造起来以后想立即转入正题，他说：

"九个平茬目标，请大家合计合计，看平谁的茬合适。"

马连生接过话茬说"我看把马思财和马良臣婆娘的茬先平了！"他说得铿锵有力，纯粹一副大公无私模样。

其实，大家心里都清楚，这两个婆娘虽然才二十几岁，但一个已生了二女一男，一个生了三女一男，生了男娃，又是多胎，年纪再轻，也得把茬平了。

郎四辈想好把郎家两个同样情况的婆娘推出去平茬，不料被马连生占了先。他再这样做，就有步人后尘之嫌，也造不出咬牙支持组长工作的样子。他索性按兵不动，让别人看着这里明摆着两个茬，还得看他的脸色去平。他心里骂一句"老驴"，嘴上却说："老马提了两个平茬目标，我看这茬也该平。还有七个任务，这茬在哪儿呢？"他看了一眼樊黑子，樊黑子立即向他投来求救的目光。郎四辈心里话，你老驴还跟着别人踢我哩，你屁股上的屎一抓一大把。你家儿媳生了两个女娃，还怀上一个，也是该平的茬。他见他只一眼就瞅得樊黑子服服帖帖，就不再瞅他，他谁也不瞅，说："我提两个平茬目标，大家看该平不该平。"他双手慢悠悠端起碗，轻轻吹一口气，呷一口，他发现樊黑子额头上泛出了汗珠，就说，"一个是王没脑子的婆娘，一个是侯有才的婆娘。"

大家松了口气，樊黑子立即表示赞成。这两家都是单门单户，况且都生了两个女娃，各自肚里又怀上一个，希望生个男娃后，公家不说话，也要主动去计划。但这次平茬任务重，不平她们的茬平谁的呢。

今晚，心里最轻松的要数周满来。周家共五户，家家有儿有女，该计划的都计划了，没计划的咋计划都成。但他不想沉默当闲人，他要树立周家在村上的地位。把目标对准谁呢，马家不能轻易得罪，收拾其他小门小户没意思，只有把目标对准郎家人。况且，郎家还欠他一蹄子。前段时间村上调整承包地，周家山地土不好，他想把河川地要一块，组长和其他各家都有通融的意思，郎家却坚持以各种门前地为由把事顶黄了。今晚，他决心还他一蹄子。他喝一口茶，清清嗓子说：

"我提三个目标，都是非平不可的茬。"

郎四辈边悠闲地喝着茶，边表面上不经意地听周满来说话。听着听着，他听不下去了，周满来要平的三个茬都是郎家人。他着重强调的是郎海海的婆娘。她已生了三个女娃。周满来带着一些情绪说，她这茬也该平了，就是公家不要求平也该平了，风子峁就这样球大一块地，养活不了那么多人。

郎四辈放下碗，笑吟吟地说，我正想说呢，这老熊比我还急。郎润五郎家发的婆娘无论如何得平了。加上这两个，已有六个平茬目标，咱组这任务也快完成了。说完，他显出自在的样子，端起碗，在碗里轻轻吹着气，眼睛却在观察大家的脸色。

周满来心里有准备，立即追问"郎海海的婆娘呢？"

郎四辈笑一笑，端起了茶碗。边喝茶边问马伙儿"还有谁该平呢？"郎四辈不搭周满来的腔，一是想避开这个话题不谈，一是想给周满来一个台阶下。周满来却认为这是对他的蔑视，在村里他最不能容忍的是马家郎家对其他小户的歧视。今晚，他决心较一较劲，他喝一口茶，说：

"先平了郎海海婆娘的茬再说。这个茬不平，其他茬难平。"

柳疯子、赫老二嘴里嗯嗯啊啊地喝着茶。一看这阵势，郎四辈知道装不过去了就硬抗。他没有和这几个人抗，他觉得这几个人不具备让他抗的资格。他把球踢到马伙儿身上，说：

"伙儿，你是组长，你看你海海兄弟这个茬该平不该平？没有生个男娃么。"

马伙儿不接球，他提起茶壶，给郎四辈添满，只一连声地说，喝茶喝茶，好像这事与他组长无关。郎四辈紧追不放，他说："这茶我喝，专门来喝茶的哪能不喝。你看，海海这茬该平么？"马伙儿一笑说："大叔，你看吧，我年纪小，也没经过啥事，你德高望重，经见得多，看该平就平不该平就不平。"

马伙儿把球原踢回去，看似轻轻一脚，事实上是颗角度很刁力量很大的球。郎四辈今后还想代表郎家在村里说话，还想保持公正无私的长者风范，这球就得接，还要接好。他思忖了一下，说："该平，咋不该平呢。都三胎，女娃都是娃么，公家不管是女娃男娃都算娃么。"他显出一点悲悯，盯着马伙儿，说："可都是女娃，你说这咋办呢？"

这又让马伙儿犯了难。按理说，一句话就可顶回去：国家只许生一胎，她已生了三胎，还想咋？人家两胎是女娃的不也把茬平了么？但话不能这样说，事没这样简单。在山村，道理若这样好讲，只要是人都可以当干部。他正思谋着怎样把话说好事做圆，周满来开腔了，他说，让她生了三胎，只怪她不争气不能怪别人。要是生十胎八胎还是女娃，是不是还生？她一人把指标占满了，别人还生不生？只怪她生不出男娃，不怪别人平她的茬！

周满来把能说出口的话说完了，讲理的不讲理的都不能再说话了。马伙儿就把征询的目光投过去，郎四辈猛喝一大口茶，嘴里喷着茶汁，大声大气地说：

"平平，平她狗日的茬！"

马伙儿立即捧起茶壶，边给大家添茶边说："现在已经七名了，还剩两个平茬目标，大家再凑一凑。"没等大家说话，他说："我看马平章婆娘的茬该平了！"

"才两胎，就平？"周满来有些惊讶。

"平，咋能不平，国家只许生一胎，她都生两胎了还不平？"马伙儿说得毫无商量余地。他早已摸了底，马平章婆娘虽生了两胎，按整个村里情况算是生得少的，况且她刚二十出头，只是她儿女都有了，身体也不好，不想再接着生。但她不愿结扎，准备以后想生再生。马伙儿给她做了工作，做通了。他这一说，其他人都觉得组长处事公道，不偏不袒。心里有气的是郎四辈，他刚要提马四海的名字却被马伙儿占了先，再要求平这个茬就有点欺负马家了。按说该平的茬是马四海婆浪，她已生了三个女娃，还怀上一个，只有平掉她，郎四辈心里才能平衡。郎海海的被平茬，虽是周满来闹的，但没组长同意，这个茬是平不下去的。显然，在这个事上，马家压了郎家一头。

马伙儿把事这样一做，赫老二坐不住了，他说："我那二儿媳妇也算一个，生了一男一女，够了。"

马伙儿立即把壶递过去，给赫老二添满了茶，赫老二心里话，不是我赫家怕你组长，以往和你做难，是给赫家争口气，今天让你，是给赫家争面子。让你娃知道，赫家虽人少力弱，在大情理上不比谁家差。马伙儿见樊黑子眉眼上有压不住的高兴，就把茶递过去，边添茶边问：

"樊叔，你家老二媳妇的茬也该平了吧，生了三胎了。"

樊黑子凛然一惊，手中的碗差点滑落，他结结巴巴地说：

"组……组长，平……平茬任务不是落实了么？""是落实了。就不兴给国家多做贡献么？"

面对马伙儿的诘难，樊黑子急得喝进嘴的茶都从头上冒了出来，嘴张了半天说不出一句完整话。马伙儿却轻松地一笑，说："这样吧，这次就这样了，下次有平茬任务，我就不再多说话了！"

"对对，一定一定！"樊黑子揩着额头的汗，有些感激涕零地连忙应承。樊家本身男丁稀少，下一代四家人只有一个男娃。他心里有些难受，觉得以往对不住马伙儿，他不是马家一家的人，是整个风子峁村民小组的当家人。

这工夫郎四辈一直闷头不语。他已不考虑平茬问题了，他想在风子峁，老辈人里面他和马连生旗鼓相当，下辈人里面，马伙儿绝对不是一个善茬，郎家有谁能顶住这个茬呢。他正在想，马伙儿把壶举起来，说：

"让前辈们辛苦了，黑天半夜隔沟跨洼的在这里受熬煎，好在是为了大家的事，不过，这人情记在我身上，缺情后补。喝茶喝茶。"

大家把碗举起来嗞溜嗞溜地喝，樊黑子几乎连茶根都喝掉。郎四辈抿了几口茶，说，喝了半晚上茶，没发现这茶有点苦，再说我也喝胀了，你们喝吧。他把半碗茶顺墙根泼在地上，说，散伙吧，路难走，都瞎眉失眼的，平人的茬哩，把自己的老茬平了咋办？

大家都把老碗夹在腋窝里，各自分头从黑暗的沟里走下去。马伙儿本想安顿几句，一想就是多余，在这种场合说定了的事就是村里的宪法，谁也无权更改。谁若变了卦，自己不但背了说话不算数的名，整个家族就会被人瞧不起。他轻松地把大家送出庄院，站在沟畔，朝不同的方向扯着嗓子喊着：走好呵——走好呵——清凉的夜里满沟壑都是他的声音。

原载《当代》1994年5期

选自《1949—1999甘肃文学作品选萃——小说卷》甘肃作家协会编、甘肃文化出版社1999年第1版528~541页。

【评析】

马步升在小说、散文创作、文史研究和文学评论方面，都有大量的高水平的成果，并且影响广泛而深远，他的多方面的才能在当今文坛并不多见。

《老碗会》是马步升早期的短篇小说，至今仍然有短篇小说典范的意义。小说叙述了一次"老碗会"的过程。"老碗会"是陇东乡村各家族代表人组成的一个特殊的议事方式，议事的过程也是家族地位和势力的博弈，可谓乡村政治的一种表现形式。小说中各家族代表人受组长马伙儿的邀请开"老碗会"来议事，通过对计划生育指标在各家族的平衡，以小见大直入乡村生活的心脏，道出乡村政治的实质。由此来说，这篇小说的选材是非常好的，因为在乡村生活里，计划生育牵涉的不仅仅是家族利益，而且关系到人口繁衍和家族力量。这对于有着几千年沉淀的浓厚的传宗接代意识的农民而言是最为重要的事情。这篇小说的选材像一面棱镜，能够有效地将乡村不同阶层和家族的人物聚焦起来，投射出各自的境遇和思想色彩。而对于短篇小说来说，选择一个恰当的生活的切片来呈现生活的本质至关重要，它决定着短篇小说的容量和意义。

《老碗会》还以简洁的语言将各个人物的身份地位、内心活动、性格特征通过动作和对话声口活灵活现地刻画出来。让一个人物"生动"，是小说艺术的要求，这意味着挖掘人物的一些处境、一些动机，甚至一些构成他的词语。而短篇小说在这个"生动"起来的过程中，需要高度的语言艺术：简洁、精练、个性化、言有尽而意无穷。这些方面的要求远高于长篇小说。《老碗会》有短篇小说的艺术高度。所以，它有短篇小说典范的意义。

【扩展性阅读书（篇）目】

马步升：《马步升的小说》，甘肃文化出版社2014年版。

马步升：《青白盐》，敦煌文艺出版社2012年版。

马步升：《一九五〇年的婚事》，作家出版社2011年版。

马步升：《陇东断代史》《芳草》2012年第5期。

王新军的作品

【作者简介】

王新军（1970— ），甘肃玉门人。中国作家协会会员，甘肃省第一、第二届"甘肃小说八骏"之一。著有《农民》《文化专干》《大草滩》《民教小香》《坏爸爸》《八个家》《最后的一个穷人》《厚街》等长、中、短篇小说120余篇。发表诗歌、散文约200万字。小说曾入选年度中、短篇小说选本。作品曾获第六届上海长中篇小说优秀作品大奖、甘肃省敦煌文艺奖一二等奖、首届"黄河文学奖"中短篇小说一等奖，《绿洲》短篇小说奖等文学奖项。

大草滩

草那么绿，一直绿到天边去了。

羊那么白，像玉石珠子一样在厚厚的草面上滚动。疏勒河可真是一条不错的河呵，它的水浇出了一大片一大片庄稼，又滋润出这么好的草，可真是不错。

这是许三管躺在一处高坡上看到的情景，他的眼睛那么一转就看到了绿绿的草白白的羊，确切地说，他只看到了羊的屁股。羊的尾巴像肥大的巴掌，羊低头吃着草，羊尾巴像挂在墙上的壁画一样一动不动。要是挂在城市的墙上，那就更有看头了，城里好多人喜欢把个死羊头呀啥的挂在墙上，这在电视里常能见到，许三管看了常常不齿，那有什么看头，不如那些浑圆如掌的羊尾巴哩！

羊的头向着草滩延伸的方向，羊慢慢地走，如一群散步在大海边的英国绅士那样，迈着款款的步子。羊的嘴唇飞快地拨弄着青草叶，把自认为好吃的一棵棵送进胃里。

羊好像永远吃不饱那样迫不及待地吃着。

许三管看了一会就把眼睛闭上了，太阳还很刺眼，他不敢在太阳下睁眼太长时间，迎着太阳太久，他就会流眼泪，他知道他这叫沙眼，这地方的人大多都是沙眼，只不过他比他们稍稍严重一些罢了。

沙眼就沙眼，许三管想。这有什么大碍呢？

许三管闭上眼睛的时候，就想到了自己的女人。她这会儿也许已经上地了。许三管不喜欢在地里干活，他讨厌那种被圈在方格子里的劳作，一走进他的麦地他就有一种被人捆住的感觉，呼吸呀什么的都不顺畅，连血管里的血都好像黏稠得流不动了。所以在儿子出生后半年，许三管就不顾女人的反对，买了五只羊。许三管给女人的理由是，女人太瘦了，儿子也太瘦了，他要给儿子和女人喂羊奶，好让他们尽快丰盈起来。面对羊奶里飘溢而出的浓重羊腥，女人和儿子摇头把脖子都摇软了。

许三管说，你们不喝，就不是我的事了。

就这样，许三管的羊群慢慢发展了起来，许三管弃农从牧后，心里就从未有过的宽展。

许三管的女人叫桂桂，是他二十三岁那年从疏勒河对岸的河岸村娶来的。刚娶来的时候，桂桂很害羞，许三管一触到她的手，她就蜂蛰般地缩回去。新婚第一夜的时候她甚至不叫许三管摸她一下，直到后半夜，许三管使出全身力气才把桂桂弄哭了。那以后干那种事女人就再没有哭过，后来他们就有了儿子小宝。

这么想着，许三管就禁不住笑了，他的笑声看起来挺大的，但在草滩上，又什么也听不见。

也许他的笑只有天知道。

他胸腔里那种因笑而产生的呼隆声，也被这草滩感觉到了吧？

许三管把自家的地全扔给女人的时候，女人一连在屋里睡了好几天。

女人说，这地你不种，我也不种。

许三管说，那你去放羊吧。

许三管又说，那你就去草滩上放羊吧！

他的女人桂桂顿了好一阵子，呜呜呜地哭开了。

一哭，女人看上去就会妩媚一些。

女人只是哭，但眼泪只淋湿了眼圈。

女人一哭，许三管心就软了，软得如同伤了水的面团似的。

许三管说，地里的活儿，我也不会不干。我又不只是个放羊。

女人扑腾一下笑了，地上还洒下一串真真假假的泪花。

女人的眼泪，常常能把男人淹个半死。

这里的太阳大概是世界上最灿烂的太阳了，它的光芒不是一束束射下来的，而是一种巨大的笼罩。这种笼罩使阳光看上去有了一种浓度，被阳光照耀的一切都壅在一种缥缈的氛围里。所有的一切都是透明的样子，草滩、羊群和天上纱一样轻盈的白云。

羊群在许三管的眼里越来越小了，他坐起身，把那顶大沿草帽戴在头上。他的脖子像轴一样转了一圈，四周的情形就被他尽收眼底。他不能叫他的羊再往前走了，再走，就会与另一群羊相遇，那样就会合群，合群就会带来好多不必要的麻烦。

许三管站起身，伸了伸有些发酸的脖子，用手捏住紫黑色的下唇，一声尖厉的呼啸便穿过浓稠的阳光，传到了羊的耳朵里。

片刻犹豫之后，羊群回头向这边移了过来。

疏勒河从草滩中间散漫地流过，摇曳着撩人的神采。疏勒河也许是西部唯一一条拒绝粗犷的河流吧，它无声无息地来到村庄跟前，来到田野，来到这一片一望无际的大草滩。就像从漂亮女人脸上流泻下来的那一缕美到极致的神韵，无论你坐着看，站着看，还是躺着看，它都会叫你眼睛湿漉漉地眨巴上好半天。疏勒河就是这样一条河呵，它把戈壁浇成了良田，良田上又涌出此起彼伏的村庄，到它最不起眼的下游，便孕育出了这样一片大草滩，孕育出了许三管能够放牧心灵的天堂。这可真好呵，要是没有这条河，我可去哪儿放我的羊呢？

许三管不知道自己身体里流淌的是什么样的血液，但他始终认为有一部分肯定来自远古时代的西部牧羊人，要不，他怎么这样喜欢游牧呢？他认定就是掺和进去的那一部分游牧血统在做怪。英国人三代以上才能造就出一个真正的绅士，他许三管是经历了多少代农耕之后，又萌发了游牧的情思呢？从他的父亲、祖父等上溯五代，都没有过迷恋放牧的历史。也许就是五代以前的那一代厌倦了漂泊不定的游牧生活，开始热衷于农耕。而五代以后，游牧的激情又在许三管的身上突现出来，这足以说明，造就一个真正意义上的西部牧羊人，要比孕育一个绅士迟缓得多。

不敢想象许多年前这里是一种什么样的情形，也许草更深、花更艳、羊更肥吧！许三管实在没办法想得更深更远，他的想象力是十分有限的，就连他父亲在他出生以前的那些生活，他都没有办法想象。

太阳在旋转着向西滑行，那种行走速度用肉眼大体是捕捉不到的。南面雄伟的祁连山已给突兀而起的树林挡住了，只有一条青灰色留在天边。树林同时把天空分割成了小块。这样的时候，天空没有鸟在飞翔，靠近河水的地方，有几只长腿水鸟在觅食。天热的时候，泥里的虫子就会钻出来，水鸟常常在中午最热的时候出来饱餐一顿。

许三管的羊群也来到了那片水洼边，羊开始把嘴伸进浅水里，捞吃水草。青草是羊的主食，水草是羊的菜，光吃主食，羊也会腻味的。

许三管坐在高坡上，太阳把他的背晒烫了，热气从每一寸肌肤一截一截往里渗，骨头里都像通了电一样暖烘烘的了。

羊在水洼边散开，水鸟便惊慌地飞起，又在不远处落下，它们的腿和嘴都是红色的。鸟一飞，羊就故作惊恐地仰一下头，然后继续吃草。羊蹄子很快就把水踩混了，鸟在水混的地方找不到吃的，只好另觅他处。许三管的心里水一样舒缓地流淌着夏天的气韵，他突然想对谁说些什么，说些什么呢，他又不大清楚，反正就是说说话儿吧。他的脑袋转了圈，大草滩上，除了他和他的羊，没有一个人。

羊白、草绿、太阳红，许三管看不到别的什么。

这时候，许三管的脑袋里响起一首歌，确切地说，是一首关于牧羊姑娘的歌。

> 在那遥远的地方
> 有位好姑娘
> 人们走过她的帐房
> 都要回头留恋地张望
> ……

响了这么一段，就只剩下个空调调了。许三管就知道这么几句歌词，这首歌并不长，但许三管只记住了这些，就一直这么唱着，一哼起这个调调来，他就感到由衷的快乐。他倏地感到，长久以来，他想要说

话的欲望就是这几句歌词挑逗起来的。心里一响起这首歌，他的血管里就一波一波地泛起浪涛来。这个曲调总是叫他的骨头深处兴奋不已，年轻的时候他也没有这样感到牙根发酸过，他没想到三十出头了，却一次一次地被几句歌词打动，被一种游牧的激情慢慢地燃烧。

太阳好像是一瞬间就偏西了，它的光芒一下子轻柔了不少，碰到人身上，就会被很轻易地弹过去。许三管内心的激流并没有歇息，它像浪一样拍打着他的心胸两岸。许三管弄不明白，这是一种什么样的东西钻到他的身体里去了。

谁说说话儿吧，他想，我已经好长时间没有和谁说说了。

他每天傍晚时分回家，大多时候女人都把饭做好了。饭一吃，就困了。往炕上一躺，便进入梦乡。倦意总是在吃完最后一碗饭的时候将他击倒，他甚至连电视也来不及看一眼就睡着了，连女人叮叮当当的刷碗声，他也听不到。

许三管也许有好几年没有说话了吧？其实他许三管有什么可说的呢？女人他有了，儿子也有了，土地他有了，羊群他有了，他还需要说些什么呢？

许三管这样不声不响生活已经好多年了，这么多年就是几十年、几个月、几天、一瞬间！

多年来许三管就喜欢看着这片大草滩，看着草滩由绿变黄，再由黄变绿。这草滩好像一唿闪就绿了，一唿闪又黄了。他的羊在草滩上用小巧的蹄子嘣哒嘣哒地敲打着四季，将连绵不绝的日月年推敲到了熟视无睹的程度。

许三管很喜欢自己石头一样的肤色，这样和这些纯白的羊就相配了，这就是草滩上的亮丽风景。

许三管的脑袋转了一圈，没有发现有人影，只在遥远的天际看见几只滑翔的鸟，也许是鸽子吧。它们在空中飘着，显然已经从飞的境界又升华了一层。

许三管不相信这么大的草滩会是他一个人的世界，他站起身，有些心灰意懒地解开腰带。

尿水在草滩上没有击起五光十色的水花，他觉得遗憾了。

羊又从水洼里移到草滩上来了，羊的蹄子上沾满了黑色的污泥，看上去像穿上了黑色的鞋。

天渐渐凉下来了，羊吃草的速度加快了许多，它们的肚子从两侧很夸张地凸出来，形成一个圆球。许三管就闹不清羊的胃口，他不知道它们到底吃到什么时候，才能把肚子吃饱，他不知道它们的胃里究竟能装多少东西，十来年了，许三管没弄清这个理。

一丝风从草面上飞过，连片的草叶跟着抖动了几下。许三管的眼睛只望着远处，其实远处和近处并没有什么区别，绿色延伸到远处，还是绿色。

许三管兀自笑了一下，但他没有听到自己的笑声，他感觉他笑了，也许是他的心笑了吧！心一笑就算真正地笑过了。他不像电视里那些人，明明没有笑，脸上却笑得无比灿烂，他不知道那种笑还能不能叫做笑。笑和疼其实都是心里的事情，脸上看到的并不一定真实。或许只有在这草滩上，心才会笑起来吧！

羊像一团棉絮一样向西移了过去，羊迎着太阳走，就能分辨出哪一棵是最好吃的草。

许三管的思绪风一样飘唿了一下，就开始丝丝缕缕地向外翻飞。这草滩太深了，他许三管一陷进去就是十多年，十来年里许三管走过了春夏秋冬五十多个季节。这五十多个季节就像一个早晨，他刚刚起来伸了一个懒腰，呵哈，就到中午了，许三管于是来到了中年。这个中年使许三管心里踏踏实实的。

近一个时期以来，许三管的心绪中时时掺杂进一丝狂躁。疏勒河一带有名的回族贩子找了他几次，怀里揣满一沓沓散发着羊腥味的大票子。他一眼就看中了许三管的这群羊，他一看这群羊就断定自己又一个发财的机会来到了。

许三管只是抽烟，他把眼睛眯成一条缝，看上去好像睡着了。直到把羊贩子的一盒金城烟快抽完的时候，许三管才一字一句地说：

我——不——卖——

羊贩子的眼珠好一会儿都没有转，他戴着小白帽的胖脑袋几乎一动不动地停滞了一刻钟。

生意人毕竟是生意人呵，对待扑面而来的利箭一样的拒绝声，他注定不会心灰意懒。羊贩子把剩下的半盒烟扔给许三管，说生意不成仁义在，我姓马，我还会再来的。

许三管乜了一下眼睛，说，这羊我真不卖。

羊贩子说，你这群羊卖了就能开回五台四轮车，你好好想一想，搁明年，说不定一台也换不来。

那天傍晚许三管吆着羊从小河套子里回去，他的女人桂桂就眉开眼笑地给他打水洗脸洗手，在往常，桂桂对这些是十分不屑的。他使劲看了一阵他的扭来扭去的女人，竟然发现，女人原来紧绷绷的屁股上不知什么时候出现了那么多多余的赘肉，屁股明显得大起来了，不似先前那般小巧。

许三管洗完手脸的时候，桂桂已经把热腾腾的饭菜端到了桌子上。儿子小宝进来的时候，嘴里哼着一支当下十分流行的爱情歌曲，儿子认为现在的儿歌太没有情调了，尽管他还不满十一岁。许三管十分激昂地想，现在的孩子是不是也像地里庄稼一样，铺了地膜，早熟。

吃饭时，桂桂往许三管碗里夹了几筷子菜，桂桂说，想不到你放的这群羊，能换回五台四轮车哩。

许三管差一点给噎住了，他说，你咋知道的？

桂桂说，你就想我不知道哇，你想卖了羊再娶个别的女人是不是？

许三管说，听你说的，像人话不？

桂桂白了许三管一眼，脸上泛起一丝红晕。

儿子小宝说，我要开四轮，我不上学了。

许三管就用筷子敲了一下儿子的头。

羊贩子可真有一手，他说不动许三管，就回村找到了他的女人，在羊和四轮面前，女人比男人现实多了。羊贩子很轻易地把一个自己无法解决的难题交给了他们两口子。在一个被窝里，有多少难题不能化解？羊贩子肯定琢磨了不少人的心事。一个家是由男人支撑起来的，但在家里碰到大事时，往往主事的还是女人，羊贩子肯定知道这个理。

一直憋到半夜，桂桂才用膀子碰了碰许三管的后背，说，唉，羊还是卖了吧，卖了咱也弄台四轮车。你看隔壁王虎子，开个四轮车，在村里多牛皮，连村长都高看他几分哩。

许三管并没有睡着，但呼噜声却更大了。

桂桂哼了一声，在他肉厚的地方捏了一把。

这下许三管醒来了，他一翻身就捉住了桂桂的奶。

桂桂推开他的手，说，到底卖不卖？

许三管的声音有些失望，他意识到自己把女人的意思从头到尾领会错了。他说，卖了我放啥？

桂桂说，你开四轮，多好！

许三管说，你说的，我好大一群羊哩。

桂桂说，能换回五台四轮车哩，你说的，四轮车，一台就是一万多。

许三管说，羊是活的，车是死的。

桂桂说，车是机器，羊不过是个牲口。

许三管说，大羊能下小羊，小羊长大又能下小羊，没完没了地下。机器只会一天天变旧，最终变成一堆烂铁。

女人背过身去，整个晚上，他们都是在这种冷战状态中度过的。

黄昏来临的时候，许三管在小河套与村子的交接处，遇上了等候在那里的羊贩子。他的红色摩托车就垫在他的屁股下面。许三管径自走着，他看见那个顶着小白帽的胖脑袋离他越来越近了。

羊成了一个个圆球，在地上滚动着前行。

羊贩子搭话了，说，老哥，想好没有？

许三管没吱声。

羊贩子跟了几步，说，想好啦吗老哥？

许三管十分鄙夷地望了羊贩子一眼，说，你又找我女人了吧！那你就找我女人卖羊去。

羊贩子说，你看你。

羊贩子一直跟着许三管来到许三管的家，他们进屋的时候，桂桂正在睡觉。桂桂把头伸进被垛里，身体侧着，像一只肥嘟嘟的大虾。

许三管在女人的脚上拍了一把，说，我回来了。

桂桂没有动，也听不见她的出气声。

许三管回头看了一眼羊贩子，他已经坐在沙发里抽起了烟。

许三管只有自己动手弄饭吃，灶是冷灶，一切只能从头开始。

看着许三管笨手笨脚忙碌了一阵，羊贩子起身告辞说，我走了，我明天再来。

许三管拍拍手上的面说，你还是不要来了吧，你看，你一来，我连口热饭都吃不上了。

羊贩子说，卖了羊，你天天吃香的喝辣的。

说话的时候，羊贩子扭头看了看睡在炕上的许三管的女人。许三管的目光也敏感地跟了过去，他发现桂桂的身子动了动。

出门时，羊贩子说，我明天下午再来。

许三管说，那你就来好了。这一次，羊贩子揣到许三管怀里的，是整整一条烟。

晨光随着雄鸡嘹亮的破晓声如期而至，明朗的天空，一轮红日徐徐滚出地平线。新的一天，又在启迪着人们童年的梦幻。许三管照例早早起来，桂桂仍蜷在被子里。他推了她一下，桂桂没有动。

许三管说，我们一起去大草滩放羊吧。

桂桂的呼吸声粗了，她意识到许三管全面妥协的时候到了。

这可是最后一次放羊了，许三管的话音里渗透了伤感，他的声音甚至还哽咽了一下。

桂桂在被子里伸直了身体，许三管没有看她的脸，但他分明看到了她脸上泛起了清澈的笑容。

明净的大草滩在他们的视野里向前铺开了，那些潮湿而新鲜的空气扑面而来，卷入他们的心肺，羊群像一张撒开的网，它们时不时打几声响鼻，把呼吸道里的垃圾清理出来。羊一边吃草，一边排泄着黑玛瑙一样的粪蛋蛋。羊在清晨看上去很美，它们的嘴唇巧妙地拨弄着青草，偶尔有草丛中被露水打湿了翅膀的小虫子，羊就瞪着眼睛迟疑那么几秒钟，羊的胆子很小，羊甚至害怕一只小小的虫子对它们构成的危害。

许三管和他的女人也在草滩上移动，他们的黑条绒布鞋被露水打湿了，看上去像新的一样。

桂桂用手揪下一棵草，一边摆弄一边说，羊贩子买羊，钱要他存到银行里，现在到处都是假钱。

许三管也揪下一棵草，说，随便你。

桂桂又说，只要他能存到银行里，假钱也是真钱了。

许三管放眼望去，草滩、太阳都被蓝天无忧无虑地笼罩着。他心里倏地又响起了那支歌，但他连一句歌词也记不清了，只有那缠绵而又蕴含着激越的旋律在身体里回荡。

他一把搂住了自己的女人。

桂桂在许三管怀里挣扎着说，干啥吗，你这是干啥吗！

紧接着，他们就双双掼倒在草地上，在羊群好奇的目光里，让露珠尽情地打湿他们的身体。

天、地、人，一个庞大而繁杂的主题，此时，一下子变得清晰可辨了。

1999年7月写于黄闸湾

载《绿洲》2000年第1期

【评析】

王新军的小说对河西疏勒河一带的游牧生活有动人的书写，除了这篇《大草滩》之外，中篇小说《八个家》也具有此种意义。

单就《大草滩》来说，它像一首明净而哀婉的牧歌。这篇小说不是以情节、人物形象等取胜，而是以抒情性营造的韵味打动人心。主人公许三管厌弃了农耕文明的生活方式，在与羊群游走在"羊白、草绿、太阳红"，清水凌凌的大草滩上时才感觉到生命自由状态的欣悦，牧羊人许三管也在牧养和滋润着自我生命。小说以流畅的语言描写出大草滩——一个开阔辽远的充满了诗意的西部地域。而在这美丽自然的画卷里，跳动着生命和谐的韵律，也更趋近自然人性的自由天真，从而小说营造了天人合一的美感和生命的价值感。但是，小说中的许三管最终将羊群卖掉，从而结束了牧羊人生活。这个结局是以清醒的现实主义精神道出在当今金钱至上的时代中，保持个体精神自由的不易。难得的是，小说在这样无奈的结局里仍然以清淡的语言，保持了小说那种淡远的韵味，给读者的心头增添了忧伤和叹息。从短篇小说的艺术来说，其中一条就是应该创造一个明确的基调。这一基调可能随着故事的进展而变动，但是整篇作品应该有明确的基调，并且让读者不知不觉地被那个基调所攫住。《大草滩》很好地确立和完成了诗意淡远的基调。

王新军的小说中优美和谐的美学形态和清雅淡远的韵味在西部作家中是比较独特的。

【扩展性阅读书（篇）目】

王新军：《王新军的小说》，甘肃文化出版社2014年版。

王新军：《文化专干》（中篇小说），《绿洲》1997年第2期。

王新军：《民教小香》（中篇小说），《小说界》2001年第3期。

徐兆寿的作品

【作者简介】

　　徐兆寿（1968—），男，甘肃凉州人，现任西北师范大学传媒学院院长，中国作家协会会员，甘肃省首批荣誉作家。著有长篇小说《非常日记》《荒原问道》《鸠摩罗什》等7部，诗集有《那古老大海的浪花啊》《麦穗之歌》等，学术著作有《我的文学观》《中国文化精神之我见》等10余部。获"全国畅销书奖""敦煌文艺奖"、甘肃省哲学社会科学优秀成果奖等10多项奖。获甘肃省哲学社会科学优秀成果奖，教育部"新世纪优秀人才"称号等奖励。

非常日记（节选）

　　星期天晚上，余伟失眠了。

　　林风的小说在旁边，这几天一直无暇来看，现在睡不着，正好拿来消遣。一看题目是《非常日记》，觉得有点意思，便打开来看。没想到，他竟打开了一个让他惊异万状的心理世界。虽然作者的文笔不怎么样，但正如他的诗和他本人一样没有多少修饰，也没有多少伪装，而且他所描述的事情是那么逼真，那么细腻，是他的这本日记体小说表现出独特的风格。小说的前面附着一封信，是写给余伟的。

余老师：

　　您好！

　　您大概想不到我会给你写信吧，我是一个不善言辞的人，尤其见了您以后，我就更不知道跟您说些什么，可是，我知道您能理解我。我在北方大学的六年来，从没有听过像您那样精彩而又独特的报告。您可能不知道，北方大学的学生是怎样评价您的吧？他们说您是他们的精神

导师。是您的报告，打开了我们从未开启的内心世界；是您对我们青年的理解，使我们对自己的心理和道德，特别是性心理有了一个正确的理解。在这些人中间，我是最幸福的一个，因为只有我和您有单独的交往。如果没有您，我那些文学作品就是垃圾；如果没有您，我对人生就会绝望，甚至走上歧途。总之，是您，给了一个全新的我。

我来看您的时候，要下很大的决心。我不善于和人交往，可是您从没有嫌弃过我。我每天都想见到您，如果见不到您，我的心里就感到空空的，所以我每天都要到您那儿去，但我不能天天打扰您，所以我每天都要在您楼下徘徊一阵，这样我的心里就实在多了。我从来没有这样的感受。

余老师，这本小说是我刚上大学时就开始写的，已经改了好多遍，前几天，我又重新修改了一次，不过每次都是结构上的一些调整，我不愿意改变它的原貌。我不知道这是不是小说，也不知道我为什么要这样写作。我从没有打算将它发表，而且，我想不可能发表。我也没有打算让任何人看，人们看了后一定会嘲笑我。但我愿意让您看，您现在是我最信任的老师和朋友。是的，余老师，在我的心中，您是我的朋友。请原谅我的冒昧和无礼！

另外，余老师，除了您之外，我不希望有别人看到它。这是上部，下部我还没有写完，等写完后再拿来请您批评。

向您致以崇高的敬意！

您的学生：林风
2000年10月20日

林风的信使余伟既高兴又心情沉重。余伟从没有想过他会在林风的心中有那样高的地位，也没有想过他会在学生中产生那么大的影响。他们一共见过五次。第一次是在余伟回国到这里执教做的首场报告后，当时有一大群学生围着他，那个学生一直在后面看着他，直到最后也没有说上一句话。第二次是在一周后，还是他做报告以后，还是许多学生围着他，还是一直站在其他学生的后面，一句话也没说上。第三次的经历与上两次基本相同，不同的是，这次是余伟过意不去了，主动问他。他红着脸，脸很消瘦。他说话的声音很小，小得还有些口吃。他说他想找余伟单独聊聊，余伟便给了他电话和地址。第四次是林风拿着他写的部分诗稿来找余伟。余伟把一部分诗稿推荐给了晚报副刊，后来发表了几首。第五次便是林风拿来了他的小说。临走的时候，林风特意对余伟说，不要把他的稿件给别人看。他答应了。

林风的小说是这样开头的：

1995年的秋天，也就是我18岁的时候，终于踏进了北方大学的大门。父亲希望我将来做一个大官，而我的母亲生前对我的唯一希望是能吃一口国家饭，不要受苦就行了，但我的理想是做一个作家。没想到所有的理想都在一一破灭，我被情欲俘虏并痛苦地折磨着。有时候，我想去自杀，以结束这毫无意义且让人生厌的人生，可我一想到亲人会痛苦，就勉强地活着。但活着，就得思想，就得接受情欲无穷尽的鞭笞。

9月10日晚，中文系在学生食堂举办了迎新暨庆祝教师节晚会。系上要求我们都去参加，我个子小，坐在第一排。我本来对音乐和舞蹈什么的不感兴趣，但又不能走，就勉强地看着。到了中场的时候，一个高年级的女生出来跳芭蕾舞。我是第一次亲眼看芭蕾舞。只见她穿着白色的透明的舞衣，立着脚尖出场了。她的笑容是那样灿烂。所有的人都静静地看着她。我离她最近，几乎能闻到她身上发出的芳香。我直直地看着她的大腿和微微露着的短裤、圆润的翘臀，直觉得呼吸越来越急促，生怕别人听见，就赶紧屏住呼吸，又不敢看周围，好像别人都在看我似的。我觉得自己的脸一定红了。后来，我仿佛昏了过去，不知道过了多久，只觉得眼前的她在给观众敬礼，就赶紧应和着别人鼓掌。这时，我看了看周围，才发现根本没有人看我。一擦脸，脸上全是汗。那天晚上，我做梦一直在看她跳舞，后来，我竟然抱着她和她做爱。我吓醒了，直觉是床上湿漉漉的。看了看别人，都睡得很死，才安下心来。可是，我的心还是跳得很厉害，我想起以前做梦还和别的女人做爱，有好几次甚至是和我最亲近的姨姨……她是把我从小抱大的。在我十六岁时，母亲去世了，她就常常来给我们做饭。考大学那阵子，她几乎每天都到县城里来看我。我一想到这些，就觉得自己犯了罪。最可怕的是在我十五岁的时候，有一次做梦，明明看着我抱着的是一个不认识的人，可是转眼竟变成了我的母亲。我在梦中吓醒了，打了自己一个耳光。越是不愿意做这样的梦，这样的梦就越多。有那么几次，我甚至害怕睡着，怕一睡着就会犯罪。好在母亲去世后，我再也没有做过那样的梦。

但姨姨却莫名地出现了。我看过弗洛伊德的书，说这是恋母情结。按他的说法，很多男人都曾做过这样的梦。我不信。我认为这是一种罪恶。

第二天，我羞得不敢和同学一起走，只好单独低着头快快地走，生怕别人看出我的心思。第三天时，我才把高年级的那个女生忘了。因为我知道，我和那么美丽的女子是天生的两种人。她肯定看不起我这样的人。

有一天下午，我找了一个没有上课的教室准备写一些什么。里面坐着一些学生，每个人的旁边都空着，都似乎不愿意别人来打扰。我看到最后面有一个座位空着，就去坐了下来。刚坐下，一转头，就看见那个跳芭蕾的女生坐在离我不远处。我的心一跳。天气热得很，大家都穿的很少。只见她穿着牛仔短裙，坐在位置上时，两条修长的腿就几乎全露了出来。我坐在那儿一个字都写不出来，总是忍不住地要看她和她的腿。她好像意识到有人在看她，便转过头来本能地朝我看了一眼。我赶紧低下头去，但我已经被她发觉了，而且我看到她的眼里有一种对我不屑的神情。

那几天的夜里，我总是能梦见她，但看见的却是她那种高傲的神情。

使我痛苦的是，我总是不能忘记她，尤其是那夜的梦。每当没课的时候，我总是在文科楼的教室里晃荡着，从一个教室到另一个教室，我希望能看见她。我还有意识地在下课时在楼道里转着，晃悠着，希望能碰见她。

她叫林眠，和我的名字只差一个字，可是我觉得她的名字是那样高贵，那样富有诗意。她只比我高一级。

9月20日　　晴

学校西侧是一片杨林。中秋时节，杨树的叶子已经有一些衰败，夕阳西下，杨树林一半辉煌，一半萧瑟。我喜欢这种富有诗意的情景。我从小就喜欢秋天，喜欢看秋风中摇摆着的秋草和无边无际的油菜花。最近，我总是一个人在这里坐着。手里的书常常打开着，可是一页都没有翻过。一到这里，我好像着了魔似的兴奋或忧伤，思想和情感都很活跃。我从小喜欢一个人呆着，言语也很少，父亲不大喜欢我。后来我在学校里的成绩一直是第一，老师对我很看重，父亲才觉得我有另一面，值得他骄傲和关注。但我在学校里仍然少言寡语，喜欢独处。家里很穷，母亲总是有病，父亲的脾气总是很大，动不动就要打我们兄弟两个。我穿的衣服是同学中最破的，女生好像总也看不起我。小学时，同桌是校长的女儿。她总是很霸道，把大半个桌子都占去，我一旦跟她争时，她就骂我是穷鬼。我受不了，但也无可奈何。从此，我再也不跟女生坐一个桌子。从小学到高中，我很少跟女生说话。上初中时，班里有个女生长得非常好看，像画上的人一样。可能全班的男生都在暗地里喜欢着她，我也不例外。她跟有些男生说话，跟有些男生却从不说话。一次我和她一起打扫卫生，我紧张极了，很想和她说几句话，但又不知说什么。卫生打扫完了，她冲我笑笑，算是我们告别了。我也冲她笑笑，竟然满足得晚饭吃了两大碗饭。上高中时，我在县城里读书，城里的姑娘长得都好看，可是她们的眼睛都很高。我知道她们一定看不起我，但我也看不起她们。她们的学习很差，有的跟着一些坏男生胡混。

在这个世界上，跟我最亲近的女生只有两个，一个是我母亲，另一个是我姨姨。她们是唯一看得起我并深爱我的女人。姨姨比我大十岁，在我们家乡的女人中间是最美的。我是她一直抱着长大的，她喜欢拉着我的手到处转亲戚。我为她骄傲，她也以我为骄傲。她说我一定能上一个好的大学。记得前几年我母亲病重的时候，姨姨就常常在我们家。春节的时候，家里人多，我、母亲和她就睡在一起。大概她在我小时候把我搂着睡惯了的缘故，总是在睡熟时把一只胳膊搭在我的身上，有时候还贴着我。我已经长大了，身体里的冲动是那么强烈。我睡不着，有时候突然从脑子里出现她赤身的样子，我吓得赶紧睁开眼睛驱走这心中的恶魔。可是，睡着睡着，就又冒出这种情景来，于是，我只好睁着眼睛，或者远远地离开她，缩在角落里睡去。她累了一天，晚上睡得很香，所以从没有察觉。母亲不在了，我也早已到县城去读书，我就很难再见到姨姨了。父亲一个人不但要到地里干活，还要给弟弟做饭。离开家乡已经一个月了，我越来越想他们了。不知道他们怎么样了。他们想不想我？

......

7月20日　　晴

放假的时候，我写了一份申请，终于获准在学校看护草坪。这份工作既轻松，又可获得三百元的补助。我马上写信告诉父亲，说是学校不让我回去，还告诉他补助金的事。这笔补助对我和父亲而言，是了不起的。因为弟弟还在上学，父亲不能外出打工，种地又不能赚钱，我们的学费一直是个问题。我特别怕在这时候回去割麦子。我脸上的铁锈就是小时候在地里干活被太阳烤的，我常常为此而苦恼。上大学的这一年，脸白了一些，但两鬓间的黑锈还有一层。我始终觉得这是我的羞耻。它标志着我的贫困出身和下层地位，暗示了我阴暗的内心。

程一涛也没回家。他跟我不太一样，他主要是在晚上要替中文系团委书记值班。他的打算比我们宿舍的任何人都要长远而实际，也远比我们有主见和勇气。

看护草坪是非常简单的工作，我一边看书，一边四处转着。学校还为我们发了太阳帽。从每天早晨八点钟开始，到晚上九点钟，我一直得守在草坪旁边。暑假期间，大学生们走了，可是几千名成人学生和一些自费生又来到了这里。他们不像普通大学生一样好管理，他们几乎没有什么管理。成人学生还好一些，大多是些有社会阅历的，不闹事，可是那些自费生就难管了。他们本来在假期是没有课的，由于他们有一门全国统考课集体不及格，便在这里补课，因为开学后不久就会考试的。每天晚饭后，成人学生趿着拖鞋就在这里转着，有一些就躺在草坪上休息。我的任务就是把这些成人学生劝说着离开。这些人走了，谈恋爱的自费生又成双成对地来了。他们一般都是好几对一起来，提着啤酒瓶子，像社会上的地痞流氓，骂着粗话，目中无人地走进了草地。这时候，一般都到了晚上九点以后，也是我们下班的时候。说真的，我也不敢去赶他们走。在学校里，每周都会发生血腥事件，大都是自费生们喝醉后发生的。他们发泄着对社会的不满，发泄着对自己的仇恨。实际上，他们都很聪明，只是不好好学习，考不了好成绩而已。但他们对社会的认识却是我们这些普通大学生远远不及的，他们应付社会的能力也是我们无法相比的。他们虽然在上学，但社会关系非常复杂。我们一般都远远地躲着他们。有一天晚上一点钟左右，我和一个同学热得睡不着，就到校园里转悠着，不觉间又来到草坪旁。草坪上好像还有两个人。这是很正常的。我们就在旁边坐下来，突然我们听到一个女人的呻吟声，发现是那两个中的一个。我们慢慢地往前走了一些，才看清他们。天哪，两个人正赤着身子在草坪上做爱，嘴里还说着下流的语言。

我们呆呆地看着，浑身的血直往上涌。同来的同学骂了声"他妈的，畜生"后，我也骂了声。我们都很愤怒。可是我们又都想看个究竟。同来的同学往前又走了一些，我也跟着往前走，没防住发出了响声。我吓得往回缩，他也赶紧跟着我走，仿佛是我们做了什么见不得人的事。我们的声音显然惊动了草坪上做爱的男女。没想到他们却大声地笑了起来。我们越发地感到吃惊。

回去后跟一起看草坪的其他两位同学说了，他们不信，起身要去看。我们俩也是好奇心仍有，便带着他们一起去。这回人多，我们不怕。有一个同学说如果这次去还在干，就把衣服拿走，看他们怎么办。我们到了草坪上时，发现那对男女已经拥在一起睡下了。有个同学大声地喊着要他们起来，两个人一看我们人多，才穿上衣服走了。

这件事对我们的震动很大。那天晚上我们再也睡不着觉了。起初，我们一致大骂这种有伤风化的行为，可是骂着骂着就有一个同学说，人家做爱与我们何干？大家倒愣住了。是啊，与我们何干？妨碍了我们的什么？压坏了草坪？损害了一种社会道德？有一个同学笑着说，还不是吃不着葡萄嫌葡萄酸，是我们没有这个本事和勇气，是我们没有女人可干。大概说中了每个人的心思。后来，有人说，我们四个人要一人讲一个黄色笑话。

笑话讲完后，一个同学很认真地说：

"你说人和动物有什么区别？什么爱情啊，婚姻啊，不都是为了一个欲望嘛。"

有人反驳他："爱情不一定有性欲的结果。"

"行了吧，你还柏拉图呢？现在谁谈恋爱还不想做爱？除了你，傻冒！"

"这就是人与动物不一样的地方。谁像你，整个一个动物！"

"动物怎么了？人老骂人家动物，说'你个畜生'什么的，我看畜生比人好些。畜生做爱还要讲季节性，还要择优进行。畜生并不像人类那样，变着法子在方式上下功夫，又要吃药，又要技巧，最后把自己弄出个淋病、梅毒，这还不够，还非要弄出个艾滋病才行，谁知道以后还会弄出个什么可怕的病来。"

一说起这个，好像大家都有同感，另一个接着说：

"就是，你说人非要说动物比人要凶残，谁听说过哪个动物在皇宫里占下了三千美女，却又把六千童男的阳物割去，不让他们有这个念头，还口口声声说什么'天道'，这不是欺人吗？不是欺天吗？"

"还有呢！动物界有妓院吗？动物界有同性恋患者吗？人类却有，人类还口口声声说什么人道，说什么保全天性，真是睁着眼睛说瞎话。"

"说到底，人比动物更淫荡，更荒唐，更残酷，人类灭亡是迟早的事。"

"唉，骂有什么用？你说我们这些人的性功能都这么健全，意识又如此强烈，却就是没有对象。"

"说到这事儿，我就一直在想，你说人类非要说人有爱情，性爱非要在爱情的基础上才能进行，这是不是骗人的鬼话？中国过去没有爱情这个词，也没有这个理性，难道中国人就没有性爱了？古人觉得喜欢就可以结婚，就可以有性生活，我觉得这个就很好。哪里像我们，被爱情这个词诱惑着，非要这么干等着爱情的来临，把自己压抑出毛病来。学校这鬼地方又不让你结婚，再说你结婚也结不了啊。我一直在怀疑，我们这些人，非要干等出毛病来，不信你等着看，过不了几年，我们的那东西就用不了了，就像张贤亮小说里的那个男人一样，不行了，非要用特殊的办法才能把它治好。要是治不好了呢？你说吓人不吓人？"

这时，有人就笑起来，说另一个同学的那东西肯定现在已经不行了。那个同学很生气，扬言要拿出来让人看。笑话归笑话，但谁都在想，他的性功能会不会丧失呢？

那天晚上，我们都沉浸在一种骚动不安之中。

那晚以后，我一到晚上就莫名地骚动起来。天越来越热。学校里的女自费生都穿得很前卫，我们就光着上身坐在路旁一直看着过往的人流，在那里评价。我感到既过瘾，又下流。可是我宁可这样下流，也不愿回去被身体里的欲火烘烤着。

有一个女人一连几天都引起我的注意。她是一个卖西瓜的妇女，看上去大概不上三十。她穿着半透明的连衣裙，身体很健康，看上去很漂亮。我渴得难受，就上前去买她的西瓜。她看了看我，问我是不是大学生，我说是。她问我为什么没回家，我说学校有事。然后她就给我挑了一个，说是很甜。我给她钱，她给我杀开一看，的确不错。第二天晚上，我看见她穿了一条牛仔短裤，露出浑圆的大腿。很多人都去买她的西瓜。我也去买。她一看是我，对我说：

"你替我收一下钱，西瓜你随便吃。行不行？"

"行。"

反正我也没事。大概十点半的时候，她的西瓜全都卖完了。我们就开始聊起来。她问我叫什么，我给她说了。我没有问她叫什么。她说她非常羡慕我们大学生，我说没什么羡慕的。聊了一阵子，她就骑着三轮车回了。我问她这么晚了回家怕不怕，她说她每天夜里都这时候回家，有什么好怕的。她说她住得离这儿不远。

一连几个晚上，我都帮她收钱，她要付我工钱，我拒绝了。她说我们大学生就是品德高尚。又到走的时候，我问她为什么不和她丈夫一起来。她说她丈夫是个残废，全身瘫痪着。我一听非常同情她，她却笑了笑，说：

"没什么，我就是这个命。我是没读下书，这一辈子也就这样了。不像你们，前程远大。"

我说她一样可以再读书，现在像她这个年龄的人上学的多得是。她笑了笑没说什么，意思是我太天真吧。

那天夜里，一起看草坪的同学开我的玩笑，说是那个女人看上我了。我急得骂着他们，可是半夜里我忽然想起了她。

今天晚上，她没有来，我像没有事儿可做，也像没有了去处，到处乱转着。我忽然间非常想她。同学们仍旧在睡觉的时候要讲黄色故事，有两个同学睡着睡着又爬起来，说是睡不着，要到学校外面去看黄色录像，问我去不去。我摇了摇头。他们走后，我突然后悔，为什么不去呢？我还没有看过呢？我只好想着那个女人，想着她的身体，渐渐地入睡了。

7月21日　　晴

我一直在想，我是不是爱上她了？从心里仔细地搜一遍，也没有发现准确的消息。我只对她身体有一种强烈的冲动。我不知道这种感受是否可以。人们始终对情欲有一种敌意。中国的圣人自不必说，各种宗教更不用说，就连我们这些凡夫俗子也不敢提倡情欲。当然，尼采还是哪个西方的哲学家说过，我们每个人的头脑都被别人的马踏过，大概我们就是被踏过，并把我们自己踏没了的那些人吧，也就是说我们的一切思想都是别人的，我们的行为也受到一些人的思想的支配。这还用问吗？现在，我明白了，所谓凡夫俗子就是没有自己思想的人。

那我还有些什么呢？除了这个实在的身体外，别无它物了。只有我们的身体现在是可信的，但是可信的身体现在只有一个请求：我饿，我欲，我痛，我苦。

7月22日　　　晴

昨晚，大家又要提出去看黄色录像，我便跟着去了。使我没想到的是，里面坐着许多女生。她们的旁边都有男朋友，一边看着，一边笑着。她们的笑使我很不自在。录像有点模糊，但大家都看得很认真。上高中时，一起住的同学经常拉我去看，我一直没敢去。这是第一次看，极为惊奇。第一次在这里面知道了同性恋者的故事，第一次看见几个男人和几个女人在一起乱伦的情景，第一次看见人与动物乱伦的可怕景象。一直到第二天的清晨我们又匆匆赶回，一个个疲惫至极，像虚脱了一样。

下午大家都醒了，揉一揉眼睛。有人笑起来，大家便都大笑，觉得生活毫无意义。世界真是荒唐，这荒唐也已经显得极为平常。大家躺着，都不愿起床。这时，有个同学给我们讲了一个真实的故事，说是他们村里有个小伙子，因为家里穷，三十岁了还没有结婚。有一天，他实在忍不住了，就跑进羊圈里要和他家的母羊干那种事，不小心被母羊一蹄子给踢中了要害，躺在地上竟然死了。人们都不知道这是怎么回事。可是一个小孩子先看到了这些，说了那个小伙子死的时候的情景，这就传了出去。人们一听就明白了。她只有一个姐姐，家里也很穷。她在看到自己的弟弟死于这件事时，一边大哭着，一边竟然说：

"你为什么要干这种猪狗不如的事呢？你真要要的话，姐姐我……"

不知道我的同学讲的是不是真的，可是我们却再也笑不出来了。我一直在想：如果这件事是真的话，那位姐姐怎么能说出那样的话？她既然认为自己的弟弟强奸母羊是猪狗不如的事，那和她——亲姐姐难道就是人的行为，就比猪狗要强？她怎么会有这样大胆的想法？难道生命比任何价值都重要？

我们都摇着头，沉默了。

同上

吃晚饭的时候，我随意地翻着一本杂志，一篇小文章令我震撼了，说的是新疆的一个地方，有一种神奇的快要绝种的马，人们怎么也找不到种马，便把母马生的子马拉来配种，但子马坚决不肯。当地人实际上都知道，这种马从来都没有子马给母马配种的。他们没办法，只好把子马和母马的眼睛都蒙上，配种行动终于完成了。人们自以为大功告成，便先把子马头上的布取掉了。这时候，子马发现了母马，便扬起前蹄悲鸣数声，然后狂奔而去，没有任何犹豫地跳崖自杀了。

我突然想起俄狄浦斯王：他用衣服上的金针刺瞎了双眼，眼睛里流出的血如同所有的灾难一起降临，落在他身上，他叫人把宫门打开，让全体忒拜人来看自己这个杀死父亲的凶手，然后要求把自己放逐。

我想起了自己。一个罪恶的人。

这几节日记使余伟想起他上大学时的情景。八十年代末期，黄色录像在北方也只是听说而已，街上是绝没有地方去看的，只是在暗地里运行。余伟的一个同学家在铁路上，有同学从南方弄来些录像带，给他说的是武打片。余伟便跟着他去看，是在他家。同来看武打片的还有他的三个高中同学。他告诉父母是要看武打片，他父母便休息去了。到十一点时，一个片子还没有看完，他就迫不及待地放了黄色片。余伟当时是第一次接触这些。他彻底被震撼了。实际上，第一个片子准确地说，还是很有些意思的。它讲了一个女人被情欲折磨的故事，里面有她单独时手淫的场面，有她无可奈何去找男妓发泄的情景，有她和自己所爱的人做爱的情节。但第二个片子就不一样了，里面全是些同性恋乱伦的场面和男女群体乱伦的情节。第三个片子便是人和动物交配的恶心场面。余伟记得看完那部片子的第二天，他们一直睡到了中午。同学的父母好像知道他们在看什么片子似的，会心地笑着。那次看完后的最大反应是对性的厌恶，和对女性的反感。在此后的三个月时间里，余伟只要一看到女性，就马上想起那些叫他恶心的场面。也是那些片子让他对婚姻和性产生歧义。许多年过去了，他没有想到的是，他对性的了解和对性技巧、性知识的掌握竟然全赖于那些黄色片。他记得此后的两三年里，黄色片子开始在街上的录像厅里偷演，他的同学便偷偷地到处找着看。他记得文艺学老师——一位三十岁左右的未婚男教师在偷偷地看黄色片时被抓到了公安局，是系里领导出面才领回了人。这些记忆都使他在美国学习时对性有了新的认识，也成为他研究中国人性心理的动机。

使余伟始终不快的是，对性的这些了解不是从教育中、也不是从正常的渠道得来的，而是从冒着犯罪念头的非正常的渠道得来的。每当他想到这些时，一种深深的悲哀就从心底里漫上来。

大概林风还是受到目前一些文风的影响，在小说中有很多色情描写，而且描写得非常详尽，让人难以置信。如他把黄色录像中的场面几乎全盘搬到小说里，如那个男人是如何强暴那只母羊的，还把那个男人的生殖器大肆描述了一番。这些描述虽然能吸引读者，但也妨害了小说的审美。至于林风在日记里总是提起的梦中和母亲一起同床的情景，余伟倒觉得没什么。弗洛伊德在这方面有大量的论述，西方的很多小说里也曾写过这样的故事。他想起在《俄狄浦斯王》里的一句话：

在一个人还没有跨过生命的界限、没有得到痛苦的解脱之前，不要说他是幸福的。

7月24日　　晴

昨晚，那个女人又来卖西瓜。我们已经有两三个夜晚没见面了。因为昨晚看毛片的原因，我的眼睛不由自主地往她的裸露的地方偷看着。我感到自己的呼吸很紧张，喉咙越来越干。她今天拉的瓜早早地就卖完了。她说她想看看我们大学生的宿舍。正好今天其他人又去看毛片了，宿舍里只有我一个。她跟着我进了宿舍。我给她倒了水，她坐在床上，我则坐在她对面。她喝了一口水，说热得很，我也说热得很。我们就胡乱聊着。她给我讲她在高中时为什么没好好学习的原因，说是有一个男生追她，她又不喜欢人家，她喜欢另一个男生，而那个男生偏偏又不喜欢她。她有时候就跟着那个追她的男生混着，喝酒、跳舞、看黄色录像（我一听就脸红了，可她一点儿也没有），把学习就没当回事。她问我有没有女朋友，我说没有。实际上，我的身体正经受着巨大的考验，根本对她的谈话就不能尽心。我一边和她说着话，一边在想着我和她能不能那样。因为她说热得很，把上身的T恤脱了，只留下一个短背心，露出她健康圆润的肩膀和小腹来。我的心贪婪极了，我孱弱的身体几乎控制不了。这个场面，这几天夜里我总是在设想，谁知它真的发生了。这倒使我为难。我不知道她为什么这样，不知道她是真的想那样，还是她喜欢我，不，喜欢和爱是不一样的，她绝对不会爱上我，这我很清楚。

我们就这样僵持着。我多么想要她啊！这时我整个的身体在呐喊，可是我突然害怕起来。怕什么？怕她会捉弄我？怕我自己？我不知道。

她的双胸也在颤动，她不停地擦着脸上的汗。我们互相看着对方的眼睛，可是都没有超越一步。我不知道怎么办。我盼望宿舍里的同学今晚不要来打扰我们，我希望能得到她，可是我又希望谁来打破这僵局。我觉得自己支持不住了。

突然，宿舍里停电了。原来是到了休息的时候。

她仍然没有要走的意思，这是我既希望又不希望发生的事。我点了蜡烛。烛光里，她那丰满的身体更显得诱人。她说她要看看我的书，便走过来和我坐在同一张床上。我吓坏了。我几乎能闻着她的体味，能感觉到她的身体也在燃烧。她在看我的书，我却在看她的肉体。我觉得自己难以克制了。

就在这时，楼道里响起管楼门的老汉的声音，好像在大骂旁边宿舍里喝酒的一群人，里面也有女人。老汉骂那些人不要脸。

她站起来说："我走了。"

我也站起来说："我送送你。"

她没有拒绝。我不知为什么今晚要送她。我们慢慢地走着，仿佛都为刚才没有发生的事感到遗憾。她不停地看着我，我不敢看她。她是一个成熟的女人，她不仅有一个成熟的身体，而且有一颗成熟的能经受打击的心。可是，我是多么虚弱，我的心是那样单纯而敏感。走到校门口时，她突然问我：

"你们宿舍的同学到哪里去了？"

"看录像去了。"

"看黄色录像？"

我脸红了，笑着，没有回答。她也笑了。她说：

"你们也看那种东西？"

我笑着没有回答她。她一直看着我的眼睛，我不敢抬头。她问我喜欢看什么录像，我说不知道。我的确不知道自己喜欢看什么录像，我很少去看那种东西。在我的心里，那是最低级的娱乐方式。我说我很少去看录像。她说：

"还是不要去看那种东西。看了会学坏的。"

我也这样认为，但我的回答却是："我没时间去看。"

她说："大学生就是和我们不一样。"

说到这里，她说要走了。我也忽然觉得没意思了，就说了再见。回来的路上，我不知道是该赞美自己，还是该狠狠地骂自己。

7月25日　　晴

也不知道为什么，这里的夏季偏偏很少有阴天，一点儿雨也不下。我们热得难受。

昨天晚上，我一晚上没睡着。前半夜还有点庆幸没发生什么，后半夜则开始骂自己懦弱。为什么不要她呢？她不也是正想要我吗？可是我不知道这件事发生以后会发生什么事情。

我觉得自己是一个魔鬼。我越来越不能理解自己了。白天，我还能静静地做事，可是一到夜晚，我就被自己身体里的呐喊和愤怒吵醒。从我们宿舍里的其他同学赶着看毛片的情形来看，他们和我一样正在经历着可怕的抗争。白天的时候，我对自己在夜晚的丑恶感到羞愧，可是一到夜晚，我就忘记了一切，不顾一切地在寻找，在反抗自己。

不知道这种旷日持久的抗争何时才能结束。

……

7月30日　　小雨

终于下雨了。

似乎是我们生命中渴望已久的秋水。它不仅仅流遍了世界，也流遍了我们的每一处干渴的骨髓里，滋润着我们肉体里的每一个被情欲折磨的细胞。

一场燃烧了很久的大火熄灭了。

我又平静了。回到了往日的平静中。

再想想过去十几天夜里的苦难和煎熬，我真有点厌恶自己。

读着庄子的《秋水》，不用看文章，似乎也悟出些真义来了。

7月31日　　大雨

大雨整整下了一天。我仍然在啃庄子。

更平静了。

8月3日　　　大雨

下了几天的大雨，天气渐渐凉了下来。

那个卖西瓜的女人再也没有来过。

我扔掉庄子，重读叔本华。

　　余伟不知道小说里的"我"是不是真的林风，也不知道林风写的是不是真实的事情，可余伟已经把他们连在了一起。在林风后面的日记里，再没提起过那个卖西瓜的女人和其他一些他描述过的女人。她们好像被一笔带过，好像是为了要说明他的某种情态而安排的。这些都跟生活本身相似，与小说不一样。小说里的人物总是还会出现，但在生活中也许就那么一次。他的这些描述使余伟震惊，同时勾起了余伟久伏着的回忆。余伟记得上大学时他也是每个夏天不回家，有时出去打工，有时就在宿舍里爬格子，还有就是跟着社会实践小分队的老师到各处去进行演出和参加活动。他记得那些夏天，也经历过和林风一样的苦难，只是他每天晚上都去做家教，而且宿舍里就他一个人住着，没有人打扰，也便少了很多磨难。

徐兆寿：《非常日记》，敦煌文艺出版社2002年6月版

【评析】

　　徐兆寿被称为"问题小说家"，他的前期作品《非常日记》《非常情爱》《非常对话》等"非常"系列小说，引发了对改革开放以来当代大学生心理和精神状态的热议。本书所选《非常日记》被出版界誉为"首部大学生性心理小说"，作者以第一人称坦诚和率真地向读者敞开当代大学生的隐秘性心理，真实地披露了来自农村的大学生因为性压抑不能正常调节而出现的心理的扭曲变态。

　　小说主人公林风是一个从乡村考到省会城市的大学生，由于家境贫寒，又过早地失去母亲，林风养成了自卑、敏感、多疑的性格。再加之青春期情欲的困扰让他陷入了无尽的苦闷和痛苦之中。他把读书当成了自己的精神寄托，可是读书越多，越发现人生的虚无。面对大学校园里形形色色的性诱惑，窥探、尝试、自责、狂躁交织在一起，逐步走向心

灵的扭曲……隐私的曝光、理想的破灭最后迫使他走上自杀的道路。他把一本披露自己真实内心的日记，留给了母校"北方大学"研究心理学的留美博士余伟……

五四时期郁达夫的自叙传小说描写了20世纪初一批"袋中无钱、心头多恨"的知识分子性压抑苦闷的心路历程，开了性心理小说的先河，20世纪末徐兆寿以敏锐的眼光捕捉到改革开放以后当代大学生的心理疾病，并用细腻的手法，赤裸裸地真实描写了大学生的心理变异问题，小说中的余伟是社会理性力量的代言人，作者通过他对林风扭曲的性心理做出剖析，揭示了人类文明虽然发展到了21世纪，但传统的性观念如同毒瘤一样附着在人们身上，传统文化与现代文明的冲突、价值的多元化，导致有许多像林风这样饱读诗书的大学生，由于家贫自卑、信仰失落走向了心理的失衡、心灵的焦躁。小说令人震惊地展示了当代大学生的情感生活，提出了社会应该重视大学生的心理变异问题，从关爱和心理干预的角度引导大学生放下思想包袱，树立正确的人生观、价值观、恋爱观。毋庸置疑，在大学生心理疾病越来越引起社会方方面面关注的当下，徐兆寿的表现视角无疑具有前瞻性和现实意义，在当代文学创作中亦有不可替代的作用。

【扩展性阅读书（篇）目】

徐兆寿：《非常对话》（长篇小说），中国青年出版社2003年版。

徐兆寿：《生于1980》（长篇小说），春风文艺出版社2004年版。

徐兆寿：《非常情爱》（长篇小说），中国青年出版社2004年版。

徐兆寿：《幻爱》（长篇小说），甘肃美术出版社2006年版。

徐兆寿：《荒原问道》（长篇小说），作家出版社2014年版。

雪漠的作品

【作者简介】

　　雪漠（1963—），原名陈开红，甘肃凉州人，国家一级作家，甘肃省作家协会副主席，广州市香巴文化研究院院长。著有长篇小说《大漠祭》《猎原》《白虎关》《西夏咒》《西夏的苍狼》《无死的金刚心》《一个人的西部》《深夜的蚕豆声》等。荣获甘肃省委、省政府等部门授予的"甘肃省优秀专家""甘肃省领军人才""甘肃省德艺双馨文艺家""甘肃省拔尖创新人才"等称号。

大漠祭（节选）

第一章

一

　　兔鹰来的时候，是白露前后。漠黄了，草长了，兔儿正肥。焦躁了一夏的兔鹰便飞下祁连山，飞向这个叫腾格里的大沙漠。

　　老顺就在大沙河里支好了他的网。

　　网用细绳缩成，三面，插成鼎立的三足，拴一个做诱饵的鸽子。兔儿日渐狡猾，饥肠辘辘的兔鹰便一头扎进了网。兔鹰长着千里眼，看不见眼前三尺网。

　　早晨，照例授鹰。

　　老顺很早就醒了。他梦见千万只兔子张着血红大口向他扑来，铺天盖地的，就醒了。他相信报应，认为那是死在他手里的兔子来索命。这种梦老做。第一次做这梦的时候，他就不想再放鹰了。孟八爷说："屁核子！不放，兔子糟害庄稼，不饿死人才怪呢。"老顺就想，放鹰也算是行善积德呢，就仍放。当然，主要还是舍不得兔肉味，白露一过，嘴里没几块兔肉拌哒，心里就干焦干焦的；但总抹不掉杀生害命的阴影，老做那梦。做一次，出一身冷汗。做归做，放归放。谁叫野兔糟害庄稼呢？

灯一亮，那个叫"黄犟子"的黄鹰便不安分地扇翅膀。显然，它也在做梦，梦见自己在天上飞呢。一定是的。老顺想，人梦见自己吃肉时总要拌几下嘴。鹰梦见自己飞时，不扇翅膀才怪呢。老顺笑了。他发现"黄犟子"已睁圆了眼。他很喜欢这圆溜转的霸气十足的眼睛。这是真正的鹰眼。鹰的所有气息都是从这个窗户里透出来的。

"黄犟子"是个叫人"咬牙"的鹰，性子暴，难务息。但也正说明它是个好鹰。就像千里马多是烈马、忠臣大都刚直一样，越叫人"咬牙"的鹰越可能是好鹰。一旦驯服，抓兔子是一把好手，还不反。不像"青寡妇"这种次货，一落网，就乖，就吃食，就叫人摸。面里驯服得很，可一丢手，它就逃之夭夭了。抓兔子？哼，闻兔屁去吧。

老顺喜欢刚烈的鹰。

地上横躺着一个拇指粗的羊毛轴。那是昨夜老顺硬塞进"黄犟子"嗉里的。早晨，鹰脖子一抢，毛轴就出来了。老顺捡起，就灯下看，轴儿上已干净了。这就是说"黄犟子"的"痰"拉清了，能往兔子上"放"了。这是第七个毛轴。前六个，夜里喂，早晨吐。羊毛上尽是黏乎乎的黄油。这黄油祖先叫它"痰"，老顺也叫"痰"，灵官却叫"脂肪"。叫啥也罢，一样。反正那黄油是叫鹰性子野的东西。不扯清，手一松，鹰就飞了，"嗖——"，直上天空。等俯冲下来，就不知溜到啥地方了。扯清"痰"，它一飞高，头就晕，就饿得慌。见了兔子，不扑，才怪呢。

老顺决定今天把"黄犟子"往兔子上"放"。这是个火候。放早了，鹰还野，有去无回；放迟了，鹰就"背"了，忘了自己会抓兔子。万事俱备，只欠东风。接鹰至此，只剩一"放"。老顺有种临战前的兴奋。

推开门，一股清新扑面而来。老顺心里一爽。他最喜欢这味儿。乡下的清晨，空气凉水似的，吸几口，便把脏腑洗透亮了。天还有些黑。几颗星像毛旦的贼眼，一眨一眨地捉弄人。

一声牛吼传来，曳长，沉闷，雄浑。一听，就能听出是魏没手子的"西门大"在叫。那真是头好牛，长，大，一身腱子肉。一跑，肉轱辘辘抖。跳起来，压上去，个头小些的乳牛都支不住。老顺笑了，为自己这时却想到了这个场面。

他很响地清清嗓门，敲敲儿子的门，说："起呀，爹爹们，尻蛋子把太阳都烤红了。白头子养活黑头子几十年了，该自觉些了。"他听到灵官嘟囔道："行了，行了。少说两句又胀不死你。"老顺笑了。对付儿子，他知道说话的分寸：轻了，冷水上敲了一棒，你说你的，他睡他的；重了，他们又恼了，免不了顶撞你几句。大清早的，红个脖子黑个脸，一天都不利顺。——"白头子养活黑头子"，不轻不重，正合适。再说，这也是事实呀。这几个爹爹，哪个不是他老两口起早摸黑抓养大又供了书的？猛子念到初三，兰兰初一，灵官高中。就亏了憨头，只念个小学。可这能怪他吗？一大家子六张嘴，只靠老两口四股子筋动弹。眼下，憨头到井上值夜，还没回来呢。

老顺背了草筐，进了牲口圈。一股熟悉的混合着牲口汗味和粪便的气息使他心里的温水荡了。这是他清晨必做的功课，也是他最愿意做的功课。这黑骡是魏没手子的那头青叫驴下的种，长起个头快，一岁，就俨然是个大牲口了。瘸五爷最眼热他的，就是这黑骡，老缠，要让给他。不成哟，别的，都能商量，唯有这牲口，最是老顺贴心贴肉的东西。舍不得哟！……瞧，这坯子，多好。腿长长的，灵丝丝的，像电视上的长腿模特儿，高贵着呢。这小东西恋人，一见老顺，总要用它那柔柔的白唇吻他的手。那滋味，嘿，啥都比不上哟。这不，它又来了。老顺拍拍黑骡的脖子，嗔道："你个饿死鬼。"黑骡低唤声声，向他撒娇。老顺笑了，热水一样的东西又荡了。

添了草，出门。棚下的骆驼又叫了，满嗓门噎个声音，直梗梗的，远没有骡的低唤温柔。但老顺更喜欢的还是它。这是村里最大最壮的骆驼。那毛片齐刷，澄黄，油晃晃的。峰子高高耸立，像两个山峰。不像白狗家的那个乏骆驼，峰子早成老女人的奶头，软沓沓吊着。毛片更糟，新毛不长，旧毛不褪，丝丝络络，粘满柴草，跟邋遢女人没啥两样。寒碜。哪像这公驼"经"人，能吃，能干，能长膘。套个铧犁，像带个柴皮一样，轰轰隆隆，一忽儿就把一亩地翻个精光。那犁沟，尺子一样直。——当然，老顺喜欢它，还因为它每年剪几十斤驼毛，总能卖个千儿八百。这是家里的一项固定收入呢。

二

老顺带了皮手套，托了"青寡妇"，出门。天空不很亮，飘一层似云似烟的东西。远的树和近的房屋因之虚了，朦胧得像洇了水的水墨画。

风，清冷。与其说是风，不如说是气。那是从大漠深处鼓荡而来的独有的气。"早穿皮袄午穿纱"的原因就是因了这液体似清冷也似鼓荡的气。这气带了清晨特有的湿漉和大漠独有的严厉，刺透衣衫，刺透肌肤，一直凉到心里了。

村子醒了。牛的哞声悠长深沉，驴的嘶鸣激情澎湃。那羊叫，则绵绵的，柔柔的，像清风里游曳的蚕丝。

人们出门了，三三两两的，或拉牲口，或挑水桶，或干别的。一切都透着活力。昨日的疲惫和劳累已被睡眠洗尽。今天的一切正在开始。沙湾人不恋过去，不管将来，只重现在。每个早晨都是个美好的开端。

老顺最爱早晨。早晨的老顺最快乐。一切烦人的东西还没来得及钻进心里呢。

老顺把"青寡妇"放到门前的空地上，解了绳子，从塑料袋中取出泡尽了血水的牛肉。走开几步，嘿一声。"青寡妇"箭一样飞来，立在老顺拳上，脖子一伸，肉条便消失了。

"青寡妇"是揉好的鹰。

精通"揉"鹰全过程的老顺自然明白先人们为啥叫"揉"鹰而不叫"驯"鹰。真是"揉"。就像把一张光亮挺括的纸"揉"得皱皱巴巴一样，猎人们把一个有血气有个性英雄气十足的鹰"揉"成了一个驯服的毛虫。

这是个惨烈的过程。

其程序是，先强行往鹰嗉里塞一个羊毛"轴"。吐出时，轴上已粘满了能维持它"鹰"性的叫"痰"的脂肪。一次次喂"轴"，一次次扯"痰"，直到鹰再也没有强悍的物质基础。同时，专人"熬"鹰，嘿声不断，没日没夜，连续惊吓，使它无片刻安宁，直到饥饿疲惫至极的鹰不得不啄食泡尽了血水激不起野性的肉，不得不在早晚半醒半睡时受人的戏弄抚摸，终而乖乖蹲在那只戴了皮手套的拳上，成为一种工具。

老顺手上的"青寡妇"很乖，它少了野性，多了萎靡。无论咋抚摸，它都不会振翅，不会尖叫，不会像真正的鹰那样反抗。人说"好飞禽不叫人授翎毛"。那么，这驯服的不搏击长空而只是蹲在拳上乞食的毛虫还能叫"鹰"吗？老顺笑了。

老顺捉过两个刚烈的鹰。一个刚入网，他还没来得及把竹筒套到利爪上，它就气绝而死。老顺忘不了它死前的那阵激烈挣扎。直插在大沙河里的网轰然倒地。鹰的眼睛血红血红，放出可怕的光。那是真正的鹰眼。

另一只是被捉的第十天死的。可以说它已进入了程序。爪上套了竹筒，腿上缚了绳子，但它不让人"授"它。老顺的每一次抚摸，都招来它暴风骤雨般的反抗。它拍打着翅膀，凄厉地尖叫。其叫声明显异于别的同类。那是愤怒至极的拼命撕打。每次，都撕打得精疲力尽，在鹰架上荡来荡去，像遭下作之徒欺辱后上吊自杀的烈女。

这只鹰是绝食而死的。在它饿成一把干毛，仿佛能被风卷飞时，它依然不望眼前的肉。它那样高贵，衬得老顺倒成了猥琐的小人。一天早晨，它死在架上，假寐一样，没倒下。老顺掰折爪子，才取下了它。"它是真正的鹰。"他说。

老顺懒得去做二儿子猛子常做的"背锤"把戏：把鹰放了，自己躲在鹰视线难及的地方，"嘿"一声，鹰会循声而来，落在拳上。这号鹰令他索然无味，他宁愿欣赏"黄翠子"桀骜不驯、雄视万物的那双真正的鹰眼。但对方的尖喙也每每令他不寒而栗。

他草草喂几条牛肉，绾了皮绳，托了鹰，沿村里那条布满溏土的小道走去。

天已大亮。太阳滚到了东方沙丘上，不亮，黄橙橙抹几缕血丝，如小母鸡下的处女蛋。这蛋疯魔似滚，滚去了黄，滚去了红，滚成一个小而亮的乒乓球，浮在了沙海浪尖上空。

三

不觉间，到了大沙河。空中那层乌沉沉的东西也散了。草滩上有几匹牲口。一群人围成一堆叽喳。见老顺过来，白狗喊："快来，网住个鹰。"老顺问："谁的网？"孟八爷说："你的"。

北柱捂着手龇牙咧嘴叫："老子可不管谁的网，非弄死这毛虫不可。筋都快抓断了。"说着，从白狗手里夺过鞭子，抢过去。鹰尖叫起来。老顺喝道："北柱，你个驴撺的。鹰是你胡摸的吗？你以为那是你嫂子的奶头呀？想咋摸，就咋摸。那是鹰。好飞禽不叫挼翎毛。乱摸人家，不抓你才怪呢。"白狗说："谁乱摸？是看吊得可怜，想取下来。"老顺笑了："卖啥嘴？你们是一路鬼，狗肚子里的酥油谁不知道。是看老子务息的鹰能抓来兔子。眼红了，想偷个自己挼，对不对……羞你的先人去吧。鹰是胡挼的吗？"

孟八爷说："就是。老汉我一辈子打猎，都没挼好个鹰。我天生是玩枪的，挼鹰不成。不是挼死，就是放飞，再就是不往兔子上落。你们舔过几天干屎渣子，就要'嘿嘿'，抓一下，活该。我看还轻了，应当把你那两个驴卵脬子抠下来，才知道鹰的厉害。"北柱哭丧着脸说："别望笑声了好不好？见死不救，死了没肉。顺爷，你说鹰抓了不要紧吧，会不会感染？"老顺说："这倒不会，三四天就好了。"又回头对花球说："去。叫灵官把竹筒和膏药拿来。"花球应声而去。

白狗取笑孟八爷："你不是能行得很吗？你取就是了。鹰见了你，不变成个雀娃儿才怪呢。"孟八爷笑道："想叫我也挼一下？嘿，玩枪，当然没说的。飞禽走兽，一枪一个。可这取鹰，是个技术活。不会取的，挼疼不说，最后干脆乱麻缠了鸡脖子，越取越乱了。"白狗说："噢哟，你也有干不来的事吗？我还以为你有日天的本事，啥都会呢？"孟八爷干笑两声："当然，我的本事比你们多几般。你们除了会搞个嫂子外，还会干个啥呢？嘿嘿……就噢，差点忘了，还会给嫂子肚里的娃子做腿呀。北柱，你做了侄儿的腿，那你娃儿的腿是不是白狗做的？白狗，你也对凤香说，哎呀，嫂子，侄女的腿还没做上呢，生下怕是个残废。把你的本事使出来，做上他一腿。"众人大笑。孟八爷又笑道："白狗，放心干。屋里漏雨照点点儿行。你正是好时候，十七十八火钻钻，二十一二钻出火啊。"北柱笑骂："老不正经。你用不着眼热，用不着淌涎水。你想啃个嫩葫芦，也成哩。拔了萝卜窝窝在哩。成哩……瞎仙说啥来着，一树梨花压海棠呀……就怕你老骚胡把头磕烂呀。"

"哟，北柱倒是怪大方。"孟八爷捋着胡须，笑道："不成了，

老了。人老三不才，放屁屎就来，话碎赛虮虱，撒尿淋湿鞋。不成了。若年轻几岁，或许还能学个赵子龙大战长坂坡，杀他个七出六进的。现在，老了。"

正谈笑间，花球喊来了灵官。猛子也跟在后面。兄弟俩边走边斗嘴。猛子说："你看咋的？我说今天肯定能捉一个，你还不信。"灵官说："你前天昨天都说肯定能捉一个，又不单单是今天。"猛子急了："可我昨晚上重复了三遍呢。""前天你重复了七遍呢。""可我说今天捉不住，就输你一个猪蹄子。""昨天你也输了一个。可谁又见了你一根猪毛？"

老顺回过头去，对灵官说："你跟他磨牙干啥？他除了说白话放白屁，还能吐出个啥象牙？"

孟八爷哈哈大笑，山羊胡须一翘一翘："哎呀，你们爷父们，也真是。清早起来就踢仗。一个槽上拴不住三个叫驴啊……我说，老顺，给我务息个鹰，成不？"老顺说："剹猫儿的不骟猪。玩你的枪就行了，玩啥鹰呢？"孟八爷说："枪也玩，鹰也玩。枪打狐子，鹰抓兔子。碰上啥，就收拾啥。嘿，撵狐子时，一见一个兔子，一见一个兔子，干望没个鹰。嘿。"老顺边从口袋里掏竹筒，边说："你的枪打不下兔子？""嘿。打是能打。可哪有玩鹰那么过瘾，嗖——飞上去，你来我往，斗个不亦乐乎。电视上打的，哪有鹰好看……老了，说不上啥时候，一口气接不上，腿一伸，手一撅，就到阴司里去了。嘿，到那时……想玩个鹰？玩屁去。"

"成啊。"老顺上前，仔细观察网住的鹰，"这是个红鹰，性子烈，不好务息呀……成啊，我给你务息个鹰，你教灵官打枪。成不？"

"哎哟，好个老贼……我说抱住尻子亲嘴能吸（细）出屁来的小气鬼啬皮今日个咋大方了……原来打这个鬼主意。我说老顺，你总叫娃儿们扒个好前程，玩啥枪？枪是那么好玩的？有时，在沙窝里撵一天，连口热饭也吃不上……再说，玩枪也不是个好事，杀生害命的……灵官，明年补习不？"

灵官说："算了。天生是个刨土吃的命，就刨土算了。"孟八爷说："就是。浑身的武艺遮不了寒，满腹的文章充不了饥。考上考不上，都得活。等娶了媳妇，养个儿，引个孙，一辈子也就了活了。"花球说：

"还是再补习一年吧。念到这个份儿上，扔了，可惜呢。"孟八爷说："可惜啥哩？我一辈子没进过学门，不也逍逍遥遥活了一辈子。我不信当官的有钱的比我自在，比我舒坦。不说自在，光说舒坦吧——我说的是心里，也就是你们说的幸福吧……他们能比上我？我打个狐子，吃个兔子，就感到幸那……个……福。他们……嘿！吃上山珍海味，还愁眉苦脸呢。"

花球皱眉道："你尽说这些，把人的信心都说没了。"孟八爷说："这可是好话呀。啥有个够的？有了吃，想穿；有了穿，想富；有了钱，想嫖……哪有个尽头？'霸争'了天'霸争'地，临完了，谁都'霸争'个四块棺板。"白狗说："你不霸争，打狐子干啥？"孟八爷说："打狐子？用呀。需要钱了，打几个。要是打一个，想两个。卖了钱，都往银行里存。屁核子。这才不对。沙窝里生狐子，就是叫我们活不下去的时候贴补一下，可贪就不对了。啥东西，一贪，心就乱了，就烦了，就活得不自在，不舒坦了……要说，老顺也是个正主意，叫娃子学个打枪。饥荒年饿不死手艺人。"

"就是。"老顺走到网前，轻轻抖抖网。红鹰愤怒地尖叫挣扎。"总得生活呀。前程是啥？就是养儿引孙。你不看两个爹爹又大了。总不能叫他们打光棍吧？天老爷，娶个媳妇，身子不脱几层皮咋成？单靠那把地，驴年马月，才能存几个眼睛珠子……"八爷叹一声，"那狐子，你以为那么好撵？掉不上十几斤肉，见不上根狐子毛。再说，也没见哪个靠打狐子发了的。命里没三两洪福，咋挣也白搭，江上来的水上去。"

"说是那么说，总能松一下腰。"老顺小心地取缠住鹰腿的线。鹰叫声越加尖锐。那双鹰眼充血外突，像要暴出眼眶。鹰眼里有愤怒，有惊恐，但更多的是受辱后的气急败坏，仿佛在说："你是什么东西，敢摸老子。"

在鹰的尖叫声中，老顺取出了它的双爪，找个细线扎了鹰腿。灵官已用打火机烤化了小竹筒里的膏药，帮父亲套在鹰爪上。"你厉害，我比你更厉害。"老顺笑道。

北柱上前，把那只伤手伸给鹰："嘿，你抓呀，再抓呀。"鹰不理北柱，发出骤雨般的尖叫和拍打，表达着一个搏击天空的猛禽在落网后又被人收缴了武器后的所有愤怒。

老顺的手法细腻利落。缠在鹰翅上乱麻似的绳子在他眼里程序化了。手指一到，那纠结成团的绵线就自愿让了道。这是他多年练就的功夫。一个新手，可以按程序接鹰，但他很难迅速解开网上百线纠缠的鹰翅。在鹰的剧烈挣扎之中，每一缕线都成了牵制鹰的绳索。经纬交织，极似乱麻。要求是，既要迅速理出头绪取鹰出网，但又不能弄坏鹰的羽毛。鹰的威风全凭羽毛，损一根，就损一分威风。

"瞧见没？"孟八爷对看得目瞪口呆的北柱说："人家是咋取的？没有金刚钻，别揽瓷器活。你以为鹰那么好接？"

老顺取鹰出网，洋洋得意。冷不防，鹰在他手背上狠狠啄了几下。老顺疼得大叫："憨头，戴上手套，快来。"

孟八爷呵呵大笑："啊，我以为打枪不是好活。玩鹰也好不到哪里啊。"

老顺把鹰递给憨头，口里嘶嘶哩哩抽着气，说："那当然，你想吃兔子，不挨些疼，能成？"

四

……

吃过早饭，老顺取过"青寡妇"，叫灵官砸个兔子头来，嘿一声。那毛虫喝米汤似的吞了铁盒中的骨肉。

按老顺的说法，他天生是个接鹰的命。一见鹰顾盼雄视的神姿，便觉得有种新的东西注入身心。心中的阴影便渐渐消失了。许多人用酒浇愁，而老顺则是用鹰将愁挤出心去。鹰的力量是伟大的。他们是真正的朋友，他们会用心灵交谈。有时，老顺在生活的重压下濒临绝望的时候，鹰就会用它独有的语言劝他：怕啥？头掉不过碗大个疤。

喂了鹰，老顺带上"黄犟子"、水壶、馒头和一个兔子头，和灵官一起进了沙窝。

大漠和村子相接处是个窄长的戈壁，上面长着梭梭、臭蓬、骆驼刺和一些别的植物。这些植物的特点是叶小，上面布满沙状的颗粒。植物能在这常年干旱的戈壁上生存，不能不说是个奇迹。

老顺父子走过这片戈壁时，太阳已到半空。距中午还有一段距离，白太阳就把暴虐施了出来。没有了风，没有了从沙漠腹地荡来的那股清凉如水的气。环戈壁而旋的沙岭挡住了流动的气流。万物开始进入了蒸笼。

沙娃娃出现了。

沙娃娃形似壁虎，但不是壁虎。沙湾人把壁虎叫蛇鼠子。沙娃娃不是蛇鼠子。这是地道的沙的孩子——沙里生，沙里长，且在沙里游泳的生物。头像蟾蜍，身似鳄鱼，只是小，皮灰而花，与沙一色。不留神的话，看不出这块戈壁上会有那么多的沙娃娃。

沙娃娃喜欢暴烈的太阳。天气越热，越闷，沙娃娃越多，越欢势。盛夏的正午，天空没有一丝云，但你会看到沙滩上有游动的云，那便是一群游弋嬉戏的沙娃娃。

沙娃娃腿软，撑不起身子，可溜得快。村里娃常到滩上捉来沙娃娃夹在草里骗牲口吃。孟八爷说牲口吃了会长膘，可也没见几匹能油光水亮。沙娃娃只会溜，只会钻，给人抓住只会自残躯体摆断尾巴也不敢咬人一口。好在过不了多久，伤口便可自愈，断尾还能重生，倒也活得逍逍遥遥的。

在沙地上行走了大半辈子的老顺很像沙娃娃。他两条干瘦的双腿挪动得极快，步子碎而小。这是沙漠里的最佳"走手"，碎小的步子能减小后陷幅度。同时，他尽量避免在沙丘和坑凹处直上直下。他总是沿着地势，均匀而行，面不改色，气不粗喘；而昂首阔步的灵官，行走半米，后陷一尺，很快便气喘吁吁了。

老顺在一个兔子常出没的所在停下脚步。这种地形有如下特点：一是地形复杂，多坑凹，多洞穴；二是柴棵多；三是天空有盘旋的野鹰。

老顺叫灵官跟在后面，由他一个人去惊兔子。他知道兔子可能在哪类柴棵下栖身。他需要贴得很近。因为"黄鞏子"今日一击至关重要，一击不成，信心大减，会因之损了五成威风。老顺取过灵官肩上的布包，吩咐道："你腿快，一见鹰逮住兔子，就使劲撵，连撵带喊，叫兔子顾不上蹬鹰。按一只不容易，叫兔子蹬一下就糟蹋了。撵上，先踏折兔子的腰，再叫鹰慢慢收拾去。"灵官蹲下身，紧紧鞋带，却想：这是多么不公平的较量啊！用尖喙利爪的空中霸王对付弱小的兔子，还要加上人。他有些同情兔子。帮助强大的鹰踏折弱小兔子的腰，他担心自己

做不出来。

老顺小心地接近一个个柴棵。"黄鞲子"蹲在拳上，如临大敌。显然，熟悉的环境唤醒了它久远的记忆。它已知道此刻的使命。久违了，搏击天空的机会和攫击天敌的刺激。它羽毛收束，蓄势待发，眼里发出可怕的光。

老顺也很紧张。无论多么有信心的放鹰者都会这样。不往兔子上"放"，谁也不知鹰的优劣。有时，看起来很乖的鹰，撒手之后，却野性突发，逃之夭夭；或看起来很凶猛的鹰，见了兔子，却魂飞魄丧，缩成一团。那一个个毛轴扯出的，不仅是"痰"，还有鹰的"英雄气"。按好的鹰的第一搏，无异于被人"按"尽的英雄气的再生。

为了这关键一击，有人甚至用家兔做第一个猎物。这自然更不公平。野兔虽弱，尚有强劲的腿和搏击的心，更有祖上遗传的对付天敌的本能。而家兔几乎等于死兔，从包中抖出，它还想不起逃，就已毙命于鹰的爪下。

老顺自然不屑使用家兔。这是他自认比别人优秀的重要依据。但他不能省略使鹰的英雄气再生的这一关。他能所做的，就是尽量接近野兔。野兔受惊，刚一逃出，他已将手中的鹰送到兔子身上。

这一"送"是老顺引以自豪的功夫。它需要一个猎手的综合素质：眼力，敏捷，力度，判断力——即使兔鹰是个孬种，在那一送之下，也是身不由己。

老顺站住了，向后绕绕手。灵官知道父亲已发现猎物。他脚尖着地，跑了过去。老顺说："注意，我一放鹰，你就撵。"灵官顺父亲指尖望去，见一只兔子蹲在黄毛柴下。那是一只硕大的野兔，土黄色，凝固了似的。两只长耳朵像雷达天线，搜寻着来自身外的每一个声息。那轱辘转动的眼珠表明，它已经发现了他们。

兔子是沙漠里最聪明的动物之一。它有许多叫人惊讶的习性：比如，它极少涉足陌生的地方。平时走的，一定是它前次去过已被证明了无危险的路线；兔子最冷静，人快要踩到它身上时，它才逃跑。绝不是一见人影，就逃之夭夭；兔子最善于利用地形。沙米棵和黄毛柴是它天然的保护林。最凶猛的鹰也不敢钻进柴棵去抓猎物。相反，有经验的野兔反倒诱敌深入，常常利用柴棵去惩罚收身不住的鹰。若没有人的帮

助，再能干的鹰也逮不住狡猾的野兔。

野兔显然发现了他们。而且，它知道对方也发现了自己。它凝着的脑袋开始东张西望。随着老顺步步逼近，野兔似乎在权衡利弊：逃出，尖利的鹰爪在等它；不逃，猎人已逼来。但它只犹豫片刻，便逃出柴棵。

灵官这时才明白什么是"动若脱兔"：仿佛闪电划了一下，野兔已在柴棵下消失了。他丝毫没看出野兔的清晰踪迹，只有一句老掉牙的套话也许能形容：说时迟，那时快。

老顺已送出了鹰。

顺着离弦的箭似的鹰的走向，灵官才发现了沙丘上跳跃的黄丸。那黄丸此隐彼现，快逾流星。"黄犟子"更快，翅膀猛扇几下，已近野兔，把利爪插进野兔尾部。

"撵呀！"老顺吼道。灵官便甩开双腿，但他没用全力。这一追，全然不似在追兔，倒像在欣赏鹰兔相搏的场面。"撵呀！"老顺气急败坏地吼。"嘿——哒！嘿——哒"他的叫声满沙洼激荡。

野兔因臀部被鹰爪攫住，逃速慢多了，但它的后腿依然迅捷有力，蹬起一股股黄沙。在它的拖带下，"黄犟子"反倒很狼狈，鹰翅落地。沙滩上响起唰唰的羽毛划沙声。

"倒把呀，这个蠢货！"老顺吼叫。他这是在骂鹰。

"黄犟子"显然属于鹰中"拳势"较好的一种。虽说它被狂奔的野兔拖得狼狈不堪，但它绝不松爪。血从兔臀上流下，洇入沙滩。

野兔上坡下洼，但摆脱不了天敌，也摆脱不了身后一串紧似一串的人的吼声。尤其是后者，使它无暇用强劲的后腿，给这讨厌的天敌以致命一击。

"黄犟子"扑扇着翅膀，努力使自己离开沙地。鹰一次次腾起，一次次被拖落……终于，它借野兔跃下沟坎之机，翅膀猛扇，跃上兔背。

"好了。"老顺喘吁吁道："能倒上把了。"

"黄犟子"在兔子背上稍事调息，开始倒把：左爪前挪，插进兔腰。兔子惨叫一声，后腿无力地捞在地上，但前腿仍在飞快地挪动。沙地上多了两道浅浅的沟。

"黄犟子"又开始"倒把"的第二步：身体前移，腾出右爪，自野兔面门，插进脑袋。

野兔猝然倒地。那原本迅捷有力的后腿无力地抽动，抽出一声声惨叫。叫声很大，"咯哇咯哇"，满沙洼响，极像遭烫的婴儿在厉叫。

灵官的心一阵发抖，周身的毛孔都收缩了。这是多么残酷的场面。一个活蹦乱跳的生命就这样完结了，仅仅是因为人想吃肉。

太阳搅天叫着，发出闷热天里知了的那种噪鸣。这声音伙同兔子垂死前无力的呻吟汇聚成一股旋卷的波，在灵官头里荡。他有种小便要失禁的感觉。

野兔死了。鹰爪刺入它的大脑，攫去了生命。它大瞪着眼，显然不甘心。"黄犟子"一下下啄兔尸，啄一下，左顾右盼望一阵，一副踌躇满志的样子。

老顺喘吁吁赶来，边擦汗边说："好险，好险。"他瞪了灵官一眼，显然在埋怨他方才的追赶不力。"知道不？倒不上把，捞在地上。只要兔子蹬一腿，鹰就完了。有蹬疯的，有蹬死的，最轻的也给蹬破了胆，从此不敢往兔子上落。幸好它顾不上。嘿。"

灵官怔怔站着。他望着父亲注视野兔的那种专注和投入，觉得自己离他很远。"仅仅为了吃肉……"他想。

"这是只老兔子。"老顺话音里有掩饰不住的得意。"很狡猾。你看，它蹿出时毫不犹豫，很干脆，没左顾右盼。被抓住后也不慌张，把'黄犟子'弄得很狼狈。要不是人撵，鹰非吃亏不可……不过，'黄犟子'是个好鹰，要是那些贼们的，抓兔子？哼，闻兔子屁去吧。"

"黄犟子"也很得意，东张西望一阵，狠狠啄击几下。一撮撮兔毛随风飘去。但很快，饿了一夜又半天的"黄犟子"不再向主人表功了，也许它发现主人已不再惊奇它的成绩，便索然无味地甩甩脑袋，真正对爪下的猎物感兴趣了。它一下下撕扯，撕下一团团带毛带血的肉。"快取开，不要叫它吃。鹰饱了不捉兔。"老顺说。

灵官从塑料袋里取出血糊糊的兔子头。鹰的注意力被它面前的兔头吸引过去。它的眼里泛着血红的光，架势极凶，抢头甩耳。一团团肉被它喝米汤似的吞了进去。渐渐，它松了爪下的兔子。

"行了。叫少吃几嘴。"老顺说。

……

雪漠：《大漠祭》，敦煌文艺出版社2009年版

【评析】

雪漠说："我的创作意图就是想平平静静告诉人们（包括现在活着的和将来出生的），有一群西部农民曾这样地活着，曾这样很艰辛、很无奈，却很坦然地活着。"长篇小说《大漠祭》写的就是西部农村生活的原生态，它以腾格里沙漠边缘上一个普通村庄里的农民老顺一家人的生活为主线，以沙湾村里其他村民的生活为副线，横竖交织，呈现出西部贫困地区农民"生之艰辛、爱之甜蜜、病之痛苦、死之无奈"的生存现实。老顺三个儿子，老大憨头善良憨厚、吃苦耐劳。因救人而阳萎，家里用妹妹兰兰换亲给他换来了莹儿做媳妇，但他又无法让妻子怀孕，只能暗示自己的弟弟灵官代其完成任务，最后得癌症而死；老二猛子，蛮勇任性，因家穷娶不起媳妇，与村里被大款冷落的女人纠缠不清；老三灵官，高考失利，不得已回到村里，聪明善良，有文化，既同情大哥，又可怜大嫂，在特殊境遇里，与嫂子莹儿发生了恋情，后因哥哥去世，无法摆脱内心的愧疚煎熬，离家出走……作者以直面现实的勇气，毫不讳饰地描写了生活在底层的农民生活的悲催和无奈，在老顺及村民的驯鹰、猎狐、打井、吃山芋、喧谎儿、缴公粮、收地税、计划生育、吵架、偷情等琐碎的日常生活中，揭示出中国西部农民的精神品性：勤劳、坚韧、乐观，善良中有狡黠、悲苦中有希冀、痛苦中有甜蜜。

作品塑造了老顺、孟八爷、灵官、兰兰、莹儿等一批栩栩如生的农民形象。从老顺的身上我们可以看到梁三老汉的影子，但作者更多的是从人性的角度写他对家庭的责任、对老伴的体谅，对儿子的关爱及无私付出。他作为一个驯鹰老手，为摆脱贫困、为儿子娶亲，一次次地走向了大沙漠深处劳作；作为农家大院的家长，儿子猛子偷情被抓，让他受到致命打击，既羞愧又为没钱为儿子娶亲而自责；他看不起白狗损害国家利益的行为，悄悄揭发了他们，但当他的好粮被压低为三等，又心里悔恨交加……作者细致入微地刻画了一个憨厚朴实、坚强乐观又颇有心机、不乏霸气的老农民的矛盾心理。

《大漠祭》采用改造后的西部方言，鲜活生动，形象又幽默。比如"风最猛的时候，太阳就瘦、小、惨白，在风中瑟缩。满天黄沙，沙粒都疯了，成一支支箭，射到肌肤上，死痛。空中弥漫着很稠的土，呼吸一阵，肺便如浆了似的难受。""他很响地清清嗓门，敲敲儿子的门，说：'起呀，爹爹们，尻蛋子把太阳都烤红了。白头子养活黑头子几十年了，该自觉些了。'"这样的句子，没有切肤体验和观察是写不出来的，既有文学性，又充满了地域特色。

【扩展性阅读书（篇）目】

雪漠：《猎原》，北京十月出版社2003年版。

雪漠：《白虎关》，上海文艺出版社2008年版。

雪漠：《西夏咒》，作家出版社2010年版。

雪漠：《西夏的苍狼》，作家出版社2011年版。

雪漠：《无死的金刚心》，中央编译出版社2012年版。

李学辉的作品

【作者简介】
李学辉（1966—），笔名补丁，甘肃武威人，中国作家协会会员，"甘肃小说八骏"之一。著有短篇小说集《1973年的三升谷子》《绝看》《李学辉的小说》，长篇小说《末代紧皮手》《国家坐骑》，获甘肃省敦煌文艺奖等。

1973年的三升谷子

1973年冬天的那场大雪，下得有滋有味。早晨还是晴朗的天，一到中午，便莫名其妙地飘起了雪花。大权河人正在运肥，一看飘起了雪花，都兴奋异常。男人们相互打趣，说雀儿头大的雪，锅盖大的东西，老天让我们大干快上呢，我们可不能辜负了老天的一片心意。说着朝女人们淫邪地笑。

队长王大麻子抓了一粒雪，闻闻，说这雪也有骚味，你们驴日的等不到天黑，放你们假，你们爱怎么就怎么，就是别乱翻人家墙头，现在上头抓得紧，让狗咬了不要紧，让民兵抓住了可得进学习班。保管李德全说：我们看好粮仓，你们管好裤裆。众人都说：我们都没问题，就是何菊花没人滋润，队长有多余的东西，照顾一下贫下中农。何菊花哇地哭了起来：你们欺天欺地欺寡妇，挨千刀的，不是我男人，你们死去吧你们。大家了无趣味，都说：散了散了散了吧，背上笼头回家吧。便一哄而散。

王大麻子和李德全来到饲养院，密密的雪让他们变成了白人，一只麻雀倏地落到李德全头上，李德全一摇头，麻雀便飞回了窝。饲养院是队里最能体现队长意志的地方，那时生活不怎么样，社员们无事总爱往饲养院里跑，也是想打点秋风。饲养院分三部分，前部分是牲口圈，中

间是队委会，后面是粮仓。分口粮往往由队委会决定，所以只要闻到清油的香味，社员们便暗自喜欢，反正队长、保管吃稠的，社员也能喝稀的。久而久之，社员们便编了顺口溜：前院牛放屁，中院油饼子，后院提裤子。提裤子是说口粮分得少，脱下裤子将裤腿一扎，还装不满。王大麻子一进屋，便朝油渣上撒起尿来，油渣是榨油时剩下的残物，本是牲口料，有时社员们饿了，总是拿几块吃。李德全脱了鞋，换上窗台上的布鞋，将湿球鞋放到了窗台上，见王大麻子尿尿，便道：你那鸡巴有没个地方，乡里乡亲的，也不怕一泡尿让人反感，有些还是你叔爷呢！王大麻子边抖尿边说：牲口要养膘呢，狗日的嘴有些馋，就让他们吃尿长点记性。李德全说：德性。便靠在被窝上。

雪有了声音，唰唰地送出了哭音。王大麻子舔舔舌头，说：雪饿呢，它哭呢！李德全说：又想何菊花了不是，你驴日的当年睡了她，人家男人说了句话，你就让人家上水库打炮眼，一炮，就飞了，人家寡母孤儿的，你忍心。王大麻子呸了一声：你当那杂种是好人！有天他请我，我去了，他很殷勤，说有油饼子吃，到他家，油饼子倒是油饼子，我吃了三块，他又劝我喝水，我还跟他客气，临了他说，油饼子里有大粪，所以黄灿灿的，开水是她女人洗屁股的水，所以有骚味。我现在打嗝的毛病，就是那时落下的。李德全说：谁让你霸人家女人呢？王大麻子说：谁让我是队长呢，队长不玩女人，我当队长干啥。李德全呸地一声，说：羞你祖宗，队长是个鸡巴。

说着说着天色就暗了。李德全拉开一破包，拿出一木印说：走吧，过印去。王大麻子说：过印过印。两人来到仓库门上，各掏出一把钥匙，打开了双锁。进了门，王大麻子站着，李德全开始朝谷仓盖印，一下一下，盖得相当认真。金色的谷子发出五谷的香气，勾起了王大麻子打喷嚏的欲望，他忍了忍，发现李德全漏了顶盖的一块，心里一动，但仍若无其事地说：盖好了。李德全说：盖好了。两人便出了门，又是一人一把锁，锁好锁后，王大麻子说：天天盖，多麻烦。李德全说：关乎全村人的口粮，麻烦也得盖。王大麻子说：今晚吃啥？李德全说：回家吧，一飘油香味，人家又骂祖宗呢！俩人便没入了风雪中。

看李德全被雪堆得臃肿，王大麻子感到自己也胖了，但肚子却犯颠。队里秋后只分口粮160余斤，还包括杂粮，要度过这个多雪的冬天显然有点困难，有劳力的有时可在队上打点偏食，譬如炒麦子什么的，没劳力的像何菊花，日子就如雪堆里的树叶，天不下雪是干的，下雪也是干的。三天前，何菊花就嚷嚷过，她男人死后，她的奶水就没敢断过，三个孩子，有时还靠一口奶救命呢！当时他很可笑，回去给女人说，女人叹口气：都是你造的孽，自家的猪饿得直哼哼，偏要给人家去添猪食，这不，何菊花难受了不是，饿死她家一口人，阎王要抽你一根筋呢！老婆的话也像雪，打在王大麻子身上，生疼生疼的。他狠劲地一抖，两团雪顺肩而下，像两只鸟弹到地上。

回到饲养院，看饲养员还未到，他便背了背篼，到草房里给牲口添了草。饥饿年代的牲口比人老实，见来了草料，便懒洋洋站起来，挪到槽边，甩甩头，用舌头舔上几根，慢慢咀嚼。

王大麻子换了李德全晾在窗台上的鞋，顺手捞起饲养员防身的铁棍，来到仓库门上。他仔细瞅了瞅锁子，用铁棍把李德全锁的那把锁一撬，锁就开了，他又开了自己那把锁，进了仓。进仓后，他抱来两块土坯，踩上去，提起升子，朝谷仓顶挖去，挖一升便解开裤子朝里倒去。他穿的是绑腿裤，像天生的口袋，挖了三升谷子后，他跳下来，将土坯抱回原处。几粒雪花顺门缝挤进来，他感到了凉意，便骂起来：你娘的雪花，怎么也像李德全，老子这是要去救命的。

出了门，他挂好李德全的锁子，将铁棍放回饲养员室，朝四周看看，没人，便倒穿了鞋走向何菊花家。倒穿鞋是他刚从电影上学来的，走起来怎么也不舒服，一抬脚，鞋就掉了，没办法，他只好光了脚，在雪地上跑起来，三升谷子挤在腿上，痒痒的。到了何菊花家门口，他轻轻一叩门，狗叫声便震天价响起，他心里一寒，这杂种，老子是来救命的，你还这么叫，要让全队人听见是不！何菊花开了门，将一席筒滚了过来，让王大麻子钻。王大麻子说：做什么？何菊花笑笑：自我那死鬼走后，这狗一见男人就疯叫疯咬，你不钻，它会咬一晚上的。王大麻子气咻咻道：日她老娘，人还怕了狗。他顺何菊花肩头瞅去，见那狗两眼绿绿的、狠狠的，便钻进了席筒。何菊花滚着席筒，到屋门前，将席筒一头拽进屋，叫道：出来吧，你。王大麻子爬出来，摸摸扎痛的手，狠声地说：脱。何菊花一愣：我全身一丝不挂，还脱什么？王大麻子骂道：真是猪脑壳，把被窝铺平。何菊花说：队长，你将就点吧，我家只有这床好被窝，亲戚来还盖呢，毡虽旧，还不是土炕皮。说完躺了下去。王大麻子呸地碎了一口，朝何菊花屁股上又是一脚：说你猪脑壳，你就猪脑壳，谷子。说完拉平被子，一拉绑腿，谷子唰地下来，朝何菊花眨眼，贼头贼脑地滚着。何菊花的泪就下来了：队长，我那死鬼，不该玩你。王大麻子搓着脚：他也配，我是看他救了队上人的命，才这样干的。何菊花说：可能是那死鬼得罪了你这无常鬼，要不，那炮怎么一滑溜，就到了我那死鬼跟前。王大麻子叹口气：不是他死命扑上去，我们队上就会多几个寡妇。何菊花说：队长，说实话我只剩点奶水了，要不，你吸几口，再嚼点生谷子，玩一回，反正大雪天，你不玩，你难受，我也恓惶哩！王大麻子仔细地抖着裤腿，确信没有一粒谷子了，便扎好绑腿，下了炕。何菊花说：队长你不干一回我难受哩。王大麻子又呸了一口：你以为老子是你家的狗，见母狗就上。何菊花拍打着两个奶头，嘤嘤地哭起来。王大麻子摸摸她的屁股：我不欺寡妇，那死鬼活着，我当着他的面可干你，他死了，我就有了心病。你把背篼找来，将我背出去。何菊花道：干什么？王大麻子催道：我是从谷仓里拿来的谷子。何菊花急忙出门，找来背篼。王大麻子跳进背篼，何菊花胡乱披了件衣服，便背起了背篼，那狗再也未叫，雪地里响起了咯吱声。到了大路口，王大麻子让何菊花放下背篼。何菊花哭着跑了。

摸进饲养院，王大麻子将李德全的鞋放好，便裹进了雪中。

王大麻子是被人从睡梦中叫醒的。来人慌慌张张，说：队长，有贼了。他揉揉眼睛：哪儿有贼了？来人说：粮仓的一把锁被人撬了。他吐口痰：撬了锁就有贼了吗？丢了多少？来人说：我怎么知道，钥匙你和李德全拿着。王大麻子这才穿了衣服：李德全到了吗？来人说：撬掉的是他那把锁，我们没敢惊动他。王大麻子说：你怎么知道是他那把锁。来人显然被他的悠闲激怒：全队百来口人的眼又没让牛粪糊着。王大麻子一笑：你们驴日的倒精，别惊动李德全，叫上几个民兵，我们先去看现场。队里人在雪地里有些慌乱，吵吵嚷嚷，雪地里布满了脚印，有人骂起来，说众人的脚印早把贼的盖了，拿什么捉贼。问王大麻子，王大麻子并不吭声，只管从衣兜里掏烟抽，有人看王大麻子掏烟，便伸出了手，他理也不理，似乎眼前发生的一切与他毫不相干。等众人吵闹够了，他才走到仓库门口，看了看被撬的锁，再拿出自己那把锁的钥匙，打开锁又锁上。尔后再打开锁，选派四个年长的社员进仓，看被盗的谷子。三升。一个丈量过田亩产量的社员说。就是三升。其他人也附和。一个算得更细，说三升谷子，能推升半小米，三口之家能熬三个月米汤呢，刚好过冬。大家很气愤，便齐声骂起来。王大麻子终于发了话：查。

王大麻子走到饲养员睡的那间屋子的窗台上，拿起了李德全的一双鞋，将鞋底朝上。白亮的雪刺激着社员们的眼，这狗日的是家贼呢，走，到他家去。一群人便向李德全家涌去。

李德全坐在炕上，翻着木炭盆里的火，听凭众人乱搜。他的母亲发急，踮着小脚骂人，但没人理会，气得晕了过去。搜了半天，没搜出什么，众人面面相觑，拿眼看王大麻子。王大麻子说：棺材。众人恍然大悟，争相跑到李德全母亲的屋中，将炕上的棺材盖掀了起来。棺材里空空的，只有五根谷穗。王大麻子说：这就是证据。众人说：丢的是谷子，不是谷穗。王大麻子说：谷穗打下是谷子，谷子去了皮是小米。便喝令民兵绑了李德全，将其吊在了房梁上。家里乱成了一团，倒是李德全很镇静，他问王大麻子：想干什么直接说，昨日黄昏麻雀屎落到我头上，我就有了预感。王大麻子意味深长地笑笑：不见得，撬了的是你的锁，留下的是你的鞋。李德全说：贼有时会喊捉贼，昨夜我可听见人家的狗在叫。王大麻子吸口烟：昨夜全队的狗全在叫，但柏木棺材只有你老娘有。李德全说：保管的钥匙给你，我不当了。王大麻子冷笑道：干不干不由你，按理说三升谷子，算个屁事，但发生在你身上，性质就不一样。谁都有老娘，凭什么你妈活着就有柏木棺材！这棺材充公，顶三升谷子，就放了你。李德全说：你可以吊死我，但我妈的棺材你休想动。王大麻子说：看来不专政你不会掉泪。说完让人再扯绳子，李德全疼得呻吟起来。社员们看李德全脸青了又红，红了又白，觉得这雪天看吊人很有滋味，有人甚至想，这家伙应该倒吊，平日吃的油饼子就会吐出来。没搜出谷子，社员们毕竟有些扫兴，看王大麻子做得有点过火，都劝他放了李德全。王大麻子就是不答应。李德全的老娘醒过来，看王大麻子吊了儿子，忙问他想干什么。众人都说王大麻子要棺材，李德全母亲说：给他，兴许我还能多活两年。众人便抬了棺材出门。

雪又飘起来，李德全仍旧在烤火。雪在风中抖动，似有满腹的心事，没有人能说明雪要干什么，看着被勒红的双手，李德全的母亲问：谷子谁拿了？

李德全说：王大麻子。

他拿去干什么，他家又不缺。

他家不缺，别人缺。

谁？

何菊花。

她寡妇人家的，你们商量着给点就行了，何必要做这种事。

社员不答应。

那他要我的棺材干什么？

给他的妈。

她妈好好的，现在也用不着。

以后会用着，这柏木棺材，只有我家有。

就这样让他欺负？

不这样又能怎样？人活着，得到点什么总得失去点什么，他让我当保管，就是为了更好地找机会。

这麻子鬼可真大。

是真大，要不然，何菊花一家过不了这个冬。

他想霸占人家。

没有，他是真心实意的，何菊花的男人死了，是他的心病。就这样算了？

就这样算了。

雪仍在下，不紧不慢，缠缠绵绵。李德全去饲养院里取了鞋，夹在腋下，在风雪中佝偻着腰前行。他在路上碰到了何菊花。何菊花跪在雪地里，朝他叩了一个头。李德全眼睛有些发涩，他扶起了何菊花：到我家去拾一筐山药，好做山药米拌面，过了这个冬，雪就会停。

何菊花有点糊涂，就看天，天却一点也不给她答案，只管往下倒雪。大地白茫茫一片，那只踩了李德全头的麻雀听到了他轻微的叹息。

选自《飞天》2002年第11期

【评析】

李学辉在短篇小说集《1973年的三升谷子》里以大权村或者"巴子营"为乡土地域的村庄，描写一个个小人物的生存处境和命运。乡土地上的农民在卑微而艰辛的生存中，既有丑陋与无奈，也有质朴和温暖。《1973年的三升谷子》是其中的代表作。小说主要塑造了王大麻子这个有立体感的复杂人物形象。王大麻子作为队长，有着贪欲和特权思想，他霸占何菊花，欺负何菊花的老公，借查找丢失的三升谷子巧夺了李德全母亲的柏木棺材。此外，他胆大耍手段，贼喊捉贼，深藏心机并有阴狠的性格。这些都是他身上的人性的泥沼，但他却也不乘人之危，对何菊花是真心实意的关怀和心有歉疚，从而表现出人性的自然本真的善良和同情。王大麻子这样的乡村干部为乡土生活添加疾苦，也添加粗糙的温暖。小说塑造的王大麻子这个乡土地上的一个典型人物形象，是这篇小说的成功之处。小说对李德全、何菊花的语言、行为的描写，也塑造了善良质朴的乡土人物形象。他们和王大麻子一起让人看到了逼真的乡土生活状貌。

此外，这篇小说语言简洁干净，具有浓厚的乡土特色但不鄙陋难读。李学辉对乡土生活的进一步开拓表现在他的长篇小说《末代紧皮手》中。

【扩展性阅读书（篇）目】

李学辉：《末代紧皮手》，作家出版社2010年版。

李学辉：《李学辉的小说》，甘肃文化出版社2014年版。

李学辉：《摸秋》，《朔方》2014年第7期。

王家达的作品

【作者简介】

　　王家达（1939—2016），甘肃兰州人。曾任甘肃省文联副主席，甘肃省作协主席，甘肃省政协常委，全国第八届人大代表，中国报告文学学会常务理事，中国作协第五、六、七届全委会委员。著有长篇小说《铁流西进》《所谓作家》，中短篇小说集《清凌凌的黄河水》《云雾草》。长篇报告文学《敦煌之恋》获首届鲁迅文学奖、首届徐迟报告文学奖、敦煌文艺奖一等奖。中篇报告文学《天下第一鼓》获1995年中国报告文学奖。多篇作品翻译到美国、英国、加拿大和韩国。2011年出版长篇报告文学《莫高窟的精灵》，获"五个一工程"图书奖。

所谓作家

第31章

作家先生见到了分手多年的寡妇，他的浪漫故事将要翻开新的一页

　　野风死了。这也并不意外。这位诗人大量饮酒，喜怒无常，长期过着没有规律的生活。激情喷发时可以彻夜写诗，心情灰暗时可以整天睡觉。高兴时暴食暴饮，发怒时滴水不沾。他的血压一直很高，心脏一直不好，医生劝他不饮酒或者少饮酒，但他我行我素，嗜酒如命。医生劝他不要激动，但他经常处于亢奋之中。他敢喜敢怒，敢笑敢骂，他通体透明，表里如一。他活得坦荡，活得痛快。他的言论，他的行为，完全违反了国人钟爱的游戏规则：委曲求全。沉默是金。好汉不吃眼前亏。退一步海阔天空。事不关己，高高挂起。见人只说三分话，莫抛真心

一片情。各扫自家门前雪，莫管他人瓦上霜。出头的椽子先烂。三十六计，走为上计。劈柴处不要站，打架处不要劝。指头子不要往磨眼里塞。以邻为壑。趋利避害。得忍耐处且忍耐。天塌下来有大个子顶着，关老子什么事。爱管闲事的人都是傻B。

故而人们把他当作疯子，称他为怪蛋。

所以他也就死了。

胡然撑着病体，帮徐晨料理了诗人的后事。

先是作代会主席团成员到太平间观看遗体。胡然用力将冷藏柜的大抽屉拉了出来，野风就静静地躺在里面。胡然轻轻地揭开盖在诗人脸上的手帕，众人立即凝神注视。只见诗人呲牙咧嘴，一脸怒气，面目十分狰狞。无法闭合的嘴巴似乎还有许多骂人的话没有讲出来。

"害怕死了！"有人低低地咕哝。

肖副市长第一个转过身去，悄悄地溜走了。

徐晨跌跌撞撞地扑了过来，先是仔细地端详着诗人那被愤怒和痛苦扭曲了的面容，然后跪下身去，抱住野风的尸体，大声地号哭起来。这位一贯自诩内方外圆，感情从不外露的前主编，忽然精神失控了，终于克制不住自己了，泪水滂沱地对着野风喊道："罪人！罪人！你是个罪人呀！"浑浊的泪水滴落在诗人紧闭的双目和死灰一样的面容上。徐晨又回过头来，对着胡然、孟一先和几个相好的文人，气哽声咽地哭道："罪人们呀！你，你，你，你，还有我，我们都是罪人！我们罪孽深重，万劫不复啊！"

一个平时温文尔雅、仪态端庄的老文人，此刻却鼻涕眼泪一齐下，淌了满脸满脖子，竟不顾是否失态了。也许，这次抚尸恸哭，是他几十年来的第一次发泄吧？

旁边的人也都跟着流起泪来。

追悼会的规格，按照王伦的意思，要放在火葬场的小礼堂举行，人数不能超过一百人，因为野风是一般干部。胡然涕泪交加地和党组书记进行争论：野风是享誉全国的西部诗人，是名人，是高级知识分子，追悼会必须在大礼堂举行，人数不能限制。王伦冷笑道：大礼堂要容纳一千多人，到时候没有人来，你们不感到尴尬吗？胡然怒视党组书记：你这是什么意思？你还有一点点同事的情谊吗？人死了还要搞官本位么？

出乎王伦的意料，给野风送葬的人特别多。古城大大小小的诗人，附近县乡的诗歌爱好者，甚至那些平常对他有看法的人，全都来为这位苦命诗人送行。追悼大厅里挤满了古城文艺界的男男女女。无数只花圈围绕在诗人的遗像两旁，四面墙壁挂满了条条挽幛。在徐晨哽咽着念悼词时，大厅里发出低低的啜泣声。沙沙——诗人过去的情人——从北京赶来了，她的身边站着野风监护的两个孩子：小明和小亮。沙沙比以前瘦多了，又黑又憔悴，淡淡的化妆掩饰不住心灵创伤的剥蚀：她老多了。她身披黑纱，胸佩白花，站在前排的位置上，一直抽泣着，眼睛红肿了，泪水像断了线的珠儿往下掉。小明和小亮哭得很伤心，嗓子都哭哑了。沙沙将两个孩子拥进怀里，哽咽地说："别哭了，好孩子。野风伯伯不在了，还有我呢。姨姨会照顾你们的。"

到处是挽联。一副副挽联对仗工稳，文采斐然。其中尤以作家胡然的挽联味道独特——

上联：好人命不长，当好人有什么用？

下联：歹人人人骂，做歹人福寿双全。

横批：世事如此。

孟一先的挽联平和些——

上句：经常骂点娘

下句：随时有酒喝

横批：活得痛快

追悼会后，胡然帮着清理野风的遗物，在柜子里发现了一个账本，上面记着欠别人的钱。一笔一笔，数目都不是很大，下面特意注明是借了买酒的。胡然不由鼻子发酸，眼眶发热。这样一个毕生致力于诗歌创作的勇者，这样一位有全国影响的诗人，平时连喝酒都要借钱！再看看他的窝，只能用"家徒四壁"来形容。入敛时连一套好些的衣服都找不出来，还是胡然将自己的一件开政协会时穿的西装干洗了一下，套在了诗人的身上。睹物思友，唏嘘不已。

野风之死，严重地干扰了换届工作的进行。特别是那场规模超常、气氛压抑的追悼会，给欢乐喜庆的古城作家代表大会蒙上了一层阴影。一句话：大多数代表高兴不起来。不满情绪像瘟疫一样传染着。

于是换届领导小组组长，这次会议的总导演肖副市长发话了："不要用死人压活人嘛！死的已经死了，活着的还要革命嘛！——会总还要开的嘛！当然喽，死了个诗人，而且是英年早逝，很可惜，是我们的损失喽。但是，这个这个，唉？只有开好作代会，把古城的文艺事业搞上去，才是野风同志生前的最大宿愿。所以说，大家还是要该吃的吃，该喝的喝，睡好觉，养足精神开好会，这也是对野风同志最大的安慰嘛！哭哭啼啼，一派败兴的样子，野风同志在九泉之下也不能安眠哟！"

思想工作的威力是巨大的，会议又照常进行了。而且很快便进入了实质性阶段：选举。那一天的早餐特别丰盛，古城的各种名点小吃都摆上了桌。前一天晚上还举行了盛大的文艺演出，连正在筹拍电视的杨小霞都被传来表演了拿手好戏。代表们心里明白：这是让自己心情愉快地给候选人画圈哩。但大家想错了，根本用不着画圈——不让代表们劳神了。新的选票已经设计好了：你如果同意上面的人选，请直接把选票投进票箱就是了。只有不同意上面的人选，或者要另提某人，才需要动一下笔。这是何等的干脆、爽利而又痛快和便捷！许多代表都是县、区的宣传部长、文化局长，用不着说是不动笔的了。就是那些不同意选票上的人选，想打×的人也无法打×了：各级领导就坐在你的旁边，大会工作人员来来回回地在场子里巡逡着，你好意思动笔吗？

胡然、徐晨和孟一先坐在最后一排，手里拿着选票，用欣赏的目光看着会场上各色人的表情：思索的，皱眉的，讨好的，顺溜的，管他妈选谁不选谁的，和老子有什么关系的，选谁都一样的，哪怕是个王八蛋呢只要领导说了咱就选的，尽管我心里不愿意但我何苦得罪人呢的，投一张票等于修一条路的，咬着碳素笔不知所措的……

孟一先抖了抖新式选票，笑道："中国人的聪明才智，全用在这些东西上面了。"

令人不可思议的是，尽管"把关"把得如此之严，居然还是有人动笔了。

"毕竟是文人。"胡然心里想道，"毕竟是文人！"他也拿起笔来，在沈萍的名字后面打了×，填上了徐晨的名字。他抱病参加会议，就是为了在这些人的名字后面打几个×。孟一先旁若无人地掏出笔来，用手绢擦亮了眼镜，大大方方地在几乎所有候选人的名字后面打了×。徐晨明显地感到坐在主席台上的肖副市长死死地盯视着他，但他依然从容地拿起笔来，在那些领导们心爱的名字后面打了×，并且石破天惊地在"作协主席"一栏里，填上了野风的名字。

就像伤风感冒似的，几个人一带头，许多人都动起了笔。这些作家诗人一旦犯了牛劲，他可不管你什么纪律不纪律，更不去理解领导们此时的心情。×！×！×！×！肖副市长的脸上一阵红一阵白，他似乎听到了那唰唰的××声。那声音使得他的心都要从腔子里跳出来。谢天谢地！毕竟有那样多的宣传部长和文化局长，毕竟有那样多老实忠厚指向哪里就奔向哪里的基层作者。他们撑起了半边天！几个自由分子翻不起大浪。开始念票——

主席沈萍：勉强过半数。

副主席王伦、牛人杰、茅永亮、张名人、钱学义：勉强过半数。

又由新当选的主席聘请肖副市长为名誉主席，并聘请金大天和徐晨为顾问。又选出由九十九人组成的理事会，胡然荣列其中。会场上响起了不冷不热的掌声。

接下来宣读另选票数。当监票人宣布徐晨在主席另选人中获得了一半票时，全场掌声雷动。胡然遗憾地说："可惜周新亚走了。如果小周还在，那一票肯定是你的，你也就过半数了——看他们怎么办？"

孟一先笑道："你放心，有的是办法：今天当选，明天就让他退休。"

晚上是盛大宴会。大漠驼掌，冰川熊掌，祁连山的雪莲，草原上的鹿羔子肉，黄河源的美酒，地地道道的西部风味大会餐。新任作协主席沈萍女士，率领副主席、秘书长一干人等，每人端一只小碗，碗里倒满了白酒，依次到每个桌上敬酒，感谢代表对他们的信任和厚爱。主席们虽然喝得满脸通红，摇摇晃晃，眼睛里却洋溢着熠熠的光彩——那是一种抑制不住的喜悦。到了后来，主席们都醉倒在欢庆宴上。

孟一先悄声对徐晨说："对于这次换届，两句话就可以概括了。"

徐晨问："哪两句话？"

"野风猝死作代会，文曲星弹冠相庆。"

"好，有水平。"

"咱们走吧，这里没有咱们的事了。"

二人相携而去。

……

话说作家先生为诗人操办丧事，过度劳累，也过度哀伤，作代会结束后，那病情便日益沉重起来。环顾左右，野风死了，周新亚走了，徐晨下了，章桂英离了，杨小霞、沈萍相继离去，除了老崔时不时来看看自己，以及一些业余作者偶尔前来探视之外，便无人可以谈心，几乎成为孤家寡人了。整日郁郁寡欢，闷闷不乐，情绪处于极度压抑之中。白天躺在床上吊瓶子打针，百无聊赖，只有到了晚上，才踱到住院部的休息室里，看看电视解闷。今晚刚打开电视，便出现了一张熟悉的面容：杨小霞！是古城电视台的本地新闻，头一条便播出了戏曲电视片《游西湖》的开机仪式。夜莺奖得主打扮得特别时髦。容光焕发，顾盼生辉，在荧屏上显得格外亮丽。她笑得恰到好处地坐在前排沙发上，面对摄像机镜头侃侃而谈。她的左面坐着马百万，右面坐着从北京请来的贾导。尤大头坐在后面的沙发上，正涎着脸看杨小霞的妹妹头。听说这位包工头也拿出了数目不菲的赞助款。讲完了，杨小霞回过头来，朝马百万嫣然一笑。而这勾人魂魄的笑容，当年就是给作家先生的。胡然关掉了电视机，黯然走出休息室。

老崔每次来都要抱怨他：咋回事？堂堂五尺汉子，怎么害起忧郁症来？这可是雪上加霜呀！莫非你不想活了？胡然只是凄然一笑，并不作答。

这一天是胡然的生日。作家先生决定上街散散心。他先到邮局，给远在劳教农场的儿子寄了八十元钱，然后找了一家小门脸儿饭馆，准备自己给自己过个生日。尽管医生严禁他喝酒，但他还是要了一小瓶儿二两装的白酒。几杯酒下肚，他便有点飘飘然了，心里想道：这样的日子，多活几年，少活几年，有什么区别？又有什么关系！喝吧，喝吧，难怪野风要经常醉着呢。于是又连着喝了几杯。已经有些醉意了，开始自己问自己：爱了半辈子文学，呕心沥血，苦苦追求，到头来却落得个众叛亲离、穷愁潦倒的下场，真不知所为何来？又回答道：胡然呀胡然，你真是个傻B！当今之世，除了官和钱，还有什么让人羡慕的？你的所谓文学，谁需要？谁欢迎？什么创作不创作，谁还在乎这玩意儿！这样想着，便苦笑起来，继而又变成了冷笑。

在饭桌上盘桓了半日，算是给自己庆了寿。出得门去，刚走了几步，便见杨小霞昂首阔步走了过来。她将头发染成了黄色，嘴上涂着紫色的唇膏，穿着高级套裙，显得十分摩登。远远地看上去，还真有点洋妞儿的味道。她的一只胳膊挽着贾导，紧紧地傍依着戏曲权威，目不斜视、锐不可当地走了过来。作家先生面色萎黄，骨瘦如柴，自惭形秽，他怕扫了人家的兴，急忙寻找躲避的地方。无奈小巷路窄，路上人来车往，已经无处可躲。近在咫尺了，杨小霞目视前方，全然没有看到胡然——仿佛世上根本没有这个人似的——从他的面前款款地走了过去。愈发亮丽的脸上平静如水，连一点点波澜都没有掀起。

胡然感到一阵阵恶心，蹲在地上，将刚才吃下去的东西全吐了。

回到病房，作家先生躺在床上怎么也睡不着。脑子里像过电影一样，一幕一幕出现许多过去的景象。这些景象五颜六色，杂乱无章，一会儿三十年前，一会儿三十年后，然后又交织在一起，分不清何时何地。只有一个镜头，却长长地留在他的脑海里，显得是那样清晰——

这已经是几十年前的事情了，作家先生最多也就八九岁吧。似乎是个冬末，大地还是一片萧瑟。他跟着一家送葬的队伍来到了黄土塬上。别人都在忙着下葬，他却去捉松鼠玩了。后来，人们都走了，偌大的荒原上就剩下了一个孩子。他感到一阵恐惧。抬头看天，一轮苍白而又瘦小的日头懒懒地挂在远处的山岭上，显得是那样的软弱无力。低头看地，黄土塬苍苍茫茫，横无涯际。一片地块连着一片地块，完全分不清东南西北。他迷失了方向，不知道该如何找回家去。一只野狐从他的身边窜了过去，还回头向他呲了呲牙。他绝望地哭了起来。这时他便发现前面有一座泥土修造的窝棚，似乎是他家的瓜房。夏日西瓜成熟的季节，他曾给看守瓜田的爷爷送过饭。于是急急地奔了过去。到了跟前，那窝棚空荡荡的，却又不像他家的瓜房。朝前望去，远处又有一座瓜房。于是又踩着坚硬的砂田，咯吱咯吱地向瓜棚奔去。走到跟前，竟又不是了。再向前望去，瓜棚越多了，四面八方全是砂田。于是又奋力去寻觅。吭哧吭哧地走到跟前，又不是了。空旷的天穹之下，光秃秃的原野上，只有一个孩子在奔波，在呼号，在探路。忽然，前面有说话的声音。他急忙跑了过去。原是一群山里人结伴到他们庄上去看戏。他于是便跟在他们后面，回到熟悉的路径上，并且和他们一起来到了正在唱戏的剧场。正月里，庄稼人在土场子里演当地的小曲子演得正欢呢。他听到了稔熟而又亲切的锣鼓家什，看到了戏台上恍若梦境般的人生演绎。

这一点童年的印象，几十年来总是挥之不去地盘亘在他的记忆深处。演戏！这是不是一种宿命？他多少年来的生活，不就是迷路，寻找，奔波，最后看到的只不过是一场戏吗？人生大戏台啊！

老崔来了。一进来就嚷"你怎么整天睡在床上？也不活动活动！走，咱们到花园里散散步。"说完把作家先生搀下床来，扶到医院后面的园子里去转悠。转够了，坐在石凳上，这才用婉转的语气告诉胡然：中院的终审判决很快就要下来了，十之八九是维持原判。说完看着胡然的表情。自从作家先生病重以来，老崔说话已经注意多了，不再用李逵式的语调，而是尽量委婉且放低声量。他怕影响他的病情。

胡然听了，半晌做声不得。他觉得他的心房被一只重锤狠狠地砸了一下。他感到浑身发冷，冷到了骨头里。他面色惨白，继而绯红，最后转为黑灰。老崔见状，急忙将他搀回病房，帮他服了药，说了许多宽心的话，安顿好了，这才闷闷地离去了。

自此作家先生就再没有从床上爬起来。他的肝病已经到了后期。他整天昏睡。昏睡中，他产生了一个又一个幻觉。幻觉中，他见到最多的不是别人，却是那个年轻的农村寡妇田珍。而童年时坐着羊皮筏子在黄河上夜航的情景，又一幕幕地出现在眼前……

月亮躲进了云层，从云缝中洒下缕缕朦胧的亮光。河面上飘动着幽幽的青烟，两岸笼罩在轻纱似的薄雾之中。岸上那些村庄、果园、瓜田，全都蒙上了一层神秘的、虚幻的色彩。最后的一声青蛙的鸣叫停止了，凝固了，久久地在河面上飘荡着，寻觅着可以消逝的地方……

一只装满了瓜果的羊皮筏子，静悄悄地在河中游漂流着。那个坐在筏头、摇动筏板的宽肩膀的水手是谁？是年轻时的自己，又好像不是自己。他的身旁坐着一位俊俏的少妇，那是谁？好面熟，是田珍吗？他们把鞋脱了，四只脚伸进水里，清凉凉的河水从他们的脚下急速地流淌，发出哗哗的声音。大而亮的星星在他们的脚面上跳跃着，闪动着，伴随着筏子一块儿前进。忽然，一阵夜风吹来，满河的星星不见了，河面上掀起了轻轻的涟漪，一圈又一圈，向着远处散去。夜风吹来了白兰瓜醉人的香味，吹来了冬果梨和酥木梨淡淡的清香，送来了秋庄稼浓郁的泥土气息……

年轻的水手（似乎又不是胡然了）轻快地摇着筏板，头一会儿低下去，一会儿抬起来，筏子缓缓地在水面上前进。一辆又一辆高大的水车闪了过去，落在筏子的后面。浑身披满了绿色苔衣的水车不紧不慢地转动着，把一桶又一桶散发着泥沙味儿的水从黄河里提起来，倒进高高架起的水槽里。然后通过水槽，流向无边的田野，清粼粼的河水倒向水槽的一刹那，发出一种微弱然而却奇异的光。田野里突然响起了蝉叫，先是一声，两声，以后就交织成一片……

那个农家少妇（她真是田珍吗？）静静地躺在筏沿上，正闭目休息呢。月亮从云缝里钻了出来，清清的光辉照在她的脸上。她似乎比白天更妩媚，更动人了。两条细细的、弯弯的眉毛，稍稍地蹙了起来。红润鲜活的面颊上，泛起一层淡淡的粉白。一只红艳艳的手从筏沿上搭了下去，漂在水面上，任河水扑打着……

胡然觉得自己又变成了一个孩子——坐在羊皮筏子上的农家少年。他瞌睡了，就睡在了田珍身边。他的眼前升起了一团白色的云烟，那云烟托着他，把他送到一个陌生的地方。这里有着无边无际的银色水波，那水波一直消逝在蓝幽幽的雾霭里。水面上传来了低沉而又粗放的花儿声：

黄河边上的高高崖，
峡口里两朵云彩；
云彩搭桥你过来，
心上的花儿（哈）漫来。
一个清脆的声音（田珍的声音？）回唱道：

清悠悠的河水淌着，
高楞楞的水车转着；
你心里有了常想着，
年哩嘛月哩的盼着。

第一个声音（显然是自己的声音）又响起来了，显得有些急促：

想哩想哩常想哩，
想着眼泪常淌哩；
眼泪打转双轮磨，
磨轮飞转鸟儿落。

又是一声甜甜的回音：

天上星星一撮撮，
星星伴的月亮哥；
月亮伴的索罗树，
尕妹伴的小阿哥。

少年睁开了眼睛，原来是一场梦。月亮又躲进了云层，秋蝉的叫声听不到了。四周显得很黑。黄河像一匹暗绿色的绸缎，在微风中摆动着。两岸一棵棵粗大的冬果树，像巉岩，像巨石，从他的面前闪过去，闪过去。夜静得出奇。他忽然感到有点儿害怕。他朝旁边看了看，那少妇不在了。他坐了起来，发现水手（就是胡然）和少妇（就是田珍）已经挪了位置，坐到被瓜果挡着的一个角落去了。水手将筏板搁在一边，任筏子在河面上漂移着。少妇紧紧地坐在他的身边，面颊贴在他宽阔的胸脯上，一只胳膊从他的背后绕过去，柔软的手指放在他的手心里。水手低下头去，脸挨在她的头上，轻轻地吮吸她头发上的香气。前面的河心岛上，一对大雁正在安静地栖息着，看到筏子，忽然展开翅膀，腾空而起。同时发出了悠长的叫声：

"嘎——"
"嘎——"

孩子吓坏了。复又躺下，闭起眼睛假睡起来。不久，又响起了水手和少妇耳语般的低吟。

水手：
头上的星星星对星，
大河口里的亮星；
尕妹的眼睛毛洞洞，

杂嘴儿红，
尕模样咋这么心疼？

少妇：
花儿里为王的是牡丹，
人里头英俊的是少年；
阿哥连我肩挨肩，
要分开，
除非是黄河的水干。

水手：
上去个高山望平川，
平川的葡萄串连串；
我丢尕妹实在难，
你丢我难哩么不难？

少妇：
东方发白天亮了，
川里的牛羊叫了；
尕妹的眼泪淌干了，
瓜果城眼看着到了。

......

远处响起了鸡啼的声音，东方天边出现了一片暗红色的光。那光又变成了七彩的颜色，铺满了整个河面。于是，笼罩在夜空中的轻纱似的薄雾，慢慢地被大地托起了，而且愈来愈高，愈去愈远，终于和地上的景物分开了。逶迤的群山，高耸的白塔，绿茵茵的瓜田、树木，全都显现了出来，带着露水的颜色，恰似一幅明丽的水彩画。而刚刚，它们还都是一些模糊不清的、躲躲闪闪的剪影……

是幻觉？是梦境？迷糊不醒中它竟是这样的清晰。是灵魂出窍，还是心血所凝？是童年生活在大脑皮层的折射，还是作家先生苦苦追寻的归宿？他一时竟茫然了。

"吱呀——"一声，门被轻轻地推开了。出现了一张久违的面孔：

田珍！

真是心有灵犀一点通啊！在夜航的幻景中刚刚和她对唱花儿，有了神交，现在她就果真来到了他的身边！提着一只篮儿，篮儿里装满了各种吃食，步履匆匆，风尘仆仆地赶到了他的身边——而这正是他孤独绝望的时候。

"亲人啊！"他从心底发出了一声呼唤。

田珍立在门边不动。一瞬之间，她的眼里交替出现了发愣、惊愕、喜悦和悲伤的神情，接着便快步走到病床前，望着胡然蜡黄的面孔，焦急地问道：

"你怎么病成这样了？"

说着，一只手抓住了胡然枯瘦的手，两只眼眶里已经盈满了泪水。

"你来了？"胡然吃力地欠起身，眼里现出了充满感激的泪光。

"你怎么病成这样了？"女人又一次痛心地问道，嗓子被哽咽堵住了。

胡然觉得自己无颜面对这位纯朴的农妇，一股惭愧、悔恨之情涌上了他的心头。他感到深深的自责和内疚。

"我，我好着哩。"半天，胡然强挤出一丝笑容，结结巴巴地说。

女人坐在病床前的凳子上，不再问话，只是疼爱地看着胡然焦黄的面容，默默地流泪。

胡然鼻子一阵阵发酸，热辣辣的泪珠在眼眶里打转。

两只手紧紧地握在一起，他们就像一对久别的夫妻似的互相盯视着。病房里发出轻轻的抽泣。

"你怎么知道我在这里？"胡然换上一副笑脸，望着女人问道。

"我早就知道了。"女人止住了泪，低语般地回答。

"早就知道了？"

"嗯。是从报纸上知道的。"

"噢？"

"前些时间，报纸上登了你打官司的事，我的心就被提起来了。几个月来，我一直关注着你的命运，一直打听你的消息。为了知道你的情况，我还专门到邮局临时订阅了一份《古城快报》。我曾到你们机关门房——假称是你的乡下亲戚——问过你的近况，得知你生病住院了。当时就很心焦，很着急，想到医院来看你。可走到医院门口又站住了。我到底是你的什么人？我有什么资格来看你？万一碰到你老婆，真还不是个事。我们乡下女人，脸皮到底薄些。当时正刮着大风，在黄风黑道里站了半天，终于转身回去了。可又不死心，总是放心不下。前些天又来打听，得知你已经离婚了，这才做了一点你喜欢吃的东西，大大方方地来了。"

田珍说着，从篮儿里掏出花馍馍、糖酥饼、油锅盔、羊肉包子，全是胡然爱吃的东西。还有从自家树上摘的杏子、桑葚。又拿出了一双手工做的布鞋——她知道病人穿皮鞋吃力，连夜做了一双软底鞋。东西摆了满满一桌子。然后抬起头来，眼里露出喜悦的光芒，殷切地望着胡然，就像乡下妻子来探望城市的丈夫那样充满了深情和期盼。

泪水又一次糊住了胡然的眼睛。他一把抱住了田珍（作家先生病重后被隔离到一个小病房里），轻轻地吻着这位心地善良的农妇。她已不年轻了。终年劳作，风吹日晒，使她失去了昔日的韵致。俏丽的面容已变得粗糙，鬓角上也有了几丝白发。胡然替她拔去了一根白发。女人便伏在胡然的怀里，嘤嘤地哭起来。

"你，后来……"胡然不知道自己该说什么，他觉得自己欠这个女人的情太多了。"没有再走一步吗？"

"没有。"女人说。"乡亲们都劝我再走一步，但我始终犹豫不决。农村的寡妇，能有什么大路可走呢？不是上了年纪的老光棍，就是死了婆姨带着一大群娃娃的主儿！而且都是些文盲半文盲，不是满嘴脏话爱打老婆，就是一闷棍打不出响屁的老实疙瘩。我能跟他们吗？唉……"

田珍说到这里停住了。掏出手绢，擦了擦眼泪："乡下女人命苦哇！"

胡然激动地把女人的头抱起来，将脸颊紧紧地贴在她的脸上。就那样长久地贴着。两人的泪水滚到了一起。

"全是那一夜！"女人说，幽怨地看了胡然一眼。"要是没有那一夜，我也就认命了，随便跟个男人算了。可是有了那一夜，我的心里就放不下别的人了。"

胡然的脸上感到一阵阵发烧。在这位心如泉水般净洁的女人面前，

他觉得自己不是个东西。

"自从有了那一夜，"女人说，"我就什么都不想了。我知足了。老婆婆年纪大了，孩子还小，我不想让婆婆受人家的气，更不愿我的儿子受委屈，所以就一直拖到现在……"

"可我，可我……"胡然悔恨万分地说，"我都干了些什么呀！"他又呜呜地号哭起来了。

田珍起身，拧了一把热毛巾，替作家先生擦了擦脸，又沏了一杯热茶，拿过糖酥饼，喜吟吟地说："过去的事都过去了。你吃一点东西吧。"

在男人吃着她亲手做的食品时，田珍絮絮叨叨地讲了起来：娃儿已经大了，上了小学。婆婆死了，院子空着。欢迎他出院后到她家去疗养。一年四季，炕都烧得热热和和的，农村的空气又是那样新鲜，最适合养病。圈里的猪儿壮羊儿肥，满院子的鸡跑着，想吃了就宰一只。每天早晨四个荷包蛋，中午是你最爱吃的羊肉臊子面，晚上清爽一点，就做西红柿面片子，不出半年，你就胖了……我反正也没有什么事，就一心一意照料你。薄擀细切，有的是上好白面，是当地优良品种和尚头的麦子，劲道大着哩，包你吃了一碗想两碗……你想吃什么做什么，不让你吃重的，变着法儿伺候你……

"我去，我去。"胡然连声答应。真的，他很想那个给他留下了难忘印象的庄稼院。

田珍在病房里住了三天。在这些时日里，她挽起袖子，将胡然穿脏的衣服鞋袜彻底清洗了一遍，把男人收拾得干干净净的。又替作家先生擦了身子，洗了脚，认真地剪去了脚上的指甲。晚上，她将两只凳子拼凑在一起，搁在胡然的床边，蜷缩在上面睡一夜。这时胡然便伸出手来，抓着她的手，什么也不说，就那样紧紧地握着，感受着互相跳动的脉搏，两个苦命人的心连在了一起。半夜里，她怕男人休息不好，悄悄地把手从胡然的手里松出来。

第四天上，她要回去了。她说，娃儿要吃饭，院子也无人照料，她先回去了。她说，你就安心治疗吧，我过些日子还会来看你……

说着，已经泪水涟涟了。胡然频频地点着头，说你慢走，你走好。这二百块钱，你给你和娃儿买件衣服吧！女人说，钱我有哩。你留着还要看病，想吃啥就买一点，别亏待了自己，身体要紧。一步三回头，真是一步三回头啊！走到门口，又回过头来，再三叮嘱：出了院可一定要来啊，我等着你……

胡然泪如泉涌。望着田珍远去的背影，心里默念着：去的，去的，我一定要去的。哪怕是埋在乡间的荒野里——那里的土干净些。无论如何，也不能埋在这名利场里啊！

夜里，下起了入夏以来的第一场雨。在淅淅沥沥的雨声中，作家先生睡着了。

第二天上午，古城作协走廊里贴出一张大白纸——

讣告

我市著名作家、《文艺春秋》编辑胡然同志因病医治无效，已于今日凌晨去世。终年四十五岁。

选自人民文学出版社2003年版

【评析】

王家达早期的作品更多关注的是甘肃中部地区的黄河谷地文化，也可以称为"兰州乡土文化"，比如《清凌凌的黄河水》，在这一领域，他具有开创性。但是2003年出版的41万字的《所谓作家》却是一部如同《儒林外史》一样的官场小说。它描述了20世纪80年代西部古城一群作家和官员真实而荒诞的生活场景，在甘肃文坛引起不小争议，"对号入座"成了最大的争议。

在商品社会里，作家的光环正渐次褪去。这一现象的出现，不止源于社会价值观念的深刻变化，同时也与历史赋予作家的某种神秘和荣誉有关。但当价值观念发生变化和作家的"解密"过程业已实现之后，作家便不再是原来想象的作家。王家达的《所谓作家》也正是在这样的背景下产生的一部奇异的小说。他以小概全，借发生在20世纪80年代西部古城（原型也就是今日兰州）文坛的故事，折射了在商品经济冲击下，部分作家和官员良知的沦丧，人性的变异。作品对人格高尚的优秀作家胡然、野风、徐晨等进行了肯定，写出了他们的血性，他们的才华，他们的人品。对以沈萍、杨小霞、牛人杰、金大天等为代表的凭借色相、欺诈、剽窃等卑鄙的手段获取名声、地位、金钱的所谓作家，进行了辛辣讽刺；对那些知识陈旧、人格卑下、道德沦丧、不学无术的所谓文学批评家、理论家钱学义、茅永亮、张名人等，进行了揭露调侃，当下文坛正是有了这些所谓作家、批评家，导致了真正的文学创作、文学批评的变异滑坡，文学被引入歧途。

作为骨子里一直保持着农民作家本色的王家达，他在小说里塑造了一个纯朴善良的农村妇女田珍的形象，寄予了对没有受到污染的永葆初心的人类灵魂的向往。作者采用章回小说的形式，每章题目言简意赅，形象生动，写出了这个浮躁喧哗时代真实的文坛，写得酣畅淋漓，气韵生动，惊心动魄，发人深思。《所谓作家》是一部有分量有血性的长篇小说。

【扩展性阅读书（篇）目】

王家达：《清凌凌的黄河水》，敦煌文艺出版社1994年版。

王家达：《莫高窟的精灵：一千年的敦煌梦》，甘肃人民出版社2001年版。

王家达：《敦煌之恋》，人民文学出版社1996年版。

尕藏才旦的作品

【作者简介】

　　尕藏才旦（1944—），藏族，青海省黄南藏族自治州人，学者、作家。出版学术专著《中国藏传佛教》等6部，发表有关民间文学的论文数10篇。搜集整理出版藏文版《安多藏族酒曲选》《藏族情歌集》《藏族民间叙事诗集》。著有中短篇小说《半阴半阳回旋曲》，长篇小说《首席金座活佛》《红色土司》，影视作品文学集《向往拉萨》等。编剧电视剧《走进香巴拉》《向往拉萨》《南来的风》等。曾获国家"五个一工程"图书奖、中国民间文艺山花奖、甘肃省敦煌文艺奖等国家级、省部级各种奖近40次，获甘肃省文联第二届"德艺双馨"文艺家称号。

首席金座活佛（节选）

第五章　寻访灵童

......

　　三年前的那一天那一景，至今历历在目，印在脑海中。

　　也是这样一个夕阳暮天，也是这样一个夕阳般温情脉脉、充满眷恋的眼睛。已经五十八岁的四世坚贝央躺在厚厚的卡垫床上，寺主不舒适已经一个来月了。气有点喘，喉咙口像有什么堵了一半，说话带点呼噜，不是以前那样清爽畅通。清瘦的面庞虽然还是泛着亮光睿气，但印堂那儿已经显出灰暗。他的心拧紧了。他说了几句安慰的话，试图开导四世坚贝央。

　　四世坚贝央笑笑，从被筒里伸出左手，掌心向上，示意吉塘仓把右手按在上面。他急忙伸出两只手，把掌心掌背都夹住托起。

坚贝央的手背厚墩墩、软乎乎的，五指的关节根都陷下窝窝，正是俗人所称的佛掌。人虽然瘦下去了许多，但佛掌却依然丰满、厚实、硕大，丝丝热气渗进了他的掌心。

"这些天我夜夜梦见彩虹、鲜花、大海、山泉、石岩，看来离涅槃的日子不远了。"

他眼里涌上湿润，心头酸丝丝地难受："上师，你多心了。你是佛的化身，佛的转世，佛委托你护佑吉祥右旋寺的使命还未全部结果呢。"

坚贝央意味深长地瞥了他一眼，轻轻摇摇头："佛经上不是讲三生吗？前生、今生、来生，因果报应，六道轮回。"他顿顿，喘了口气。

吉塘仓听得懂坚贝央的意思。前生、今生、来生是根据佛教理论"因缘"而来，是说这大千世界一切关系由因果而发生变化，即任何思想行为，都必然导致相应的后果。"因"未得"果"之前，不会自行消失；反之，不做一定事业之因，亦不会得到相应之结果，由此才产生了"三世因果"的佛学理论，认定今天世界上所有凡夫俗子的贫富穷达，是前生所造善恶诸业决定；今生的善业行为，亦必导致后生的报应。"因果报应"又引出了"公道论"。但这"三世论"与坚贝央有什么关系？他不解地望着上师的瞳仁。

坚贝央眼里依然是灿烂的阳光："我是佛的化身，你知道佛是干什么的吗？"

他似懂非懂，既没有点头也没有摇头。

坚贝央娓娓谈道："佛无血统而言，也否认世袭。但佛祖在阐述教义时提到了佛有三佛身的理论，即法身、报身、应身。法身指人先天具有成就佛身的基本因素；报身是以法身为基础，经过修习而获得的佛果之身；应身呢，是说佛为了度脱世间众生，随三界六道之不同状况和需要而现之身。正是'三身论'为活佛转世提供了最早的理论根据，向世人宣布：活佛作为天国的使者，为了解度世间众生，随三界六道的不同状况和需要，可随时现身或变幻出现。"讲到最后，他才强调说："上苍既然要我返回西天极乐世界，那就说明我这世坚贝央现身俗世的使命已经完成。今天请你过来，就是想与你商量灵童转世的事。"

吉塘仓一怔，茫然地扫视坚贝央的面庞，差点把托着的手收回去。虽然第一世吉塘仓担任过格鲁巴创始人宗喀巴大师主持修建的格鲁巴母

寺甘丹寺的总法台；虽然宗喀巴大师临终未留下有关自己转世的遗嘱，但曾说过如果佛业需要，他会化身重返世间的话，说谁担任他创建的甘丹寺的法台（甘丹赤巴），谁就是他的继承者，是他的化身。从此，担任过甘丹寺总法台的都被世俗教民认定为是宗喀巴大师的化身，是活佛，而且藏传佛教格鲁派规定唯有甘丹寺总法台才有坐金子锻打的法座。他吉塘仓活佛系统被呼为金座活佛的由来就是这。但即使是金座活佛的他，也不知道生前就能选择死后转世灵童这一奥秘。

"你知道活佛转世制是哪个教派创立的吗？是什么时候才有的？"坚贝央喘着气问他。

他又一次茫然地摇摇头。他确实不清楚活佛转世制是什么时候出现的，不知道是哪个教派创立的。佛经上没有记载，藏文史料上也未见到有关资料，他自己也从来没有想过自己是如何成为活佛的。

坚贝央眼里仍然闪烁着宽厚、仁慈的光芒，没有丝毫的责备和取笑。他慢吞吞地像讲故事般用文学的语言讲起藏传佛教第一位活佛诞生的历史和情景。

……

"这就是说，生前认定灵童的，我不是第一个，也肯定不是最后一个。"坚贝央笑着说，厚厚的右手掌轻轻拍打三下吉塘仓的手背。

吉塘仓感动了，也露出笑容望着坚贝央。

"虎在深山威风，鸟在高空潇洒，我不准备转世于教区内。"

"为啥？"吉塘仓又大为疑惑，教区最高活佛的灵童，不转世于自己教区内，这是为什么？真是咄咄怪事。

"我的前三世都转生于教区内。由于灵童牵涉到家族、寺院的利益，引发的争执和麻烦还少吗？好事却往往带来坏事，各种明里暗里的灵童纠纷，不是弄得吉祥右旋寺大伤元气嘛？以往的灵童不是部落土官的后裔，就是王公贵族之孩了，他们可能有这样那样的考虑，我也难保转世于什么人家，但我再也不能干这号糊涂事了。我们不能给教民留下灵童分血统贵贱的印象。佛教是反对血统论的，公开声明一切众生都有佛性，有佛性者都能成佛。我要实践佛祖的这句真谛，转世于遥远的康区，转世于一个普通的人家。"坚贝央说得气喘吁吁，但眼里却迸射亢奋的光芒，苍白的脸蛋上涌上来一层红晕。

吉塘仓急忙捧起镶银的木茶碗，添了点酥油茶，端到坚贝央的唇边。坚贝央一饮而尽，气慢慢平了。

"找你来，就是商量寻访转世灵童的事。我把话说透说明，免得再产生灵童纠纷之事。"他没有问什么，也不便说什么。四世坚贝央的脾气他最熟悉不过。只要是认定的事，哪怕是块铁疙瘩，他也会毫不犹豫地吞进嘴，固执地去啃、去咬、去磨，不弄出几个坑坑绝不停止。

吉塘仓思忖着，斟酌着，最后开口道："既然如此，你得写份遗嘱。"

坚贝央眉毛耸了耸，平静地问道："写什么？"

"委托吉塘仓全权负责寻访灵童。"

坚贝央沉吟了一下，抬眼看了一眼吉塘仓，爽快地点了头。

还是坚贝央自己执笔，他采用了拟写重要文告时他通用的庄重书法体——铁链式草写体，而不是记录杂事的跑步体草书。

他俩边斟酌边动笔，一气呵成，没有打草稿。

最后的遗嘱文本内容定稿为：按佛法无常的真谛，谁也没有延年常青之法，故此谁也不应为我的圆寂而悲哀不已。如果维护本寺的显密教义讲修，清规严谨，寺风规范，各子寺遵循清规并努力修学，各地所属部落教民和施主切实护持十善法。那么，我就会时刻从各方记挂呵护你们。我圆寂后，本寺、子寺及所属部落的政教大权，委托吉塘仓主持摄政。未来各项事宜安排：关于尽快获得明确的真身灵童之事。若是降生于就近之地，可对我们十分便利，甚佳，但我恳请佛祖让我转世于陌生、遥远而往来艰辛的康区南部农牧业丰茂之地。只要你们竭诚祈请三宝诸佛，托助于护法众神，我也虔诚地祷告，必能如愿以偿。寻访灵童之事，须吉塘仓自己亲往。届时巨细之一切事宜，均已对吉塘仓做了具体交代，如何处置，他心中有数，望周知。给转世灵童献上一条大黄色哈达，请遵照办理。……

不等遗嘱写完，吉塘仓已经泪流满面，哽咽不已。他把袈裟搭在臂腕伏下身，朝坚贝央重重地叩了三个等身头。

……

高原上的夕阳比山川平原的要大得多，刚才的那轮夕阳虽然沉下了少半，但仍如锅盘大，和蔼、温情、仁慈地散发着余光。吉塘仓站起

身，揉了揉大腿，捶捶背，回身上了马鞍。不管旅途如何艰辛，身子如何劳累，他都有决心让四世坚贝央"如愿以偿"。当然，这也是大寺及子寺众僧俗民众的心愿。大寺不能一日无佛，教民空荡的心灵应该得到充实、慰藉。

今天他们的目的地是丁科尔寺。暮色黄昏时，他们来到了一个三岔路口，不知道该走哪条道好。周围没有村寨牧民，想去打问也没处去打问。正当他们愁眉苦脸、一筹莫展时，一人骑着马从南面沟坳里闪出。

离他们三四十步，马背上的骑士下了马，松开了头上缠着续了红丝绒的辫子，把辫子拽到胸前，脱落的皮袍右袖筒也捅进了胳膊。他弓着腰快步牵马走了过来。

走近了，吉塘仓才把来者的轮廓看个明白：来人真是个标准的康巴汉子，个子高大魁梧，足有六尺，虽然弓着身毕恭毕敬走来，但个头比马头还高，腰身有嘛呢经筒粗，紧紧绷绷的斜襟衬衣扣不住鼓起的胸膛，露出古紫色的肌肤。头大得像个铜罗锅，两面的耳朵肥厚硕大，耳垂很长；深眼窝削眉骨，长着蓬蓬松松有点乱的浓黑眉毛。眉下深嵌的眼珠子有点凸，但很锐利很有劲，一旦瞪起来肯定吓人。吉塘仓印象最深的是汉子的鹰勾鼻子。鼻头粗重鼻尖下勾，自有一般威严和凶气透出。配上椭圆形的下巴，黧黑而陡峭的宽额，大大的颧骨，觉得这个四十上下的康巴汉子很有刚劲味。他的穿着很朴素，袍子旧了点，但上面没有污垢和灰尘；脖子上吊着佛龛，是银制的，在夕阳下熠熠反光；手腕上缠着一串大拇指粗的佛珠，隐约可见一两颗龙眼珠点缀其间。

康巴汉子走到马头前七八步敛住足，摊开双臂弓下腰，满脸堆下谦恭的笑容："尊敬的各位高僧，佛法僧三宝保佑，你们一路辛苦了。"

随从们应声致谢。

"听口音，高僧们不是康巴人？"

吉塘仓点点头："我们是安多吉祥右旋寺的，先生好耳力。"

康巴汉子先是一怔，马上灿笑开来："真是缘分啊，佛法僧三宝。对远道而来的活佛高僧，理应献上哈达和供金，但我贡保嘉措今天只为寻找丢散的牛犊奔波，不知贵人要来，不知道该如何招待各位上师高僧。前面不远处有我的牧场，各位上师高僧不妨赏光去喝碗茶，我一定给奉献白色三宝（牛奶、奶酪、酥油）和风干牛肉。"

　　吉塘仓婉谢了这位贡保嘉措牧人的盛情敦邀，但他对贡保嘉措产生了好感，感到他对佛法僧十分虔诚，待人也诚恳热情，很有教养和慈悲心怀。贡保嘉措听吉塘仓说他们要去丁科尔寺借宿，便自告奋勇地要领路当向导，并告诉他们说丁科尔寺的法台堪钦活佛是他的舅舅，一定会款待安多吉祥右旋寺的贵客的。

　　吉塘仓喜出望外，邀请贡保嘉措上马偕行。

　　为了排遣路途的寂寞，吉塘仓东一句西一句和贡保嘉措喧谈起来，从地理风情到历史沿革，谈得很投机。他随口问起贡保嘉措的家庭情况。

　　"中等人家，在这中部康区，我家算是不上不下的普通百姓。好在我上有父母，都健康在世，他们每天的事情是敬奉三宝，朝拜佛像。早上起来先去佛龛磕头，换净水碗，换新供品，然后在火塘边一边喝茶一边拨佛珠吟'六字真经'。中午出去转佛塔诵'度母经'。反正一天到黑，除了佛祖，心头再没有搁着什么。有时候揣上干粮糌粑丸子去寺院边上施舍那些浪狗、饿狗、蚁群。"

　　吉塘仓有点感动，合掌喃喃祷告："愿佛祖如来保佑他俩长寿健康。"他又问起家中有什么成员。

　　"夫人叫索南旺姆，身体健康无病，她家根子也干净，没有传染病和猫鬼神，父母都健在。她在家侍奉老人，教育孩子，操持家务，挤牛奶，打酥油，擀毡织褐子。接生羊羔哺育牛犊全是她的事。她非常慈善，哪怕自己不吃，也要施舍上门的乞丐，寺院边的流浪人。有时候我俩还为这事拌嘴几句，真让人惭愧。"

　　吉塘仓心头怦然一动，四世坚贝央要是转世这样的人家那该多好啊。一家子一心想佛，慈悲为怀，乐善好施，救度那些贫穷苦难众生跳出苦海，这才是真正的佛门弟子啊！再说，这一家也是普通百姓人家，就是不知这一家与四世坚贝央有无缘分。

　　"你还未介绍自己呢？"吉塘仓亲切地笑问。

　　"我也很简单，一家之长，但只操心室外大事，平时放牧牛羊，兼着种几块青稞地。部落集兵征战就去冲杀，冬闲去寺院各佛殿磕头朝佛煨燥添酥油灯，每个法会我全家都想法去观赏受教诲。说出来活佛你可能会笑话我，我在村里人缘好，也有些办法计谋，能主持公道敢于说话，为大家办点实事，所以村里人还选我为小头人，在这一带小小有点名气。"

"噢，那好啊，佛门喜欢的就是像你这样豪爽、朴实、有高尚情操、敢于主持公道的教民。积善积德要言行一致，行重于言，行是为了善业，唯有如此，才是大慈大悲，普度众生，菩萨心肠。我祷告您，来世六道轮回，你能跨入三善趣，继续投胎幸福人间。"

贡保嘉措亢奋得眼溢流彩，在马背上踮起屁股垂头合掌致谢："谢谢上师的祝愿，佛法僧三宝保佑，愿佛法兴旺发达无际。"

"你家里还有谁？"贡保嘉措："还有五个儿女，个个都像虎犊龙女，调皮得压不住头脚。"

吉塘仓用眼神鼓励贡保嘉措说下去。不知什么原因，他已经对这家发生了兴趣，冥冥之中觉得有什么奇迹要发生。

"活佛，冒昧请教，吉祥右旋寺的四世坚贝央贵体可否安康？"

"你知道四世坚贝央的英名？"吉塘仓一喜一惊，在这远离吉祥右旋寺几千里的康区，还有人闻说过吉祥右旋寺，知道寺主叫四世坚贝央的。在此之前，吉祥右旋寺和康区从未发生过联系，四世坚贝央也从未到康区传教弘过法。

贡保嘉措的语气带点不高兴："怎能不知道呢？虽说我们这儿偏僻蛮荒，但佛门的兴盛却是我们信仰者关注的头件事。俗话说，故事没有翅膀，却能飞过崇山峻岭；风儿没有腿子，却能到达万里长空，何况四世坚贝央，其学问像高山上的湖泊，声誉众目瞻仰；其德行像大地上的江河，一泻千里，又像卫藏耸立的雪山，银辉万丈。其英名犹如天上的日月星辰，光芒灿烂，就连我三岁的儿子阿金，天天叫喊着要去安多拜佛，说他本是安多的一位活佛，现在要回去。"

吉塘仓一惊，不由勒住了马头，脱口问道："你儿子阿金哪年哪月生的。"

"大前年十月二十五日。"吉塘仓惊得几乎在马背上跳起来。巧！太巧了！十月二十五日是格鲁巴创始人宗喀巴大师圆寂日，也是四世坚贝央的诞辰日。四世坚贝央圆寂在十月二十七日。这个阿金生于四世坚贝央圆寂后一年差两天，又生于格鲁派僧俗纪念宗喀巴圆寂的纪念节日"浪麦"，难道他是转世灵童？难道是冥冥暗示？难道这是佛祖安排上苍旨意，或者完全是一种巧合？这世界真是奥妙无穷，难以解谜。任何事情都不能绝对说无也不能绝对说有，啥事都得讲缘分。今天的事真是缘分。从见到贡保嘉措那一刻起，他就感到有一只手挽住了他的胳膊，有条身影牵住了他的视线，难道千里艰辛回旋跋涉，真的花落理塘这块净土？他按捺住激动不已的心情，努力使自己镇静下来。

"上师，您还没有回答我问的事呢。"贡保嘉措眼里是期待、虔诚、敬仰。

吉塘仓眼眶浮上水气，他沉吟了一下说："四世坚贝央于三年前已圆寂。"

贡保嘉措惊呼了一卢，勒住马头，黑暗中重重盯了吉塘仓好久，半天才苏醒过来，两眼圈泛着水光，合掌喃喃："至尊的佛法僧三宝啊，快赐下恩泽福分，快让伟大的大师、法力无边的大师，转世莅临到我苦海黑头藏人中间。请带来幸福、光明、吉祥和平。"说罢，他又放大了嗓门："坚贝央大师啊，我贡保嘉措虽然人小财乏，但信仰至诚。为灵童早日转世，我将在丁科尔弥勒佛殿供养你千盏酥油长明灯。"

吉塘仓激动地拍拍贡保嘉措的肩头："佛法僧三宝会保佑你全家吉祥如意，幸福平安的。"他本想再问问他儿子阿金生下时的种种兆示，但话到喉咙口又压了下去，还是先观察了再说吧，千万不可先入为主，凭好恶判定大事。可他心头还是希望坚贝央转世在这一家。

两人的话题转移到了四世坚贝央上。贡保嘉措的谈兴很浓，饶有兴趣地问起坚贝央在世时的嗜好爱物，趣味逸事。吉塘仓也随口应答讲述。这一路寂寞单调没处说说话，而他又生来爱热闹、爱交朋友、想不到在偏远的康区结织这样一位俗人知音，可以尽兴地聊聊天。

不知不觉中，他们到了丁科尔寺院。时辰已快近半夜了。

贡保嘉措的舅舅堪钦活佛热情接待了他们一行。让出了热炕，用香柏熏了房间，端上来酥油、人参果、大米、红枣、牛肉坨坨熬制的僧粥，打了酥油茶招待他们。吃好喝足，又让僧徒烧了热水，叫吉塘仓和伙计们洗了脚，铺的盖的全是松松暖和的羊毛毡和羊毛被。

半夜醒来起夜，吉塘仓见偏房小间炕上还传来嗡嗡的说话声，清油灯烛发出微弱的光芒。那是堪钦活佛的卧室，昨夜贡保嘉措说要和舅舅睡在一起，可能甥舅两人语犹未尽还在闲扯。他睡意正浓，迷迷糊糊，撒完尿赶紧返炕了。

早上起铺已是中午时分了。贡保嘉措已走了，留下话说他赶回家去了，乞请安多来的高僧到他们尼玛村来讲经弘法。堪钦活佛摆宴正式接风，两人边饮茶边闲聊起来。他本意要起行赶路继续寻访，但银鬓白发的堪钦活佛劝住了他："有缘分，不在这一两天之内；没有天意，黑天半夜赶路也白搭。今天歇一日，我俩相逢敝寺也是缘分啊。有缘人如亲骨肉，应该尽情交流沟通才对。"

再说什么呢。他便歇了一天和堪钦活佛就天上人间、今朝远古、藏区、汉区、印度等话题漫无边际地海聊起来。

说着说着，话题不由自主地又扯到了四世坚贝央灵童转世之事上。

谈起这个话题，七十高龄的堪钦活佛由刚才的诙谐、轻松变得严肃、认真了。意味深长地说道："尊敬博学的吉塘仓活佛，你是智者、学者，康区这么宽广浩大，又纵横交织着无数的沟壑，无数的雪山峭壁，无数的江河湖泊，天长路远，你寻访转世灵童得到何年何月啊？"

吉塘仓迟疑了一下，没有应话，堪钦的话正好敲击在他的心事上了。苍苍茫茫的康区大地，蜿蜒曲折的小径，哪一天才能寻访到真正的灵童？何时是个头？他已经犯愁发蒙了。

"我已经是七十多岁的持戒比丘了，佛门里的坎坎坷坷我见得多、听得多了，大致明白是咋回事。这大千世界，相貌相同、秉性相近、事儿同样的转世儿童多的是！沙里面淘金淘出的不一定就是真金粒。"

吉塘仓合掌致礼："老前辈说得极是，我虽说也是活佛，但二十六七岁的人阅历肤浅、知识贫乏，难以堪任重负，望老前辈指点迷津为盼。"

"话要直，弓要弯，给佛祖的供养要纯正。为了佛法得到弘扬，吉祥右旋寺兴旺发达，我也就不避嫌，不拐弯抹角了。冒昧向你推介一个儿童，他或许是四世坚贝央的转世灵童。"

"谁？"吉塘仓的气变粗了，脖子伸长了一大截，眼珠几乎贴上了堪钦活佛的鼻头。

"我的外甥贡保嘉措的三儿子阿金！"

"阿金？那个说他是安多来的活佛的阿金？"

堪钦坦然点头："不是我偏爱这孩子，也不是我的亲戚的缘故，我观察过，这孩子才两岁多，但他前世与佛有不解之缘，见佛像就朝拜叩

头，见佛殿就嚷着进去添酥油供灯，见嘛尼石堆就念诵嘛呢，非要捡块石头往上面添不可。"

吉塘仓血管里的血一下沸腾起来，他兴趣盎然，目光催促堪钦活佛说下去。

"我听贡保嘉措平时说过，阿金生下的当晚，他梦中出现佛殿、净水瓶、莲花等很多吉祥的征兆。还梦见从村前小河畔的金莲花丛中捡到一件洁净的法衣和一卷白度母修寿经。阿金生下后，他们村子人畜无灾，牛羊兴旺，和睦平安，没有发生过针尖大的不幸，村人议论说这可能是阿金带来的福德。

"听人传说犹如水面的泡沫，难以测知江河的深浅；唯有亲眼观察，才如细线穿过针眼，能缝织出皮袍和帐篷。我这个人固执迂腐，通常不相信这号传说俚谣，但这孩子也真怪，贡保嘉措抱到寺上来过几次，我也去外甥家念过几次经，我看着挺有佛缘的。你相信不？他时常双手合十跏趺端坐，口念上师、本尊、三宝和不知名字的什么经文。看见我的铃杵和经典，就跑过来要抓在手，做出念诵、讲经的庄重样子，叫人不由不感动。他还有个怪脾气，不让他的父母脚踩任何刻有文字的东西，有字的东西硬闹着要父母把它搁放在干净的高处。他吃饭也怪，是牧人的儿子却不喜欢新宰的大块牛羊肉，而爱好米粥。闲下来喜欢一个人钻在院内那个角落，不停地捏泥捏人，捏法铃法螺等法器，说他捏的是宗喀巴大师的塑像。自己塑的要顶到头上自己膜拜施礼，口中还不知念诵什么，嘴皮动个不停。

"我不敢担保他是四世坚贝央的转世灵童，但我敢断定他是一位出众人物的转世化身。"

堪钦有点激动，呼吸显得短促，面颊泛上红晕。吉塘仓赶快端起酥油碗递到堪钦活佛的唇边。

呷过几口茶，堪钦活佛的气色又恢复过来了，他将将银白的长须，又侃侃道："种种迹象表明，他很可能是一位活佛的转世化身。咱们藏传佛教世界，认定转世灵童不是有几个框框吗？其中一条我看他倒够格，就是他的家庭。他父母我熟悉，根子清净，没有人患过麻疯、癫狂、狐臭等恶性传染病、遗传病，更没有猫鬼神等邪恶精灵盘踞家门。家道厚实，自食其力，品行端正高尚，村中威信很高。"

这些他都相信，因为路上闲聊中，贡保嘉措就跟他畅谈过他的家史。

"耳听千遍还是虚，眼过一遍才是实，老僧可能犯糊涂了，跟你说了这么多，不当之处千万不要挂在心际。我俩有缘幸会这儿，我捺不住内心激动，才推心置腹啰唆了这许多。不过佛门之人无牵无挂，不染尘事，推却亲情，只想着弘扬佛法，功德圆满啊！"

吉塘仓说了好些感谢之类的话，但他心里已经定秤，四世坚贝央的转世灵童七八成就是贡保嘉措的三儿子阿金。阿金身上有佛缘、佛行、佛念，全村人也承认其有福德殊举。还有，这也是最重要的，七十高龄的堪钦活佛不抱老资格，推心置腹，坦荡爽言地和他这二十来岁的安多活佛谈话，两人已建立了忘年之交。而他的推荐，也句句中肯受听，实实在在不哗众取宠和有糊弄人之意，完全是实话实说。对啊，他一个持戒出家人，已经是七十高龄的人了，他图个啥？即使是外孙成了四世坚贝央的转世灵童，他也得不到什么利益享不了什么福，还不是为了佛法的弘扬而直言不讳！

他告诉堪钦活佛，第二天即赴贡保嘉措家所在的尼玛村，亲眼验看阿金的长相是否是佛态。再让阿金摸摸，识别四世坚贝央的一些器具，看有无佛缘。他邀请堪钦活佛同行帮忙，顺便去看望妹妹和外甥们。

堪钦活佛谢绝了，说第二天寺中有佛事活动需要他主持。他也没有执意勉强，只是请寺上派人领个路。

吉塘仓一行快到尼玛村口时，正是深秋朝阳铺陈阳洼山谷，到处跳跃灿烂金光的时辰。尼玛村子就像如意宝珠。南面的山包像一右旋海螺，北面伸出的山包又像一条自由洄游的金鱼。背倚的陡峭石山却像胜利宝幢耸峙。真是好风水啊，地灵则人杰，怪不得尼玛村出了像堪钦活佛这样的高僧大法者。

随着村口几声犬吠，村里呼啦啦涌出一群人来。有老人，有小孩，有壮小伙，有年轻姑娘，其中还有数十个穿袈裟的格鲁派僧人，黑压压的人头攒动着滚过来，吉塘仓一惊一怔，勒住马头示意众随从停步观察。

人流走到马头前十几步处停住了。僧侣在前排列路两边，他们先冉冉整理袈裟，把袈裟梢头从肩上扯下来搭在臂腕内，弓腰垂头，两手捧着红、黄、白、蓝、绿不同色彩、不同质地的哈达于头顶之上，高声齐齐问候："安多活佛，贵体安康，一路辛苦！"

吉塘仓的脸肉松弛下来了，他没有想到在自己教区以外，在山水重叠相隔的康区，还能受到这样的礼遇。他感动地合掌致谢："不辛苦，谢谢你们了。"他滚鞍下马走过去，一个个接过哈达，又一个个原搭在他们脖颈上，祝福他们平安吉祥，心想事成。

僧人们变戏法般地摸出了乐器。乐器品种很丰富，有的他见过，有的他还未见过。有吹管乐器筒钦（大号）、藏笛六弦琴、藏筝亚刁儿、唢呐，打击乐器皮面小圆鼓缺鄂丫，皮面鼓打玛、藏铙、云锣、笙等。吹奏的是《天降无价宝霖》《大慈大悲歌》等。

教民们也秩序井然地排列在路两边，男人们戴着帽的摘下了着帽，全部解下头上缠绕的红丝发辫。辫子搭在了右胸膛前，脱了皮袄右袖筒的，把右袖筒搭在了胳膊弯里，并用手攥住了袖头不让甩来甩去。这是藏人表达至高敬仰的最规范礼节。整个俗人队伍中有人高捧哈达，有人手擎燃香，大人小孩都诵念着"六字真经"，嗡嗡的声浪像轻风拂过松树林，掀起松涛的悦耳乐章。

贡保嘉措笑呵呵地走出人群，他一手牵着一个眉清目秀的男童，一手平伸致礼，快步走过来，到吉塘仓跟前，松开孩童，从怀里掏出卷折成两折的哈达。一抖开，折缝朝向吉塘仓恭恭敬敬献上："向佛法僧三宝致敬，向至尊上师吉塘仓致敬，上师来我村，又是缘分啊，昨天舅舅派人来招呼过我。"

不等他说完，男童笑眉笑眼地扑过来抱住了他的膝头："阿爸，我认识他，他是我的好朋友、好弟子，我俩常常一起聊天吃饭。"他边嚷嚷，边往上窜跳，示意吉塘仓把他抱在怀里。

吉塘仓抱起男童，问贡保嘉措："这就是你的老三儿子阿金？"

贡保嘉措笑眯眯点头，伸手过来抱阿金："快下来，把安多上师的袈裟弄脏了。"

阿金扭着身子躲闪，两只胳膊搂住了吉塘仓的脖颈，头偎在怀里，撒娇地凝视吉塘仓。

吉塘仓心头热乎乎的，像燃起了一盆炭火。这真的是四世坚贝央的转世灵童？缘分啊缘分，冥冥之中的事儿真难说透，真难猜准。他一边向众教民招手，单掌致礼表示谢意，边走边凝注着怀中的阿金端详。

贡保嘉措和堪钦活佛还真没有夸大其词，虚拟事实，这阿金的长相真的显出几分佛相来。你看他头像个金盘大的酥油坨子，又圆又充实又丰满，透出聪明和睿智；耳朵不仅大，还向前伸出招风，内廓像海螺的右旋螺纹，福态吉利：眉骨齐削有棱有水，眼窝稍稍凹进，但眼珠大大的，微微凸了出来，显得刚劲有主见，尤其黑眼仁亮晶晶的，闪烁出宝石般的光亮；鼻梁高且直棱棱的，鼻端稍稍打了个结，往里一勾，恰到好处地遮盖了两个鼻孔，但又不是他阿爸那种鹰勾鼻样，给人鲜明、坦然、直爽、豪放的印象。脸上其他部位也是天工巧作，不失分寸。前额宽宽的，高高的，额角饱满硕实，闪着奶油般的乳光；头发黑又亮，像抹了一层油漆似的；下巴半椭圆，既显得温和慈祥，又透出一丝倔强和任性，是那种别人猜不透心思的下巴。

是他！一定是他！他就是四世坚贝央的转世灵童！吉塘仓心花怒放，情不自禁地在心头欢呼起来。他把阿金搂得紧紧，两人像个父子似的，相互亲偎相恋，显得亲密无间。

尼玛村倾其全力盛宴接待吉塘仓一行，宴会摆在了村子上方的打麦场上，他们把康区最好的风味小吃都摆上了藏式彩绘长条桌上。帐篷敞大华丽，围帐上绣有八宝吉祥图案，帐檐下飘拂着蓝、白、红、黄、绿五色的吉祥幡条，帐脊是跃跃欲飞的玉龙，顶上镶嵌的是代表佛教的鎏金如意宝珠铜塑。少男少女们翩翩起舞歌唱，长者们频频起身以茶代酒致敬。而阿金却缠住他寸步不离，就像迷途小羊羔重逢母羊似的。也怪，小小幼童，不看热闹的歌舞演出，也不找同龄孩子们在草滩上玩耍，对阿爸阿妈视若殊途人，不跑去亲热偎依，却偏偏坐在吉塘仓怀里一动不动。

这是鉴别转世灵童的灵性、慧性、原性的好机会、好场所。乘他不注意，正好观察其天然秉性是什么。

吉塘仓向随从们使个眼色，随从们装作漫不经意的样子，拿出一些日常生活用品摆在自己面前或推到阿金面前让他挑选玩耍。这些用品中有鼻烟盒，有拔鼻孔毛发的镊子，有掏耳朵的象牙耳勺，有掏牙缝的银钎针，有缝制厚毛衣衫的牛皮顶针，还有小镇上美国基督教会洋教士送给四世坚贝央的一只怀表，一把多功能的刀具，等等。其中有的是四世坚贝央生前用品，有的则是其他混掺其间。

吉塘仓眼角的余光注意到了贡保嘉措紧张的脸神，见他一直瞅着他的儿子身影不放。

真是扣人心弦的一幕，吉塘仓的心也提悬到嗓子眼。

神了，太神了！惊奇，太让人惊奇了！阿金拨拉来拨拉去半天，最后把四世坚贝央的遗物全拨拉到袍怀里，爱不释手地玩个不停。而那些不是遗物却贵重稀罕的鼻烟盒、银钎针等阿金却把那些物品推到一旁，连瞅都不瞅一眼。

吉塘仓的心乐开了花，心底彻底踏实了，他把阿金拦腰搂得更紧，下巴贴在阿金头上，眼神扫向半紧张半欣喜的贡保嘉措，投去交织感激、欣喜、祝贺的一瞥。

随后的日子里，吉塘仓和贡保嘉措的谈话进入了实质性问题的讨论，甚至带点谈判的味道。

贡保嘉措的口气稍稍变大变粗了，仿佛变成了佛父，在代替儿子执掌吉祥右旋寺政教大事似的。吉塘仓没有计较这些，心想一般凡夫俗子，没有教化，没有觉悟，说话或高或低，行事或冷或热，他都应该原谅，也能予以理解。但他提醒贡保嘉措："虽然四世坚贝央说他将转世于西康，但没有说就转世在理塘尼玛村，要是那样，我也就不用这样辛苦奔波，四处寻访了。再说，吉祥右旋寺派出去的寻访队伍分三支，每一支都要带回一至两个灵童的情况，然后在金瓦寺释佛像前诵经祷告，举行糌粑丸子抽签仪式。当众中签者才能肯定是真正的转世灵童。因此，现在说什么也嫌早，他也不能做主认定。你得有成与不成两种思想准备。"

贡保嘉措一时愣了，半天缄默不语，后来强作欢笑说："全仰吉塘仓活佛帮忙，我贡保嘉措即使进了来世，也不胜感谢。"

吉塘仓为了缓和气氛，不经意地问道："如果旃檀木释迦牟尼佛像前抽签结果抽准阿金是四世坚贝央的转世灵童，你还有什么条件和要求吗？"

贡保嘉措的脸色刹时阴转晴朗，破愁为喜："那是我家的福气，是我贡保嘉措的造化，是前世因缘决定，我还能有什么条件，什么要求。只要阿金真是灵童，能坐上吉祥右旋寺寺主的金座上，我们家族仍可以在这祖辈居住的康地过普通人家的生活，不跟随过去增加大寺的负担。"

"此话当真？"

"我敢向佛法僧三宝起誓，活佛，你放心好了，藏人说话像石头上刻印迹，只有老黄牛撒的尿，才风不见吹星影。"

"那母亲的哺乳费呢？你们想要多少？"

"随意。给一块光洋也到了意思，绝不狮子大张口。"

"说到做到，不能反复，这我就放心了。"

两人的话题又随意了，由着各自的思想铺展，但主动者却成了贡保嘉措，他滔滔不绝地有说有问，看样子考虑了许多。他提了许多问题，想得很深很细很远。吉塘仓暗暗有点吃惊。一个普通教民，为何对社会问题、政治问题、军事问题能有如此兴趣，且熟言其道，能说点子上，恰如其分地搔到痒处去，看样这贡保嘉措不是一般牧人，他极有城府，谋事周到，思考深邃，是属于有心计的那类人。他家是不是普通人家，他开始发生怀疑了。但很快否认了自己，是也好，不是也好，前世缘分，那是谁也改变不了的。四世坚贝央转世投胎于贡保嘉措家，肯定有自己的道理，肯定是天意。顺应天意，佛门才会弘扬发达。

……

节选自尕藏才旦：《首席金座活佛》，甘肃文化出版社2005年版

【评析】

《首席金座活佛》是由甘肃文化出版社隆重推出的尕藏才旦先生的系列长篇小说《吉祥右旋寺》的第一部，此作一经问世，便引起了评论界、文学界、学术界和广大读者的强烈反响，2006年11月，这部小说一举荣摘了甘肃省第五届"敦煌文艺奖"一等奖首篇的殊荣。

《首席金座活佛》是集中展示藏传佛教寺院僧侣集团内部生活的长篇小说，它以章回体的笔法，在着力表现活佛僧人世俗生活、爱恨情仇的同时，全面展现了藏传佛教的文化风貌，详尽介绍了藏传佛教的宗教体系、文学艺术、建筑、医学、工艺等文化成果，以及节日、礼仪、日常生活习惯等文化风俗，堪称"一部藏族文化秘史"。

作品通过吉塘仓活佛生活中的风雨经历，向读者奉献出了雪域高原藏传佛教格鲁派寺院中各种级别的活动和不同岗位的僧侣，以及与吉祥右旋寺盘根错节有着千丝万缕联系的社会政要、佛父佛兄、供养部落、牧师、阿訇、金鹏镇的形形色色居民的内心世界、生活场面及错综的人

物关系。本书摘选了其中第五章《寻访灵童》，通过吉塘仓活佛寻找四世坚贝央活佛的转世灵童的过程，揭示了藏传佛教中生命延续轮回的根据，以及世俗社会对宗教文化的影响渗透，真实呈现了藏传佛教许多鲜为人知的文化秘史，揭示了真实的、世俗化的佛地生存境遇。吉塘仓发自内心的感慨"佛门也不清净啊"是对当下宗教文化世俗化的精准评判。

作品向人们打开了一扇通往藏传佛教文化神秘的大门，让读者在跌宕起伏的故事情节中感受藏族文化的神秘莫测，了解雪域高原独特的地貌、多姿的风情、博大的宗教仪轨、丰厚独特的民俗，走进陌生新鲜的异域文化世界。

【扩展性阅读书（篇）目】

尕藏才旦：《红色土司》，敦煌文艺出版社2005年版。

尕藏才旦：《半阴半阳回旋曲》（中短篇小说集），四川民族出版社1988年版。

范文的作品

【作家简介】

  范文（1957—），陕西岐山人，曾在兰州印刷厂工作，其间获甘肃省新长征突击手、青年企业管理者称号。后历任共青团兰州市委书记，兰州市旅游局局长，兰州文化出版局党组书记、局长，兰州市作家协会主席等职，中国作家协会会员。著有长篇小说《雪葬》《红门楼》，中篇小说集《丢羊》。曾获甘肃省黄河文学奖、金城文艺奖等奖项。

红门楼（节选）

第二章

1

  傅掌柜名叫傅敬儒，祖籍山西，是金州城颇具名气的商人。他的父亲名叫傅世圆，是清末一位举人，屡次进京科考不中，遂厌恶科场舞弊，放弃了入朝为仕的念头。明清年间，山西暴发了许多富商，富敌朝廷，钱庄票号遍及全国，有的富商钱庄票号开到了国外。也不乏有人依附权贵，勾结政要一夜暴富，成了红顶商人。这些富商功成名就后在家乡大兴土木光宗耀祖，花天酒地穿银戴金，极大地激发了傅世圆投笔经商的雄心。于是，他瞅准了金州城这块地方，千里迢迢来到金州城开办了一爿杂货铺。金州地处黄河上游，自古交通封闭商旅不盛，傅世圆的慧眼正是看中了这一点。他雇用骡队把内地时髦的日用杂货驮到金州城，再把金州城的毛毡皮货运到内地，两头买卖皆能赚得丰厚利润。傅世圆为人慷慨大方，乐善好施，诚信守义，深得商户拥戴，就连街面上的街狗混混贼娃子，对他也是敬畏三分。几年工夫，他

的财富如同黄河岸边的番瓜，一天一个样的增大，相继在金州城开设了杂货铺、中药铺、毡房、铁器铺。生意上的成功极大地膨胀了他的雄心，他决心效仿老家富商，在金州城建一座类似于乔家大院、王家大院的院落，光宗耀祖彪炳日月。于是，便在金州城一个叫杨家园的地方买下一大块地皮，从山西老家请来能工巧匠，大张旗鼓地实施他的宏伟理想。

傅世圆把他的冲天大志毫无掩饰地融入到大院的建造之中。最先建成的是两进两出的大院，两座气势恢弘的门楼雄踞在中轴线上。第一道门楼很是壮观：青石狮子门柱，青石台阶，黑门框红门扇，四排紫铜色的门钉足有馒头那么大，虎头衔叼的门环足有脸盆那么大。最为讲究的当属门楼的楣帽。这位举人似乎着意张扬孔孟文化的情愫，门楼正中央的牌面上镶有一块巨大的青石牌面，上刻傅世圆亲手书写的"孝悌忠信"四个颜体大字。虎抱头的门楼顶子古色古香，飞檐走壁钩心斗角的建筑结构，把四柱冲天式的门楼烘托得熠熠生辉。傅世圆最崇拜的历史人物是他的老乡关羽，门楼楣檐上的砖雕记载了关羽一生戎马倥偬的壮烈场面。门楼最为讲究的当属用料，四根立柱足有两搂多粗，檩子也足有一搂粗，椽子少说也有四把粗。"孝悌忠信"的牌面镶嵌在一根木梁之中，周边雕丹凤朝阳、龙凤戏珠，五子登科……蕴涵深邃、工艺精湛，令人叫绝。门楼前整块青石雕成的麒麟兽上马石和虎头兽拴马桩精致细微，暗透出傅世圆不仅有雄浑的财富野心，同时也有不同凡响的政治抱负。门楼的落成在古老的金州城昭示出一种别开洞天的气数。因整个门楼整体上呈赭色，被金州人称之为红门楼。

进入红门楼是一院青砖青瓦的四合大院，六间一厢一套间的房子，专供未来的轿伕、马伕、差伕、门人居住。紧挨其后是二门楼，设计精巧，型体敦实，用料粗拙短巧，内勾外联，精雕细刻。整个建筑为木质结构，居中镶一块青石牌面，上书"礼义廉耻"四个大字，同是傅世圆的手笔。两座门楼之所以这般阔绰，傅世圆的用意不言而喻，他的雄心壮志绝非以此而止，他要把后院留给子孙，好让子孙绳其祖武壮大祖业，直到后院的建筑规模与两座门楼相匹配为止。

……

2

转眼到了民国年间。尽管清朝皇帝已经被推翻了十多年，但金州城的一切与整个时代格格不入，封建残余势力仍旧非常强大。"五四运动"民主与科学的思想也曾在金州城传播，但一晃而过，没有留下太大的影响。各种事物的处理，仍旧按照清政府的一套进行。"共和其名，专制其实。"有些地方甚至专制压迫思想比清政府时代还要严重。有的官员还是清政府任命的，他们依旧身穿清朝官服，带着三班衙役招摇过市。厅道以上的官员，仍旧乘坐清制的绿呢大轿。

傅世圆的三个儿子傅孝儒、傅忠儒、傅敬儒已长大成人并成家立业。三个儿子秉承了父亲年轻时的抱负，立志在混乱之秋弘扬祖业。三个儿子对傅世圆的多次教诲充耳不闻，弘扬祖业的雄心丝毫没有收敛。父亲的话甚至被儿子哂笑为胸无大志、厌世弃生。傅世圆执拗不过三个儿子，索性把全部产业交给了儿子经营，自己则饱食终日，陶醉于古书中养尊处优。

时值金州城崇尚程朱理学的文化大儒刘尔炘奔走于士绅官商之间，募捐银两，打算依据"补其旧毁，增其本无"的原则，修复同治六年八月十六日被反清军焚毁的五泉山的庙宇佛殿，新修一批儒家祠堂。刘尔炘的志向与傅世圆一拍即合。两人一起游说于富商绅士之间，傅世圆带头捐巨资相助，富商绅士纷纷响应。五泉山文昌阁落成的那天，刘尔炘邀请傅世圆亲临揭彩。金州城两位大儒站在文昌阁前，在众口一词的恭维声中，不免心潮澎湃。傅世圆仰望金碧辉煌的文昌阁大殿，信口撰了一联：

三千里远离故土，值此地春秋佳日，遥忆龙华会上，古寺钟鸣，画桥人醉，如此大好风光恍惚犹如眼底过。

刘尔炘仰望殿后巍巍耸立的大山，随口应道：

四十年宦游他乡，想儿时诗酒良朋，曾在莺语山前，南苑听雨，梨园看花，这般美好时节依稀都向梦里来。

这副楹联后来被刻成木匾，悬挂在文昌阁前檐下，"文化大革命"中毁于红卫兵之手。

两人吟罢相视而笑，又携手并肩攀上文昌阁后的青云梯长廊，来到

青云梯后的平台上。两人回过头来，默默俯视黄河穿城而过的金州城，感叹人世的无常与炎凉。刘尔炘捋须吟道：

高处何如低处好

傅世圆点头称是，又随口应道：

下来还比上来难

吟罢两人相视大笑。围观者不知他俩为何大笑，笑中有何意境。

这副楹联被后人刻凿在青云梯柱子的背面。

斗转星移，大约半个多世纪后，一个残阳如血的黄昏，金州城有个叫李彪的呼风唤雨式的大人物，心烦意乱中偷偷带上年轻貌美，被他视为心肝花花的情妇，悄悄来到五泉山做告别性的游览。那是一个愁绪万千惶惶不可终日的时刻。他最信赖的几个亲信在反腐倡廉中相继落网。那几个亲信平时对他奴颜婢膝、一副至死效忠的样子。他此时比谁都明白，那几个亲信无非是想从他身上获得利益。小人之交喻于利，靠功利凝聚的关系像嫖客和妓女的关系一样，关键时刻是靠不住的。他预感到自己的来日不多，想最后一次登高看一眼给他带来荣耀的这座城市。两人把臂登上青云梯前的平台。他回首俯视几年来覆手为云翻手为雨的金州城，遥望蜿蜒东去的黄河，禁不住心潮起伏。宽广的马路、鳞次栉比的楼房，一切都充满了现代化的浮光掠影，一切都是那么辉煌，那么荣耀。这个城市几座著名的大楼里，都曾有过迎接他时灿烂的笑脸。他不禁打了个寒噤。这次若不能金蝉蜕壳，他的荣耀，他的辉煌，甚至他的尊严，都将成为过去，都将成为历史，都将成为后人哂之的笑柄。想到这里，他意识到几个身陷囹圄的亲信不会坚持多久，失去人身依附的人没有人格尊严可言，他迟早会成为这几个亲信立功的政治献金，就像这几个亲信给他的经济献金一样。如若这样，他便会失去一切，永无翻身之日。就如同肚皮上搓下的污垢，一经搓下便会被无情地冲入下水道排入污水沟，融入到更加肮脏的东西里。

面对夕阳抹成金色的金州城，他很不甘心，心里又陡生出一丝希望与信心。许多受到他青睐，激动得一时说不出话的人，当然也有青睐过他，激动得他一时说不出话的人，依然四平八稳地坐在眼下的大楼里，依然享受着荣耀。想到这里，他怎么也不甘心了！为了排遣心头的烦乱，他对情妇如数家珍地述说每条街道每座大楼的名称，当然少不了述说他曾经有过的辉煌与荣耀。情妇听得一脸桃花，只顾颔首应答。不知怎的，一座大楼突兀在他眼前，久久不能从眼球上抹去。这座大楼修建在红门楼大院的旧址上，正是他因为不可喻世的目的才使这座大楼拔地而起。红门楼大院已淹没在历史的噪声之中，在他的记忆里却是那么的顽固与倔犟。这座大楼就像一座镇妖塔，镇住了他内心深处的魔障。正是这座大楼的开发者曾令他激动，曾与他一拍即合，交杯换盏有言之不尽的情分，如今又把他逼到角落……他猛地抬头看见青云梯柱子背后的对联，随口吟道："高处何如低处好，下来还比上来难。"吟罢心潮起伏，仿佛这副楹联击中了他的软肋，他情不自禁地叹道："他妈的，好对联！可惜写在柱子后面了！"

美人茫然，以为他又沉浸在某种成就感之中，遂莞尔一笑，娇嗔道："什么高处低处上来下来！每次都是你想咋干就咋干。"

他这时已没有听她调情的雅兴了，心绪又回到那副楹联上，反复琢磨，总觉得有一股耐人寻味的意境……他突然大彻大悟了，身边的心肝花花眨眼间不那么可爱了，甚至令人憎恶！她令人销魂的躯体里只有一颗贪得无厌的灵魂和对金钱肆无忌惮的迷恋。回顾他俩如漆似胶的拍拖过程，她完全遵循了一条"向权力卖淫不如嫁给权力；嫁给权力不如娶了权力"的信条。难道这就是他一生功名的精神寄托吗？他苦笑了一下，刹那间醍醐灌顶！量小非君子，无毒不丈夫！身边的美人只知道金钱，只懂得床上戏法，简直就是上帝送到他身边的替罪羊。遂笑眯眯地拍了拍她的肩头。

他手挽情妇漫步在五泉山片石砌成的步行道上，像一块一块地数脚下的片石，与此同时，一个完整的金蝉蜕壳的妙计在他的心中筹谋而成了。

几天后，情妇被纪律检查委员会传唤到某宾馆的一间房子，办案人员问了她几件贪污受贿的事情。她按照他的授意，大包大揽，把一切事实都揽在身上。办完签名画押的手续，她从坤包里掏出口红，抹了抹嘴唇，问办案人员"我可以走了吗？"办案人冷冰冰地说："你被双规了，恐怕再也出不去了。"说罢转身出了门。她追过去想问个明白，怎

奈门已紧锁。她如梦方醒，拍着门高喊：“我上当受骗了，我要立功，我要立功……”没有人再听她想说些什么。

7

晚饭后傅敬儒来到田根旺家。他很少串门子，当然是稀客。月儿向来对他很敬重，自然有点受宠若惊，急忙让座上茶。傅敬儒摆手制止，说坐坐就走，不必客气。落座后他满脸歉意地说：“根旺，我又要麻烦你了。”

田根旺忙说不必客气，只要你用得着。

傅敬儒说：“我想麻烦你回一趟老家，把存放在你岳父家的那些东西背回来。”

田根旺当然知道那包东西是他的平生所爱，便满口答应，说明天清早就去。傅敬儒说了声谢谢，起身告辞。

第二天清早，天下起了毛毛细雨。田根旺打起油伞，踩着泥泞匆匆上了路。日头偏西的时候，他的脚终于迈进了田福元家的大门。

月儿娘见到他不停地唠叨，嗔怪他没带回燕子虎子，然后又把娘儿三人从头到脚问候了一遍。

田福元嫌她啰唆，催她赶快做饭去。月儿娘嗔骂他是叫花子托生的，人死了七天嘴张了八天，总是差一口。如今又不是困难时期，还少得了吃的？

田福元蹲在炕沿上，边抽烟边煞有介事地问田根旺：“你们那里文化大革命的形势咋样？揪出的‘五类分子’多不多？阶级斗争的形势复杂不复杂？”

田根旺没想到田福元也得了政治热心病！懒得回答他，没听见似的侧过脸问月儿娘：“家里都好吗？”

“好着哩好着哩。”没等月儿娘开口，田福元抢过了话茬。接着又一本正经地问，“你现在是啥职务？革命委员会三结合了，你的车间主任结合上了没有？”

田根旺勉为其难地说：“啥职务也没有。车间主任早不当了，如今让当也不想当了，还是当老百姓安稳。”

田福元仿佛不敢相信自己的耳朵！愣看着他说：“能当为啥不当？

乱世出英雄，凭你过去的名声，瞎好也能捞个一官半职嘛！你不但没捞上，把车间主任也丢了！咋搞的吗？根不红还是苗不正？少鼻子还是缺眼睛？缺胳膊还是少腿？什么老百姓安稳！自古人说'龙王打架，小鬼遭殃'，啥时候见过当官的争权夺利老百姓能安生？"

田根旺突然觉得田福元不那么可尊可敬了，甚至有点讨厌。一个普普通通的老百姓，一门心思想着当官。说话没眼色，明知道他丢了官，哪壶不开提哪壶。便悻悻地说："我不是那块材料。"

田福元很沮丧却不好发作，冲着一旁的月儿娘吼道："做饭去，有啥好听的！"然后恼气地抽烟。抽罢一锅烟，口气稍微释缓了些，说，"文化大革命总算把糊涂人弄明白了。你不整人人就整你。阶级斗争就是把人当麦颗，要齐茬茬过一遍筛子。瘪的疵的都要旋出来，要整治得一颗像一颗。不论是爷是爹是死是活，只要能找点麻达，都要在后辈儿孙身上算账，这就叫因果报应。我这才弄明白老百姓为啥都爱烧香拜佛修来世……"

田根旺对他的说教不感兴趣，又觉得他能把那么多的俗理扯在一起也是本事。他不好当面争辩，便一声不吭，望着窗外抽起了烟。

田福元有点扫兴，知趣地岔开话题说："人跟人斗累了，烦了，没兴趣了，又要跟地球斗了。农业学大寨，平田整地，全民皆兵，砍草木刨山头，热火朝天。照这样下去，不出几年，能把地球修理得圆溜溜的像西瓜一样。"他见田根旺对他的话依然没兴趣，顿了顿又说，"这样也好，总比人斗人松活些。地球没生命，咋揭它的皮它得忍着。人有皮有脸，你搔他的脸皮他心里就记仇，时来运转了就要报复。官当不当无所谓，千万别卷到人斗人的浪里去，也算给后辈儿孙积点阴德。"

田根旺见他的话贴了谱，便顺势劝慰他："你是老百姓，稳稳当当过日子，不要操那么多的闲心。"

"闲心？咋能说操闲心？紧操心慢操心差点出了事。"田福元眼睛突然亮了起来，"别看你是领导阶级，大道理我比你懂得多。根旺，你尽管没捞上一官半职，但你颜色还是红的，总算没出大麻达。我这一辈子能混成今天这样子，全多亏了你。前几年到处搜寻'五类分子'，有人说我解放前剥削过你。呸！放屁！我说你先是儿子，后是女婿，双料子的一家人，咋能算剥削？再说你是啥人！劳动模范！照片上过报纸，和大领导握过手。打狗还得看主人嘛！造反派总算没敢对我下手，我也就轻轻松松过了关。当时我吓出了一头冷汗！要真的弄成'五类分子'可就惨了，早被斗日塌了，连累三娃人面前不敢说话，媳妇也娶不上。你说不操这份闲心行吗？"

田根旺一个愣怔！幸亏他大闹批斗台的事情平平妥妥地过去了，要不就惹下诛连九族的大麻达！咋有脸见田福元！

月儿娘端来一碗荷包蛋一碟油糊旋。田福元责怪她为啥不擀长面？月儿娘说根旺难得回家一趟，再困难也得吃油糊旋荷包蛋。田福元又改口说当然应该，催田根旺赶紧吃，自己却抽起了烟。田根旺见荷包蛋只有一碗，便明白田福元是缄口待客，便推说自己不饿，把荷包蛋递给了田福元。

田福元果断地拒绝了，做出一副与荷包蛋不共戴天的嘴脸说："有啥好吃的？一股鸡屁味道，我吃那东西牙痛。你赶快吃，走了半天路了，咋能不饿。"

田根旺见他态度坚决，肚子确实也饿了，再没谦让，端起荷包蛋泡上了油糊旋。

田福元看着他狼吞虎咽的样子又开始啰唆，说前些年搞建设，你是劳动模范，红得像辣子。如今搞文化大革命，造反斗人，我知道干这些事你不行。想开点，俗话说，太阳从家家门前过，也该别人红一红了。话又说回来，你在城里要好好干，大小不敢出虷娃大点事。搞文化大革命，该表现就表现，该积极就积极，该喊口号就喊口号，先把自己的颜色弄得红红的，大大小小的亲人跟上你沾红保平安。你要出了麻达，一家大小抬不起头，燕子虎子一辈子站不到人面前……

田根旺没想到他竟然能辨清这么实用的道理！忙劝他放心，说他不会出事的。

田福元说："表现归表现，昧良心损德，坑人害人的瞎瞎事一样不能干。"他指了指天，"阎王爷手里有一本账，逃了阳世瞒不过阴世。"

田根旺立马联想到傅敬儒起死回生后讲的奈何桥边的故事，惊愕大字不识一麻袋的田福元也明白这等学问！继而想起这次回家的任务，便放下碗说："爸，我这次回来要拿走傅敬儒寄放在咱家的那包东西。"

田福元没听见似的，自顾抽烟。许久，轻描淡写地说："要那东西干啥？都是些封资修的货色。"

田根旺说："不管是啥货色，总归是傅敬儒寄存的，咱得还给人家。"

田福元装聋作哑，叭答叭答地埋头抽烟。抽完两锅烟后，放下烟袋锅说："你累了，今晚好好睡一觉，明天再说。"

第二天，田根旺起了个大早。吃罢早饭，他向田福元索要那包东西，说要当日赶回去。田福元沉默不语，脸色越来越不可捉摸，又是一个劲地抽烟。

月儿娘从里屋提出一包东西，丢在地上，说全在这里，你拿走吧。

包分明小了一半多！田根旺记得太清楚了，来的时候包比地上的包至少大一倍，足够他用力气背。他的眼睛越睁越大："就这些？"

"就这些。"田福元说。

田根旺的眼睛直愣愣地逼着他。

田福元终于喷出一股呛人的浓烟，长叹一声，支支吾吾道："……有几本我糟蹋了……"

"糟蹋了！"田根旺的眼珠差点迸出眼眶！"那是人家的东西，怕出事才藏在你这里。人家信任你，你咋说糟蹋就糟蹋？我咋给人家回话？你知道这东西对傅敬儒来说有多珍贵？"

田福元狡黠地瞅了瞅一脸懊丧的他，一副自惭自疚的样子说："我是大老粗，不识货。前几年砸烂封资修的时候，我害怕了，想交给造反派，又担心拔出萝卜带出泥，连累了你和傅敬儒。烧了吧，又觉得可惜。有几本书的纸很柔软，干脆放在茅房门后，屙完屎擦沟子，多少派点用场也不可惜。"

田根旺旋晕了！他做梦也没想到田福元会干出这样的蠢事！也不知道回去该如何面对傅敬儒！他颓然地耷拉起头瘫坐在凳子上。

田福元不敢正眼看他，一个劲地抽烟，旱烟味直刺人的鼻腔，屋里死一般的寂静……

月儿娘悄悄走了出去，不大工夫抱回一个枕头模样的布包："还有一些。"

田福元瞪了她一眼，跳下炕沿抢过布包说："瞧我这猪脑子。这一包太硬，擦不成沟子。我让你娘做了个枕头，打算我死后垫棺材，你就一起拿回去吧。"

田根旺打开布包，里面是一沓裱糊过的书法大字，是傅敬儒厅堂里挂的那几幅。他只好捆扎在一起，背上肩头匆匆上路了。

黄昏时分，田根旺拖着疲惫的脚步回到红门楼大院，径直回到自己屋里。他没有勇气直接走进傅敬儒的房门，甚至连向二门楼洞里看一眼的勇气也没有。吃罢晚饭，他心里乱成一锅粥，咋说也得给傅敬儒有个交待，躲得了初一躲不了十五。他犹豫再三，还是提上那包东西硬起头皮走进了傅敬儒的家门。进门后他悄悄把那包东西放在门后，偷瞥了一眼椅子上的傅敬儒，见他正用期待的目光迎接他，脸上顿时火烧火燎，羞臊得不敢正眼看他，急忙把目光收拢到脚面。

傅敬儒说了声"辛苦你了"，便兴冲冲地把目光移到包上。他看出了蹊跷，脸上的肌肉渐渐僵滞了，走过来打开了包……

田根旺窘迫得无地自容，喃喃地说："我对不起你……我岳父把几本书糟蹋了……"

傅敬儒翻了一阵包里的东西，睁大眼睛狐疑地看了看他，随即又陷入沉默，脸色渐渐阴郁，突然哈哈大笑，笑得肆无忌惮，苦涩干瘪。然后背起手故作轻松地说："根旺，你是本分人，我相信你不会说假话。你不必太难为情，世上万事万物皆有劫数。属于我的你都带回来了，不属于我的到了它该去的地方。该留的留下了，一张不少。不该留的走了，一张也没留下。这是天意，万劫不复。"他又看了看勾头溜肩的田根旺，又哈哈大笑，"罢了罢了。你岳父是个精明人，比我活得明白，比我站得高看得远。难得如今还有这样的知音。万幸。我本想拿回家焚烧，免得遗害于后人。我枉读诗书自以为聪明，其实远比你岳父愚蠢。天算不如人算，麻烦他替我代劳了，下回他来了我请他喝酒。"

田根旺禁不住偷瞥了他一眼，分明见他眼角的鱼尾纹里溢满泪花。窘迫中急忙告辞，仓皇出门。来到沙枣树下，脸上依然火烧火燎，遂仰望天空，但见满天繁星密布，众星诡秘地向他眨眼，不知是戏弄还是嘲笑……

8

转眼到了中秋节。大清早，傅敬儒急燎燎地要出门。夫人问他：

"去哪里？"他说："迟早得有个交代。"说罢便出了门。

过了午饭时分，仍不见傅敬儒回来。夫人惶惶不安。田根旺、李来保、焦抗美分头出去寻找，日头西垂时皆垂头丧气地回到红门楼大院。夫人突然想起什么似的，长叹一声说："他到他迟早要去的地方去了，他向先人交代事去了。"

夫人的话提醒了田根旺，他急匆匆地出了门，三步并做两步朝大沙沟走去。走近沟口，远远看见傅敬儒父兄墓前三块熠熠生辉的青石碑子。傅敬儒就站在石碑前，手里多了一根拐杖。田根旺来到他身旁，见他正凝视着石碑，正喃喃自语，便不忍心打扰他，静悄悄地站在他身后。

一只归窝的兔子从身旁跑过，扬起一缕尘雾。

傅敬儒慢腾腾地回过头，看见身后的田根旺，不惊不诧，仿佛早就知道他的到来。他不紧不慢地对田根旺说："这是块风水宝地，可惜我死后没有资格埋在这里。"

田根旺忽地明白了他心里的惆怅，眼圈顿时湿润了，又打心底里抱怨田福元是个糊涂蛋。忙说："你有资格埋在这里，你有资格埋在金州城的任何地方。"

傅敬儒稳稳地摇着头说："你说对了一半。我有资格埋在金州城的任何地方，就是没有资格埋在这里。"说罢双膝跪地，重重地磕了三个响头。

田根旺的心一阵紧过一阵的收缩，脸上无数火星飞进。他眩晕了！眼前瞬时蒙上一层厚重的雾障。朦胧中仿佛看见周围的黄土山峦幻化成无数的夜叉，跟傅敬儒起死回生后描述的夜叉一样，青面獠牙，狰狞可怕，眼睛里喷射着红色的、绿色的火焰，挥舞鬼头刀狼牙棒，杀气腾腾地朝他扑来。他们都是傅敬儒奈何桥头上收认的儿子，要向他兴师问罪，日后有一天，奈何桥头他该怎样应答？！

夕阳血红色的光芒刺穿了蒙在他眼睛上的雾障，眼前又是一片血红色。他抹了一把泪水，搀扶起傅敬儒，说："咱们回家吧。"

傅敬儒说："是该回家去了。"

他搀扶起傅敬儒一步一步朝沟口走去。夕阳像一只千年怪兽，张开血盆大口，从西山岔里奔出，好像要吞没整个大地。大沙沟笼罩在血色的苍凉之中，两人的身影越拉越长，在对面山上锯齿状的阴影里顽强地蠕动。来到沟外，脚下出现奔流不息的黄河，身影便徜徉在大山僻蔽下的雾黛里，最终溶化在金州城的塔影河声之中……

节选自范文：《红门楼》，上海文艺出版社2008年版

【评析】

范文的《红门楼》以开放的现实主义笔法，高扬的历史意识和人文精神，饱含着忧虑和眷恋，为儒家仁义道德近百年来的衰落唱了一曲挽歌。小说中的"红门楼"是一座象征儒家道德精神的丰碑。围绕巍巍红门楼，人世沧桑、社会变迁、人性正邪在这里一幕幕上演，描绘出清末以来儒家仁义道德在百年历史变迁中轰毁和衰落的画面与轨迹，从中可洞观民族道德精神建构的文化基础和秘密。小说从儒家仁义道德以自律来规范的可行性和儒学封建主义对仁义道德的破坏性这两个方面艺术地思考了儒家道德的衰落。

小说的主人公傅敬儒在小说中是儒家仁义道德的化身。他饱读诗书，恪守父训。一生阐扬孔孟之道、儒家仁学，认为"孝悌忠信，礼义廉耻"是老百姓实用的道理，并把它作为自身行为准则，以身垂范，希图以此教化人们恪守道德良知。然小说中的知府、李德仁父子，以及潘增福等人，只要有机会都暴露出贪婪、卑劣的本性，追风随雾，伤天害理。在清末民国社会的动乱和"文革"的荒谬中，人的道德良知堕落、轰毁。"文革"中，傅敬儒将一批儒学经典书籍托付于农民田福元保存。"文革"结束后，傅敬儒索回这批儒学经典时，这些经典已经散佚了。在农民田福元眼里，如今世风日下，忠义不存，"孝悌忠信，礼义廉耻"早已无用，甚至成了害人的东西，他就自作主张毁损了。傅敬儒也深深地意识到儒家道德的现实困境，只好认可这个结果，这意味着儒学文化传承的断裂。傅敬儒内心的悲哀无以言告，站在父亲的坟前，感到自己没有资格与父亲埋在一起。小说写到"夕阳像一只千年怪兽，张开血盆大口，从西山岔里奔出，好像要吞没整个大地……儒家道德精神的代表傅敬儒的悲哀，亦宣告了儒家仁义道德的衰落。那血色的残阳，岂不影射着儒家道德衰落的命运和悲凉的结局？

而伴随着儒学光辉的一面——仁义道德的衰落，儒学思想中的一些

糟粕却在"文革"直至当下大行其道。

儒学的弊端主要是封建主义。儒学以仁学作为原型，然而，在历史的发展中，后代的人们由其现实需要出发，各取所需，来解释、建构和评价它，以服务于当时阶级和时代的需要。当然，这些偏离和变异，尽管仍然没有脱离那个仁学母体结构，但在长期的封建社会中与封建主义的各种内容混为一体、紧密不分了。五四新文化运动要打倒孔子，就是要肃清儒学中君主专制主义、禁欲主义、等级主义等封建意识形态的余毒，来改造中华民族的文化心理。然而，如李泽厚所说："从五十年代中后期到'文化大革命'，封建主义越来越凶猛地假借着社会主义的名义来大反资本主义，高扬虚伪的道德旗帜，大讲牺牲精神，宣称'个人主义乃万恶之源'，要求人人'斗私批修'做尧舜，这便终于把中国意识推到封建传统全面复活的绝境。"虽然作家和学者使用了不同的话语系统，但两者异曲同工。《红门楼》在广阔的背景上展示了"文革"至今，封建主义盛行在中国城乡社会的逼真面貌，也揭示了儒家仁义道德衰落的另一重要原因：儒学封建主义对仁义的摧残。

小说以田根旺这个人物形象串连起城乡各类人物，展开"文革"中的社会生活图景。田根旺是个孤儿，流落到金州在傅敬儒的铁器厂当学徒，深受傅敬儒的熏陶和教诲，解放后做了工人。田根旺以"孝悌忠信、礼义廉耻"为做人之本，并时时保持了内心道德生活的警醒。从小说的叙事技巧和结构安排来看，田根旺是小说中串珠引线的重要人物，但并非主要人物。他的重要性在于比照傅敬儒为代表的少数人身上仁义道德的光辉性，也比照流淌在大多数人骨子里封建主义怎样轰毁了仁义道德。

小说活灵活现地描绘了表忠心、背语录、贴大字报、献宝、放卫星，不同政治帮派之间的争权、混战……这中间虽然也有正义、温存、良知的绝响，但更多的是狂热、背叛、偷情、阴谋、黑白颠倒。正义者被批斗、被打倒；邪恶者在扬威，在升迁；弱小者被利用、被欺凌；仁德者被侮辱，被迫害。封建主义借着革命的名义轰毁了孝悌忠信、礼义廉耻。

"文革"结束了，社会秩序得到恢复，在反思和总结中也拉开了新时期的大幕。封建主义是否也会随着"文革"湮灭？《红门楼》的后记

中交代了这样一个情节：20年后，田福元的儿子三娃成了万川河套"半仙"级的人物，中医治病兼算命、看风水、看前程，被许多达官显贵和开发商争相邀请，名气冲天，财源广进。民间传说田福元祖上传下药书、相书，实际上是当年田福元私吞了傅敬儒的一部分儒学典籍。儒家传统文化留给当今社会的竟然是中医治病兼算命、看风水、看前程？

《红门楼》是一种满含着疼痛感的写作，其对儒家仁义道德在近代以来中国社会的衰落之反思是深刻的，其诚恳和鲜活的"文革"叙述也显示出真正的现实主义文学对一种文化规约的挑战。在小说中，"文革"作为中国当代儒学仁义道德的轰毁和儒学封建主义糟粕泛起的社会历史阶段，显示出中国现代化进程的艰难和中国人道德建设的困惑。

《红门楼》在艺术表达上有两个方面是成功的。首先，《红门楼》具有饱满的情感和思想内蕴的深度厚度。其次，小说在地域文化的书写上鲜活生动。

【扩展性阅读书（篇）目】

范文：《雪葬》，敦煌文艺出版社2005年版。

范文：《丢羊》，敦煌文艺出版社2017年版。

陈自仁的作品

【作者简介】

　　陈自仁（1952—），甘肃漳县人，中国作家协会会员、甘肃省科普作家协会副理事长。曾任职于西北师范大学和西北民族大学。出版长篇小说《白乌鸦》，长篇人物传记《陇上翘楚》，长篇纪实文学作品《敦煌之痛》，长篇民间文学评论《心灵的记忆》等著作。长篇科幻系列小说《遥控人》《蚂蚁人》《双脑人》《超能人》《组合人》获2001年全国优秀畅销书奖、第四届甘肃省优秀科普作品一等奖。长篇游记《小霞客西北游》获第十二届中国图书奖、第十一届冰心儿童图书奖、第三届甘肃敦煌文艺奖文学作品二等奖。

白乌鸦（节选）

第十七章

一

　　白乌鸦好像知道红绸失踪的事，在老蔫家的屋顶上，连着叫了三天。那叫声，凄厉，烦躁，杂乱，人听了毛骨悚然。

　　秦生以为白乌鸦饿了，学着红绸的样子，把馍馍按碎，丢在院子里。那生灵，只站在房顶上叫，就是不下来吃食。秦生这才明白，白乌鸦在叫红绸，红绸不见了，人伤心，它也伤心，那凄厉的叫声，是在呼唤红绸。看着房顶上的白乌鸦，秦生心里酸酸的，眼睛湿湿的。

　　阿莲在炕上躺了三天，爬起来时，人老了很多，两鬓像霜染了，全都白了，眼角和嘴角的皱纹，像一张撕破的蜘蛛网，向耳根爬去。

　　阿莲下炕的第一件事，是给白乌鸦喂食。她把馍馍按碎，丢在院子

里。这时，怪事发生了。白乌鸦从房顶上飞下来，争着啄食馍馍渣。有一只白乌鸦，还叼起一块馍馍，飞上房顶，慢慢啄食起来。老蔫看着啄食的白乌鸦，惊讶得不行。这生灵，认的是红绸，如今红绸不在了，又认阿莲，就是不认他和秦生。

阿莲的生活，渐渐恢复了正常，每天该干啥还干啥，只是说话少了，发呆的时间多了，脸上没有多少表情了，眼睛也不灵动了。对红绸，她只字不提，好像家里从来没有红绸似的。老蔫和秦生，怕阿莲伤心，也不敢在阿莲面前提起红绸。

红绸还是没有消息。老蔫、秦生、天罡、梨花、石疙瘩、丑丑、草叶儿、二狗、三狗……都去下沟附近找过红绸。大家不敢进村，更不敢向麻风人打听消息。人们只能躲在村后的山坡上，远远地向村里张望，希望能看到红绸，可是，谁也没有发现红绸的影子。

红绸就这样消失了，消失得无影无踪。红绸不见了，老蔫和秦生觉得家里空荡荡的，好像一下缺了很多人。红绸平时爱睡懒觉，好使性子，有时发呆发愣，有时阴阳怪气，有时候指鸡骂狗，有时摔摔打打。老蔫和秦生看不惯红绸的样子，也不给红绸好脸色看。如今，红绸不在了，老蔫和秦生又觉得心里难过，有一张说不出的苦楚和惆怅。他们想红绸，想着，想着，鼻子就发酸了，眼睛就发潮了。

……

天罡查了很久，弄坏红绸身子的人，始终没能查出来。红绸的事，成了涎水沟的谜。人们闲谝时，常提起红绸的事。日子如山上的泉水，在人们不经意中悄悄地流走了。红绸失踪的事，渐渐被人淡忘了。

一天，突然传来个消息，说有人看见了红绸。红绸挺着大肚子，站在麻风人家的院子里。

老蔫把消息说给阿莲。阿莲听了，跟没听一样，一句话也没说，脸色出奇的平静。红绸在麻风人家里，阿莲早就想到了。阿莲了解红绸的性子。红绸去麻风人家，一点也不奇怪。几年前，红绸就跟麻风人家面对面地说过话。平时，红绸好像很怕麻风人，其实，红绸不怕麻风人。阿莲默默祈祷，别让红绸染上麻风病。

阿莲曾是红军的军医。红绸是阿莲的女儿。红绸从阿莲身上，应该学会了保护自己。红绸在麻风人家，应该知道保护自己。

老蔫和秦生听到红绸的消息，再也坐不住了。他们赶往下沟，站在村后的山坡上，向麻风人家张望，希望能看到红绸。正是做晚饭的时间，村子里不见一个人影。家家房顶，炊烟袅袅。村子里，不时传来几声鸡叫，几声羊叫，就是听不见人的声音。

老蔫喊："红绸！红绸……"

秦生喊："姐啊姐……"

一个穿着羊皮袄的男人，走出草房，向山坡上望了望，又悄然走去，消失在草房里。

老蔫和秦生喊哑了嗓子，下沟所有的草房中，再也不见人出来。秦生想冲下山坡，冲进村去。老蔫一把拉住了秦生。老蔫和秦生哭丧着脸，回到了家。

老蔫说："没见到娃。"

秦生说："没见到姐。"

阿莲不说话。阿莲一脸平静。

红绸的消息，就这样断了。

二

当红绸的消息再次传来时，已是第二年的盛夏。

……

红绸穿一件破烂的麻布衣，露出白生生的胸怀，双手抱了个吃奶的娃。娃的腰间，挂了一件巴掌大的黑布肚兜，一身粉红色的嫩肉，大都露在外面。红绸一头长发，乱蓬蓬地披在身后。她走得很急，阵阵山风，不时吹起她的长发。

天罡喊："红绸，站住！"

红绸站住了。

秦生和三狗也赶到了。秦生看见红绸，大叫一声："姐啊！"就要向红绸跑去。

天罡一把抓住秦生，说："去不得！红绸已成麻风人了。"

"姐不是麻风人！"秦生挣扎着，又要向前跑。

天罡一脚把秦生踢倒在地上，一手按住了秦生的肩头。

秦生跪在地上，喊："姐啊！"

红绸喊："秦生！"向前跑来。

"站住！"天罡喊着，从石疙瘩肩上接过土枪，端在手上，用枪口指了指红绸和秦生，"谁往前走一步，我就崩了谁！"

红绸在离天罡他们二十来步的地方站住了，大声喊："秦生，我想阿爸阿妈呀！"

秦生喊："姐呀，阿爸阿妈也想你啊！姐，你不见了，阿妈病了，病了好几天呀！阿妈想你，连头发都想白了呀！阿爸想你，老哭，老哭啊！姐呀，姐呀，你快回家吧，快回家吧……"秦生说不下去了，大哭起来。

"秦生，我回来了。我看阿爸阿妈来了，看你来了！"姐哭喊着，又往前走了。

天罡和石疙瘩一齐喊："站住！"

秦生哭喊："姐，姐呀！"

红绸哭喊："秦生，我想你，想阿妈，想阿爸呀！"

天罡喊："红绸，你有病，你不能回家！"

红绸喊："天叔，天叔呀，我没病，我没病呀！"

天罡挥着手中的土枪，说："红绸啊，别说了，你回去吧！你要为咱上沟人想想啊，你在下沟一年多了，娃都生了，你是下沟人了。你不能再回上沟了。叔知道你可怜，可你不能再回上沟了，不能回家了！"

"天叔，我想阿妈，想阿爸呀！我想他们，想得吃不下饭，睡不着觉，想的快要死了。我想见他们一面，让他们看看我的娃呀！"红绸双手托起怀里的娃。

那娃，显得特别瘦小，躺在红绸的手臂上，动着小手，蹬着小脚，哇哇得哭起来。

柴瀚儒喊："红绸，别说啦！看你娃的样子，一定有病，是个麻风娃。你咋能带着麻风娃回家呀！"

"我娃没病！我娃不是麻风娃！"红绸把娃放进怀里，一抖麻布衣，胸襟顿时大开。她的两个奶子，高高的翘在胸前。她怀里的娃，像一只瘦小的山猫，蜷缩在她的双臂上。

秦生一转身，抱住了天罡的腿，哭着说："天叔啊，天叔啊，让我姐来吧！让我姐看看阿妈，看看阿爸。我阿妈阿爸，也想我姐呀！我阿

妈想姐，头发都想白了呀！我阿爸想姐，天天在哭呀！让我姐来吧，天叔啊……天叔啊……"

天罡开始流泪了。他一手提着土枪，一手扳起秦生的脸，说："秦生，你懂事，要听话！红绸是麻风人了。她的娃，也是麻风娃。她进了村，会祸害整个村子，也会祸害你阿爸阿妈的呀！"

"那我去叫阿爸阿妈，让他们在这里见见姐。"秦生又要向村里跑去。

"不行！"，天罡两腿叉开，站在秦生的面前，瞪起一双吓人的豹子眼。

秦生喊了一声："姐，你等着！"转身又要跑。

天罡托起枪托，在秦生屁股上砸了一下，把秦生砸倒在地上，又转身大喊："疙瘩，你狗日的傻啦？抓住秦生呀！"

石疙瘩看着眼前的情景，泪流满面，不知所措。听到天罡喊，慌忙扔下手中的野兔，一把拉起秦生，紧紧地抱在怀里。

红绸跪在了山路上，哭喊："天叔，疙瘩叔，你们行行好吧，就让我见见阿妈，见见阿爸，就见一面，让他们看看我的娃呀！我娃可怜呀，生下来，就没有见过爷爷奶奶。"

天罡心里难受，泪眼模糊。他擦了一把泪，喊："红绸，不行啊！你不能进村。你进了村，会要了上沟几十条人的性命，也会要了你阿爸阿妈的性命！"

"我没病，我娃也没病。真的，我和娃都没病，不信，你听听娃的哭声呀！"红绸在娃的光屁股上拧了一把。可怜的娃，像是被人割了一刀似的大哭起来。

一听娃的哭声，天罡、石疙瘩、秦生的心要碎了。

红绸见娃哭得凶，忙把奶头塞进娃的嘴里。可怜的娃，蹬着小腿，吐出了奶头，又哇哇地哭起来。

石疙瘩实在看不下去了，流着泪，对天罡说："我去叫老蔫和阿莲。就让他们远远地看看红绸，就看一眼，啊，就一眼，行不行？你看，红绸和娃多可怜啊！"

"你疯啦？阿莲是啥样的人，你不知道么？阿莲来了，你管得住她么？她要是扑上去，看了红绸，抱起红绸的娃，不把一家人害了？不把整个村子害了！"

石疙瘩说："我看，红绸不像麻风人。"

秦生也说："天叔啊，我姐不是麻风人，她的娃，也不是麻风娃，你看呀，真的不是呀！"

"你们懂个屁！人染上麻风病，十年、二十年以后才犯！麻风病有治么？等犯病的时候，你就只能等死了！"

"村长说得对，一定要把麻风人堵在村外。"柴瀚儒拉了拉天罡的袖子，一下提高了声音，"村长呀，你可要为全村几十条性命负责啊！你千万不能心软。你心一软，红绸来了，就会祸害村子呀！"

就在这时，红绸抱着娃，又走上来了。

"站住！红绸，你不站住，我就开枪了！"天罡挥了挥手中的土枪。

"天叔，你就让我看看阿妈，看看阿爸，就看一眼。也让我阿爸阿妈，看我娃一眼，就看一眼。我娃生下来，还没见过爷爷奶奶。天叔，我求求你了，天叔啊！"红绸又跪在了山路上。

"红绸，你是个懂事的娃，你是个听话的娃，你得替叔想想，叔是村长啊！叔是村长，你明白么？叔为难得很，叔是村长，叔……不能干……对不起大家的事啊！"天罡的声音，又一次哽咽起来。

"天叔啊，阿爸阿妈把我养这么大，我没尽一点儿孝心，又做了很多对不起阿爸阿妈的事。我对不起他们，我心里愧呀！我要见阿爸阿妈，给他们说几句话。我要他们原谅我这个不孝的女儿。如今，我也有了娃，我知道了生娃的辛苦，知道了养娃的艰难。我要见阿爸阿妈，我有话给他们说呀！"红绸抹了一把眼泪。

天罡流着泪，摇着头，伤心地说："红绸，叔是村长，你别逼叔，你别逼叔，你别逼叔，别逼叔啊……"他不断地重复着同样的话。

红绸怀里的娃，高一声，低一声，恓恓惶惶地哭着。红绸再一次跪在了山路上，把娃放在路边的草地上。她拍拍娃的屁股，又拍拍娃的肚子，边哭边说："天叔啊，你看呀，我娃没病，没病，没病，真的没病……娃小，娃瘦，可娃没病，真的没病……"那声音，像哀求，像哭诉，又像悲叹。

那是个瘦小的男娃。他躺在野草上，攥着小手，蹬着小腿，一只苍蝇大小的牛牛，指点着蓝天白云。娃哭的凶，全身在抽搐，在战栗，在无助的扭动。

"我也没病。我生了娃，流了半月的血，就好起来了，血再也不流了，身上有劲了。我的身子好得很，真得好得很。天叔，你看呀，我都发胖了，奶水也多了！"红绸说着，脱下破烂的麻布上衣，扔在地上，拍一拍自己白生生的肚皮，又托起两只白生生的奶子，在手中掂了几下，"天叔啊，你看见了么，我像有病的人么，我像是麻风人么？天叔啊，你睁开眼看看呀！你看看我呀，看看可怜的红绸啊！红绸不是麻风人，红绸真的不是麻风人。红绸的身子，跟你的身子一样好。天叔，我的好天叔呀，你咋不信我的话哩！"

红绸的娃，仰面朝天，躺在路边的野草中，摆动着粉红色的胳膊，蹬着瘦小的腿，声嘶力竭地哭着。

秦生再也看不下去了，乘石疙瘩不注意，挣脱了石疙瘩的怀抱，跪在天罡面前："天叔啊，你就让我姐过来吧！我求求你了，我求求你了！天叔啊，天叔啊，我给你磕头了……"秦生磕起头来，额头磕在地上，发出咚咚的响声。

红绸见秦生给天罡磕头，也磕起了头。她磕着头，哭着说："天叔啊，我求你了，求求你了，让我见见阿爸，见见阿妈呀！天叔啊……天叔啊……你放我这一次，我和娃给你立长生牌位哩，给你烧长生香哩，我的天叔啊，你就发发善心吧……"

"红绸，你是个好娃，你别逼叔啊！你这是要逼死我呀！你别逼我干对不起你的事，别逼我干对不起你阿爸阿妈的事啊！"天罡声音哽咽，泪流满面。

"天叔啊，你也是有儿有女的人啊，难道你就不心疼自己的儿女么？你别把我当外人了，就把我当成你家的草叶儿，就当草叶儿看你老人家来了，就当成草叶儿抱着你的小外孙，看你来了。天叔啊，你总不能把草叶儿挡在村外吧？你总不能不让外孙见爷爷吧？"红绸哭着，说着，又在娃的屁股上拧了一把，"我的儿啊，叫爷爷，快叫爷爷，让爷爷放你过去，让爷爷放你过去。爷爷不听我的话，爷爷会听你的话，哪有爷爷不疼孙子的呀！叫爷爷，叫爷爷，啊……啊……"

一个两三个月大小的娃，哪会叫爷爷呀！可怜的娃，躺在野草中，蹬着腿，只是哭，撕心裂肺般的哭。娃哭，红绸也哭，号啕大哭。

秦生又哭起来。一旁的三狗，也大哭起来。

"红绸，别说了，快别说了，叔的心要碎了，你要把叔逼死了！"天罡说着，扑通一声跪在山路上，把土枪丢在一边，双手撑地，低下了头，"红绸，叔给你跪下了。叔求你了，你不能回家呀！"

红绸跪在地上，声嘶力竭地哭喊着："天叔，天叔啊，你放我过去呀，你放我过去呀，放我过去呀……"她连连磕头，一头的乱发披下来，堆在地上。

天罡猛地转过身，大声喊："跪，疙瘩，跪下！柴老爷，跪下！我们都给红绸跪下！"

石疙瘩、柴瀚儒和三狗一齐跪在了地上。

天罡流着泪说："红绸，我们求你了，你抱上娃，快回下沟去，去呀，快去呀！"

石疙瘩、柴瀚儒和三狗跪在地上，喃喃地说着："红绸，回去吧，回去吧，回下沟去吧……"

突然，红绸不哭了，一把抱起了娃，猛地站起来，一脸惊慌的样子。

天罡一惊，以为红绸要冲过来，伸手去抓土枪，发现土枪不在了。天罡一愣神，听到了擦洋火的声音，闻到了洋火燃烧时的气味。他扭过头，发现费仁站在身后，手里端着土枪。他想喊"费仁"，声音还没出口，土枪响了，天摇地动，几乎震聋了他的耳朵。

枪口喷出的白烟，罩在费仁那张满是杀气的脸上。

三

红绸跪在地上磕头，长发披下来，遮在了眼前。她一抬头，看见费仁站在天罡身后，手里端着土枪，一脸的杀气。

红绸的心绷紧了，来不及多想，从地上抱起娃，想跑，可是，来不及了，费仁已经掏出了洋火。那是一种白磷头的洋火，指甲上都能擦燃。费仁把枪口对准红绸，在枪托上擦着了洋火。红绸下意识地转过身，用身子护住了娃。

枪响了，无数的铁砂裹着火焰，从枪口射出，射向红绸光溜溜的后背。在铁砂的猛烈轰击下，红绸向前扑了两步，背上喷起一片血雾。她紧紧地抱着娃，脚下打着趔趄，坚持着没有倒下去。只有那么一会

儿，她就站不住了，身子向前扑去。她脑子还清醒，意识到自己不能向前倒。向前倒下，会摔伤怀里的娃，会压伤怀里的娃。她挣扎着把身子向后仰，想让鲜血淋漓的后背着地。她挣扎着，挣扎着，终于，轰然一声，仰面倒在地上。娃从她的怀里摔出去，滚落在草丛中，发出响亮的哭啼。

"红绸！"天罡和石疙瘩喊着，从地上站了起来。

"姐啊！"秦生想站起来，腿一软，瘫坐在地上。

红绸没有死。红绸听到了娃的哭声。她咬紧了牙关，用最后的力气，挣扎着侧过身，伸出双手，抱住了娃。她大口的喘着气，把娃向自己身边挪动，一点儿，一点儿，最后，总算把娃揽进了自己怀里。

天罡和石疙瘩跑过去，到了红绸身边，猛地站住了。他俩同时弯下腰，同时伸出双手，不知道是想抱起红绸，还是想抱起娃。两人的手，才伸出一半，像被蛇咬了似的，又快速的收了回来。他俩同时意识到，红绸是麻风人。

娃还在高声哭啼。红绸全身抽搐，四肢战栗。她大口喘息着，瞪着无神的眼睛，抬起一只苍白的手，把娃的脑袋一点点地扶起来，推向自己高高挺起的奶子。

一股鲜血，如火红的蚯蚓，从红绸的肩头落下，流过一只奶子，变成一颗鲜艳的血珠，爬上另一只奶子，挂在奶头上，又落下来，滴在娃的脸蛋上。那血珠，像一朵绽放的红梅，在娃的脸蛋上展开花瓣，四下散开。

红绸拼尽全力，终于把娃的小嘴，按上了自己的奶子。又一颗亮晶晶的血珠，爬上了红绸的奶子，挂在奶头上，摇摇欲坠……

娃饿坏了，也许闻到了阿妈的奶香，也许闻到了阿妈的血味，嘴一张，叼住了红绸挂着血珠的奶头，大口地吮吸起来。娃吃得太急，来不及咽下，鲜红的血液，伴着洁白的奶水，从娃的嘴角溢出来。娃的一只小手，习惯性地去抚摸着红绸的奶子，摸到了一手鲜血，又用沾满鲜血的小手，在红绸白嫩的胸脯上摸来摸去，画出一道道不规则的血印。娃的眼里，是幸福的泪水；娃的脸上，是满意的笑容……

红绸打开了沉重的眼皮，看了看吃奶的娃，又看了看天罡，吃力地说："叫……叫……费仁。"

天罡听到这句话，转身向后看。费仁不见了，秦生、三狗和柴瀚儒，依旧瘫坐在地上。

红绸隐约感觉到，自己走到了人生的尽头。她吃力地抬起一只手，有气无力地说："天……天……叔，我……我……快……快不行了。你……你叫……费……仁……把娃……娃……抱……抱走，娃……娃……是……是他……他的……儿，是……他……的儿啊！"

天罡和石疙瘩惊骇不已，齐声喊："你说啥？"

红绸的手，无力地放在了地上。

"红绸！红绸！"天罡喊着，弯下腰，想抱起红绸。

"别动！"石疙瘩喊了一声，抱住了天罡的腰。天罡还想挣脱石疙瘩的怀抱，抱起红绸。

这时，身后传来三狗的喊声："阿爸，麻风人！麻风人来啦！"

七八个麻风人，手上拿着棍棒，铁锨，木杈，正在慢慢地走来。

天罡和石疙瘩害怕了，开始向后退。

麻风人不紧不慢地走来，越来越近。

天罡和石疙瘩慌乱地后退，越退越远。

麻风人到了红绸身边，齐刷刷地跪在地上。他们看着红绸，没有哭，没有喊，甚至没说一句话。他们跪在红绸身边，默默地跪了一会儿，终于有人抱起了红绸的娃，有人抬起了红绸。他们面带悲愤的表情，默默地向前走去，最后消失在通往下沟的山路上。

天罡、石疙瘩、秦生、三狗、柴瀚儒站在一起，注视着通往下沟的山路。

山野里，没有了哭声，没有了喊声，没有了鸟叫，连风声都没有。整个涎水沟，仿佛死了。

四

石疙瘩、秦生、三狗、柴瀚儒都回家了，天罡没走。有生以来，天罡从没感到这么累过。他有一种被人掏空了身子的感觉。

天罡蹲在弯弯的山路上，默默地看着下沟的方向。他浑身没有力气，一脸麻木的表情，心底却如万马奔腾，平静不下来。一连串的人，一连串的事，在他脑海里涌动。

真想不到，一群被麻风病放倒的人，一群天天等死的人，心地竟然这么善良，这么宽广。当上沟容不下红绸的时候，是他们收留了红绸。人说人怕的麻风人家，竟成了红绸的落脚处。如今红绸死了，他们又收留了红绸的娃。上沟人怕红绸，怕红绸的娃，麻风人啥都不怕。不管是谁，麻风人都敢收留。涎水沟是收留落难人的地方，可真正收留落难人的地方，是涎水沟的下沟，是那让人想起就害怕的麻风人家。他们收留了红绸，收留了红绸的娃。这一点，上沟人永远做不到。

天罡心里，对麻风人充满了由衷的敬意。别看那些麻风人，有的容貌毁坏了，有的四肢残缺了，走路都很艰难，在天罡看来，他们个个无比高大，顶天立地。

由收留落难的人，天罡又想到了费仁。红绸怀上费仁的娃，这事他早有预感，如今真的成为事实，由红绸临死时说出来，他还是万分震惊。天罡气愤的是，狗日的费仁，从没说过一句实话。就算你弄坏了红绸的身子，就算红绸怀上了你的娃，只要你承认了，把一个汉子该担当的责任，全都担当起来，也就是了。在涎水沟，为这事，谁还能把你杀了？更让天罡气愤的是，费仁弄坏了红绸的身子，大家没把费仁咋的，费仁却把红绸杀了。事情已经过去了两个时辰，天罡还是不敢相信这是真的。

这个人面兽心的东西，为啥要杀红绸？天罡从石疙瘩手上拿过土枪，不过是为了吓唬红绸。从没想过要向红绸开枪。没想到，费仁用洋火直接点着了土枪的底火，向红绸开了枪。费仁是怕红绸把麻风病带进村子，还是怕大家知道他的罪孽，想杀人灭口？也许，这个人面兽心的东西，还有别的用心？

……

五

阿莲坐在西房的门槛上，两眼痴痴呆呆地望着北房。她脸上没有泪水，没有悲哀，没有痛苦。她望着北房，眼睛不眨，眼珠不动，就那么痴痴呆呆地望着，从晌午一直望到太阳落山。

太阳落山了，天上的白云，由白色变成黄色，又由黄色变成橙色，最后变成血红色，挂在天空，一动不动。

秦生坐在院子的碾盘上，远远地看着阿妈。有几次，他真想走过去安慰阿妈，最后又下不了决心。姐已经死了，是费仁那畜生杀的。阿妈心里，一定刀割一样难受。阿妈心里难过，秦生想来想去，想不出安慰阿妈的话。

阿莲心里难过，秦生心里也很难过。他看着满天红云，又想起红绸后背喷起的血雾。他觉得，红绸的血，没喷洒在山路上，却喷洒在了天空，染红了天空的云。白色的云，才变成了血色的云。血色的云，又染红了山野，染红了天地，崇山峻岭中，到处弥漫着血的味道。

白乌鸦飞来了，一共三只。它们绕着院子飞了三圈，落在北房顶上，凄厉地叫了几声，又飞走了，消失在远处的红云下方。这生灵，通人性。它们一定看到了这家人的不幸，看到了阿莲痴呆的样子。也许，它们看到了红绸的死。它们飞走了，一定是躲进了深山，在为红绸的死，偷偷地哭泣。

阿莲一动不动地坐着，一动不动地望着北房。白乌鸦飞来飞去，没有引起她的注意，没有改变她的姿势。

从晌午到后晌，家里来了几拨人。大家都劝阿莲，要阿莲回房去，要阿莲吃一点儿东西，要阿莲喝一点儿水，要阿莲说几句话。不管谁劝，阿莲都一声不吭。阿莲就那么呆呆地坐着，一双空洞的眼睛，无助地望着北房。她望着北房，想着北房里的红绸，想着红绸进进出出的样子……

……

六

红绸倒下的地方，有一大片血迹。秦生害怕看见姐的血，一直没敢去那里。在他心里，红绸没有死。他看的明白，红绸只是受了伤，被下沟的麻风人抬走了。在他的想象中，红绸伤好后，还要回来。他恨透了费仁，恨得咬牙切齿。他一次又一次地暗暗发誓，迟早要杀了费仁，为姐报仇。

这天晚上，秦生不停地做着噩梦，梦见红绸满身是血，跑进了院子，又梦见他去杀费仁，结果被费仁打了一枪，全身都是枪眼。

秦生睡得迷迷糊糊，听到门外传来甜甜的声音："秦生！秦生！"

他以为红绸回来了，叫了声"姐"，跳下炕，拉开了门。

草叶儿站在门外，发辫上扎了一团白头绳。昨晚，草叶儿哭了一夜，哭肿了眼睛。在涎水沟的姑娘中，草叶儿跟红绸关系最好。她俩一起玩耍，一起长大，比亲姐妹还要亲。他说："秦生，跟我走，我们去看红绸。"

秦生见草叶儿头发上扎着白头绳，心一下凉透了。红绸真的死了。草叶儿的白头绳，是为红绸扎的。他鼻子一酸，差点儿流下眼泪。

老蔫、天罡和石疙瘩，已经等在院子里了。他们有的手上拿着香烛，有的手上拿着纸钱。老蔫见秦生走出耳房，说："给你姐烧纸去。"哽咽一声，又流下了泪。这一次，秦生没能控制住自己，流下了泪。阿莲还在炕上躺着，大家怕她看见红绸的坟受不了，就没有叫她。

村口，已经聚了一帮人。大家的脸上像是结了霜，挂着悲伤的表情。老蔫见这么多人去给红绸烧纸，心里一阵难受，又流下了泪水。天罡见该来的人都来了，就向下沟方向走去。人们跟着天罡走，一路上，没人说话，只有沙沙的脚步声。

走了不久，大家看到了山坡上的新坟。红绸的遗体，在麻风人家放了一夜。麻风人给红绸净了身，换了一身新麻布衣，天刚亮，就把她埋在了上下沟间的山坡上。这里不是麻风人的坟地，也不是上沟人的坟地。麻风人把红绸埋在这里，是有用意的。在麻风人眼里，红绸既不是下沟人，也不是上沟人。她孤零零来到人世，又孤零零离开人世，最后孤零零地躺在荒坡上。

天罡快步走过去，第一个跪在了红绸的坟前，老蔫见天罡跪了，慌了神，抓住天罡的胳膊，想把天罡拉起来。天罡如磐石落地，任凭老蔫拉扯，就是不动身子。老蔫带着哭音说："天罡哥，你不能这样。你不能给红绸跪，你是娃的叔，你不能给娃跪呀！"

大家见天罡跪下不起来，也都纷纷跪在了地上。不过，年长的人，按照乡俗，只跪下一条腿。

天罡阴着脸，从梨花手里接过篮子，取出供品，一一摆在地上，又取出纸钱，一张张分开，堆在地上。从昨天到今天，他深陷内疚和自责，痛苦不堪，不能自拔。他是村长，是红绸的叔，却眼睁睁地看着费仁开枪打死了红绸。就算红绸染上了麻风病，也不该杀呀！在他看来，是自己的过失，害死了红绸。他对不起红绸，就想给红绸跪下，希望得到红绸的原谅。

香烛点燃了，纸钱点燃了。红绸的坟前，响起一片哭声。一张张纸钱化为灰烬，被山风吹起，飘在空中，越飘越高，越飘越远。梨花和丑丑拿起筷子，夹起碟子里的肉菜，扔向八方，打发各路野鬼，希望他们不要打扰红绸。

麻婆婆来了。在麻婆婆心目中，红绸的经历跟她相似。红绸从小没有阿爸，她从小没有阿妈。红绸年纪轻轻，就被男人毁了；她在年轻时，也被男人毁了。她同情红绸，心里一直装着红绸。昨晚，一听说红绸死了，她就忍不住哭了。

在麻婆婆心目中，红绸的命，比她的命还要苦。男人毁了她的一生，她老了，还挣扎着活在人世。男人毁了红绸，生了娃，却早早地丢了性命。红绸的死，深深地刺痛了她的心。她恨透了男人胡作非为的世道。这两天，她身子骨不好，可是还挣扎着来了。只要她还能走，就要赶来，送一送红绸。

麻婆婆来了，跟谁都不说话，丢下拐杖，坐在红绸的坟前，艰难地盘起腿，开始诵经，为红绸超度亡灵。她祈求各路神灵，宽恕红绸生前的罪过，早日脱离苦海，升向天界。她又绕着红绸的坟地，念了《咒鬼经》，算是为红绸的坟地安土。末了，她拄着拐杖，蹒跚离去。

麻婆婆诵经时，人们满怀虔诚，跪在麻婆婆身后。麻婆婆走远了，人们才回过神来，纷纷起身，远远地跟着麻婆婆，向村里走去。

……

节选自陈自仁：《白乌鸦》，长江文艺出版社2008年版

【评析】

有着"麻风沟"称号的涎水沟，坐落在西秦岭腹地大山深处，与世隔绝，"'芳草鲜美，落英缤纷'，'问今是何世，乃不知有汉，无论魏晋'"。涎水沟分上下沟，上沟因水质原因多呆傻人、大骨节病人，但没有麻风病人。麻风病人都住在下沟。上沟的人沾了下沟人的光，多年来，土匪贼兵、官差小吏和尚道士无一敢来，涎水沟的人也不能走出大山，一旦走出都会被当成麻风病人遭乱石打死。在外面犯了事，被

官府抓捕无路可走的人，才会冒险逃入涎水沟。涎水沟太平安稳、清静安全。

阿莲（吴华君）的闯入首先打破了涎水沟原始的寂静，紧接着，马家军的刽子手马古拜、老地主柴瀚儒和他的女儿柴玉梅、被打成右派的大学教授楚寒星都先后逃难至此。作者以阿莲近半个世纪的悲欢荣辱的人生经历为主线，以费仁（马古拜）、柴瀚儒、柴玉梅、楚寒星的命运为辅线，在波澜壮阔的社会大动荡中叙写了被社会遗弃的乡野村民、呆傻病人的博大胸怀和善良天性，同时也揭露了费仁、柴瀚儒病态人性的阴暗、残忍、毒辣。

小说情节起伏跌宕，象征意蕴浓厚。世界上的乌鸦一般是黑色的，但作品中为我们描述了很少见的白乌鸦——当地得了白化病的一种乌鸦，这种鸟通人性，是涎水沟人眼中的神灵，非常灵异。外界稍有风吹草动，白乌鸦马上就会感知，发出凄厉的啼叫。它作为弱势群体的象征，它的啼叫不仅仅是对外界闯入感到惊惧而发出的哀鸣，更是潜藏在涎水沟苦命人内心深处对命运无法掌握的悲苦呐喊。

小说中的人物形象真实、典型、丰满，栩栩如生。西路军失散军医吴华君（阿莲）是仁爱与复仇女神合为一体的女性形象。她在部队战败后被马家军俘虏受辱，历经磨难找到组织，却被组织猜疑，不得已带女儿红绸乞讨来到麻风村，隐姓埋名嫁给老实忠厚的秦老蔫，即使这样她还是把自己始终看成是红军，是共产党的一员。她以自己精湛的医术和高尚的人格赢得涎水沟人的尊重，她将大仇大恨深埋在心里，在漫长的岁月里等待着期盼着共产党的胜利。谁料迫害强奸过她，使她生下女儿红绸的马家军杀人魔王费仁（马古拜），也在解放军的追击下逃到了涎水沟。然而由于涎水沟"不杀落难的人"的村规束缚，使吴华君无法报仇。她治病救人，将文明带进了涎水沟，显示了仁；火烧官房，用土枪伏击费仁，说明了智；为抢拐子爷死尸，她不顾生死与头狼搏斗，显示了勇。她是女子中的伟丈夫。《白乌鸦》对阿莲的描写倾注了真情，使得她多舛的命运、坚毅的性格、博大的情怀熠熠生辉，让人刻骨铭心。

马古拜阴险狡诈，手段毒辣，他是马家军的骑兵营长，曾经因为发明"胸前挂印""独眼望天"等惨杀红军手段恶名远扬。他强暴了成为战俘的女红军战士阿莲，带领马家军镇压进步学生民主运动。他恶贯满盈，在解放军的追击下逃到涎水沟，为了扎稳根基，他拜天罡岳父拐子爷为干爸，利用天罡的正直和人们的善良，隐藏自己，并伺机制造矛盾，甚至还当了民兵连长。他狡猾和凶狠，为了报复阿莲，诱奸了自己的女儿红绸，使她怀孕在下沟生了孩子，他怕事情败露，借故打死了红绸杀人灭口。小说中的费仁是恶的化身，但作者没有完全把他概念化，这样一个杀人魔王，在涎水沟人的影响下，竟然也开挖了三亩荒地，开始自己养活自己了。虽然他罪孽深重，在逃亡森林之前，跪在红绸坟前的痛哭，表明他人性没有完全泯灭。天罡、秦老蔫、麻婆婆、红绸、柴瀚儒等人物形象也都刻画得丰满、真实、有质感。

这部作品还毫不讳饰地描写了呆傻麻风病人被社会遗弃的现实，封建官府和国民政府将涎水沟作为麻风病人的流放之地，让其自生自灭。新生的政权，关注的是所辖区是否在体制的运行之中，虽然给一些救济、发一些文件，却没有人真正关心过涎水沟人卑微屈辱的生存命运。作者以悲悯的人文情怀为那些生活在底层的弱势群体呐喊，希望社会能真正关心帮助他们，使他们摆脱贫困，过上有尊严的生活。

【扩展性阅读书（篇）目】

陈自仁：《苍山遗恨》，作家出版社1997年版。

陈自仁：《恐怖雨林》（长篇小说），甘肃少年儿童出版社1996年版。

陈自仁：《猴徙》（科普小说），湖南少年儿童出版社2000年版。

张存学的作品

【作者简介】

　　张存学（1960—），甘肃甘南人，中国作家协会会员，中国文艺评论家协会理事。发表小说、散文、评论等近200万字，第一届、第二届"甘肃小说八骏"之一。出版有中篇小说集《蓝丽》，长篇小说《轻柔之手》《坚硬时光》《我不放过你》《白色庄窠》等。小说多次获各种奖项。现任甘肃省文联文艺理论研究室主任、甘肃省文艺评论家协会常务副主席、《甘肃文艺》杂志社执行主编。

轻柔之手（节选）

九

　　吃晚饭的时候，史成延放亮眼睛看着孙子史雷端起饭碗的样子。这是探究和揣测的目光，史雷端起饭碗时明白这种目光，因此，他举起筷子敲了敲饭桌上的菜碟——他以这举动迫使爷爷收起他那鹞子般的目光。几天来，爷爷史成延对待他的目光他心知肚明，这目光一直在探究他是否被那走进家门的白光拿住，看他是不是有啥不对劲。在他起床洗脸，在院子走动的时候，这目光一直没有放过他，连他上厕所时，这目光也紧随他不放。

　　史雷又用筷子敲了一下菜碟，因为第一次敲打没有起作用。

　　"吃吧。"史成延说。这一次他懂得了孙子史雷敲菜碟的用意，他将目光转向饭桌上。

　　"你一直不放心。"史雷说。

　　"啥？"

　　"看我是不是被拿住了。"

史成延咧了咧嘴。他不觉得难堪——孙子这么说倒让他的心宽了许多。

"你用不着担心啥。"史雷说。

"它夜夜在你的屋子里？"

"有时候在，有时候不在。"

"还在哭？"

"不了。"史雷说，"它在晃动，有时候在墙上一动不动。"

"还能感到一双手？"

"能感受到。"

史成延看着孙子史雷。一双看不见的手，这真难以想象。史成延将碗里的饭不停地往嘴里塞着。他想，在这十年里，他一直低估儿媳妇的爱和悲伤，他还低估了儿媳妇成为亡灵后的一颗心。

史成延放下饭碗朝孙子住的东厢房看了一眼，那里面一片昏暗。

天色完全黑下来时，史雷坐在桌前期待看不见的一双手。光和轻柔的手不是每夜都显现。史雷想，他得到的已经够多的了——一个无形的母亲或许还要游走他方，因为她不仅仅只有他这么一个儿子。

因此，他现在注视桌上的一只木鸟。

他想，如果黑子的生活不是他所要的生活，那么他史雷的生活更不是自己所要的生活。生活一直嘹亮地向前，它把卑劣和可耻的音符一直唱得铿锵有力，并砸向人活着的每一个地方。要灵魂干什么？十岁时成了哑巴，整整一年不能说话。爷爷史成延还为此替他招魂。但要灵魂干什么？这是那一年之后一直存在于他头脑中的问题。卑劣的生活一直在持续，在今天，它也从没有放慢过它的脚步。活着的把什么都放下，只要能吃，能睡就行——像牲口一样活着，而灵魂只能带来麻烦。把灵魂撇开，让别人夺去，让可怖的情形惊走，像哑巴一样不再说话，但这些不是他要的。生活一直要挟他这样做：把灵魂放下，把你心中不合适的杂念熄灭。生活的要挟和提示无所不在，但还是需要一个灵魂。

因为白色的鸽子在天上飞过。一群白色的鸽子是闪电。它们将压在幽黑深处的心跳和绝望牵升而起。孤独的闪电，飞旋、升腾，带着隐秘不宣的渴望——甜蜜的渴望。鸽子就这样到达十岁时不能说话的心中。鸽子的影子再也拔不走。说话的欲望被激起——那个时候，他坚信鸽子

飞旋的天空是属于他的。鸽子秘而不宣的召唤也是属于他的。这是甜蜜和幸福的时刻。鸽子的飞翔就是他的飞翔，鸽子的闪电就是他的闪电。他因此知道他有一个灵魂，而且，这个灵魂开始能张口说话。

不管天空怎样改变颜色，几年来他都注视不同群类的白色鸽子。这个天空总有白色的鸽子飞翔。他和它们一道分享孤独和辽远，分享飞旋、升腾的快乐。这份秘密无法被夺走。在会说话的那一年，他还拥有了另一种秘密：注视一只用刀刻成的木鸟。这是被丢弃在抽屉里的一只木鸟，在那一年他记起了它，将它摆放在他的眼前，并注视它不会转动的双眼。木鸟的双眼是哥哥史克最后的难题。史雷在注视它时回想起哥哥史克的神情——转动手里的刻刀，皱紧眉头想法让木鸟的一双眼睛活起来，让它们炯炯有神。逃走的史克就这样被牵念而起。一个十三岁的哥哥做事有条不紊，书包里的书总是整整齐齐，他家里的书桌总是被擦得明净锃亮。有一段时间他总是对着桌上的地球仪发呆——他在想着地球以外的星球。还有一段时间他又倾心于转动的机器，并动手做出一个小小的木制机轮，他让流水冲转它——木制轮子被水冲得飞快转动时让他们的父亲惊愕不已。这些还不算，他向他这个弟弟和三岁的妹妹展示他的昆虫标本。另一天时间他又展示他夹在书页里的各种书签。这些都让他和三岁的妹妹艳羡不止。木鸟的眼睛最终没有活起来。史克只得放弃，因为鼓声和口号声来临，灾难踏进他们的家门。木鸟为他这个弟弟而做，他还要为三岁的妹妹刻一只小小的木兔，但已经来不及了。一个神情宁静的哥哥变得手忙脚乱，眼中的慌乱、惊悸和仇恨交替出现。他奔跑、蹙紧眉头、咬紧牙关，最后彻底跑掉。但木鸟依然存在。在九年漫漶的时光中，史雷注视木鸟就是要努力抓住十年前史克的神情，抓住史克的专注和宁静，还有爱。

兄妹三个人手拉着手，影子交织在一起让爷爷嚯嚯大笑，让母亲的脸上充满阳光，连不轻易言笑的父亲都掩不住微笑。这情景现在成了记忆——只能用木鸟将它们一遍又一遍唤醒。

木鸟就这样一直被他注视。但这远远不够，具有一个灵魂，把木鸟牵连的爱唤回，这些还不够。一个弱小的身体，一颗仅仅有鸽子飞翔和木鸟的爱的心还不得不经受无休止的折磨、侮辱、噩梦的缠绕和绝望的恨。

十二岁进入拉池中学。爷爷史成延拖着他的手走进拉池中学时紧皱着眉头——这是儿子被吊死的地方，现在这个孙子又不得不走进这里。史雷从爷爷史成延的手中感到这一点。十二岁，他明白这些。待到爷爷史成延丢开他的手时，他从爷爷的眼中看到了另外一种意思：现在就看你的了。更深的意思是：不论好坏，都全靠你自己了。然后，爷爷离去。十二岁就这么进入拉池中学，没有可以说话的同伴，因为他是一个反革命和女特务的儿子。拉池中学到处都高挂着硕大的喇叭。喇叭一有空就号叫，还有各种颜色的标语贴满白色的墙上。

戴着红色袖章、手持黑色短棍的学生纠察队游弋在校园中，还有各种醒目的通告、勒令书。史雷一开始就将身子萎缩起来，瘦弱不堪的身子和不能高抬的头只能小心翼翼，还有一双眼睛恭顺而驯服。但这还不够，还得尽量回避各种恶意的目光，还得像个小绵羊一样跟随别人喊口号、写批判稿、排队、开会、凝神倾听从会堂喇叭中、从校园各个角落的喇叭中传出的声音。这个形象是个弱小、屈辱、天生下贱的形象，而史雷只能这样。不到一个月，班上所有的学生都从他这样子中看出了他的底细。恶意的拳头、嘲笑、谩骂随时倾注在他的身上。随后，在上学和放学的路上，他成了被玩弄追打的一只小狗，将他压在身下，扔掉他的鞋子，脱掉他的裤子，往他的头上浇尿，将他反剪双臂，挂上随便捡来的纸牌。这些把戏一天比一天变本加厉。他只能一次又一次躲避——顺着墙根，绕着弯子躲避恶意的追打和嬉闹。晚上躺在炕上噩梦成串。噩梦中的他一直被追赶，每一次都逃不出恶魔们的手掌。惊叫和呻吟，以及低声的哭泣随梦中而起。爷爷紧皱眉头。对于这个孙子身上青瘀的印子，对他噩梦中的呼叫和哭泣他只能紧皱眉头。他无法对这个孙子说什么——要是这个孙子能挺住就只能挺下去，再没有别的出路。

每一次批判大会史雷都要心惊肉跳。他已经不止一次作为改造的对象被点名，被全场的目光注视。然后，有一天，持枪的民兵将校外的几个犯人押进鸦雀无声的会场。犯人的脚镣哗哗啦啦响着。待到犯人们在主席台下站成一排，民兵们寒光闪闪的刺刀在犯人身后闪耀时，坐在主席台上的中学革委会主任高福奎一声令下，几个反革命子女被揪到犯人面前。史雷也被揪起，在他懵懂之中他已被揪到了犯人的身旁。他颤抖起来。身后的刺刀在他脑袋里晃动。口号声响起，然后一些积极分子踊

跃上台发出铿锵有力的声音。史雷的颤抖在持续。待到犯人们被押走，会场的喇叭停止号叫时，他的裤子被他的尿洇湿。那一天，他就这样拖着两条尿湿的裤筒走出会场。

随后的几年里，他的噩梦中夹杂了这样一些情形：一些追赶他的人掉进万丈深渊，还有一些人流出鲜血，断掉了胳膊或者腿。还有一些梦中他拿起了刀子，将刀子刺向一些恶劣的嘴脸。十五岁，被追打、被欺侮、被批判的样子已经是一条癞皮狗的样子，但眼中的光一天比一天硬，再也没有颤抖和哭泣了，因为那些没有用。阴暗的恨和怨怒像一棵树一样生长壮大。十五岁，开始伺机报复。毁坏某些学生的凳子，偷掉他们的课本和钢笔，挑起他们之间的纷争。到后来，这一切还不解恨时，便将眼中的铁一样硬的凶光放出来，对恶意的嘴脸报以拳头和脚——反正再没有退路，只能像死猪一样豁出去干下去。凶狠的拳头和脚招来校方的批判会，招来各种各样的批判稿。在那一年，爷爷史成延端详这个孙子，这个孙子完全变了，一个胆小、说话声像蚊子叫一样的孙子变成了满脸横气的小伙子。这个小伙子在十五岁那年与七八个学生美美干了几架后离开了拉池中学。那是久已蓄谋好的——将几年的恶气放在那几架上，一个人对付七八个和他年龄相仿的学生，将他们全部打倒，让他们全部趴下，并让他们叫他"爷爷"。

他就这样离开拉池中学。

"也只能这样了。"爷爷史成延不无忧虑地说。

"这样值得。"他说。

爷爷史成延闭住了嘴。对于这个孙子，他已无力将他牵在他的手中。再说，这个孙子在吊死儿子的中学能坚持这么长时间已经是一种奇迹了。而且，这个孙子在那里练就了一身好骨头，只是他眼中的阴暗的凶光不是他所希望的。

这一点史雷也觉出了。阴暗的仇恨、怨怒，再加上无数屈辱情形的煎熬，他眼中的凶光一天比一天炽烈。离开拉池中学前是这样，离开拉池中学后仍是这样。天上白色的鸽子一直飞过，对木鸟的注视一直持续，那是夹缝中的仰望和注视，它们给他宽慰，但抹不平他心中的风暴。有时史雷在对鸽子和木鸟宁静的仰望和注视中感到自己的卑劣。但卑劣已经赶不走——得以卑劣对付卑劣。他想他的生活就是这样。

注视面前的木鸟。现在，这只木鸟已不仅仅是被爱牵连的一个物件。史雷注视着它想象着自己是什么，如果没有灵魂的时光不是他要的，噩梦、像兔子一样躲避的生活不是他要的，仇恨和卑劣不是他要的，那么，他要的又在哪里？注视面前的木鸟，也就是注视另一种幽冥的天地，那是鸽子飞旋的天地，是闪电，是超拔而起的一颗心的天地，尽管如此，那还是一片混沌的看不清的天地。

......

十三

儿子的麻烦是另外一种。史成延想。

1953年的一天，他刚刚撒好一锅黄米馓饭，大门被推开，大学毕业的儿子走进大门，他的身后跟着一个洋气的姑娘。史成延对儿子的回归笑逐颜开，但看到儿子身后的姑娘时，他张大嘴巴。儿子向他介绍姑娘是他未来的儿媳妇时，他将嘴巴张得更大。

当着儿子的未婚妻的面不好说啥，他将嘴慢慢闭上。然后他用笑来迎接这个未来的儿媳妇。到了晚上，他将儿子叫到上房。

"你们怎么打算？"史成延问。

"我们被分配到这里。"

史成延的脸慢慢绷紧，这一点他没有想到。

"她是哪嗒人？"

"上海人。"

"老天，上海？"史成延张大嘴巴，一只手放在头上。

"我们在大学认识的，她是学医的。"儿子史凌霄说。

"你们到别处去。"

"这里挺好，还能照顾上你。"

"你读书把脑子读成了猪脑子。"史成延骂道，"一个上海姑娘，你让她跟着你在这里受罪？"

"她回不了上海。"

"为啥？"

"她是一个资本家的姑娘，况且，她的父母都死了。"

"她家里还有啥人？"

"一个哥哥，"儿子史凌霄说，"早跑了。"

"跑了？"

"到美国去了。"

史成延把嘴闭住。

第二天史成延面对未来的儿媳妇。他想这个洋气的姑娘来了，就得给她一份家的感觉，况且，一个没有了家人的姑娘来到这偏远的小县城就得给她把底交代清楚。他对程红樱说："这里不是个好地方。"而程红樱的回答让他出乎意料，她说："这里有黄河，还有香飘四溢的瓜果。"这是啥话？史成延想嘿嘿笑。他说："瓜果不能当饭吃，也不能光喝黄河水过日子。"程红樱说，她知道这地方苦，居民家里没有电灯，城里的石子路上满是驴车，但这些都可以改变。史成延嘿嘿笑了起来——这还是个单纯的姑娘。

"有好多想不到的苦得让你受。"史成延又说。

"我能受得了。"程红樱仰起头，一脸的灿烂。

史成延拧着眉头。随后他说"不管怎么样，这个家就是你的家了，这个家里有我这把老骨头，你们还年轻，有些事肯定撑不住，但我这把骨头在，就能替你们撑住"。史成延想，这也算是对这个姑娘的承诺。这个姑娘既然来了，就得让她活得好一些。

婚事在他们回来的第五天就办了。东厢房成了他们的新房。之后，儿子成为拉池中学的教师，儿媳妇成为拉池县医院的大夫。接下来的情形让史成延目瞪口呆。不到一个月的时间，儿媳妇程红樱弄来白石灰鼓动起儿子将家里所有的墙里里外外刷白。耀眼的白房子，让史成延头晕目眩，但心里舒畅。春天到来时，儿媳妇程红樱又鼓动儿子弄来了苹果树苗、花椒树苗和梨树苗。不仅如此，她还上街买来了成群的小鸡。小鸡在院子里叽叽喳喳叫个不停。春天最后的脚步离去时，小鸡们已经长成，是公鸡的已经开始叫鸣，是母鸡的开始下蛋。苹果树和花椒树活了下来，它们的枝头上招来了鸟的叫声。院子里的园子里还长出了各种各样的蔬菜，蝴蝶飞舞一片花花绿绿的景象。

第一个孙子史克降临时，史成延已经适应了儿媳妇给这个家带来的变化。这和他最初的预料不一样。这个儿媳妇要比他想象的能干得多，而且也比儿子史凌霄强。儿子史凌霄仅仅是一个书生，这一点他从儿子回到拉池城后就看出来了。生活的另一面，儿子看不到。一个书生，看不到石头和刀子在人内心跳动的样子，看不到人是怎样一寸寸把光阴糟践成一堆堆狗屎的。儿子只相信书本，所以他把教师的行道干得津津有味。这不是好的兆头。对于这样一个儿子，史成延再不好骂他是"猪脑子"。他把忧虑藏在肚子里。而在儿子兴高采烈地捧来花里胡哨的工作奖状时，他只能皱眉头。也许——他想，只能让生活的粪坑来教训这个儿子。但他万万没有想到，后来到来的生活的粪坑铺天盖地，它不但淹没了儿子，也淹没了这个家。

儿媳妇在歌唱，把生活弄得像太阳一样眼花缭乱。自从第一个儿子降临后，她又让生活加上了她的歌声。她干活时在歌唱，哄着孩子睡觉时在歌唱。这个家，还从来没有让一个女人的歌声这样充斥过。史成延不由自主地让这些歌声浸染，因为他从来不知道生活竟然还有这么令人愉悦的一面。在儿媳妇的歌声中，生活的重负、困顿和阴暗的忧虑都纷纷退去。史成延甚至想，真正的生活应该是这个样子，而不是把重轭一直套在脖子上的生活。儿媳妇就这样改变着生活，而且，史成延看到，儿媳妇不但医术高明，还能很快融入到拉池城的生活中，她像一个魔匠一样让人们围着她转——她懂得怎么和人打交道。有时，史成延甚至觉得这个儿媳妇在不断地讨好别人，但不管怎么样，这个儿媳妇总让他惊讶不已。

生活在继续进行。第二个孙子出世——出世在鞋样事件的时候。有两个孙子在身旁，没有理由不忘掉他经过的不幸。生活如此垂顾他，他有理由把笑挂在脸上。多年前，他连做梦都不会想到会有这么一天。在第二个孙子史雷一岁多时，儿媳妇回了一趟南方，她说她得回去处理一下家里留下来的东西。儿媳妇回来时，弄来了一架用脚和手能弄出声音的琴。这个家从此又响起了脚踏琴的声音。加上儿媳妇的歌声，这个家欢乐祥和的气氛让他再一次晕头转向。琴声和歌声关不住，它们引来拉池城的一些年轻人。从此，一个人的歌声变成了一堆人的歌声。儿媳妇程红樱操纵着这种欢乐，她把整个家变成了一个歌声和欢乐的海洋。成堆的水果被消耗掉，十几个人的饭菜一扫而光。欢乐就这样进行下去，直到孙女史真出世后，这种局面才渐渐被改变。一个三个孩子的母亲已明显没有精力来应付成堆的人进入这个家中，但她自己的歌唱和琴声仍

在继续。孙女史真能够在地上跑、能够张口说话时，儿媳妇就将歌声传给这个孙女。孙女呀呀歌唱，她的两个哥哥只有观看的分。大的孙子只对书本和奇思妙想感兴趣，二孙子到两岁时才会说话——即使学会说话也从来不会多说，因此，孙女史真就成了这个家中会唱歌的太阳。她手舞足蹈，把歌唱得像她的脸一样灿烂。

三个孙子手拉手，儿媳妇又是如此地出色，史成延因此对上天心怀感恩。但上天的眼睛在眨动——史成延心怀感恩时又心怀疑虑：生活对他变得如此慷慨有悖常理，一个生活在拉池城中的老铁匠有啥理由来拥有这一切。疑虑变成不安，不安使他把耳朵竖起来，并把眼睛擦亮。

用一颗能撑得住一切的心可以不理拉池人的眼睛和闲言碎语，但不能不理睬阴谋、歹毒和没有穷尽的恶劣力量。多年来，他就是与此较量而活着。现在，一个欢乐的家让他晕头转向，他得重新把自己的心提起来。

站在院子里的苹果树下，他感到非难的气息从四处涌来，它们载着窃窃私语、嫉恨的目光和藏在暗处的不满。史成延走出家门，既然非难的气息已经来了，他就得进一步搞清楚。走在拉池城街上，非难的气息从人们的眼睛中，从人们虚假的问候中传达出来，然后他在他上班的机械厂（十几年前他被招进这个厂当了一名工人）进一步听到非难的话语。这些话语是：一个打铁的有什么资格活得像个皇帝，那个家在装什么蒜——把房子弄成白的，让院子里的花草招去花里胡哨的蝴蝶和鸟儿。一个外来的儿媳妇不知天高地厚，把脚踏琴操动得吱哇乱叫，她自己像妖精一样唱歌还不算，还要招去不三不四的人和她一起唱，她的医术高明又会怎样，没有别的大夫护士配合，她能高明到哪里去？那个家的几个孩子也和别人的孩子不一样，他们活得滋润得能流油，最小的一个和她妈一样妖精。而铁匠的儿子骄傲得像一只公鸡，总是把头抬得高高的，从来不把别人放在眼里，不与别人合作，书教得再好也只是铁匠的儿子。

非难的气息就这样弥漫。史成延把自己的心再次提紧。非难看样子已经不是一天两天了，非难早就有了。

那一天，史成延回到家看到三个孙子时脸上的愁云越来越重。最小的孙女仍和她妈一起歌唱，脚踏琴仍被奏响。儿子仍埋头干他的读读写

写。史成延坐在椅子上，双手放在膝盖上。他想，儿媳妇没有错，对这样一个儿媳妇挑刺只能算是畜牲。一个从远方来的儿媳妇把生活过得实在、充裕，而在她来之前，他史成延从来就没有感受过真正的生活是啥样子。现在，拉池人的非难来了，她全然不知——对于她来说，生活另一面的阴毒她还没有领教过，这不能不说是一种忧虑。

只能对儿子发难，敲清他木头一样的脑子。

第二天，史成延让儿子将他的那些奖状之类的玩艺从墙上取下来。儿子的一双眼睛睁大起来。他对史成延的命令感到不可思议。

"把它们取下来。"史成延铁青着脸说。

"为啥？"

"不要把这些玩艺当啥好东西，它们是长在你身上的刺。"

"什么？"

"猪脑子。"史成延喝道。隔壁房间的琴声停了下来。

儿子涨红了脸，他仍不明就里，墙上的奖状仍挂着。

史成延再次铁青了脸，但他又不得不把声音压低："好好看看你周围的人，看看他们眼睛后面的龌龊。"

儿子明白过来，然后他笑了起来，他说："我早看到了。"

儿子的回答使史成延闭住嘴——他没有想到儿子这么回答。

对儿子的发难不起作用，他想，有的是时间，有时间能把这个儿子的脑子敲开，让他尝尝人间的烟火。但他万万没有想到，非难很快变成了灾难的脚步，而且，速度之快让他措手不及。

1967年春天，三岁的孙女有一天突然停止了歌唱，也停止了蹦蹦跳跳，她欢快的眼睛变得痴呆起来。然后在一个下午她开始哭号。哭号在不断持续——就像一条小河流淌不尽。没有人能劝阻住她，她的母亲用微笑、用手抚摸、轻轻拍打都没有用。史成延想，正是这个灵怪的孙女在那一年的春天感到了人世的不对头。

随后，恶劣的气息不但从空中来，从各种喇叭、从各种鼓声中来，而且从地上来——就像藏着的老鼠从洞中跑出来，像肮脏的蛆虫嗅到了臭味从各处爬来。拉池城人的眼睛骨碌碌转动，手掌磨得能冒出火星子。恶劣的气息弥漫得越来越浓。史成延告诫儿子，同时也不得不告诫儿媳妇：把牢自己的嘴，把眼睛擦亮，把脑子转得活一些。

儿子听不进去。而儿媳妇似乎感觉到了不对头。她收住了她的歌声，把脚踏琴遮盖起来。微笑也被收敛住。三个孙子，除了最小的仍在哭号，其他两个也感觉到不对头，他们像兔子一样把耳朵竖起。

黄色的尘雾涌来——这是纷乱的脚步踏起的尘雾。史成延在那一天站在院子里看着涌来的尘雾，他听到了尘雾后面的脚步声。这是不祥的脚步声。在他的心一沉一沉的时候，脚步声迅速到达。大门被砸开，走进来腰扎皮带、身穿一身黄衣服的许老三和手握皮带的高福奎。他们的身后跟着一群黑压压的人，口号声在一片拳头的挥动中响起。随后，许老三和高福奎带领人们将屋中的史凌霄抓出来。儿子史凌霄在被拧着胳膊时大声争辩，他的争辩招惹来了一顿拳脚，一顿皮带，同时夹杂着棍棒。头上的血流了出来。在被押往大门外的过程中，鲜红的血流了一路。史成延在那个时候将三个孙子牢牢地关在上房里。尽管如此，他还是没有关住大孙子史克。史克在那一刻从窗户中跳出，他闪电一般奔向那些拧住他父亲胳膊的人，他咬住其中一个的手——牢牢地咬住。那个被咬的立刻像杀猪般号叫。那情形让史成延眼花缭乱——孙子史克牢牢咬住那只手不放。而其他人乱作一团，他们挥动拳头，用皮带抽，用脚踢，史克仍不放。杀猪般的嚎叫声越来越大。挥舞的拳头不得不放下来用力掰开史克的嘴。在史成延奔向孙子时，他们终于掰开了史克的嘴——那嘴被血染红，而孙子史克仍不依不饶，他再次扑向抓住他父亲胳膊的那些手，但这一次他被踢翻在地。史成延扑上前牢牢将这个孙子抱住。孙子喘着粗气，眼睛绷得像环一样。儿子史凌霄被押出大门，杂乱的脚步声和口号声远去。史成延在松一口气之际，孙子史克又猛然跳跃而去。

押着儿子史凌霄的队伍不得不在巷道口停下来，他们再一次对付扑来的史克。还未等史克接近他们，他就被踢翻，然后他被牢牢捆住。

"一个小反革命。"高福奎又抢起了皮带。

但没有必要把一个十三岁的犟头再怎么样，所以抽上几皮带、踢上几脚了事。

史成延赶上前再次将这个孙子抱住。孙子的牙咬得咯蹦蹦响，身子不停地扭动。史成延仍牢牢抱住。待到口号声再也听不见时，他才松开孙子，并解开捆绑在他身上的绳子。孙子在颤抖，史成延握住他的

手。之后，他看到孙子的嘴上流下鲜红的血。这一次不是别人的，是他自己将他自己的血咬出。在这所有的过程中，这个孙子一直没有发出声音，在他跳跃、咬住那些手，被拳头、皮带、脚踩践时没有发出声音，现在，他浑身颤抖时仍没有声音。而一双眼睛像火一样燃烧。史成延握住孙子的手第一次感到这个平时文静得只会钻在书本、只会奇思妙想的孙子的身上流淌着怎样的血，他肚子里面的火一旦被点燃，就再也遏不住了。

拉着孙子史克的手回到家时，史成延看到被惊呆的儿媳妇还没有回过神来。她的眼睛对着院子里洒成一路的血滴。看到回来的大儿子史克时，她才恍然想起另外两个孩子。另外两个孩子仍被关在上房里。小的嘴一张一张，眼睛像石头一样不动。而十岁的史雷在浑身发抖——连牙齿都在打战，脸像雪一样白。

回过神的程红樱抚慰着两个孩子。她将他们牢牢抱在怀中，并对他们不停地说话。后来，她又将十三岁的史克拉过去。史克像木头一样移动。在他母亲将他嘴上的血擦去时，他仍像木头一般。

儿媳妇程红樱在那段时间里像个真正当娘的。史成延想，她硬铮铮地挺着，抚慰三个孩子，赶走他们脑子里的噩梦。史成延再一次感到这个儿媳妇不简单。

儿子史凌霄被批斗，被戴上纸糊的高帽子，被戴上写有罪名的木牌子。同时，被关了起来。搜寻儿子罪状的事一直都没有停止。他看的书被搜走，他写的东西被搜走，然后罪名越来越多，也越来越重。儿子史凌霄就这样成了拉池县最有名的反动人物。在不断的批斗、鞭打和羞辱之后，他的腰被扭伤，身子被折腾得只剩皮包骨头。从他身上再也榨不出什么，就将他押到西边的农场里。

史成延把嘴闭得越来越紧。他只能眼睁睁看着这些。儿子被押到那个农场后，他的头皮炸了一下，他听说过那个农场——十年前那个农场就存在了，十个有八个死在那里，被饿死，被打死，被劳动折磨死，死尸一车车被运到荒滩，然后被狼撕扯。荒滩上的狼因此膘肥体壮，两只眼睛像血一般红。活下的吃野菜，吃蜥蜴，吃马粪中没有化掉的豌豆。一想到那地方，史成延不但头皮一遍一遍炸起，而且心也拧成一个疙瘩。儿子在那里肯定活不长。因此，在一个晚上，他安顿好儿媳妇和三

个孙子便朝那农场走去。他到达那里时，儿子已经奄奄一息，将儿子偷出来，然后背着他奔跑。

背回了儿子，儿媳妇又被抓走。汹汹的口号声、喊叫声到达时，儿媳妇还算镇定。她用咖啡色的头巾包住头，穿上旧衣服。三个孙子噤住声。最小的一个木呆着眼睛，二孙子史雷又开始颤抖——身子和牙齿像上一次一样颤抖，大孙子史克紧咬着牙，同时他将两个小手紧紧攥住。黑压压的人群涌进院子里，他们早已准备好了儿媳妇的罪名：里通外国，与她在美国的哥哥串通一气妄图颠覆专政政权。这一条还不够，又加上了反动学术权威、笑里藏刀、资本家的崽子等罪名。

脚踏琴被抬出，当着三个孙子的面被砸烂。史成延将三个孙子关进房子里——这一次大孙子还算老实，但史成延明白，这一次这个孙子将熊熊的火按在了肚子里。史成延还担心被藏在仓房的儿子。被背回的儿子一旦被搜出，儿子的命就会再也保不住。

脚踏琴被砸烂后，又从儿媳妇的房子里搜出她哥哥十八年前给她写的信，这些是证据，是卖国和颠覆专政政权的证据。儿媳妇被带走。她走得从容镇定。那些飞舞的爪子在她的这种神情下只得收敛起来。但挥动、抓拧的欲望一刻也没有停止。随后的日子里，这些爪子拧着她游街，将她的一头长发剃掉，给她挂上沉重的牌子，并将她关进四道北巷的孙家大院。

儿子被偷回的消息从农场远远到达拉池城，暴怒的拉池城人在许老三和高福奎的带领下再次来到这个院子，他们拽走了刚刚能站起来走路的儿子。不仅如此，他们还把他这老骨头也押走。那一天，他被大孙子用架子车拉回家时，在家的两个孙子手拉着手站在上房门口。

沉重的罪责感一直压在胸口。自己以为能撑住一切到最后什么都没有撑住。对儿媳妇的承诺变得一钱不值。给儿媳妇一个家，但这个家轻易被碾碎。史成延想到这里直想对自己嗤嗤笑——这么一个自以为看透一切的铁匠到头来什么都不是，而且，儿子死了，最小的一个至今下落不明。如果像畜牲一样低着头，像狗一样夹着尾巴生活的活，也许情况会好一些，但那又是怎样的生活？如果像畜牲一样活着不是所要的生活，真正的生活又在谁的手中？罪责的一半在自己身上，而另一半罪责老天又会怎么看？一个骨头已经衰老的家伙面对上天，上天只会眨巴一下眼睛，它连下巴都不会抬一下。这就是他妈的生活。

　　还有啥？

　　老天的屁股。

十四

　　孩子，我是你的母亲，我一直在注视你，泣雀飞临在苹果树上，我看到你被惊吓的样子，看到你不知所措，看到你发呆。在你不会说话的那一年里，我注视你的嘴，我希望你的嘴能发出声音。在大门外，我就这样一直注视你。在你上学的路上我注视你，看你被追打、被压在别人的身下，看你怎样在拳头、在脚和尿、还有唾沫的攻击下颤抖着身子，看你怎么把眼泪一遍又一遍咽进肚子。孩子，我看着你顺着墙根奔跑，你的书包由于奔跑在呱嗒呱嗒乱响。你小小的步伐永远逃不过追打的拳头和脚，你的眼泪就这样在心里变成了石头一样硬得很。我随着你的影子，看着你的背影。有时我看到你眼中迸出的绝望——小小的年纪，人世就给了你这些。但你是三个中最幸运的了，你没有被惊走，被灾难赶走，你的爷爷一直用手拉着你——用无形的手和有形的手。

　　你就这样在你爷爷这棵大树下生长。但痛苦和恨，还有绝望在心中，这我能看出来。儿子，在你十五岁时挥舞拳头，后来你又把心中的恨慢慢赶走。这些都了不起。孩子，把畏惧和恨赶走真了不起。畏惧只能使你变得更加弱小，而恨能把你毁掉。十五岁后的日子里你明白了这些。然后，我看着你真正长成了大人。

　　我看到你注视天上的鸽子，那些飞旋的鸽子是你自己。就这样，你靠你自己发现了你自己。你是那些鸽子，从龌龊的生活中飞起，从恨和可耻的生活中飞起。你一遍又一遍注视它们——注视你自己。你就这样走入你自己的心中。在这人世，只有自己的一颗心才能靠得住。你明白了这些，真了不起。

　　走入自己的心中，仅仅是开始。孩子，痛苦和焦虑将伴随你。走入自己的心中，只能承受这些，你将忧虑下去，同时，你将以你自己的眼睛重新看清一切，包括你自己。你选择了这样一条路，就只能这样。

　　我在成为一个亡灵才明白这一切。这代价像山一样重。但这值得。死亡将以前的我毁掉了，而真正的我在跳入水中后才真正有了。孩子，

我就是这样的，一个亡灵，走不到坟墓中，她不甘心那里，不甘心就那样完全被毁掉。我因此在走来走去，在注视你，并想回到这个家中。这个家，是我应该待的地方，它是我活着时候的家，也是我死后的家。我就这样把自己凝成一团白光到达。你感觉得对，我是一团悲伤。一个母亲，在死后只能用悲伤来抚摸她的孩子。我注视你，用悲伤拍打你，这就够了。

节选自张存学：《轻柔之手》，敦煌文艺出版社2009年版

【评析】

张存学的小说《轻柔之手》以深刻的思想和先锋写作成为西部文学中的异数。

小说以"文革"作为背景，写史成延家族的悲惨命运。在十年动乱中，史成延的儿子——拉池中学最好的教师被批斗、关押，最后上吊而死。史成延的儿媳妇程红缨是拉池城医术最好、善良美丽、热爱生活的女医生，却惨遭凌辱而投河自杀。史家的大孙子离家出走不知所踪，小孙女失踪，只剩下二孙子史雷和爷爷史成延延续着严苛的生活。如果小说止于叙述这样一个悲惨的故事，那么，它的话语还在20世纪80年代初期反思文学的范畴内控诉着历史的罪恶。然而，《轻柔之手》并不止于这些，它更大的着力点是书写创伤下的人心。小说中的人不仅承受着外部世界的魔鬼——历史的折磨，而且需要与自己灵魂中的魔鬼搏斗。《轻柔之手》因此而呈现出力透纸背的深刻，它观照着历史，亦透析着人心和人性，以此去触及那难以言说的命运。

《轻柔之手》像一把解剖刀，它要在人类生活丑陋的疮疤之下，去找寻罪恶的根柢。小说中的人们之所以将灾难加诸于史家，人们有理由有动力去迫害史家，不过是因为：史家的儿子儿媳都是大学生，工作干得好；史家庭院整洁，有琴声、歌声和欢笑，不像拉池人那腌臜的生活。这些在人们的心里种下了祸根。而当政治的极权与社会的混乱为嫉妒的人心提供了释放空间的时候，灾祸向史家扑面而来。

那么，施恶者真的可以肆无忌惮吗？人性之恶的花朵真的可以自由开放吗？不，不论向善还是向恶，人性都需得到拯救，也就是在某一个点上所有的灵魂需要以某种方式得到安放。所以，做恶者也难以逃避内

心的恐慌和罪责感的折磨。于是，在美好的女医生程红缨蒙冤而死的第二天，拉池城的人们就构造出了程红缨的鬼魂。这个鬼魂在十年中出没于拉池城，杀人放火、招兵买马，已然成为"程营长"。在"程营长"率领的几百鬼魂浩荡的脚步声中，拉池人陷入了恐慌之中。有真正的鬼魂吗？拉池人真的怕鬼魂吗？不，它不过是拉池人对自己恶行的惧怕。于是，十年之后，早年出走的史家大孙子史克回到拉池城为自己的父母复仇。他以法师的假面具诱导那些昔日趾高气扬的拉池人跪倒在他的面前，将丑行和罪恶一一昭示出来。但让史克始料不及的是，他的复仇竟然在葬送了仇人的时候也让他当年失踪的小妹妹赔上了性命。

　　硬气了一辈子的史成延无言地承受着这残酷的、不可捉摸的命运。至此，小说将人性恶的审视深入到对命运的思索。那么，命运又是什么？这是《轻柔之手》诘问的又一个命题。小说经常从人物心理活动的描写中来叩问命运。从小说中人物的命运来看，命运的走向是人心和时势的耦合，难说这其中何为主宰。人心的恶耦合了恶的时势，好人的命运就会走向悲惨的结局。史家遭遇的劫难就是人心的阴暗与特定动乱时代的耦合造成的。但是，命运之手并不只攫住生活的一个阶段，命运也不会将其意旨永驻于人心中某一种意愿。命运之手揉搓着每个人的生活。在历史的变迁中，在幽暗的人性与潜在的良知谴责中，施恶者为自己的行为付出代价，承受了命运的恶果。不过，小说关于命运的思索也没有停留于此。张存学是一位热爱"思"的思想者。小说一直写一团白光反复出现在史家二孙子史雷的房间。在史雷的眼里，这团白光就是母亲的灵魂，是一种悲伤和慈爱，绝不是拉池人构造的程营长。这团白光又是一个美好的象征，她是母爱、是温情、是光明，是劝导孩子放下仇恨热爱生活的力量，是轻柔之手抚慰着苦难中孤独成长的孩子。所以自小经历了家破人亡、在欺辱和冷眼中成长的史雷承受了严酷的命运，并在阴郁的日子始终能仰望天空飞起的鸽群。史雷脆弱过、抗争过，但最终洞悉了生活的真谛：热爱生活，永葆心中的光明和希望，而这也是一种命运。小说以人生存的严苛和罪恶，揭示了这样一种认识：内心葆有光明和希望，就是对人性的拯救、对命运的拯救。由此来看，《轻柔之手》中引入了一种"思"，它在叙述故事的基础上，有一种关于思想的召唤，那就是照亮人的存在。从这个视野上看，《轻柔之手》审视的不

是现实，而是存在，是人类的可能性。

《轻柔之手》对人性思考的深度和人存在的命运言说都是深刻的，把它放在现代主义文学思潮或者先锋小说一脉中来看，是一部当之无愧的杰作。

【扩展性阅读书（篇）目】

张存学：《坚硬时光》，《华语文学》2007年第9期。

张存学：《五月春光》，《飞天》2003年第1期。

张存学：《我不放过你》，甘肃人民出版社2011年版。

张存学：《白色庄窠》，甘肃文化出版社2016年版。

王登渤、姚运焕的作品

【作者简介】

　　王登渤（1968—），山东蓬莱人，现任甘肃省文联副主席，甘肃省曲艺家协会主席。著有歌剧《牡丹月里来》，秦腔《飞将军李广》，电视剧《生命树》《春风又绿玉门关》等。获"五个一工程奖"、文化部文华奖、全国少数民族戏剧孔雀奖、甘肃省敦煌文艺奖等与姚运焕合著话剧《马背菩提》获1996年文化部文华特别奖。出版学术专著《失传元杂剧本事考语》，参与编写了《中国西部文学史》《甘肃文艺五十年》等书籍，发表论文数十篇。创作了《圣土人杰》等电影、电视纪录片数十部。

　　姚运焕（1933—），甘肃兰州人。曾任甘肃省剧协副主席、文联副主席，中国作家协会会员。著有话剧剧本《极光》《风雪祁连山》《教育新篇》《黑雾》，电影文学剧本《黄河飞渡》《萨里玛珂》等。曾获1995年"五个一工程奖"，文化部剧本一等奖，广电部第十届飞天奖等，与王登渤合著话剧《马背菩提》获1996年文化部文华特别奖。

日落莫高窟（节选）

　　两匹骏马在通往山中的小路上疾驰。

　　正午时分的太阳钻出了云层，毫无遮掩地照耀在戈壁上。整个戈壁泛着白光，远处裸露的山岩也在一层白光的笼罩之下。

　　骏马扬鬃翻蹄，叩响寂静的戈壁。马蹄过处，扬起一股股尘土，在空旷的戈壁上翻涌起一条浓烈的尘雾，并一点点地散去。

　　马上的史晋康和邹季南谁也没有说话，都在各自不停地抽打着胯下的坐骑。

在许多时候，史晋康居然冲在了邹季南的前头。邹季南抬头看着史晋康，不禁暗暗称奇。他绝对没有想到，这个相貌文弱、一副书生气的史晋康，居然会有如此娴熟的骑术，俨然一位训练有素的军人。这与他从前看到的关于史晋康的各种文告是绝对不相吻合的。史晋康究竟是一个怎样的人？他究竟蕴藏着多大的能量？究竟有多少令人惊叹的本领？一连串的疑问，在邹季南的心中变得更加强烈。

想到这里，邹季南也加快了速度，铆足了劲地追赶起来。

史晋康似乎也看到了邹季南的心思，毫无相让的意思，一个劲儿地向前冲。多年的流寇生涯，早已把他这个大学生变成了马上的高手，虽然骑的是一匹生马，但驾驭起来并不费力。于是，疾驰的两个人好像不是在赶路，而是在进行一场赛马，暗自比试着谁的骑术更高，谁更强健。

邹季南的坐骑也在一刹那间明白了主人的用意，四蹄不沾地地冲了上来，很快就超过了史晋康，一路无话地疾驰到一个山口，邹季南猛地收紧了缰绳，胯下的坐骑登时腾空跃起，对着天空长嘶一声，然后，两个前蹄重重地砸在了地上，站住了。

史晋康见状，也连忙拉住辔头，收住了马。

邹季南骑在马上，转过身来对史晋康说道："恕不远送！"说完，掉转了马头。

史晋康迅捷地从马上跳了下来，走到邹季南的马前，顺手拉住了邹季南的马。

邹季南说道："怎么？快进山了，你已经没有任何危险了。"

史晋康笑道："危险？我这一生都在风口浪尖上行走，还惧怕什么危险？"

邹季南不解地说道："那你这是……"

史晋康说道："救命之恩，总得让我道声谢吧。匆忙分手，岂不是置我于不义之地！"

邹季南释然道："都过去了，也算你命不该绝。至于道谢，就不必了。要谢就谢白草吧，是她说服了我。只是，我希望你不要再打搅白草了，她身负重任，想必你也知道。再说，在她的身后，已经有许多双眼睛在盯着她。我可不想让她搅和在一些污泥浊水之中，她应付不

了的。"

史晋康点点头："此次来莫高窟，是有些唐突和冒失。让白草也担受了惊吓，给你也添了很大的麻烦。我不知道此次冒失之举，以后会给你、给白草带来什么后果……"

邹季南打断了史晋康的话："我既然做了，就不会在乎什么后果了。"

史晋康说道："能成功躲避你们几路人马的进剿，全因为白草。我无法想象，她一个柔弱女子，居然夜闯沙海，冒死报信，这的确不是一般之举，所以我必须见到她，看看这位奇女子。没想到，这次又是她出手相救。"

邹季南从马上跳了下来："是啊，我也对她刮目相看。她貌似柔弱，其实却强健无比，这正是我把一项重任交给她的原因。事实证明，我没有看错人，她是一个胸怀大志、能成大事的人。"

史晋康略做思索，点头附和着说道："此次到莫高窟，虽然和白草匆匆一晤，但收获很大。"

邹季南问道："噢，收获？什么收获？总不会是差点丢了性命吧？"

史晋康笑道："让我重新认识了一个人。"

邹季南来了兴趣："这个人是谁？"

史晋康一脸严肃地说："正是你——敦煌巡防营管带大人。进山要一举剿灭我这个要犯的人是你。不怕背通匪之名，让我脱离险境，并一路护送的人是你。一个军人，一介武夫却关心莫高窟的保护，着手调查那些无人看管的洞窟的人又是你，这一切，你不觉得让人不可思议吗？"

邹季南说道："进山剿匪，是我职责所系，我毕竟是负责敦煌防卫的军事长官。"

史晋康追问道："那么慷慨相救，保护文化遗产又是为了什么？"

邹季南一时无语，他沉吟片刻，回答道："为了道义，也为了白草。再有，我是中国人，良知还没有泯灭，它驱使我必须这样做。"

史晋康点点头："良知，中国人的良知，这样的良知难能可贵。至于你说的道义，我倒是有些不解，以你现在的身份，诚如你所言是负责一方防卫的军事长官，而我却是一个落草深山的通缉犯，你我本是形同水火，这道义二字从何而来，又和白草有什么关系？"

邹季南打量了一眼史晋康，并没有马上回答他的问话。

眼前的史晋康，虽然穿着一袭长衫，戴着一副眼镜，但他瘦弱的身躯和英俊的脸庞却透现出一股轩昂之气，一股似乎只有军人才具备的虎虎英风。从祁连山归来，邹季南就一直在琢磨这个人，这个对手，令他做梦也没有想到的是，今天竟会以这样的方式和他走到了一起，而且是面对面。

史晋康看着邹季南灼灼的目光，有些不自在。他微微一笑："为什么这样看着我？"

邹季南收回了长时间停留在史晋康身上的目光，略做思索地回应道："我真是没有想到，隐匿在敦煌县境的'匪首'竟然会是你这个样子。"

听到邹季南的话，史晋康不无感伤地说："落草为寇，流落至此，实在是不得已而为之。洮阳兵变失利，我辜负了中山先生的嘱托，革命事业未竟，人又飘零于江湖……"

邹季南打断史晋康的感慨："你的经历我并不陌生。关于你，我不知看了多少督军署的文告和公文，当然还有你的通缉令。对你所言的革命，我说不清楚。白草向我讲过她在祁连山中的经历，讲过你对她的礼遇和帮助，真让人无法想象，一个落入'匪巢'的女子，竟会有这样的奇遇。她还向我讲起你对莫高窟遭遇的种种不幸的感慨，确实令我感到惊异。我甚至怀疑白草所说的一切是真的吗？一个图谋造反、占路抢劫、隐匿深山的'匪首'会是这样的吗？但是，我相信白草的话，她是一个不会说谎并极具眼力的奇女子，这就是我刚才说的因为道义的原由所在，也是为什么说此事与白草有关的原因。眼下，有如此胸襟和见识的人实在是太少，太少了。尤其是对莫高窟这样一座宝库，多少人在漠视它的存在，看不到它的价值，更有甚者，有人还想在其中捞上一把。国之不幸啊！上次我带兵进山，你虽然事先得到了白草的口信，提前撤出了山神庙，但对几个县的巡防营之众，你的一切安排都显得十分从容，可谓天衣无缝，颇具大将之才啊！回来后，我甚至为在我的辖区内居然还有这样一支整训有素的军事力量感到惊异，你们绝对不是一支流寇和乌合之众，我甚至感到了来自你那里的一种潜在的威胁。这一切，和我以前对你的了解和判断简直是大相径庭。今日一见，果然不同凡响。你绝不是人们常见的那种打家劫舍、为害百姓的土匪，而是一个难

得的人才。我们俩虽然道不同，但可以相谋。大千世界，世事无常，敌乎？友乎？就在转瞬之间。你若言谢，就把这份谢意记在白草身上吧，正是她，让我对你产生了敬意。"

史晋康的眼睛里闪烁着一份感动。

这个貌似粗犷的军人，心里居然会有如此深邃的看法和见识，这大大出乎史晋康的意料。

"是啊，是白草让我们两个化敌为友，并且还让你在我身处危急之时不顾后果地出手相助。你刚才说，我们俩是道不同，但可以为谋。在某种意义上讲是这样，我是一个立志要推翻北洋政府的革命者，你却是现政府属下的一个军人。但是，你不觉得在你、我还有白草之间，有一个共同之道吗？正是因为这个共同之道，让我们走到了一起。"史晋康说道。

邹季南不解地问道："你说的共同之道是……"

史晋康说道："莫高窟，是莫高窟这块圣土，把我们几个陌路人连在了一起。"

邹季南思忖片刻，点点头："你说的有道理。"

史晋康接着说道："你现在做的这件事，开国人之先河，足以名垂青史。你一定要坚持下去，绝不可半途而废。莫高窟留给国人的遗憾实在是太多了，不能让这块圣地再遭劫难，再添遗憾了。"

邹季南坚定地回应道："我会尽我的力量，帮助白草完成这件事，这是我平生最大的愿望。"

史晋康看着眼前这位一身戎装的汉子，心头涌起一股股热流。

如果说在祁连山中和白草是一次难忘的邂逅，那么今天祁连山脚下和邹季南的这一番心声的流露，更像是一次知己的重逢，是心灵的一次交融。这样的交融，对于长期蛰伏深山，整日和那些粗犷的弟兄们打交道的史晋康而言，的确是太难得了。他相信，这一次与邹季南的相遇，会永久地留存在他的记忆之中，并永久地珍藏。他不知道以后还有没有和邹季南见面的机会，但是，邹季南已经成为了自己的朋友，成为了一个愿意为他做些什么甚至是为他献出一切的朋友。

想到这里，史晋康突然意识到时间已经不早了，刚才当头照耀的日头，已经开始西沉，阳光里也开始浸染上一层猩红的颜色。相聚总是短

暂，分别总是长久，世事就是这样令人无奈而感伤。

史晋康从怀里掏出了一个小布包，小心地打开，递给了邹季南，"刚才走得仓促，本来还给白草准备了一个小小的礼物，现在只好有劳你了。"

邹季南接过来，进入他眼中的是一只精美的怀表，他一脸的疑惑。

史晋康解释道："张建候回酒泉之际，我在路上截击了他，这你是知道的。他只顾仓皇逃命，丢下了这只怀表。这也算我的战利品吧，送给白草，聊表谢意。"

看着这怀表，尤其是上面刻着的洋文，邹季南不知为何联想起安德烈。据他的手下向他报告，安德烈曾经把一只怀表卖给了索掌柜，难道……邹季南表情有些凝重。

史晋康并未意识到什么，他只想尽快将要托付的事情说完。他指着包表的那块布，接着说道："我在布上画了一张图，按照图上的标记，你们就可以找到我了。我的队伍里出了叛徒，我还得换个地方。狡兔三窟，我有可能驻扎的地方，都标出来了。胡掌柜还在我那里养伤，要找我，只有靠这张图。"

邹季南从思索中回过神来，他惊异地说："你把这张图交给我？你不怕……"

史晋康坦然道："现在没啥可怕的了，我的命都是你救下的，我还有什么可以向你隐瞒呢？"

邹季南听到这话，心头一热，他想了想，说道："说句老实话，敦煌县境内有你们这样一支力量，我曾经担心过，但现在不知为什么，我倒产生了一丝庆幸，或许将来……"邹季南说到这里，顿了一下，又接着说，"你可能不知道，新疆那边发生的事……"

史晋康说道："从报上看到了一点，也听说了一些，俄国旧党军队窜入作乱。你是怕城门失火，殃及池鱼？"

邹季南说道："甘、新两省毗邻，我不知道这股祸水会不会流到甘肃来，如果真是那样，敦煌首当其冲。"

史晋康说道："酒泉肃防司令部所属的玉门、安西几个县的巡防营，照我看来没什么战斗力，一群乌合之众。到时候如果有战事，能派上用场的也只有你这支队伍了，但毕竟势单力薄。"

邹季南说道："所以我说产生了一丝的庆幸，因为敦煌还有你，还有你麾下的这些人枪。"

史晋康立刻明白了邹季南的意思，但他并没有顺着话茬往下走，而是调侃道："我可是你要剿灭的贼寇啊！哈哈哈……"他大笑了起来。

邹季南也笑了起来。

……

2

……

站在莫高窟的峡口，白草看了看远处的祁连山，不禁又有些担心。她知道，那个方向正是邹季南和史晋康应当去的方向。她的心里还是不踏实，她无法想象，这两个人之间，究竟会发生什么，一路之上，会不会再遇到什么不测？毕竟史晋康是一个督军署屡次通缉的要犯，而邹季南身为巡防营管带，私自搭救并放走这样一个要犯，对他而言，又意味着什么。而这一切，皆因自己而起。

想到这里，她不禁又开始为邹季南担心了起来。自打警察局里和郭局长发生那一幕以后，白草就感觉到已经有许多双眼睛在盯着自己，同时也通过自己在盯着邹季南。在这个污浊的官场中，邹季南是一个卓尔不群的人，木秀于林，风必摧之。如果他对史晋康的这次搭救之举，走漏了风声，或者让人抓住了什么把柄，邹季南无论如何都逃脱不了"通匪"之罪的。这对于那些一直视邹季南为眼中钉的人，必然会置之死地而后快。从这个角度讲，邹季南现在实际上已经处在了极度的危险之中。这种危险，正是自己给邹季南带来的。想到这里，白草突然产生了马上见到邹季南的迫切心情，她的双脚已经不受意识的支配，向祁连山方向走去。

……

蓦然间，白草的视线被沙山脚下的一片光亮所吸引，那分明是一泓清泉，一泓月牙般的清泉。它掩藏在沙山脚下，置身于沙海的环抱之中。它仿佛一个婴儿，安详地躺在沙海的怀抱中安睡。水面仿佛婴儿的脸颊，丰润而又平静。水面倒映着天上的云朵和正在西沉的太阳，微微泛着红光。白草再一次被眼前的景象所吸引，她由衷地感叹，这神奇的

地方，到底还蕴藏着多少令她心动的神奇！此时的白草，仿佛被远处这片安详的泉水所感染，心境也从纷乱变得平静了下来，仿佛曾经焦渴的心田被这汪泉水滋润了一般。她没有了激动，没有了无穷的联想，没有了任何的感慨，变得沉静了起来。她信步走下沙山，向那片月牙般的泉水走去。

当她来到月牙泉边时，西沉的太阳已经把整个沙海染得通红。泉水边摇曳的芦苇是红的，四周的沙丘是红的，微风吹过，流沙鸣响，水面上泛起的片片粼光也是红的。

白草掬起一捧水，洗去了脸上的汗渍和沙粒，并用湿润的手梳理了一下凌乱的头发。她感到这水的清澈和温暖，甚至有了纵身跳入水中畅游一番的冲动。茫茫沙海中，居然还蕴藏着这样一大片荡漾着碧波的水面，还有芦苇这绿色的生命，它们竟然如此安详地、和谐地躺在沙山的臂弯里，享受着夕阳的渲染。微风和流沙的鸣响，清澈的水，足以洗涤所有的杂念，它带给白草的，也同样是一种安详和宁静，是一种惬意与舒缓。她一捧一捧地掬起泉水，濯洗着脸上的灰尘，同时也像是在濯洗着自己的身心。在这泓静若处子、美若少女的泉水面前，白草仿佛放下了所有沉重的思绪，又回到了与自己年龄相吻合的那一种青春、快乐、无忧的心境之中。

就在这时，不远处的沙梁下，传来了一嗓子粗犷的歌声，这歌声在寂静的沙海里传得很远，并长久地回荡在沙丘上——

> 上去个高山望平川，
> 平川里一朵牡丹……

这歌声的曲调是白草从未听到过的，但是却备感亲切，悠扬的歌声里洋溢着一种轻快、喜悦的情绪。

白草循着歌声望去，只见一个军人打扮的人正在马上悠闲地向这里走来，歌声就出自他。马上的人显然很高兴，很放松，既无赶路的紧迫，也无军人的那份持重，他在马上的身躯也是放松的，随着马蹄的前行在东摇西晃。

骑手的歌唱并不是完整的，而且他似乎也不想完整地唱一支歌，而是随心所欲地喊着，唱着，叫着——

白牡丹白着娆人哩，
红牡丹红着破哩……

若要我俩的恩情断，
青冰上开一朵牡丹……

这是一种肆无忌惮的呼喊，更是一种情绪的宣泄，一种充溢着雄性与亢奋的歌唱。演唱者不在乎有没有听众，也不在乎演唱的效果，他只是在抒发，在呼喊，在宣泄……

终于，这歌声距离白草越来越近，白草也终于看清楚马上的那位军人正是邹季南。

白草不敢相信，邹季南竟然会有如此的状态，会有如此的歌声。白草的心一下子踏实了起来，因为邹季南的状态已经告诉了自己，他和史晋康这次的行程是安全的，邹季南已经平安地将史晋康送进了山里，而且两人一定相处得非常和谐、友好。这两位因自己而产生联系的汉子，终于走到了一起，乃至达成了某种默契。同时，白草的心也热了起来，是邹季南那肆无忌惮而又野性十足的歌声打动了白草，这是她第一次看到邹季南这样的情状，这个情状可以说是一个人最本真、最原始的一面。在这原始而又本真的状态里，白草看到的是一种奔放的热情，一种淋漓尽致的真率，一种酣畅，一种舒展。

白草不想打断这歌声，不想终止邹季南难得出现的这种状态，她悄悄地躲进了芦苇丛，静静地享受这不间断的歌声——

听说我的个尕妹子她病下了，
阿哥还没急坏（者），
称上二斤（者）冰糖（者），
看一看呀，妹妹的山丹红花开……

邹季南唱累了，也走乏了。他来到了月牙泉边，翻身从马上滚了下来，冲到水边，直接将脸伸向水面，大口大口地喝水，然后直接用手将水泼到脸上。这里的环境，邹季南并不陌生，他曾经无数次地带着队伍或者独自一人来到过这里，所以他没有什么惊喜和感慨，只是想在这里

解一下渴，放松一下，休息一下而已。

和史晋康分手后，邹季南没有从原路返回，而是绕道月牙泉。他这样做无非是出于一个军人的警觉。同时，今天和史晋康的一番长谈，使邹季南的心中有一种豁然的感觉，这感觉是他最初对敦煌县境内所隐藏着的这支武装的担心在瞬间释然后所带来的一种轻松和愉悦。骑在马上，邹季南有一种信马由缰、自由自在的放纵，心里面是一种久旱逢甘霖的清凉与痛快。他甚至根本就没想今后如何去面对那些追问和审视，没去想如何应对那些不怀好意的猜忌。

邹季南痛快地洗完脸，对着天空长长地出了一口气。当他再次低下头，注视水面的时候，他发现，刚才泛起的涟漪正在一点一点地退去，当水面重新恢复平静，如同一面镜子一般光亮时，这面镜子里映出了一个美丽无比的倩影。

这个倩影正是悄悄来到他身后的白草。

邹季南开始还以为是幻觉，他睁大了眼睛，紧紧盯着这如同镜面的泉水，当他确信这正是白草的影像时，他并没有回过头去，水面上这个倒影的身姿和面庞，竟然是如此的美丽。他从未见到这样的姿容，甚至超过了面对面地去看白草。水面上，如同一个幻境，幻境中，白草宛若天仙一般地走来。他已经不愿意回过头去，甚至生怕这在幻境中存在的影像消失。他的眼睛被一种从未见到过的美丽所震惊了，灼伤了，这份美丽竟然那么的炫目。

就在这时，一粒石子投进了水中，白草那美丽的倩影，瞬间被涟漪冲破，如同一些碎片揉碎在了波光之中。

邹季南这时才回过身来，对白草说道："你不该扔石头，它把你的影子都打碎了。"

白草这才意识到，刚才邹季南一动不动地盯着水面，并不是没有察觉自己的到来，而是在看着映在水中的自己。他竟然是那样的聚精会神，难道自己的影子也值得让他如此地凝视吗？

白草不解地说道："影子有什么好看的，人不就在这里吗？"

邹季南摇摇头："不一样，水中的你，简直就是一位天仙，一位比洞窟里的那些仙女还要漂亮的天仙。"

邹季南的话有些肆无忌惮，愉悦的心情让他彻底地放纵了自己。

　　白草听到邹季南的话，露出了少女的羞涩，脸红了起来，不好意思地低下了头。

　　邹季南意识到了什么，黑亮的脸庞，泛出了一层红色。

　　邹季南低头看着地上的沙粒，轻声问道："你怎么会在这里？"

　　白草说道："我是放心不下，所以……"

　　邹季南说道："这么说，你早就在这里了？"

　　白草点点头，算是对邹季南的回答，脸上依然挂着那份羞涩。

　　邹季南登时大窘，他甚至有些慌乱，"这么说，你听到我唱歌了？"

　　白草看着一脸窘相的邹季南，忍不住皓齿轻启，笑道："全都听到了。真没想到，一个巡防营管带还会唱歌，而且歌里面，还净是些哥呀妹呀的，听得我都肉麻了。"

　　白草的话显然是在打趣邹季南。

　　邹季南闻言更加窘迫了，他涨红了脸，"你，你怎么不……"

　　白草笑得更开心了，故意逗着邹季南，"我怎么了？难道要打断你的歌声？听管带大人唱歌，可不是件容易的事。我还没听够呢，你应该继续唱。"

　　邹季南瞪起了眼，"你……"

　　见到邹季南的这副窘状，白草终于笑出了声："哈哈哈……"

　　这银铃般的笑声，清脆悦耳，在沙海中飘荡着，连白草也没意识到。她有多长时间没有这样开心地笑过了，没有这样酣畅淋漓地开心过了，这份本来就属于少女的开心与酣畅，曾经长时间地离她远去，可今天，都在这一刻重新回到了她的身边，并荡漾起久违的快乐，久违的笑容。

　　同样的，这灿烂的笑容是邹季南从未见过的，伴随着这笑容，白草所显现的这份欢快、青春乃至美丽，也是邹季南不曾看到过的。此时的白草，好像充满阴霾的天空，突然间出现了明媚的阳光，并驱散了那些厚重的阴霾。

　　邹季南显然是被白草所显现出的这份欢快所感染，他也不再恼怒和窘迫，而是跟着白草大声地笑了起来。

　　白草继续笑着说："我们的管带大人，今天遇到什么高兴的事儿了？又是唱，又是笑的。"

邹季南听到这话，立刻在脑海中产生了一个小主意，他也想逗一逗白草，作为对她刚才把自己弄得满脸通红的报复。想到这里，邹季南突然收起了笑容，一脸严肃地说："今天真是大喜事，踏破铁鞋无觅处，得来全不费功夫，一举擒获督军署通缉的要犯，我这个管带，不仅立了一功，而且还要领一份重赏。"

听着邹季南的话，白草脸色急剧地变化着，她甚至不相信自己的耳朵，"你、你说什么？"

邹季南故意绷着脸，"难道我说得还不清楚吗？我是欲擒故纵，假装相救，实际上是让他束手就擒，乖乖地跟着我走，也省得再费功夫，或者搭上几条弟兄们的性命。"

白草几乎要瘫软到沙丘上，她的脸已经变得惨白，"你，你，你怎么会是这样一个人！"

邹季南继续把戏演下去，"我是巡防营管带，我怎么可以容忍一股悍匪在我的辖区内横行？"

白草真的瘫在了沙丘上，她的全身都在颤抖。

她已经说不出话了。

邹季南并不理会她，竟自走到一棵老胡杨树下，一件一件地脱去自己的军装。

白草一下子傻了，她的心被一股力量揪住了。她语不成句地说："你，你，你要干什么？"

此时的邹季南脱得只剩下一条短裤，白草紧张地捂住了眼睛，她觉得一片天塌陷了。

就在这时，只听到扑通一声，邹季南一个鱼跃，扎进了月牙泉这汪清水中。

白草松开手，发现邹季南不见了，连忙向水中望去，只见邹季南在水底划着水。半响，邹季南才把头露出了水面，并冲白草大声喊道："你也太不经骗了，谁让你拿我开心，给你个小教训！你的史大哥，此时恐怕正跟他的弟兄们喝酒呢！"喊完，又一头扎进了水里，向远处游去。

站在水边的白草，这时才明白了一切，她又气又恼，连连跺着脚，"你敢骗我，你回来！"

邹季南听到白草的话，大笑着向更远处游去。

此时的白草，刚才想跳进这泓清泉中畅游一番的冲动再次袭上了心头，突然而至的激情在她的心头燃起腾腾烈焰，她甚至顾不得脱去身上的衣服，便纵身跳入了水中。

邹季南一下子惊呆了。

……

4

……

拒绝回国，又拒绝就地安置，那么，事情终须有一个了结。这支曾经名为阿尤古斯军团的队伍总该有一个最后的归宿。

这是季伯循需要的一个结果，也是阿连阔夫必须面对的一个问题。

自打战败，特别是迭尼索夫自杀之后，阿连阔夫曾几天回不过神来，他不敢面对这样的结果，也不相信这样的结果。有一阵子，阿连阔夫几乎陷入了一种崩溃的状态。他要么烂醉如泥，要么就像大病一样昏睡不起。也就是几天的工夫，阿连阔夫整个瘦了一圈，脸颊深深地塌陷了下去，眼睛也开始变得暗淡无光，再也没有鹰隼般的犀利。

马久什卡心里十分着急，整个军团的残兵败将们也十分着急，他们在这种时候，还需要这个司令官来拿主意，来跟中国人谈条件。

终于，马久什卡忍不住了，他对躺在床上、目光呆滞的阿连阔夫轻声说道："司令官，大家伙都等着你拿主意呢。俄罗斯是回不去了，回去只有上绞架，可我们又能去哪里呢？难道真在新疆这个鬼地方种田放牧？司令官，参谋长没了，你再……那么大家伙头上的天可就真的塌了。"

听到马久什卡的话，阿连阔夫陷入了长时间的思考。

这次思考，他不是躺在床上，而是来到了作战室，在地图前来回踱步的过程中进行的。

听到阿连阔夫的皮靴来回走动的声音，马久什卡的眼睛里放出了光亮。

阿连阔夫想了很长的时间，在这个过程中，他在不停地从地图上，从他所知道和不知道的每一片土地、每一条山谷、每一片草原、每一片戈壁滩上去寻找自己麾下这支队伍的出路。他胸臆中怀揣的那个梦想，也曾无数次地在眼前的地图上升腾、跳跃、浮现，他反复盘算着这个梦想实现的任何可能。但是，地图上的每一条路，每一片土地，都不再是实现这个梦想的舞台，不是阿尤古斯军团的战场，更不是麾下这支队伍施展本领的天地。他越看地图，越感到那个梦想的渺茫，越感到那个梦想与现实的距离。他意识到，就在迭尼索夫死去的那一刹那，这个曾经激荡过自己心胸、鼓舞过自己意志的复国之梦已经变得遥不可及，没有实现的任何可能了。

在这一刻，阿连阔夫似乎把什么都想明白了。他必须放弃这个已经变得遥不可及的梦想，至少在眼前，他必须从梦想回到现实中来，并且认真地去思索和应对这个现实。在他的周围，还有几百名阿尤古斯军团的军官和忠诚于他的士兵。这些不得不抛弃故土、无力再战的追随者，自己必须面对，必须为他们的将来、为他们下一步的出路，拿出一个司令官应该拿出的办法来。

阿连阔夫又一次想起迭尼索夫。

此时，他更加强烈地意识到迭尼索夫的重要性，意识到这位参谋长对这支部队、对这些曾经忠勇的阿尤古斯军团的军官和士兵的重要性。迭尼索夫的死，尤其是他所选择的死亡方式，以及他在死前所说的那几句话，仿佛抽去了这支队伍的灵魂，抽去了阿尤古斯军团所有的战斗力。在送别迭尼索夫的时候，阿连阔夫从每个军官的脸上看到的是一种彻底的消沉。这支曾经骁勇无比的部队，曾经嗜血如命的部队，再也没有了对战斗和胜利的渴望，自己麾下的这些哥萨克健儿，在迭尼索夫走向上帝的那一刻，也被埋葬了，同时也埋葬了阿连阔夫怀揣的那个复国之梦。

阿连阔夫想明白了，此时，他的所有部下，心中只有一个想法，那就是保命和苟活。他们已经对俄罗斯土地上的布尔什维克和新疆的督军产生了强烈的恐惧，而且对阿尤古斯军团这个曾经让他们引以为荣的部队也不再抱任何的幻想了。他们现在所想的是，既不回俄罗斯去做布尔什维克绞架上的无谓牺牲品，也不接受督军署对他们的安抚，在异国的土地上当一名默默无闻的农夫和牧人。多年的征战生涯，已经让他们对农牧生活有了太大的距离，他们已经不可能再重操旧业了。

想到这里，阿连阔夫将手中的放大镜重重地摔到了地图上。顷刻

间，放大镜变成无数碎片，四处飞溅，然后他又怒不可遏地将眼前的地图揉成一团并扔在了地上。

一直守候在门口的马久什卡被这声音吓了一跳，他瞪着那双深陷的大眼，不解地看着自己的司令官，他的眼神在这一刻又一次变得暗淡了起来。他不知所措，甚至想不起来去收拾那些被摔碎的东西。眼前的司令官突然像喝醉了一般，踉跄了几步，然后重重地倒在了床上。马久什卡看到的是一个高大身躯的坍塌，一个曾经桀骜不驯的灵魂的死亡。

马久什卡惊呆了……

不知昏睡了多久，当阿连阔夫缓缓睁开双眼时，他发现有许多熟悉的脸庞、熟悉的眼神正在近距离地凝视着自己。这一张张脸庞和眼神经过片刻的朦胧之后，逐渐变得清晰，阿连阔夫的思维也逐渐从混沌变得明朗。

他透过这些脸庞和眼神，看到的是企盼、惊异还有恐慌。阿连阔夫意识到，现在必须面对这些部下了，他们对自己的等待已经到了极限，已经没有了任何耐心。对此，阿连阔夫早已有所预料，因为他十分明白这些部下的心思，他们不可能和自己一样，还有什么对沙皇的忠诚，还有一份复国的梦想。对他们而言，在这种危难的时候，在这种看不到任何希望的时候，最需要的是活命，是既可以回避农夫牧人生活又可以活命的出路。此时，什么军人的荣誉、军人的职责，什么尼古拉二世，什么忠诚，都可以抛到九霄云外。每个人都明白，不能回俄罗斯，也不能留在新疆，以一个战败者的身份，在新疆潦倒一生。

现在，是他这个司令官拿主意的时候了。

阿连阔夫的胸臆间升腾起一股巨大的悲凉，阿尤古斯军团已经死去了、解体了，至少，它不再以一支部队、以一群军人的方式存在了。

马久什卡开口了："司令官阁下，您睡了两天，可我们却睡不着。"

巴塔诺夫上校接着说："我们受够了，这个鬼地方我们再也待不下去了！"

自打上次接过季伯循送上的银票，巴塔诺夫好像也成了这支残破的部队的一个主心骨，或者说是代言人。当然，论官阶，在迭尼索夫死后，他也够这个格。

阿连阔夫在这一刻反倒出奇的镇静，他不仅容忍了部下的冒失和莽

撞，甚至也容忍了巴塔诺夫近乎咆哮般的话语，这在以往是不可想象的。

马久什卡吃惊地看着阿连阔夫的反应，更加感到不解和疑惑。

"不待在这里，又能去哪里呢？回俄罗斯？回顿河？布尔什维克正等着你们。你们的尸体将会挂在你们各自的家乡，让你们的亲人去观瞻、去流泪。想这样做的，可以回去，新疆的谷达云督军会派兵护送的。另外，督军署的文告不就贴在营房门口吗？你们可以去领银子、领地契，然后脱下军装，在这里放牧、种地，你们入伍前，不就是这样生活的吗？重操旧业，不是挺好的吗？"

阿连阔夫一连串的话语里，充满着轻蔑与嘲讽。在他的眼里，这些已经失去了灵魂的哥萨克，已经对战斗和胜利失去渴望的哥萨克，已经变成了游荡在顿河、游荡在新疆的孤魂野鬼，没有了任何的价值，对于他这个司令官而言，也没有了任何的意义。

巴塔诺夫大声喊道："不，不，绝对不能这样！我们不回顿河，不回俄罗斯，我们也绝不待在这里！新疆，见鬼去吧！这里的一切，太令人伤心了。"

说到后面，巴塔诺夫的话音里已经带上了哭腔，有些哽咽。

巴塔诺夫的话和他哽咽的声音，勾起了阿连阔夫许多的感慨。

新疆，这块曾经神秘，曾经燃烧过梦想、希望，曾经非常接近一场久违的胜利的土地，就在他揭开神秘面纱的那一刻，却送给了他们一场刻骨铭心的失败，并且埋葬了所有的梦想。现在，巴塔诺夫用"伤心"两个字来概括它，可这两个字又怎能包含全部，怎能概括从跨过国境线到现在的全部内容？新疆，令人终生难忘，令人无限感伤。

阿连阔夫相信，今生今世，新疆都将会是一个挥不去的阴霾，永远地罩在心头。

经过片刻的沉默，阿连阔夫反问道："那你们说，咱们该怎么办？"

阿连阔夫的话让所有的人都无语了，大家的心中对下一步该做什么都是茫然的，这也正是他们急切地来找阿连阔夫的原因。对于未来，对于阿连阔夫所说的该怎么办，他们没有任何主意。

巴塔诺夫急切地说道："司令官，主意得你来拿，我们听你的。"

阿连阔夫看了一眼巴塔诺夫，"你们真的还听我的话？"

巴塔诺夫点着头，"你还是我们的司令官，我们听你的。"

巴塔诺夫话音未落，便响起了一片附和声。

阿连阔夫扫视了一下围在床边的每一个人，他看到了急切的等待和真诚的信任。

这时，阿连阔夫从床上坐了起来，缓缓地从床上下来，他在站立起来的同时，习惯性地整理了一下身上的军装。在那一刻，所有人的眼睛里都闪烁出一种光亮，他们意识到，阿尤古斯军团的司令官又回来了。这意味着，阿连阔夫的心中已经有了主意，有了决心，他没有抛弃这些曾经跟随自己征战多年的战友和部下，他要把这个残破的军团带出绝境，带向新的彼岸。

阿连阔夫平静地说道："我们去第三国，取道中国的甘肃省去第三国。"

巴塔诺夫和众军官面面相觑，疑惑道："第三国？"

阿连阔夫的身边，一片议论声。

阿连阔夫长叹一声："真该感谢迭尼索夫，他提醒我，要注意国际公法。我这两天想了又想，咱们还是回到公法上。去第三国，这是公法规定的作为解除武装的战俘所应当拥有的权利。"

国际公法对这些哥萨克来说，是一个陌生而又遥远的话题，他们并不关心，现在他们只关心阿连阔夫的所谓第三国究竟是什么。

阿连阔夫接着说道："眼下，我们只有借道中国，然后出海，到美国或者澳洲去，远离俄罗斯和该死的新疆。"

整个房间里，陷入了死一般的沉寂。

片刻后，突然从哥萨克的喉咙里爆发出一声声巨吼——"乌拉！乌拉！"

"对！去美国！"

"去澳洲！"

面对众人的雀跃欢呼，阿连阔夫的平静再也无法保持了，他痛苦地闭上了双眼。

众人的欢呼在深深地刺痛着他。这是厌战，这是求生，是一种苟且的选择。但大家却如此兴奋地去欢呼这样一个选择，看来，迭尼索夫的话是对的，俄罗斯完结了，阿尤古斯军团也完结了，阿连阔夫的梦想也完结了……

半晌，阿连阔夫扔下了一句话："去第三国，需要一个条件。"

众人立刻安静了下来，看着阿连阔夫。

阿连阔夫说道："必须交出所有的武器，当难民。"

巴塔诺夫吃惊地看着阿连阔夫，"此去路途遥远，我们总得留一点防身的吧？"

阿连阔夫说道："这些，你应当去跟督军署的特派员说。明天，由你去和他们谈判，讲明我们的要求，听明白了吗？"

巴塔诺夫还未表态，阿连阔夫就拉开门，走了出去，众军官也没了声响。

第二天，巴塔诺夫真的去了古城。

巴塔诺夫向季伯循说出了阿尤古斯军团所有人的想法。出乎他的意料，季伯循平静地听完了他的陈述，没有做任何的反驳。

最后，季伯循对巴塔诺夫说道："你方的恳请，我将尽快呈报督军署，请你们回营等待消息吧。"

接到季伯循的电报，谷达云几乎想都没想，就让徐抱朴起草了电文。

一封是给季伯循的，指示他答应阿连阔夫的要求，让徐瀚派兵护送。电文中特意强调——阿部器械必须依照公法交出，否则阿部全体之性命，我方不能负完全保护之责。另外一封是给徐世昌大总统的，让他协调沿途各省，将阿连阔夫礼送出境。谷达云的心中，早已对阿连阔夫失去了耐心，也不想再费力劳神地和他周旋了，现在既然对方已经提出离开新疆，何乐而不为呢？顺水推舟，总比再生波折强得多。

但是，离开新疆，就意味着首先要路过甘肃。对于甘肃督军罗邦汉，谷达云倒是费了一番心思。对罗邦汉，谷达云实在不了解。将阿连阔夫送到甘肃，多少会让人产生一些联想。对于一个地方军政长官，把自己脚下的土地看得比什么都重要，在这种情况下，是不希望别人染指的，甚至对当今大总统徐世昌的命令也是如此，对己有利的就听，不利的可以置若罔闻，谁也奈何不了。这一点，谷达云心知肚明。他想了许久，最后决定给罗邦汉也发一封电报，直陈自己的想法。电文中除去必要的客套以外，要害的只有这样几句——

阿连阔夫所部现已解卸武装，断无滋事之可能。其所携马匹甘省可作价收购，或用于编练马队，或出售，皆可资于甘省。达云断不至以

邻为壑，贻害甘肃，应请甘肃官民放心。至于阿部沿途所需供支粮料，我意拟分为三股，由中央担三分之一，甘新各担三分之一，惟甘肃行政艰窘，拟请中央担任三分之一，新疆担任三分之二。阿部入甘境后，请甘肃督军饬属垫款，妥为供支，所需三分之二之价由新疆筹还，决不食言。如顺利送阿部出境，大事幸甚！

这封电报，既堵住了罗邦汉的嘴，也让徐大总统不好反驳，言意切切，滴水不漏。谷达云对甘肃的情形可谓了如指掌，问题的关键无非就是一个钱字。现在，按照他的提议，中央出三分之一，新疆出三分之二，甘肃方面吃亏也罢，占便宜也罢，只能是接受了。深谙官场之道的谷达云，这次把罗邦汉也控制在股掌之中了。

阿连阔夫这支队伍接下来的命运就这样敲定了。

他们以最快的速度收拾好行装，向季伯循交出了一批枪械弹药，便在徐瀚的护送下，离开了古城，离开了新疆。当然，巴塔诺夫也不是吃素的，在交出武器弹药的时候，他尽最大的可能，打了一点埋伏。对于这些拿惯了枪的哥萨克而言，枪已经成了他们的第二生命，尽管他们也不知道这些枪还会派上什么用场，但出于本能，出于习惯，他们还是偷偷地藏了一些。

这支残破的阿尤古斯军团就这样出发了。离开古城的那一刹那，阿连阔夫调转马头，向古城投去了长长的一瞥……

……

节选自王登渤、姚运焕：《日落莫高窟》，作家出社2011年版

【评析】

作为剧作家的王登渤和姚运焕，创作了各种剧本，但当他一涉猎小说创作，就拿出了沉甸甸的上下卷长篇历史题材小说《日落莫高窟》，让人始料不及。世界级文化遗产敦煌莫高窟成为艺术家向往的圣地，人们从四面八方汇聚于此获取创作的灵感，但隐藏在精美艺术壁画后面的历史、莫高窟的存亡史却很少有人去关注和形象化表现。王登渤、姚运焕用十年磨一剑的精神，通过大量的查阅资料、走访考证，独辟蹊径，形象化地展现了民国初年，国内军阀割据、南北对峙，社会动荡不安，国外十月革命后俄罗斯帝国西伯利亚阿尤古斯军团为逃避新生政权的惩

罚，败退新疆，给西北甘新大地带来的灾难和破坏。

小说采用两条线索交织进行，一条线索描写俄国十月革命后，以阿连阔夫为首的阿尤古斯军团败退新疆，怀揣复国梦想，在敦煌的瓦解溃败过程。阿尤古斯军团虽是溃败之师，他们骨子里却以具有贵族精神而自豪，傲慢无礼，不愿接受中国官员的管理，耍各种奸计留存武器，制造事端。被安置到敦煌莫高窟后，他们肆意破坏洞窟瑰宝，并且与日本间谍山田勾结，企图东山再起。虽然当时的中国国穷民弱，吏治腐败，但依然有以民族利益为重的官员军人、热血男儿、巾帼须眉，奋起与之抗争，阿连阔夫终于被打败，同意解除武装，接受中方处理。他的军团被分散遣送出镜。阿连阔夫绝望之余，终日沉溺烟塌，苟且偷生，最终被引渡回苏联，处以死刑。另一条线索是国立北平艺专女大学生白草怀着对敦煌艺术的挚爱、对父亲之死的疑虑，孤身一人从北平前往敦煌圆艺之梦，被极富正义感的敦煌驻军首领邹季南安排在莫高窟做造册登记保护工作，当看到莫高窟变为兵营、俄国军人肆意破坏洞窟瑰宝之时，视敦煌艺术为生命的白草、邹季南、革命党人史晋康，还有从俄罗斯流亡而来的艺术家安德烈等人，团结当地士绅、民众与之展开了惊心动魄的殊死搏斗，最后终于毁灭了阿连阔夫的所有企图，保护莫高窟逃过被炸毁的灾难。两条线索由开始的"花开两朵，各表一枝"发展到最终交织的高潮结尾，表现了发生在西北甘新大地上的莫高窟不为众多人知的一段尘封的灾难历史。

作者在洋洋洒洒64万字的长篇小说中，充分发挥戏剧创作的长处，情节发展的尖锐矛盾冲突、恰如其分的偶然性，使得小说充满了"戏剧味儿"，不仅整部故事波澜起伏，险象环生，吸引读者不忍释手，而且精心地设计了不少非常抓人的戏剧性情节；比如白草邂逅革命党人史晋康、阿连阔夫兵团在遣送甘肃途中偶遇海市蜃楼、吕彤鞭打俄军人……这些细节都写得风生水起，引人入胜。小说大气磅礴，充满了象征和意象。巨大的落日意象，沉重地撞击着大地，也撞击着人们的心灵，激起的是对历史、对人类自身行为的无尽思考。许孟潇的"白草磨天涯，胡沙奔莽莽"书法立轴，成为邹季南、白草和吕彤三人间恋情的关联点，揭示出情节发展的合理性和结局。阿连阔夫的马鞍、史晋康的联络图等，都具有象征的意味，起着类似戏剧道具的作用。小说更为人称道的是人物形象的塑造。邹季南、白草、阿连阔夫、安德烈个个鲜活生动，具有典型意义。即使是庸官腐吏，作家也没有做简单化处理，庸劣中亦见精明。新疆督军谷达云面对严重的军事、外交和政治危机时的胸有成竹、运筹帷幄、沉着冷静，甘肃督军罗邦汉的自私贪婪、腐败无耻，最终以下流方式对阿连阔夫的处置，都写得栩栩如生，鲜明生动。

杨显惠的作品

【作者简介】

　　杨显惠（1946—），甘肃东乡人，中国作家协会会员。曾获全国短篇小说奖、中国小说学会奖、华语文学传媒大奖、《上海文学》奖等。主要作品有《这一片大海滩》《定西孤儿院纪事》《夹边沟记事》《甘南纪事》等。

一条牛鼻子绳

　　2005年的夏季我在陇南地区旅行，去了文县、成县，然后到了定西地区岷县。原计划从岷县返回兰州，可在岷县长途汽车站买票时突然改变了主意。原因是我的前边站着两个藏族姑娘，她们说话时我听出了她们是甘南州迭部县人。我就问她们，要去扎尕那坐长途车方便不？姑娘们的汉话说得不好，我就反复地问去扎尕那怎么走？这时我身后站着的一位三十一二岁的青年插话了，他说你问扎尕那做啥哩？我说扎尕那风景优美得很，我想到扎尕那看一看去。年轻人说，我就是扎尕那的人，你到了扎尕那转乏了就到我家住下去。吃住都方便。他说是来岷县办事的，要到间井草原去一趟，要不就领着我去扎尕那了。听人说藏民待人热情朴实，但真没想到一个素不相识萍水相逢的人如此赤诚。我说你不在家，你家人叫我住吗？他说，那叫住哩，你放心去，你就说我叫你去的，住几天都成哩。我的名字叫达让。于是我买了去迭部县的车票。

　　第二天早晨我叫了个出租车。计划在扎尕那转一天，黄昏时返回县城去。扎尕那那时没有旅馆，对于达让的家人能不能留我住宿心存疑虑。

　　扎尕那是石头箱子的意思，白色的石峰冰雕玉砌一样从四面环绕着四个自然村，村村都是木板建的二层楼，房顶是鱼鳞般排列的松木板子。这种房子叫沓板房。山峰刀削一样刺向蓝天，半山腰飘着裙子样的白云，山坡上是密集的松树林，松涛阵阵，脚下是织锦般的草地，绿得人都不忍心走在它上面……扎尕那的美丽超出我想象，美轮美奂，如同梦境一般，我一到那儿就像醉了酒一样游来荡去，结果把和出租车司机约定的回程时间忘了。当太阳在西山顶上落下，暮色回合时打不通司机的手机了，无奈之下只好去业日村达让家碰碰运气，结果还就真住下了。达让的父母亲年近七十，还有个八十五岁的老奶奶，三位老人收留了我。

我在达让家一住就是四天，白天他的父亲南考领着我逛风景，晚上喝着酥油茶，坐在火炉旁，听南考老人讲扎尕那的故事和趣闻。我原想住四天就要回兰州，不料第四天达让回家来了。转天他把自己家的马牵出来，我骑着他牵着。我们从东哇村旁的一个叫绒布沟的石峡走进去，登上了四千多米高的扎尕梁，穿过两个牛角一样插进蓝天里的山峰形成的石门，到了山梁北边的高山草甸草原。这里是扎尕那人的夏窝子[1]，达让的牛毛帐篷扎在一片平坦的草滩与一条巨大的山谷的交界处。从这条山谷下去，就是卓尼县的卡车沟乡。

我在这顶帐篷里又住了三天。这三天里，我跟着他到山坡上去荡牛，看他把抛嘎[2]甩得呼呼响，把跑远了的牛赶回来。有时候，牛跑得远了，我们就跑很长的路把它们圈回来。没事的时候，我们坐在山冈上聊天。扎尕上云卷云舒，飘过一片灰色的云彩就刷刷地下一阵雨，远处的山冈如海涛般起伏。山谷和高山草甸上散布着星星点点的牛毛帐房，还有黑色的牛群和白色的羊群。

啊若！这是在达让家的第三天上午，站在山梁上我学着藏民的语言喊达让。啊若是喂的意思。

啊么了[3]？达让刚刚把跑远的几头牛从一条很深很远的沟里追回来，坐在半山腰休息，听见我喊，扭过脸来看我。他的汉语说得好，说话的口音像是地道的临夏州回民。我指着他刚才去追牛的那条山沟下边一顶黑色的牛毛帐篷说，你看，那里不是有个妇女正在挤牛奶吗？那家人是不是卡车沟的人？

不是，那也是我们日业村的。

是吗？我还当是卡车沟的。

为啥你把他们当成卡车沟的。

我发现他们放牛的方式和你们不一样。

啊么不一样？

太阳这么高了，她家的牛还拴在帐房外头，没放开，可你的牛晚上也在山坡吃草，不赶回帐房跟前去。

达让站起来朝我走来，说，情况不一样。那个帐房没男人，就是一个婆娘，还有个尕丫头，牛不敢放在草场过夜，怕跑了哩。赶回帐房的牛就要拴起来，不拴起来牛娃子把奶咂光哩，就没奶挤了，就打不下酥油了。

是吗？我说呢，这两天光看见一个女人和一个小姑娘荡牛呢，看不见男人。

她的男人叫人杀过了。男人叫班玛旺杰。

就在我惊讶地看着达让的时候，达让走过来坐在我身旁了，然后讲起那个女人和她丈夫的故事。

那是三四年前发生的故事。那一年的夏天有一次连下了三天三夜的雨，他们家的牛丢了四五头。那时间他们家的牛天黑了也不往回赶，她男人一天到山沟里来看两趟，赶牛。每一次赶牛都要把牛赶到一搭，再守上几个钟头，看牛稳当了，不乱跑了，赶牛的才能回家。尤其是下午的一趟，一直要守到半夜两三点钟才能回去睡觉，为的是防止偷牛贼，偷牛贼就是趁夜里没人了才偷着赶牛哩。牛这个东西还爱往山顶上跑，山顶上气温低蝇子少，咬得轻。可是一上山顶就容易跑到人家的牧场去，顺着山梁跑得远，也容易跑丢。那一次连着下了三天雨，雾大得很，把山头都拉严了，看不见牛，人也就不去看牛了，结果牛跑丢了四五头。她男人找了四天，找回来四头，还有一头犏牛[4]就是找不见。

找不见不行，还得找。他们丢过的是一头驮牛。驮牛是犏牛里挑出来经训练后，专门驮货的牛，一群牛里才有那么一两个，两三个。这牛要是丢了，转场呀，从家里驮粮呀，都不方便。班玛旺杰又找了四天，终于在东边哇巴沟的牧场里找着了。这找牛的过程班玛旺杰给我说过，他找到哇巴沟的一个山沟里，看见一个帐房有人哩，就走过去问，我的一头犏牛不见了，你们看见了没有。那个帐房里有一大家人，男的叫东珠扎西，还有两个十八九岁的儿子。那家人热情得很，说是我们拾下着一个，不知道是不是你的。班玛旺杰说我的牛是一个黑犏牛，鼻梁上有个白道道。东珠扎西说鼻梁上有个白道道那就对了，那我拾下着哩。听说牛拾下着哩，班玛旺杰高兴得很，就进了帐房坐着缓了一会儿，喝茶，拌着吃了一碗炒面，喧着说了会儿话。东珠扎西也说了牛他是怎么拾下的，说是下雨的那两天他的牛也丢了，雨住了以后他也找牛。找到他的春窝子上用椽子围下的一片草滩的时候，发现一头白鼻梁的黑犏牛正在他圈下的草滩上吃草哩。他就把牛赶到他的牛群里去了。

班玛旺杰也吃了也喝了，这时东珠扎西的娃娃把牦牛也赶过来了，他就说要走了，路远着哩，迟了就回不去了。这时候东珠扎西说了一句话：

你就这么走哩吗？

听见这话。班玛旺杰先是愣了一下。他不明白这话的意思，但他看见那人的脸色却是严肃的，便讷讷地说，哎呀，时间不早了，是该回家了。

可是那人又说，不是早晚的事，我是说你不给些钱就赶牛哩吗？

班玛旺杰一时还反应不过来。牧民谁不丢牛哩，谁家的牛都有跑丢的时间，从来也没有过谁把谁的牛拾下了跟人家要钱的事。他以为是那人开玩笑呢，便笑着说，阿哥，你真会说笑话。

可是那人不笑，说，谁跟你说笑话！你给我赔钱吧。你的牛把我用木头椽椽围下的草吃了，你不赔些钱就走哩吗？木头椽椽围下的草，我的牛都不叫吃！那草我是秋天割下来冬天喂牛的。

终于，班玛旺杰明白了，这人是当真要钱的。他的心里立马就不高兴了，生气了，但是他压住了心里的火气，脸上硬是挤出笑容来说，赔钱，赔钱。光是你把我的牛拾下，我就该请你喝酒，更不要说吃了你家的草。就不知道你要多少钱哩。

十元。

十元？哎呦，你才要十元吗？

班玛旺杰从胸前的衬衣口袋里摸出一沓子钱来，都是大票子，百元钞票，还有一张五十的。他就把五十元抽出来，说，我还没十元的，这张五十的你留下吧。

十元，多一分钱我都不要。那人把钱接了过去，又从自己的口袋里

拿出四张十元的钞票给他。

班玛旺杰说，不要不要，你留下你留下，四十元钱算个啥嘛，就当咱们喝酒了。

但那人厉声说，拿住，我就要十元。我的草最多也就值十元，多余的我不要！

班玛旺杰真是哭笑不得，只好接过钱来说，好吧，你不要我就拿上了。留着，我把这钱留着，啥时间咱们一搭儿喝酒。

就这么着，班玛旺杰把牛找着了，赔了十元钱，然后就从东珠扎西的帐房里走出来牵牛，想着赶快回家，可是就在他要牵牛的时候却发现犏牛的牛鼻子绳不见了。他就问东珠扎西哩，阿哥，这牛鼻子绳啊么不见了？

班玛旺杰的犏牛是个驮牛，驮牛的鼻子上套着个柏木树枝弯下的圈圈，圈圈上栓着一根三四尺长的牛毛绳绳。那是驮货的时间牵牛的，不牵牛的时间盘在牛角上。不驮货的牛没有牛鼻子绳。

那人说，你们牛鼻子绳不见了，我啊么知道哩？

班玛旺杰说不对呀，我的犏牛的鼻子圈圈上就是有根牛毛绳绳来的。

我没看见你的牛毛绳绳。东珠扎西说完转身进了帐房。

班玛旺杰回到自己家的牧场已经是深夜了，把驮牛打进牛群，然后就回家了。赶牛的时候东珠扎西要了十元钱，惹得班玛旺杰不愉快，但是回到家里他的心里还是很高兴的，一头价值三千多元的犏牛找着了，他这七八天的功夫没白费！所以到家之后他就像说笑话一样地把他怎么找牛，东珠扎西怎么要十元钱的过程跟婆娘说了一遍。他的婆娘叫道吉吉。道吉吉是个快性子人，但也是个你们汉人说的碎嘴子，一听说东珠扎西要了十块钱，就着气得很，说，阿呦呦，世上还有这样的人吗？把人家的牛拾下了，人家找来了，还要十元钱哩！班玛旺杰劝她消气说，世上啥样的人没有啊，要十元就十元吧。人家没给牛贩子卖过就好着哩！道吉吉说，好着哩？你还说好着哩！这牧场里你听说过这样的事吗？拾下牛了要钱的？他们家就没丢过牛吗？人家朝他们要过钱吗？牛嘛，那是畜牲嘛，就跑哩吗？谁家都丢牛哩嘛，谁家都拾牛哩嘛，也没听过谁家要钱的事嘛，啊么到他们家就要钱哩？班玛旺杰是个性格温和和遇事不急的人，一个劲儿劝婆娘，好了好了，不说了，睡觉。牛找着

了，人家没杀着吃过肉，就算我们占便宜了。你还有啥着气的！现在的社会变成啥样子了，你又不是不知道嘛。女人说，变成啥样子了？班玛旺杰说，人都六亲不认了，光认钱哩！你在牧场里蹲着蹲成瓜子^[5]了！道吉吉嘿儿嘿儿地笑了，自我解嘲地说，好，好，你说的有道理——我蹲成瓜子了——往后我要是拾下牛了人家找来了，我也要钱，要一百元！班玛旺杰说，好，你也要钱，要一千元，咱家就发财了！

班玛旺杰找牛的几天里，他家的日子乱套了。平常的日子，都是班玛旺杰一天到晚在山沟山坡上荡牛，道吉吉在家挤奶打酥油。牛丢的这几天，班玛旺杰出去找牛，有时间夜里都不回来，走到哪达就在别人的帐房里睡一夜，转过天接着找牛，道吉吉不光挤奶打酥油，还要一天两趟去山沟里看牛，把她忙坏了。牛找着了，生活秩序就恢复原样了，班玛旺杰荡牛，道吉吉挤奶打酥油……

可是，这样的日子过了没两天，他们家就不太平了。

我们这里荡牛的习惯是牛总也不往帐房跟前赶，帐房跟前就是自己家挤奶的犏雌牛吃草。不往跟前赶的牛，牦牛呀，犏牛呀，还有大大小小的牛娃子呀，男人们荡牛的时间总也数不全，因为山沟里林子大，总有那么一两头在林子里钻着看不见，特别是那些牛娃娃。所以每过上几天，两口子就要一起到山沟里，把牛从旮旮旯旯的地方赶出来，赶到平些的草滩上数一遍，看缺不缺。缺了就赶紧去找。

班玛旺杰把驮牛找回来的第三天，他们两口子就这么数了一次牛。一数牛，道吉吉就发现了，那个犏牛的牛鼻子绳不见了，就问班玛旺杰，牛鼻子绳啊么不见了？

班玛旺杰回答，我也不知道啥时间丢过了。

你也不知道啥时间丢过了？女人站定了，眼睛看着他的脸又问，我问你，前个天，你从东珠扎西家把牛赶回来的时间牛鼻子绳有啦？

没有的。

那前几天牛丢过的时间有啦？

那有哩。

对着哩，我也记得牛丢过的时间有哩。咱们下雨前的一天数下牛的，那时间牛鼻子绳还有哩。第二天就下开雨了，牛丢过了。前天你把牛找着的时候牛鼻子绳没有了，你不觉得这件事情有些蹊跷吗？

是有些蹊跷。班玛旺杰把脸扭了一下，躲开道吉吉的眼睛。

你知道有些蹊跷，那你问他们了没有——我们的牛鼻子绳哪里去了？道吉吉追着问。

问了。

你啊么问的？

我从人家的家里出来的时候，人家的娃娃已经把牛赶到帐房门口了，我要牵牛哩，发现牛鼻子绳不见了。我问他们，骟牛的牛鼻子绳啊么没有了？人家说没看见。我又说，不对呀，我的牛是驮牛，牛角上有根牛毛绳绳哩。人家还是说没看见。

道吉吉瞪着他说，你再就没有说啥？

我还说啥哩？人家说没看见。

你就赶上回来了？

嗯。

道吉吉看着班玛旺杰好一阵子没说话。后来，他斩钉截铁地说：你要去。你去把骟牛的牛鼻子绳要回来！

班玛旺杰扭过脸来了，看着道吉吉，还就没说话。道吉吉又说：去，要去！

班玛旺杰又一次扭过脸走开去。他说，我要啥去？人家说没看见牛鼻子绳，那就是赖过哩嘛，不给嘛。硬要就要打仗嘛。

那打啥仗哩？我们的牛把他的草吃了，我们给他钱了，赔了。这他不吃亏了，他还把牛鼻子绳扣下了，他没理嘛，他打啥仗哩？

这是你说的话，人家可不是这么说。人家说你的牛鼻子绳是牛跑着丢过的，你凭啥跟我要哩？你还有啥话说？

唉，怎么是牛跑着丢过的？我们的牛鼻子绳拴到鼻子圈圈上三年了，从来就没丢过，这一次他们把牛抓下了，牛鼻子绳就丢过了。这明明是他解下了。

道理是这么个道理，人家就不承认，你有啥办法？

你要一下去，要不回来再说要不回来的。你不要去，怎么知道要不回来？

那肯定要不回来。你想嘛，我当时就发现牛鼻子绳没了，问了，人家说没看见。现在要去，人家能给吗？硬要，不就要打仗吗？

　　道吉吉朝着班玛旺杰转过去的身体说：啊呦，牛吃了他们的一点草，他们叫赔多少你就赔多少，人家把牛鼻子绳解了，叫你要去你害怕打仗哩，你的脸上羞不羞！你还是个男子汉吗？

　　班玛旺杰怔住了，转过身来看道吉吉。他的脸色变了，变得红红的。道吉吉也看见男人的脸涨红了，但她仍然说：要去。明天你就要去。我们的牛吃了他的草了，我们赔了，他不能再解牛鼻子绳。他们没理，你怕他们做啥哩！

　　班玛旺杰赶牛去了。牛数过了，一头都不缺，该把牛打回吃草的山谷里去了。他骑着马走了，不再谈牛鼻子绳的问题了。

　　但是，接下来的两三天里，女人一闲下来就想起牛鼻子绳的事，就催着男人要牛鼻子绳。她不是把牛鼻子绳看得有多贵重，而是因为牛丢过了，东珠扎西要走了十元钱，她心里憋了一口气，要把这口气发泄出来。那两天我到他们家的帐房去过，她跟我说过把她气死了的话，这口气一定要出！她还当着班玛旺杰的面对我说，你看你看，我们这个当家人，窝囊不窝囊？叫他要牛鼻子绳去，他害怕打仗哩！不敢去！我要去，你不去了我去，我看他有多歪[6]，叫他把我打死！叫他打死，也不能叫他吓死！当时班玛旺杰脸黄黄的一句话不说，低头坐着。

　　第二天早上，道吉吉天不亮就起来挤奶，他们家有十头犏雌牛呢。挤完奶匆匆地拌着吃了点糌粑，对还在睡觉的班玛旺杰说，我赶响午回不来，你个人做些饭喽吃。放牛到半夜回来的班玛旺杰被惊醒了，抬起头来问，你做啥去？女人说我要牛鼻子绳去。说着，她就从帐房角角上抱起马鞍子走出去了。班玛旺杰大声喊，你不要去，我去！她没听，出了帐房给已拴在拴马桩上的枣红马备上鞍子，勒紧肚带。

　　道吉吉把马鞍子备好了，解下缰绳要上马，这时班玛旺杰急匆匆地走出帐房来了。他一边走一边把他的拴着刀子的红布系腰系在夏天夹袍上，上前一把抓住了缰绳。你真不要去，我去！我去要牛鼻子绳！他大声地说，并且用力地把缰绳从道吉吉的手里夺下来。

　　道吉吉没说话，也没再和男人争。她知道，男人是不会叫她去的。我们藏族人的习惯是男主外女主内，保护家庭、放牛、与外人交涉都是男人的事，除非她是寡妇。

　　班玛旺杰骑上马去了，马走开了，这是班玛旺杰在鞍子上转过身

来说了一句话：我要牛鼻子绳去！我要牛鼻子绳去嘛，你一个人过日子行啦！

道吉吉没谝过[7]班玛旺杰说话的意思，还在帐房门口站着哩，还问了一句：你说的啥？你再说一遍。

但是班玛旺杰打着马跑起来了，一会儿就拐过一个垭子消失在一片松树林里了。

那天早晨两口子的事，是出事以后道吉吉哭哭啼啼淌着泪给我说下的。后来的事怎么发生的，我就说不清楚了，因为事情的过程道吉吉也不知道。过了几天，扎尕那村民调解委员会叫了几个人去东珠扎西家抬尸体，我去了。到东珠扎西家时，班玛旺杰还在他家的帐房门口趴着哩。后背上有一个刀子戳下的口子，血把夹袍和他的红系腰还有一大片草地染黑了。血已经干成黑痂痂了。

我很惊讶，问，他叫人杀了！

达让说，就是叫人杀了嘛！人家家里人多嘛，一个男人两个儿子，儿子都是大小伙子。

我问，怎么杀下的？

那说不清楚，据哇巴沟的人说，班玛旺杰去了就要牛鼻子绳，对方说没看见他的牛鼻子绳。班玛旺杰说牛鼻子绳就是你们解过了，可对方还是说没见过啥牛鼻子绳。班玛旺杰说就是你们解过了，你们说没解，我到你们帐房里搜一下。对方不叫搜，他硬要搜，双方打开了。班玛旺杰一个人打不过人家父子三人，拔刀子哩，人家一个娃娃先下手，从后头一刀子把他戳死了。

我问这事最后怎么处理了？达让说，两个村子的村民委员会谈判，吵来吵去谈判了半年，东珠扎西家赔了十五万。这是五六年前发生的事，按一个命价八十头牛算下的；那时候一头牛两千五百元，应该赔二十万，可是班玛旺杰也有责任，他先拔的刀子，就少给五万。

公安局不管吗？

两个村子都不往上报。公安局知道了，来人了，要抓东珠扎西的娃娃，两个村子的调解委员会都不叫抓，都说我们的事我们自己解决。再说，东珠扎西的娃娃杀下人以后跑着藏过了，公安局抓了两次没抓住。

我又问，一条人命的命价是八十头牛，这有什么根据？

旧社会一条人命就是这个价钱。把一户人的当家人杀下了，命价是八十头牛，杀下个娃娃或妇女，赔一半。要是杀下阿卡[8]和头人，赔的还要多。

---

[1] 夏季牧场。

[2] 抛石头赶牛的工具。

[3] （方言）怎么了。

[4] 公黄牛和母牦牛的后代叫犏牛，犏牛中的母牛叫犏雌牛，母牦牛叫牦雌牛。

[5] （方言）傻瓜，白痴。

[6] （方言）厉害。

[7] 搞明白，搞清楚。

[8] （方言）和尚，僧人。

选自杨显惠《甘南纪事》，花城出版社2011年版

【评析】

杨显惠是一位有高度社会责任感的作家。他的《定西孤儿院纪事》《夹边沟记事》既有小说的艺术性，也在大量的人物采访实录和史料阅读的基础上形成非虚构叙事，揭开了特殊时期甘肃一段悲惨岁月的历史真相，体现出一位有良知的知识分子对生命的人文关怀，对历史的深刻反思。其震撼人心的叙述显示了严肃文学的力量。2011年，杨显惠又将自己此前行走于甘肃甘南的见闻和思考，在《甘南纪事》这部小说中集中反映出来。

《甘南纪事》中的12篇短篇小说，逼真地反映了甘南藏族人民在现代性的冲击下，他们的思想意识、文化心理、生活方式与现代制度之间的交汇、碰撞乃至冲突。《一条牛鼻子绳》写班玛旺杰家丢了一头牛，被东珠扎西家捡到。班玛旺杰找到了牛，按照藏人传统，无偿牵回即可。但东珠扎西要求班玛旺杰付10元钱的草料钱，却拒绝了班玛旺杰拿出更多的钱感谢。其实东珠扎西的这个要求有着明显的现代思维方式，即在交还别人的财物时也取得本人为此而付出的合理补偿。但是，因为这个现代行为方式不符合藏族传统，班玛旺杰的妻子道吉吉极其不高

兴。由于这头找回的牛丢了牛鼻子绳，于是道吉吉天天逼迫丈夫向东珠扎西家讨回牛鼻子绳，从而引发争斗，班玛旺杰被杀死。出了人命，双方又按藏人处理命案的传统，以80头牛抵一条命价解决了事情。

小说对甘南藏区独特的地理风物的描绘，对人物命运的书写，写出了藏族人热情淳朴又刚烈好强的性格，也含蓄地写出他们的传统文化心理在与现代思想的碰撞中的不适，展示了藏区生活现实。小说依然延续了杨显惠的文字特有的朴实、厚重、含蓄的风格。

杨显惠的小说在当代文学中应该给予重视和更高的评价。

【扩展性阅读书（篇）目】

杨显惠：《夹边沟记事》，花城出版社2011年版。

杨显惠：《定西孤儿院纪事》，花城出版社2011年版。

严英秀的作品

【作者简介】

　　严英秀（1969—），女，藏族，甘肃省舟曲县人，中国作家协会会员，入选甘肃省第二届"小说八骏"，现为兰州文理学院教授，甘肃省首届"四个一批"人才。曾以"药儿"为笔名发表诗歌散文百余篇，近年来主要从事文学评论和小说创作。出版中篇小说集《纸飞机》《芳菲歌》《严英秀的小说》，获"梁斌文学奖"、甘肃省敦煌文艺奖等奖项。

一直很安静（节选）

一

　　文学院中文系讲师高寒特别烦学院办公室主任徐导。这不是一天两天的事了。

　　他烦徐导是因为徐导先烦他。其实也就是开张证明盖个章的事，顺手一拨拉就完，但徐导硬是拉着个脸，动作要么像慢镜头回放，要么像一阵狂风卷过办公桌。但无论是快还是慢，态度的怠慢和敷衍是拧得出水的。高寒起初还和他寒暄两句，待发现他渐渐没了好声气便也就闭了嘴，只横在他面前等，心里直冷笑：你算个什么鸟，你以为到大学里当个什么院系的办公室主任，就可以给老师们摆脸子充大爷了？你再不情愿，也还是干活跑腿的角儿，让你干嘛你就得干嘛！

　　虽然心里恨恨的，但终究没撕破过面子。办公室主任这个角色，他要是想成就你怕帮不上什么忙，但要想败坏你却处处可以下手。宏观的形而上的且不说，单是每一年每一学期的所有教学材料都在他手里攥着，给你找个工作失误添点堵，那简直比盖个章还顺溜呢。所以高寒想，犯不上和这种人计较，和这种人计较就是和自己的智商过不去。不就是三五个月找他开个证明盖个章嘛，几分钟的憋屈可以忽略不计，至于工作上的事，他和大家一起随大流即可，没必要和一个破办公室主任单独较量。

说是这么说，几分钟的憋屈很难忽略不计，尤其是这几分钟被徐导抻长了，抻到了几分钟之外的时空中。上学期末高寒站在院办门口的玻璃橱窗前看学院信息时，无意间听到徐导在里面和几个人高声谈笑，其中几句话清清楚楚地砸到了他耳朵里：我最烦给高寒那小子开证明盖章证明他是高耀祖了！他既是高耀祖，又何必高寒？他以为改个文绉绉的名儿就能脱胎换骨，不带土气？也太天真了吧，哄哄小女生罢了！不过啊，哄得了一时哄不来一世，你们看，一个一个的女孩还不是前赴后继地对他做了踢腿运动？活该！连祖宗起的名字都不要，我最烦这种不地道的人，高寒，高寒，这小子想揪着自己的头发上天，体验高处不胜寒的感觉呢！哈哈！

徐导的话句句刺耳扎心，那笑声里更是充满了奚落和嘲笑，高寒在第一时间产生了情绪失控的严重症状。但鉴于前面已经陈述过的理由，他没有冲进去和徐导理论，而是硬忍着从学院门口快步走掉了。一直到三楼，他才停下脚步掏出烟点上。深吸一口烟，他将那些人的刀子般的笑声从脑海里推了一点，一种来自深处的坏情绪使他灰心得要命，一时他都没有心力恨徐导了，他只是恨自己。唉，要不是为了那点只够买一两包烟抽的小稿费，何必去开什么证明看人眼色遭人耻笑！说来说去，都只怪自己改名这件事。

说起改名这件事，高寒觉得特委屈。别说改个名字了，他有好几个干行政奔仕途的同学，都早早把该改的都改了。明明都快是三十五六的人了，人家的身份证上偏偏就是八零后，这立马让人觉得山高水长，无限风光在后头。高寒不知道他们是怎么操作的，自己却是想换个名都硬是没赶上时候，踩上点。当年他一考上大学就嫌高耀祖这名不好，经过好一番斟酌，新生见面会上他自我介绍叫高寒，自此以后从宿舍到班里，高寒这名字也就算叫开了，几乎没经过什么过渡期的不适，高寒很快就有了高寒的感觉。倒是逢年过节，几个高校的老乡们搞联欢，那些小学、中学一起上来的人一看见他就扯着乡音喊"高耀祖"时，他会有一刹那的恍惚，不知道他们喊的是谁，高耀祖是自己吗？那高寒是谁？

……

四

整整十八年过去了。十八年里，学校在文件里、广播里、电视宣传片里、招生广告里，始终与时俱进，更快更高更强地发展着。

焦一苇当年给田园他们讲先秦文学的旧文科楼已经不在了，那里建了新电化楼。摔残了焦一苇的爱人、外语系第一个教授的南四楼，也早就不在了，现在，那里是喷泉广场。那面湖还在，田园坐在焦一苇身边放声大哭的那面湖，它还在。只是，投影在湖里的天空越来越看不见那种通透的湛蓝了；只是，环绕着它的那片小树林也被砍伐了，整成了一片要多整齐就有多整齐的人工草坪。田园常常想，那棵水杉，那天早晨焦一苇骑车过来停在她身边时，那棵在秋风里站得那么挺拔那么漂亮的水杉树，如今在哪里呢？

已经有好多年，田园没看见那面湖了。

校园真的是越来越美，也越来越大了。春天所有的花一起开放时，空中氤氲着一种壮阔的甜美气息。但田园发现鸟们不知哪里去了，好像一年比一年更见少了。不过，虽然眼见着少了，却还是比城市里任何一个其他的角落要多。路过每一条校园小路，总会时不时听到一两声啁啾的鸟声，干干净净地划过耳旁。这时候，田园就觉得内心清亮，不由自主地抬头向树上找去。

现在，像她这样漫步校园的人越来越少了。好像每个人都忙得不可开交，再也找不着师生结伴而行娓娓而谈的情景，学生们要么男女成双缠在一起无视花事烂漫，要么戴着耳机面无表情地走过鸟声如洗的清晨，老师们更是行色匆匆，他们开着小车呼啸而来，绝尘而去。他们很少有人头发上指尖上染着粉笔灰，他们已经不用粉笔那种老古董了，他们手提着电脑，上课时用的是制作精良的PPT。

当年的中文系，已经扩大成了文学院。五花八门名目繁多的新专业每年都在产生着，也消失着。田园永远也搞不清那些专业在教着什么，在怎样教。她从来没想到过自己有一天会变得这样地落伍。

她在当年焦一苇的古典文学教研室教了十几年古代文学，但她不

是教先秦文学，她的专业是明清小说。从五年前开始，学校改变办学思路，进行课程改革，传统的人文学科不断遭到削减。先是把元明清文学及近代文学压缩成了一学期的课，然后是把一学期从十八周压缩成了十六周，然后是从每周四学时压缩成了两学时。

上下五千年辉煌的文明结晶就这样蜻蜓点水解决在中文系的课堂上，老师和同学们把厚厚一本文学史从第一页翻到最后一页，就像午后懒洋洋的风有一搭没一搭地吹过树梢，又像最后一场秋风，恶狠狠卷过林子，只为了急功近利扫荡树上的残叶，给冬天一份答卷。

与此同时，各门课程都要求做出精品课。

田园，在教了十几年自己热爱的专业课后，越来越觉得自己不会教书了。

黄昏时，田园寂然走过校园喧嚣的人群。她刚刚从又一个被迫参加的热闹的会议上出来，她累了，疲惫的脚步无力让漂亮的长裙子走出流泻飘逸的风采，所有的存在都像一种下沉的力，往下拽拉着她。她停下来茫然四顾，突然觉得眼前的一切是这么陌生。她多少年投身其中的环境，竟然是如此地陌生。

是的，什么都变了。不变的，只有焦一苇的话：田园，你要在咱们的校园安静地成长，做一个教书育人的好老师。多少年云飞雪落，容颜已凋，心事已老，可焦一苇的声音还在老地方，伫守着田园。惊涛变幻无穷拍打着岸，岸仍是岸。

田园的胸口堆积着奔突的酸楚和愤懑：我要怎样，才算安静地成长？我要如何，才能继续成长？我是想在这里完成一生的成长，可是，你告诉我，这还是咱们的校园吗？老师！

然而，她无处诉告。四年前，焦一苇去世于另一个城市。他刚刚六十四岁。他的爱人，走在之前一年。

……

六

这天的教职工例会上，钱书记说首先通报一个消息，这个消息对文学院来说既是个大快人心的好消息，又是个令人遗憾的损失。

什么事既大快人心又令人遗憾？嘈嘈切切的私语声一下没了，大家齐刷刷望向钱书记。钱书记对自己制造的场面效果很得意，大家急他偏不急了，拿起茶杯悠悠地喝了一口，这才接着开讲。卖了半天关子，果然是一件大事，院长吕鹏海调任人事处长了。

一屋子的目光从钱书记脸上齐刷刷转移到了对桌的吕院长脸上，但那张脸上依旧是他们所熟悉的云淡风轻，宠辱不惊。这是吕鹏海的招牌表情。早些年，许多人都曾被这种表情蒙蔽过，以为这是一个学历史出身的博士应该有的正确表情。但现在，这表情只能唬一下新分来的年轻人了，一个锅里抢食吃这么多年了，谁没见识过谁的穷凶极恶呢？谁不知道谁的一点家底呢？在这个校园，吕博士的鼎鼎大名，以及许多的故事，很多人都是口耳相传的。这很正常，每个大学里，总有一些颇具明星效应的疑似学者。

有话说，两条腿的蚂蚱不好找，两条腿的博士还不多的是。但实际上，学会用两条腿走路，两条腿都走得稳走得狠走得开的博士真还是不多见。这两条腿一曰学术，二曰行政，学校官方名称谓"双肩挑"。吕鹏海就是这样的一个双肩挑人才。早些年，博士还不是那么大路货的时候，吕鹏海就发奋苦读考上了。留职带薪读博期间，学校几次三番听到风声说他要远走高飞去一所名校，学校就有点慌，开始对他投送以前从不曾有过的秋波。学位拿到后，据说他是很勉强地接受了学校新建的外教楼上一套三室两厅一百三十平米的房子，百般屈就回到原单位历史系上班。而和他一起学成归来的另外几个博士，照旧挤在筒子楼里。他们跑断了腿四处找领导签字，看够了财务处各色人等的脸色后，才千辛万苦报销了上博的学费和一学期只能往返一次的硬卧车票。一年后，吕鹏海又吵嚷着坚决要走，这回是公开说那边的学校连下学期的课程都给他排上了，安家费也打到了他的账上，所以必须得及早赶过去。学校坚决不让走，这人手头有国家社科项目，好几篇核心期刊的文章被复印转载，其中两篇被国家级权威刊物列为重点成果，这是一脉肥水，岂能让它流到外人田？再说了，那阵子学校正在迎接教育部的高校办学水平评估，什么是评估，就是把高校活活放油锅里煎！那样严峻的时刻，岂能放人走？教学材料不齐备可以全民动员日夜兼程地赶工做假，硬件设施不完善可以先拆东墙垒西墙遮掩一下对付过去，实在不行也可以银行贷款，紧急购置补救，反正这年头大学是虱子多了不痒，债多了不愁，但

博士、教授人数若达不到要求，师生比不合理，科研量化不达标，那可不是一时半会儿能补救的。校长说，说到底各大学打的就是人才仗。

那个秋季开学时，认定吕鹏海已远去的师生们又一次发现吕鹏海依旧出现在校园里，他没有去讲远方的名校早已为他安排好的课程，而是留下来在这里讲他的旧课程。不过，他已经不是普通的教师了，他成了系主任，成了学校最年轻的硕士生导师。他成了系主任，成了硕导，脸上还是一副不拿这个学校当回事不拿这个系主任当回事不拿这个硕导当回事的淡然，甚至漠然，好像随时都会飘然远去，不带走一片云彩。

不久，顺应全国高校做大做强资源整合的潮流，中文系、历史系、新闻系、旅游文化管理系等组成了新的文学院，吕鹏海升成了副院长，而另外几个资历更老的系主任，包括学生教工人数都居首位的中文系的系主任，却还是系主任。不同的是以前是独立一个系的主任，大小都是单位一把手，现在是文学院下属的系主任，连以前教研室主任的权利都未必能有。后来者如此居上，主任们便都颇有一些不服，有些人说，学校几个领导爱打牌，吕博士除了搞学问，唯一的爱好就是打牌，他打一手好牌，和同事玩素来所向披靡，但只要有机会碰到校领导和学校权力部门的牌友，就常常一输就是千儿八百，掏钱时还一脸谦逊，自叹牌技太臭；有些人说吕副院长的老婆傅丽萍一副好嗓子，吕副院长最喜欢让老婆在ＫＴＶ请客，学校某些领导和傅丽萍对唱《心雨》，简直比毛宁和杨钰莹还深情；有些人说，吕鹏海的那些核心期刊的文章，其核心部位形迹可疑，绝非原创；还有些人说，他的所谓远走高飞去什么名校，纯属放烟幕弹欺骗学校，其目的就是要待遇要官做。你除非是用膝盖想问题，才会相信，现如今的大学会把学历史的人当人才巨资引进，笑话！他如果真有地儿去，那地儿也比这儿好，那他干嘛不像别人说走就走？说穿了，不过就是玩了点阴谋而已。这也不算什么高深的阴谋，《围城》三闾大学的校园里，中文系主任汪处厚不早就把这点小伎俩传授给了教哲学课的副教授方鸿渐吗？

但问题是，既是一般性常识性阴谋，连老师们都能看出来，管老师的领导们竟会看不出来？所以，关键不在于你骗没骗人，也不在于你骗得了骗不了人，而在于是谁在骗人，是谁只要骗就能在双方心知肚明的情况下让对方心甘情愿无怨无悔地受骗。所以，想玩这种阴谋玩过这种阴谋的人众矣，但前赴后继脱颖而出玩成功者鲜矣，盖无他，功夫在诗外也。再说了，胜者王败者寇，玩砸了才叫阴谋，玩漂亮了那还叫阴谋吗？那叫智谋！

又半年后，文学院院长调任学校学术委员会调研员，吕鹏海顺理成章毫无悬念地扶正，当了院长，并于同年晋升了教授。主持这么大一个学院的工作，事情自然是无比地空前地多起来，但吕院长日理万机之余，还是坚持每年招十来个研究生。他那个点上的大小事情，向来都是亲自过手。他一有时间就翻阅期刊，就从网上下载资料，反复研究，他鼓励每个老师都要保持科研不辍的劲头。他说，我知道我自己无论干什么，都不能丢了教学科研的老本行，这是安身立命的根本。

但大家知道，他安身立命的根本，不止于此。再说了，像文学院这样的穷学院吕鹏海肯定是待不久的，他终归还要升。果然，这么快，就升了。从院长到处长，按说从行政级别上是平调，都是处级，但在中国，傻子都知道，学院院长和人事处长，这两个处级的含金量有多么不同。

钱书记说，吕院长调往人事处，这对他个人当然是大好事，但对我们学院的工作来说，大家都会感到是个大损失。不过，我们也不必搞得儿女共沾巾，毕竟还在一个校园里嘛。钱书记说完哈哈大笑起来，他环顾一周，发现会议室里除了办公室主任徐导咧开嘴巴表示了一下，再没有第二个人响应一下他的笑，大家都死呆呆地坐着。他只好讪讪地把目光收回来，落在对面吕鹏海的脸上。吕鹏海的脸上水波不兴，眼神安定又迷离，他好像看着钱书记，又好像看着他身后的墙壁，看着墙壁隔断不了的某个远处。

钱书记喝了口茶，定了定神，又讲：我们虽然很舍不得吕院长离开学院，但话说回来，吕院长的高升对学院也是很有好处的，我总结主要有两点：第一，吕院长当了人事处长，学校最重要的职能部门就有了咱们的人，以后就有人为咱们文学院说话了；第二，古人说学而优则仕，其实讲的就是人要靠硬本事，吕院长给我们文学院广大的青年教师树立了榜样，确立了奋斗的方向。

高寒使劲地咳嗽起来，他好像被什么呛着了。又有几个人也跟着咳嗽起来，坐在旮旯里的谁打了个响亮的喷嚏，人堆里有了笑声。钱书记

皱紧了眉头，正想喊肃静，却见田园站起来要往外走。平时开会偶尔有人出去接个电话上个厕所也是有的，他只当没看见。但自从那天听了田园的课，他对她就凉了下来，此刻看她离席就很不满。他板着脸说，田老师，会还没散呢。

这一声说得会场刷地安静下来，田园在众人的目光中转过身来，正对着钱书记说，我知道会没散，我出去打电话。钱书记说，田老师，你不知道开会不能随便离席吗？开会也和上课一样，难道你在课堂上也随便出去打电话吗？田园听了这话，目光直直地射过来，一字一顿地说，我在课堂上从没开过手机，我不知道这样的开会和我的上课是一样的。说完，她翩然转身，穿绿色毛衫的身影消失在门口。在令人不安的肃静中，钱书记听到过道里哒哒哒的清脆的声音，那是田园的高跟鞋在敲击水泥地面。

钱书记拿起一支笔敲打着办公桌说，大家看看，我觉得我们文学院现在出现了一些不好的苗头！纪律涣散，一些同志不严格要求自己，不互相配合工作，很多事上拧不成一股绳。本来这也是今天会议的议题，我是先报喜不报忧，先说了吕院长调任的事，现在请教学副院长通报这次教务处教学大检查的情况。各位老师，你们听听，我们文学院竟然有五位老师被教务处点名批评，我是痛心疾首啊！

被点名批评的分别是新闻系的李助教，他某天晚上提前下课九分钟；历史系的赵副教授，按教务处的说法他属于非法上讲台，因为没有携带经教学院长审查签字的教学进度表、教学大纲和计划；中文系在文学院人最多，出的乱子也多，刘助教早上第一节课迟到五分钟；张教授的问题是上课从没用过多媒体课件，并且对教务处的质询态度蛮横；高寒是上课只教书不育人，开学大半学期了，从未上交过一次学生出勤记录。以上几位老师按一般性教学事故处理，在本院接受批评，扣除一个月的岗位津贴，但不做全校通报。

王副院长讲完了，老师们一片叽叽喳喳，场面乱极了。有些人脸上有按捺不住的窃喜、后怕，更多的人则同仇敌忾表示强烈不满，说这还让不让人教了，不用多媒体也要批评！那些正好挨着被批评的人坐的老师，便忙着安慰，说，这点破事别往心里去，教务处那帮白痴兼恶狗为了整老师抓老师的把柄，起早贪黑也不容易，扣的津贴权当赏给他们做

辛苦费了！被批评的人听着这一片愤怒的声援，或默声不语做委屈状，或倾诉冤情加入声讨，或感觉到同事的温暖微微涨红了脸，或平静地不屑地注视着全场。

有些细心的人注意到了，前三个人的问题是教务处突击检查时发现的，但高寒被批评却和学院办公室有关，教务处要查老师们上交的学生出勤记录只能通过办公室查。老师们每学期开学领的教学材料中，有一份是学生出勤单，要求两周上报一次院办。可哪个老师真会上报呢？学生的出勤都由班级记录，任课老师再做一份不是重复劳动吗？就算是重复劳动，你画勾勾叉叉就能制约得了学生的出勤吗？这种制约有多少积极意义？怎么大学越来越搞得跟中小学一样了？

所以，基本上多半的老师都未上交过出勤记录，或者到学期末补着划拉一下。问题就在这儿，大家都没有，偏高寒就被供出去示众了。

九

田园坐在那面湖前。是黄昏的湖，一轮圆圆的殷红殷红的太阳从不远处高耸的楼顶上照下来，湖面上一波又一波粼粼的金黄色光晕，闪闪地晃煞了人的眼。

说残阳如血，果真如血。记得小时候听了这个词后觉得很美，就想实地观察一回如血的残阳，但一直没看着，很失望。记忆中的夕阳总是暖暖的金色，柔柔地一点点地褪尽那白昼的炽烈，在水一般流溢的光线中静谧地隐去，把祥和沉寂的黑慢慢推到前台。就是这样，过去很少见到这样红得不可思议的落日。有些人说，红日是大气污染严重的城市才有的景观。田园不知道是否是这样，对科学她所知甚少。只是现在的她，不喜欢这红的夕阳了。何必呢，不过是一次谢幕，搞得这么壮怀激烈。

记得那一年，那一天，在朝阳下晨光中的湖边，她对着湖哭，又怕人注意不敢哭，焦一苇说，没事儿。于是，她就继续哭。

那好像是昨天的事，那些泪好像热热地，还在脸上，不由自主地，她伸手去摸，脸却干干的。已经二十年了。二十年一路走来，那样的泪已成了珍稀的记忆。青春是多么挥霍的事情啊，想哭就哭，想哭就有泪磅礴而出。焦一苇说，没事儿，没事儿。是的，没事儿，现在，心很疼，疼得很空，好想把这疼这空哭出来，眼睛里却没一丝泪意，这才真正懂得，那时候，哭得天塌地陷的自己是真的没事。好让人羡慕的那一个自己。那么多再也找不回来的泪水。

田园坐在环湖堆砌的石阶上。她的后面是整齐好看的一大片空旷的草，无数根连绵而成的草，在机器的裁剪修正下长成了一色，长成了广告宣传图片里富足强大的野火烧不尽。

以前，这里是一片树林。那么多漂亮的松树，还有槐树，枫树，合欢，梧桐，还有叫不上名字的高高矮矮的树，春天有一簇簇彩色的花开在枝头，秋天有片片黄叶红叶在风中飘舞。无论春天秋天，树上都有鸟整日地欢叫，树下有制造着各种声响的学生。

现在，这里很安静。校园内外，四处可见都是多功能教室、网吧、饭馆和出租房。苦读用功的，唱歌吟诗的，互诉理想的，体验爱情的，都有了更合适更开怀的去处。没有了可栖息的树枝，也不见了争奇斗艳的孩子们，那些鸟们也不知去向了，它们全呼啦啦飞走了。

岁月了无印痕，仿若是那么多的明媚鲜艳从不曾有过，仿若是围绕着这面湖的本来就是这一览无余的绿草坪。

仿若，一直就这么安静。

可是，田园还是一遍遍地想，想那棵从众多树中脱颖而出，把它美好的投影洒到她和焦一苇身上的树，那一年，那一天，那一棵唯一的水杉。它后来怎样了呢？他们会把它怎样呢？

一棵树，长到那样葱茏的年纪，突然被人连根拔起，就算他们没把它怎样，就算它在某一片重新植根的泥土里还是一棵树，它怕是再也回不去所有的好时光了。

树犹如此，人何以堪。

终于，红日从楼顶跌下去，暮色轻轻漫上来，田园最后看了一眼光影变幻的湖水，起身离去。走到草坡东面的小路上时，迎面一个女孩惊喜地喊出来，田老师！

是中文系大四的东方昕。她手里拿着两本大大的英语教材，站在田园面前兴奋地涨红了脸：田老师，怎么这么巧，我这两天正要找您呢！

田园爱怜地看着女孩青春光洁的脸，亲切地问，找我有什么事啊，瞧把你急的！其实她大致上知道她找她什么事，去年她教她们班时，她

好几次说，田老师，我喜欢你，要考您的研究生！记得自己还对她说过，傻孩子，可不能为了喜欢我就报考我，专业选择是很重要的事情。其实，自己也是喜欢她的，这是一个安静读书的好女孩，漂漂亮亮又清清爽爽。上课时，她一双眼睛亮晶晶地看着你，她提的问题能看出是经过认真思考的。一个班上，总有一两个像东方昕这样的学生，让当老师的一口气讲几个小时不觉得累，让当老师的觉得一年一年这样讲下去把自己一点点讲老了的人生，也是值得的。

果然，东方昕说，田老师，过几天就要报名了，我要考您的研究生，想先跟您打个招呼，请示一下该准备什么。

田园低下头，避开女孩热切的脸。好半天，她决绝地开口，东方昕，你报考别的老师吧，我以后不招生了。

什么？东方昕大吃一惊，为什么？为什么您不招生了，田老师？

因为，我调走了。下星期我就离开咱们学校了。

死一般的静寂。田园抬头接住了东方昕的目光，那里有疑惑，有质询，也有受伤。您去哪里？您要去哪个学校？终于，她问。田园答，哪个学校我都不去了，我转行不当老师了。那您去哪里？她执拗地问。田园说，我调到文联下面的一个理论研究室了。

田园往前走，东方昕默默地跟在身边。她看见了她眼角闪烁的泪光。她说，东方昕同学，真是对不起。东方昕咬着嘴唇，好像极力忍着一个天大的委屈，听她这么一说一下忍不住了，她用手中的英语书挡住了脸，泪水唰唰地流下来。老师，您破坏了我！她低低地哭出来，现在我该怎么办？

东方昕，你听我说，没有这么严重，学校里还有一些很好的老师，可以去考他们的研究生。如果喜欢我这个专业，我可以给你介绍别的更好的学校。田园抚着女孩的肩，细声安慰。

东方昕更凶地哭出来，她摇着头说，不光是考试，老师！您知道吗，我本来就很犹豫，从考上大学那天我就在想我要干什么，别人知道我很用功，但不知道我其实也很空虚，老师，我一直都很迷茫！

我从小学一年级就开始拼命用功地学习，学到了现在，可我不知道学习最终的目标。难道只是为了让人一路夸我说我学习好？难道只是为了谋生？同学，老师，家长，人人说的都是找个好工作，可什么才是好工作？怎样才算是好的工作？

去年，您给我们上课，认识了您我一下子知道自己该干什么了。我喜欢您，我想要做一个像您这样的老师，在美丽的大学校园里安静地读书教书、生活成长。

东方昕的话就像一滴一滴洁净的水滴进田园的心坎，又像一记一记重重的鞭影打在她看不见的伤处。她在渐渐暗下来的天色里看着女孩美好的面庞，胸口涌动着万千思绪，嘴巴却干干地说不出一句话。

从那时候开始我每天都学英语复习专业课，我要做您的弟子，将来也当中文系的老师，我想在咱们的校园安静地生活。可您为什么要走？连您都要走！您走了我怎么办？您把我扔在半路上了！您知道吗，老师！

东方昕一边说一边哭，她把内心表达得那么明晰流畅，那么理性，她一直都是个口才很好的学生，但又哭得那么乱七八糟，那么任性那么孩子气，泪水不断地划过她的脸颊，扑簌簌落下。田园从包里拿出手帕纸，递了一张又一张。她有许多的话想说给这个心爱的学生，却心神疲惫，久久说不出一句。她急急地想要止住她的哭，却又想，没事儿，哭就哭吧，年轻时总有这么多恣意的哭，哭完了，她也就用不着别人的回答了，那些答案就在前路上，那些永远也没有答案的疑问也在前路上，所有的对和错都在过程里，让她自个儿一路走下去，慢慢经历吧。

是的，没事儿，真的没什么事。

……

选自《文学界》2012年3月

【评析】

严英秀在《一直很安静》《仿佛爱情》《雨一直下》《芳菲歇》等作品中，令人瞩目地提出了一个非常有意义而又值得重视的课题：在当下的芜杂生活中，知识分子，尤其是女性知识分子有怎样的生存状况？她们又怎样安顿灵魂？这个问题吸引人们关注和思考女性知识分子的困境，这个困境既包括现实生活的困境，更指向精神世界的困境。《一直很安静》真实地揭示了近年来高校教师鱼龙混杂的状况。女教师田园是传统的女知识分子，十几年在校园里读书教书、生活成长，是教学业务骨干，深得学生的喜爱。她热爱教育事业，乐于"一直很安静"的生活。然而，田园现在也不能"安静"了。各种行政行为在打扰着她，她要应对教学检查、领导听课。为了评职称，她还要面对各种各样的课题，要做精品课程，而且还遭遇了吕鹏海的拉拢和骚扰。愤怒失望的田园陷入了困境，遗憾地调离了高校。然而，这是解决精神困境的出路吗？田园知道不是，也许离开高校要面对的世界更加鄙俗复杂。但无论如何，理想主义者田园接受不了高校的世俗化。

文学院年轻教师高寒、办公室主任徐导、文学院钱书记、人事处长吕海鹏、女教授巩梅、女学生刘丹等人则组成了高校师生的形貌和生态图，描写可谓穷形尽相。小说隐含着对恶劣的高校生存规则深深的担忧和尖锐的批判，同时也有对理想的坚守。小说流畅的文字叙述中有着刀锋般的锐气。

【扩展性阅读书（篇）目】

严英秀：《纸飞机》，《小说选刊》2009年第9期。

严英秀：《严英秀的小说》，甘肃文化出版社2014年版。

汪泉的作品

【作家简介】

　　汪泉（1970—　），甘肃古浪人，前期致力于生态文学写作。已出版个人诗集《父亲的尘土》，出版西部生态系列长篇小说《沙尘暴中深呼吸》《白骆驼》《西徙鸟》《枯湖》。曾获得敦煌文艺奖、黄河文学奖长篇小说一等奖、梁斌小说奖、中国小说学会文化杯短篇小说征文二等奖、入围百花文学奖、甘肃省优秀图书奖、甘肃新闻奖、甘肃杂文奖、甘肃影视剧本创意写作奖等。有中短篇小说、散文刊发于《小说月报》原创版、《飞天》《山东文学》《西北军事文学》《作品》《文学报》《读者》原创版等。

枯湖（节选）

6

　　白骆驼被拉到了李校长家，婆姨再没有说啥，她也知道这样蹬鼻子上脸的事不能一而再再而三，再说岳老师的婆姨惹的麻烦已经够大了，再闹下去，真就没好果子吃了；学校也已经为白骆驼准备了口粮问题，说不定哪天还可以用白骆驼给家里干点儿私活。

　　不管怎么说，白骆驼已经是一头学校的驼了，虽然她才两岁，但是，比起李校长门扇大的儿子李蓬却要强得多。她自己也是这么认为的，李校长的儿子长得白白净净的，的确不像个沙漠里的孩子——很多人都这么说，不过，他毕竟是李校长的儿子，在黑沙窝毕竟只有一个李校长！他的儿子理应白白净净，何况他家毕竟是黑沙窝上户人家。可这个李蓬自小就被娘老子惯坏了，他聪明伶俐，可不喜欢学习，见了白骆驼，虽然心里喜欢，却也成了他揶揄的对象，在添草加料的时候他骂骂咧咧，在出粪清圈的时候他骂骂咧咧，在出门放牧的时候他骂骂咧咧，而且理由充足，说什么学校的骆驼凭什么吃我们家的草料。

每每这样的怨言骂起的时候，白骆驼只是装作听不见——谁叫自己是一头骆驼呢。想起她的母亲在大莲家，什么驮水呀，什么拉车送粪呀，什么驮着大莲爹走亲戚，反正什么活都任劳任怨地干，只有两岁的她心里明白，母亲如此卖力，不就是图个她的安身之地吗。母亲走到哪里她就跟到哪里，母亲干什么她都是陪在身边，有时候看见母亲实在累了，就用嘴拱拱母亲的脖子，母亲微笑着看着她，知道自己的女儿长大了，知道自己的女儿懂得疼爱娘了，眼睛里流着欣慰的泪水，继续干她应该干的事。她默默地模仿着母亲。

慢慢地，李蓬开始不再骂她了，草料不论多少反正是要给一点，只要倒进槽里，白骆驼就毫不客气地吃起来。白骆驼自己也在想，反正自己好歹也背了个学校的名声，长大了还不是给您李校长家干活么。这么一想，心里也就坦然了许多。日子也就这么一天天地过去了。

李蓬毕竟是个娃娃家，虽然已经小学毕业了，但他哪里知道他爹的良苦用心呢。

李校长可是个文化人，他从来不骂白骆驼。李校长心中有数，这头白骆驼对他来说是重要的，不仅也是学校的一员，更重要的是他们家的后备力量。所谓学校的重要一员在于学校用水只有靠这头白骆驼；所谓家里的后备力量在于这头骆驼就是他的儿子，只要这头白骆驼在，儿子的将来就有了指望。李校长思量了两个月，终于有了主意，这些主意的灵感还是来自儿子李蓬骂白骆驼的话：学校的白骆驼凭什么吃我们家的草料！李校长想：对呀，她凭什么吃我们家的草料呢？不行，让学校承担白骆驼的草料！

李校长的黑牙龇了一下，他有点自豪，但他也有点羞愧。

还是自己的儿子聪明，到底是校长的儿子！李校长感慨了一声，做出了两个决定：一、让李蓬去武威上学，免得别人说黑沙窝的娃娃不应该这么白，更何况他的儿子应该去地级区的中学上学；二、让学校承担白骆驼的一些费用，因为白骆驼本身就是学校的一员了。这两个想法李校长在晚上和婆姨商量的时候，深得婆姨的赞成，尤其是第一个决定！

学校有什么条件养活白骆驼呢？李校长灵机一动：为什么不给白骆驼弄个民办教师的名额呢？主意已定，也是即将放学的时候了，李校长

决定召开教职工会议，讨论关于学校成员白骆驼的事情。

黑沙窝小学只有六名老师，包括校长李戴。那天早上八点钟，值周的胡老师敲响了上课铃。

当当当——当当当——当当当——

所谓铃者只是一块大铁铧，吊在一根枯树桩上。那是一块折了尖的铁铧，吊在树桩上，铧尖方向向下，似乎在随时将无形的尖插进地里，豁开下面这块古老的沙土，但是没有铧身，空空悬在天上。

铃声响过，学生们都从墙旮旯太阳暖暖里跑进了教室。

李校长站在办公室门口喊——老师们，来我办公室开会！

教导主任姓田，他第一个走进李校长的办公室："开啥会？"

"白骆驼！"李校长说。

"快放学了，庄稼也快黄了，我们开个会，扯落扯落学校的事情。"李校长开始讲话的习惯是每句话的后面加上"了"，听起来多少有点官腔。

"今儿个主要说三个事情，一个事情是放学的时间，二个事情是开学的时间，三个事情是学校的白骆驼怎么办？"前两个事情是校长每年放假时候的开场白，第三个事情是第一次说。大家都在想，第三个事情是个什么事情。

"先说放假的时间，教育局通知是十号，我想我们还是一号就放了算尿了。庄稼黄了，总不能让庄稼淌到地里吧？"

大家齐声说："就是！"

"再说开学时间，开学的时间我看还是考虑提前一周吧，局里通知是八月三十号，大家看怎么办？"

岳老师怕落别人同意，说："还是按照八月底开算了，反正开早了农活干不完，还得请假，一账算！"

说完岳老师开始点手里的半截子卷烟，但是看看身边的杨梅老师，他又把从火柴盒里掏出的一根肥硕的火柴重新装了进去。

只有杨梅老师不吭声，其他人都应诺。

"行哩，你们说咋办就咋办吧。"李校长接着说，"第三个问题就是白骆驼的事。可是这驮水员的草料问题也不能单单靠学生来解决，隔三岔五组织学生打草，家长也有意见，再说料咋办？"

穆老师听说白骆驼三个字，心里就很着急，说："料钱我出。"

"你咋出啊？每天一碗豆瓣子，一年就是一石豆子，你挣几个钱？连自己都养不好，还养骆驼？"岳老师说。

"其实，教育局应该给我们有这方面的补贴，譬如驮水，这么远的地方吃水，没有专款咋吃啊？和教育局要钱！"穆老师说。

"教育局是不可能给这个钱的，所有的学校都这样，难道让教育局给每个学校买个骆驼？我的意思是咱们得动动脑子，怎么把这钱弄来？"李校长的分析站得更高。

"索性就给白骆驼要个民办教师名额。"穆老师突然灵机一动说。这一说把大家提醒了，都笑起来。

"那行吗？哈哈哈哈……"杨梅老师捂着嘴，先笑得不能自禁，面颊微微泛红，但是谁也没有看清楚她笑过之后，眼睛里偷偷滚出来一颗白珠子。

"笑啥呢？没有工资，她吃什么，谁养活她！"校长进一步阐述。

听得校长此话，杨梅咳嗽着，双手捂着嘴脸，低头悄声出了门。谁也没有在意杨梅的举动。

"好主意！能要上个名额给骆驼，当然好。"胡老师笑着说，"一来，白骆驼有了经费，就是学校了经费；二来，反正有钱好办事。"

"我的想法是要个名额，对学校来说总要好一些，每年这二三十个交不起学费的娃娃们的问题就可以解决了！这样吧，反正我就要到县教育局开会，我去试一试，但这事也要大家共同商量决定，行不行都是学校的秘密，谁也不能把这事嚷出去！"李校长最后这样定了，接着又急忙补充，"如果教育局或者上级有人问询，就说白骆驼的名字叫……叫白助学，不不，叫……"

"叫李白吧！"穆老师说。

所有的老师都开始大笑。

"你姓李，她是白骆驼，合起来就叫李白！"穆老师还是坚持。

"行，就这么定吧！散会。"李校长说，其实他的心里最欣赏穆老师给骆驼取的名字！

从此，白骆驼有了一个好听的名字——李白。

……

9

　　下嫁给汤成，陪嫁的是一峰骆驼，她正是白骆驼的妈妈。

　　白骆驼被剪了毛的那天，她浑身清爽，眉眼笑眯眯地看着穆老师和李蓬，李蓬知道这峰骆驼的心思，只要看着她的眼睛，就知道她的心情，甚至知道她想要说什么。她抖动着颀长的脖子，扬颈叫了一声，李蓬知道，她是在说"世界真的美好啊，和人相处的确美妙"，加上她还有了一个大诗人的名号，自然倍加欣喜。这是一峰不一般的骆驼，在整个腾格里和巴丹吉林沙漠，她是永远的唯一，这不仅是说她的外表，也是说她的内质，他懂得人的七情六欲，又明白人世的伦理，称得上大漠的精灵。

　　穆老师想到这个畜生尚且为学校做出了这样的一次牺牲，念及世间却有诸多不公，感慨系之，拍打着白骆驼的长颈，看着她浑身的油渍和尘土，对骆驼说："走，给你洗个澡去，这么一身漂亮的毛发，洗干净了，真是天使一般。"李蓬一听，眉开眼笑："给我的白骆驼洗澡，嘿，面子大啊！走哦——白骆驼！"也蹦蹦跳跳地拉着白骆驼去了。

　　穆老师看着天真聪慧的李蓬和精灵古怪的白骆驼，对世间赐予他的这些满足，乘着美好的夏日时光，一把将李蓬送上白骆驼的驼峰，一路上讲给他关于李白的故事，李白的诗歌。李蓬一边心不在焉地听着，一边心里嘀咕，李白这么好的名字怎么没有给自己，而是给了一个骆驼，怎么说自己一个男子汉也能抵过一个骆驼吧。

　　"穆老师，你刚才说，李白仰天长啸出门去，我辈岂是蓬蒿人！这蓬蒿的蓬是哪个字？"

　　"就是你李蓬的蓬。"

　　"也就是骆驼蓬的蓬吗？"李蓬显然非常在乎这个字。

　　"对，蓬草的蓬。"

　　"蓬草是啥草？"

　　"就是你说的骆驼蓬。"穆老师指着路边绿茵茵的一丛骆驼蓬说。同时，他自己也在心里纳闷，李校长给孩子取这个名字，大概也就是取了这种草在这个地理意义上的特征吧，骆驼蓬，就是沙漠里常见的草，也是很贱的草。但是又是生命力极顽强的草，而李校长万万没有想到，这蓬草却也是轻之又轻的草，所谓飞蓬飘絮说的就是这种草的的特质，给孩子取这样的名字，李校长肯定没有想到这些，而如此聪慧的家伙，绝对要有一个厚重的名字来压住他，否则……

这时候，李蓬也正在想这些问题，李蓬不是蓬蒿人，而自己就是，白骆驼都能叫李白，自己怎么不能呢？李白仗剑走天下，而自己却是个骆驼蓬一样的臭草，心里郁闷异常，于是对穆老师说：“我不能叫李白吗？”

穆老师想这名号是父母所定，自己又不能随意更改，想回去给李校长说说这事情，但心里的确没有底，只好说这仅仅是开个玩笑，不能当真。

白骆驼身上驮着李蓬，心里一直在笑，这孩子实在不如她聪明，她都知道为什么让她当老师，可是李蓬就是不懂。

到了湖区的甜水井，正好有个黑沙窝的孩子也拉着骆驼去驮水。李蓬知道白骆驼是很少有人给她饮水的，偶尔来驮水也没人给她饮水，肯定能喝。于是，李蓬建议让两个骆驼饮水比赛，还为哪个骆驼喝水多打赌，还认真地下了赌注——谁家的骆驼喝得多谁赢，回去的时候就让赢家骑输家的骆驼。

两个孩子争争吵吵半天，终于商定了赌局，但是先让哪个骆驼喝水呢？两人确定以“猜宝吃”决出顺序，赢家的骆驼后喝，输家的骆驼先喝！

两个孩子将胳膊抡得高高的，三次之后，逢上那孩子出的石头被李蓬出的布包住了，那孩子输了，自然轮上那孩子的骆驼先喝水！

穆老师躺在井边的沙地上，看着两个孩子兴致高涨地比赛，再看看蓝天白云一望无际的金黄色沙漠，惬意无比。

那孩子开始一筐一筐地打水给自家的骆驼喝，总共喝了五筐，那打水筐是用红柳条子编成的，每筐至少也有十斤水，那骆驼喝过了五筐就不再喝了。

李蓬开始打水，一边打一边说：“我这骆驼名字叫李白，知道吗？”

“哈——，怎么叫李白？”

“诗人啊！能喝酒啊！李白的诗里写过，他能把长江水当酒喝呢，不要说这点水！”

"这名字好，谁取的？"

"我！我取的。她的浑身是白色的，又是学校的骆驼，我爹是学校的校长，他姓李，骆驼当然也要姓李，所以就叫李白！"

"学校的名字是黑沙窝小学，怎么不叫……"

"叫什么？叫李黑啊！"你的脑子潮着哩！你能把白的说成黑的啊——"

那孩子没办法争辩，只好认了。孩子心里惦记的是自家的骆驼是否会输给李蓬的骆驼，他的骆驼喝了五筐水，不算多，不知道李蓬的骆驼究竟能喝多少水？

两个孩子争辩当中，李蓬开始给他的白骆驼打水。李蓬打水是有技术的，他使的力气大，闪天晃地，等水从井里打出来，已经晃荡掉了少半，等那孩子还没有反应过来，白骆驼咕儿嘎儿已经喝下了五筐水。

那孩子在一边一言不发了。

第六筐水打上来的时候，李蓬说："看着吧，喝六筐没问题！李白快喝！"

白骆驼听着有点生气，凭什么让俩骆驼比赛，俩孩子看热闹呢！她停住了嘴！

"李白，喝啊——你一个大诗人，不喝酒，怎么写诗呢，刚才穆老师不是说了吗，李白斗酒诗百篇！快喝！"李蓬将一路上穆老师讲给他关于李白的那些事儿拿出来说眼白骆驼。

白骆驼还是站着不动，李莲继续说服。

"那是水，不是酒！"那孩子在一边辩解，唯恐白骆驼听了李蓬的话再次开始饮水。

"胡窝，对骆驼而言，那就是酒！要不骆驼怎么一个月才喝一次水呢！酒难道是天天喝的吗？"

"那它是大诗人，是李白，怎么不喝了呢？说呀？它就不是诗人！是个屁骆驼！"

"李白，听见了吗？你难道不是李白？难道不是诗人是个屁骆驼？长个精神，喝吧！我求求你了，你这么伟大，你是伟大的诗人，你是转世的时候投错了胎的，要不然，你不是我们民族伟大的诗人才怪呢！诗人，快喝啊！快喝——"

　　白骆驼心里有些黯然，她难道真是诗人李白转世的吗？那么，为什么不是人呢！如果是个人，她肯定是个美人，而且是一个旷世的女才子，女诗人，当代中国最伟大的诗人！

　　"再喝，李白，伟大的诗人！你出生地就在民勤，什么碎叶湖，是民勤的青土湖！穆老师都说了，投胎的时候，这里已经没有了湖水，女人是水做的，没有水你的灵魂怎么做女人呢，只有是一头骆驼了！但是，也不要紧，我和穆老师都是你的好朋友，你还是老师呢！喝吧，这就是酒啊！李白一饮三百斤！你一饮难道才五筐吗？"李蓬又想起了穆老师讲的李白的故事再一次劝说。

　　白骆驼仰天长啸了一声！

　　穆老师也开始吃惊：这白骆驼还真有点灵性呢！

　　白骆驼低头开始畅饮，她一气喝下了十二筐水，至少一百二十斤！

　　"看见了吗？这就是诗人李白！我回去也要改名字——就叫李白！"李蓬自豪地说。

　　两个孩子看着白骆驼一气喝下了那么多的水，惊讶万分。

　　"好啊——，真是李白，我们学校的大诗人！大教授！喝得好！"穆老师一边吃惊地看完了这场赌局，感慨地说，"李蓬，为了你的胜利，给李白洗个澡吧！"

　　"我赢了，这样吧，回去就不骑你的骆驼了，你给李白诗人洗个澡，就算是扯平了！怎么样？"李蓬和伙伴讲条件。

　　"不行。还是你骑吧！再说那筐好像漏水呢！"

　　"放屁！哪个柳筐漏水！这柳筐是干红柳条子编成的，越泡越涨，越涨柳条子越紧！哎，这柳条子是活的，就像你的手指头！"那孩子看了看自己的手指头，手指头的确在动，证实那指头的确是活的。"你试一试，来，手里捧上一杯水，来，看，漏不漏，不漏吧？活的！不要以为没有树叶子就死了，你真是个笨驴，不信啊？好！我再打上一筐你看清楚啊！"

　　李莲又打上来一筐水，果然一滴不漏："看见了吧，就像李白一样，他死了还是活着？这柳条子死了还是活着？活着的柳条子编成筐也是活的！"

　　"……"那孩子不知道怎么回答了，红着脸一声不吭。

"活着呢！刚才不是给你说了嘛，不一定非要站在你的面前的是人，白骆驼就是李白！给伟大的诗人洗个澡是你的荣幸！那个唐朝的高什么，穆老师，高什么？"

穆老师强忍住笑，大声说："高力士！唐朝的骠骑大将军！"

"听见了吗？这可是穆老师说的，大将军，也是个大臣，才能给李白脱脱靴子，还轮不上洗澡呢，现在这个机会给你了，看你洗不洗？不洗就拉倒，滚一边去，把你的骆驼拉到一边槽着，等我给诗人洗完了澡，我骑着回家！"

李蓬的一番言论让那孩子左右为难，让他骑吧，这路太远了，自己没的骆驼骑了；不让骑吧，还得打水给白骆驼洗澡，不论怎么都是受辱。

"要我骑也行，我可要骑到县城里看我舅舅去呢，你看行不行！"两个孩子又开始较上了劲。

最后，还是输家认了，低着头红着脸，一筐一筐打水，开始给白骆驼洗澡。李蓬却躺在一边开始指手画脚地指挥。

洗完澡，那孩子气呼呼地留下一句话，骑着骆驼走了："下次你等着，看谁的骆驼能喝！"

白骆驼洗完了澡，浑身颤抖了两下，沉重的身子像一片白云，太阳的光芒被那白色的绒毛反射得没有一丝的热意。

一路上，李蓬缠着穆老师给他讲李白的故事，李蓬知道关于李白的这些故事使他今天成了赢家，也因此对穆老师多了几分敬重和亲近。

穆老师兴致大发，一路上讲了铁杵成针、醉酒邀月、蔑视权臣等等的故事，李蓬追根究底，好不认真。

穆老师和李蓬回到学校正被李校长碰上，李校长纳闷：这孩子怎么和穆老师长得有点像呢？

回到家，他想给婆姨说他的发现，但话到嘴边，翕了几翕，又咽下去了，最终没有说出口。

李蓬回家后，一进门就说："爹，我要改名字！"

"改什么名字？"李校长满不在乎地问。

"我要改成李白！我不想叫李蓬了——"

"李白！你想叫李白？"李校长吃惊地问，"你知道李白是谁吗？"

"当然知道，李白是唐朝伟大的诗人，他能喝酒，叫高力士给他脱鞋，贵妃给他研墨，一次能喝三百杯，醉酒能写一百首诗，我也要像他一样！学校的骆驼都叫李白，我为啥是李蓬，李白都说，我辈岂是蓬蒿人，我咋能叫李蓬呢？也要叫李白！"

"你个蘑菇锤子，你敢叫李白？胆子不小，有志气！"

"李白不愧是个大诗人，她今天一气喝了十二框水哩！"

李校长心里想：这蘑菇锤子，今天咋想出了这么一个好主意。正好将来能够用上呢！

"是穆老师说的吧？"李校长正言厉色。

"不是，他一路上就是给我讲李白的故事。"李蓬给他爹讲了关于打赌的事，劝说李白喝水的事。

"好吧．等我从县城回来再改吧！"

"反正我要叫李白！"

李校长的心里从李蓬六年级毕业就开始犯嘀咕了——不知道这娃娃究竟是谁家的娃！为了避免更多的麻烦，从李蓬初中开始李校长就送他到了武威读书，然而，李蓬究竟不是耐住寂寞的人，他开始莫名其妙地学习音乐，等到上高中已经荒废了太多的文化课，李校长只好将就着让他上完了高中。期间，李蓬已经开始无力回天，游手好闲，哥们成群结队了！勉勉强强上完了高中便匆匆卷着铺盖，背着一把吉他，瓷着脸，晃晃荡荡地回到了黑沙窝！

穆老师和李蓬进了校门，卸下了水桶，将水倒进了水缸，李蓬回去了。他独自一人来到房子门口，正要开门，却看见窗台上放着一把子红丢丢的水萝卜，带着绿莹莹的萝心缨子，似乎放在这里不久，那缨子还没有蔫；旁边还放着一把子韭菜，在萝卜和韭菜之间，还放了一个圆圆的纸包。穆老师先拿起纸包，感觉里面是一个浑圆的东西，感觉就是一个鸡蛋。拆开来，里面果然是一个鸡蛋，鸡蛋上画了一双眼睛，一个鼻子，一个咧开笑着的嘴巴，下面写了几个歪歪斜斜的字：祝老师快乐！包着鸡蛋的是一张纸，这张纸上面是一封信，字迹歪歪扭扭：

尊敬的穆老师：

您好！这是您的学生的一点心意，请您不要笑话——两把子菜和一个鸡蛋，我们知道您在我们黑沙窝太苦了，吃不上菜，也很少吃上肉，

您一个人在我们学校没人做饭，真是太对不起您了，为了我们这些学生，您从遥远的上海给我们带来好吃的，还给我们无偿辅导功课，我们也帮不了您什么，但是我们都记着。我们会好好学习，报答您的恩情。

　　请您收下吧！

　　谢谢老师。

您的学生

　　这封没有落款的信让穆刚拿在手中，沉重的难以放下：这里的孩子条件是艰苦，但是他们却又是那般善良，那般懂得感恩，自己虽则在这里是艰苦一些，但是比起这些孩子和这些孩子的家庭来，毕竟还是挣工资的人，想吃点什么或者说改善改善伙食，到了湖区的镇上，完全可以实现；但是，这些孩子就不行了。他忽然觉得自己来黑沙窝的决定是多么值当，当初来到黑沙窝，他只是简单地感恩情怀，或者说他对这个地方、这里的人怀有无限的眷恋，而此时在很大程度上这些最初的动机似乎已经变了，他觉得自己的价值就在这里。

　　他进了房子，收拾了一下，正躺在床上，拿着那份信反复阅读，并且继续为此感动的时候，他听到似乎是李蓬的喊声："高锁锁，你出来，不要怕！"

　　穆老师翻身起来，急忙出门，看见李蓬从厨房后面拉着一个孩子钻出来，远远看去，那孩子的嘴角和鼻孔里都有流血的痕迹，还有横擦纵摸，弄得脸上红赤赤的。

　　李蓬拉扯着那孩子往前走；那孩子死活不肯走；正在此时，一个壮汉从校门冲进来，一面喊着："你这畜生，跑到学校来了，我正要给你们的老师说一说——"说着，那壮汉扑向那孩子，李蓬全身挡住了那壮汉，一个大人和两个孩子就像孩子们玩老鹰捉小鸡，左右躲闪。

　　穆老师疯疯张张追过去，才见这孩子正是他班上的高锁锁，在一边追撵的人正是他爹——高耀。他立住脚断喝："干啥呢？跑到学校闹啥事？"

　　高耀这才立住了身子，喘着气说："你说，穆老师，这先人，学会偷东西了，成了啥学生了？"

　　那孩子蹲在地上吭哧吭哧抱着头低泣。

　　"咋啦这是？偷啥了？谁打的？"穆老师立着眼睛问。

"我——这畜生，偷东西，你说——"那高耀喘着气重复。

"偷啥了？"

"偷鸡蛋——打小偷油，长大偷牛啊！穆老师，你问他偷鸡蛋干啥？老子一天苦的累的也舍不得吃个鸡蛋，留下卖掉供他们念书，他倒好——"高耀上气不接下气地说。

"原来……算了，别说了，不就一个鸡蛋嘛——"穆老师在一边劝道，心里想着窗台上的那个鸡蛋。

突然，那孩子站起身，跑出了校园，但是谁也没有追。

"走吧，老哥，别生气了，到房子里抽个烟，歇一歇。"穆老师看着这个喘气如牛的家伙，觉得可气又可怜。

"不去了，穆老师，你也别生气，这孩子不懂事，你说，我问他还不承认，他妹妹明明看见他偷了鸡蛋……"高耀说。

"老哥，别打孩子了，是我向学生收钱，收取班费，每人一毛钱，他可能才偷了鸡蛋。"穆老师想到自己商台上的菜和鸡蛋，还有那封信，还有那字迹，肯定是高锁锁干的。

"看看，这娃子狗日的，他说我就给他了，就是手头紧，我去人家借啊！他也不说，就偷！"高耀有些惭色。

"你也是，看把孩子打成啥样了？"穆老师埋怨。

"我刚从学校出去，就看见他追着高锁锁满巷了跑，我紧追慢追，他就打开了，打得高锁锁满地滚蛋蛋！"李蓬在一边瞪着高耀说。

"行了，快回去吧，再不要冤枉孩子了，孩子学习不错，肯定能考上一中。"穆老师说。

"哟——能考上一中？我的祖坟上就冒青烟了，到时候一定请你吃饭。"高耀听得穆老师这般说，立马变得高兴起来。

"去吧——，我们等着喝你的喜酒！"穆老师说完，那高耀这才脸上红僵僵的，溜达着走了。

穆老师回到房间，看着那个鸡蛋，以及鸡蛋上的那个脸谱，还有那封信，心里久久没有平静。

穆老师将那个鸡蛋一直摆在办公桌上，没有舍得吃，立在一个空的墨水瓶口上，许久没有动过，直到一年后那个鸡蛋干成了空壳：他知道这个鸡蛋对于一个孩子而言，意味着什么，是他的良心，是黑沙窝的文

化，是这个地方对他最大的回报，也是他坚守在这里的最大的理由！

他坚信这个孩子的未来是光明的。

……

选自汪泉：《枯湖》，人民文学出版社2013年版

【评析】

沙尘暴、雾霾横扫中国大地，已严重影响到大多数中国人的生活，生于斯长于斯的作者汪泉对沙尘暴带来的危害有切肤之痛，所以关注生态危害，唤醒人们的生态意识成为他义不容辞的责任。受甘肃省委宣传部重点文艺创作项目、北京市出版原创推新工程项目共同资助，汪泉完成了带有魔幻现实主义的长篇小说《枯湖》。这部小说既呼吁人们关注日益恶化的生态问题，又诠释人与自然、人与人之间的大爱。

小说讲述了20世纪50年代音乐学院毕业的大学生穆刚，怀揣着建设大西北的梦想来到西部，但是50年代末期他因为出身被发配水库工地劳动，饥饿及繁重的劳动使他奄奄一息。善良的王三喜父女，不仅挽救了他的生命，而且三喜之女王毛朵与穆刚在相互吸引中相爱，但穆刚为逃命离开黑沙窝，毛朵生下他们爱的结晶李蓬，迫于生存的压力，毛朵把孩子遗弃在婚后多年未孕的小学李校长家门前。斗转星移，十多年后穆刚又回到黑沙窝，成为一名小学老师，给黑沙窝的孩子们带来了美妙的音乐和真诚的爱。此时毛朵已嫁汤成，生下大莲、二莲和宝宝，生活极度艰辛。

小说从黑沙窝村村民王毛朵家讲起，王毛朵因家贫，无法给三个孩子交学费，只能把家里的一峰骆驼抵顶了学费，白骆驼从此成为学校的一员，肩负起为学校拉水的工作，慢慢它有了公职，起名李白并占有公办教师的指标。一峰骆驼从顶替了人的岗位到骆驼的岗位又被人顶替，一系列荒诞而富有逻辑的戏剧性故事在安静的村庄令人啼笑皆非地展开。小说在表现西北偏僻山村沙漠化导致生态恶化的同时，深刻揭示了人类精神生态的恶化，揭示了西北贫穷背后的人性之本，是一部视角独特的小说。

过去生活在戈壁沙漠上的黑沙窝人，懂得如何有节制地向自然索取，也懂得怎样向自然馈赠。但随着自然环境的日益恶化，和谐被逐渐

打破，人类为了生存，人性发生变异。虽然小说中作者通过塑造白骆驼这个形象，象征了人与自然和谐的关系，但它最终为救人类而死去。千年的湖泽变成了沙漠，最后沙漠里的小村庄又被洪水淹没……王毛朵、穆刚、汤成、李校长、汤老爷子一个个活灵活现的西部村民直愣愣站到我们面前，我们为他们的遭遇唏嘘不已、为他们的狡黠荒唐陷入沉思。作者在叙述上讲究可读性，情节环环紧扣、引人入胜。小说中的人物各有各的特点，许多生动的细节描写让人难忘。

弋舟的作品

【作者简介】

　　弋舟（1972—），江苏无锡人，中国作家协会会员，甘肃省作家协会副秘书长。著有长篇小说《跛足之年》《蝌蚪》《战事》《春秋误》《我们的踟蹰》，中短篇小说集《我们的底牌》《所有的故事》《刘晓东》《弋舟的小说》《丙申故事集》。作品多次入选各种选刊、选本及年度排行榜。曾获郁达夫小说奖、百花文学奖、鲁彦周文学奖、甘肃省敦煌文艺奖、甘肃省黄河文学奖及《青年文学》《十月》《西部》等刊物奖项。短篇小说《出警》2018年荣获第七届鲁迅文学奖。

而黑夜已至（节选）

2

　　她走后我又坐了一会儿。我们大约谈了两个小时。在这两个小时里，好像有什么事成交了，好像也没有。不，不是那个一百万，我不是个"强大的"，但还没那么软弱。我不知道是什么让我有"成交了"的感觉，可能是这件事情本身有些意思，可能我把它算成了杨帆托付给我的一个任务，可能是左手被柔若无骨地包裹着的滋味，也可能是那双蒙着蓝色薄翳的大眼睛。总之我们相互留了联系方式，好像还很像回事地梳理了细节：奥迪A6，顶罪者被判了两年，当年他们赔了30万。这些信息可以证明我是个知道根底的；现在，丁师傅（她母亲）的女儿知道了事情的真相，而我是个"代理人"，由我去找那个欠了债的，跟他谈一笔交易，让他用一百万做手纸，去擦干净十年前搞脏了的屁股。她给了我一张名片，是那个债务人的。我问她是哪儿弄到的，她说搞到大人物的名片并不是一件困难的事。看来她已经做了不少前期工作，就像她横穿马路那样，十拿九稳。她很老练，不是吗？同时她又显得幼稚。我不知道自己20岁的时候是个什么样子。还好，那时尽管我也认为世界对我亏欠多多，但却没有一个目标明确的债务人。我没法找到一个可以让我去讨要点儿什么的家伙。如今，我是个抑郁症患者，我自我诊断，自我归咎，我觉得我欠了这个世界的。

半年前我母亲去世了。死之前她在养老院躺了十年。这没什么好说的，她瘫痪的时候我刚刚有了儿子，我没精力服侍她。这种事如今每个人都可能摊上。她死的那天我顺路去养老院看她，临别她一反常态，突然拽着我的手，要求我不要离开。卧床多年，她的肌肉萎缩，身体是僵硬的，可是她的手，却柔若无骨。我还是离开了，以被她吻一下我的脸颊作为交换条件。当天夜里她去世了。那时我躺在我儿子小提琴老师的床上。这也没什么好说的，如今这种事以各种面目发生着。但其后我离了婚。母亲的丧事办完后，我净身出户，儿子交给前妻抚养，看起来算是个了断。可是了断了吗？我在40岁的时候，突然感到自己负债累累。以往貌似可以胜任的工作和生活，我都感到难以再应付。学校还算通情达理，干脆给了我一个学期的假。大家没准儿觉得丧母之痛是一个可以被接受的理由。可我知道没那么简单。我不断有罪恶妄想。我在想，如果那一天我留下陪母亲了，她就不会死，如果那晚我不上杨帆的床，她就不会死。这是一个罪恶衍生出的链条，多少年来我所有的过失都是次第倒下的骨牌。母亲的死，不过是那轰然倒塌的最后一块。她在倒下前曾拽着我的手要求我不要离开。她的手柔若无骨。

我给杨帆发了短信，告诉她我见过她的学生了。她回复让我去她那里吃晚饭。时间差不多了，我没有急着动身。对于杨帆，我有心理阴影吗？可能是。但我毫无将一切归咎于她的念头。事实上，我觉得对她，我也是个罪人。

女孩离开时我又隔着窗子拍了她的背影。半年来手机已经是我片刻难离的伴侣。我用尽手机所有的功能，以此和世界发生虚拟的关系。这是城市人的通病吗？我不知道。但我知道，如果现在我没了手机，我也许会去死。我有轻生的念头。百度上说抑郁症患者自杀风险很高。我还是害怕，顽强地自救着。我坐在自己的专座里，隔着落地窗看路人，间或刷下手机。我有个微博，名字就叫"我是刘晓东"。没人知道刘晓东是谁，但我知道他是我。我关注了许多稀奇古怪的家伙。我觉得他们都和我一样，不过是形形色色的病人。

微博满屏都是有关芦山地震的内容。这很好，关注悲惨世界，对病人们或许是种医治。一条微博说地震中有位102岁的独居老人扒砖自救，从地震当晚被转院至今，还没任何亲人来看望过他。老人眼角泛起泪花，"儿子在湖北打工，30多年没联系了，我也不想麻烦他。"

我在百度上搜索了一下，学到了新的知识：它产自韩国，近年来流行于东亚各国的年轻人群中，尤其是"80后"与"90后"的爱美女性。其作用是使眼睛放大，变得更加有神，并配以各种不同的瞳孔色彩。目前中国国内的美瞳产品多为原装进口，质量参差不齐，鱼龙混杂。美瞳不宜长期佩戴，佩戴时需要严格遵守规范，否则会导致角膜发炎和细菌感染。劣质的美瞳可使瞳孔永久性染色。如果美瞳的透气性、透氧性、透水性不合格，佩戴时会使眼睛长期处于缺氧状态，严重时可致角膜穿孔。

我努力回忆那双蒙着蓝翳的大眼睛。我以为那很神奇，用自己的专业常识猜度，以为那种色泽可能是来自她蓝色棒球帽帽檐的投射。原来都不是的。

百度上说典型的抑郁心境具有晨重夜轻的节律特点，情绪低落在早晨较为严重，而傍晚时有所减轻。我愿意相信这是真的。日影西斜，我在傍晚时到了杨帆家。

和如今的我一样，杨帆也独身。她离婚多年，没有孩子，在一所中学做音乐老师。当年我通过朋友介绍送儿子来跟她学琴时，她就住在这栋老式的楼房里。房子是学校分的，格局陈旧，她的审美和品位有力地平衡了这套老房子的破败。每次当我穿过楼道里堆积如山的杂物、各种来路不明的垃圾，走进她的家时，过分的反差都会让我如坠梦里。

饭已经做好了。豆豉油麦菜，清蒸鲈鱼，土豆丝，蛋花汤。谈不上丰盛，却也像模像样。一个独身女人不会这样为自己准备晚餐，这多少是对我的优待。我们坐在逼仄的饭厅吃饭。一只大约50瓦的装饰灯吊在我们头顶。我告诉她下午我和她的学生都谈了些什么。她感到惊讶，说没想到会这么复杂，她的学生并没有跟她说这么多。

　　"徐果只是问我认不认识法律界的人，"杨帆说，"我就想到了你，我以为她有什么事需要咨询，你正好在政法大学，也许会帮上忙。"她看看我，"你不会觉得我是在给你添麻烦吧？"

　　"没有，如果像你想的那样，我的确是个合适的人选。"我不想让她感到不安，"我现在没什么事做，谈不上给我添麻烦。"

　　"那就好，换了别人我可能不会让他去找你。但这孩子真的有些特殊。"杨帆说。

　　"她说了，你像她妈妈一样。"

　　"她家庭状况很特殊，父母双亡，好像是由居委会负责监护，她在班级里显得很孤僻。"她停下筷子，缓慢地咀嚼着，"我给她做班主任的时候，刚刚离婚。起初带她到家里来，是为了看着她完成作业，后来她偶尔会住下。我教她一些声乐知识，她的嗓音条件不错。"她垂下头，"你知道，其实那时候我也需要有个人陪。"

　　这句话悬浮在我们之间，沉重，落寞，意味深长。

　　"她说你很漂亮，而且善良，"我觉得我该说些什么，"善良的漂亮女人不多。"

　　"后面一句也是她说的吗？"我以为她会笑，但是她没有。"这孩子真会说话。她很聪明，没考上大学我挺为她遗憾的。我的能力真的很有限，并没能帮上她很多，在大多数时候，我很无力……"

　　"你做得已经不错了，"我并不是在安慰杨帆，我也很无力，根本算不上是个"强大的"。"她感到你像她妈妈，我觉得她不是在夸大其词。"

　　"也有可能，这孩子在情感上也许会对我有所依恋。但她毕业后我们见面的次数就很少了，她去了南方，深圳、东莞之类的地方，在酒吧驻唱，偶尔回来，就会找我，有一年好像挣到了些钱，居然说要帮我买套房子，首付由她来付。"

　　"你拒绝了？"

　　"当然，我没有理由接受。她活得不会很轻松，这能够想象。我让她有条件了就存些钱，可现在的孩子我们很难理解，再多的钱对于他们都只是过一下手。她给我送过一个包，居然要好几万块钱，为此我一直很内疚。"

我欲言又止。我想，一个年轻女孩靠在酒吧唱歌不可能付得起房子的首付、买几万块钱的包。徐果都经历了些什么？似乎只能不言而喻。她显然比很多同龄的女孩成熟。好在她成熟得并不令人反感。

"你打算帮她吗？"杨帆问我。

"为什么不？"这并不完全是我的初衷，但我还是这么回答了。是的，为什么不？但，又为什么是？"她的诉求并不过分。甚至可以说很正当。肇事者当年如果没有脱罪，是另一回事，但现在又是另一回事了。"我知道，这些尚不足以成为我说"是"的理由。不过分的、正当的事情有许多，但并不说明我们都该去插手。"她觉得你像她妈妈一样。"我有些后悔说出这句话，我不想让杨帆觉得我的决定是因为考虑了她的因素。

"晓东，你不要为了我去为难。"她还是敏感了。

"不是的，"我艰难地说，"我自己需要去做些事。"

说完我感到有些轻松，就像谎言被戳穿的那一刻，对于一个撒谎者，反而是种解脱。是的，我自己需要去做些事，把我从持续的厌倦和虚无中打捞出来。帕罗西汀、舍曲林、氟西汀、西酞普兰、氟伏沙明，这些都是我从网上查来的治疗抑郁症的药物，它们还有个动听的名字，叫"五朵金花"。可我他妈的不想靠这些"金花"们解决我的问题。我想靠自己，靠手机，靠微博，靠一个差强人意的理由来提升我日益丧失的注意力，增加我降低了的意志力，促进我迟缓的思维，振奋我低落的情绪。

"你怎么了，晓东？"她终于问我了。

这个问题半年来想必始终萦绕在她心里。我离了婚，学校给我放了假，我每天坐在咖啡馆里发呆，谁都看得出我有问题了，而且还是个大问题。我想，她之所以难以发问，正是因为她知道这个问题我也难以回答，而且让我去回答，本身就是在增添我的问题。

我只有不去回答。

她在水池边刷碗，我坐在客厅的沙发里吸烟。客厅里铺了块簇新的羊毛地毯，窗帘缀着繁复的流苏。天黑了。从窗子望出去，你得承认，城市的灯光璀璨极了。

她过来在我面前泡茶。我依然坐在沙发里。我伸手揽住了她的腰，脸贴在她的腹部。天热了，她只穿着薄薄的家居服。我能够感到她的体温。我们半晌无语。

"这会很难吗？"她说，"徐果的事，我想这种事情可能不会很好处理。"

我说："我也不知道。不妨试试吧，也许会成。"

"小志五一假期还会来学琴，他很快就能过六级了。"小志是我儿子，依然跟着杨帆学琴。

她捧起了我的头，起初只是端详，随后犹豫了一下，还是俯身吻在我的嘴唇上。我们彼此居然都感到有些突兀和不自然。半年来，我们没接过吻。

我们只是接吻，后来她拉琴给我听。《希伯来旋律》，她拉过很多次。我没多少音乐素养，但我感到了医治。

我离开她的家，在夜色中步行回学校。我渴望留下吗？左手被柔若无骨地包裹都能令我感到安慰。可是我做不到。

杨帆家离学校并不近，坐公交车有六站路。马路上在堵车，所有的车都亮着灯，从天上望下来，会像条发光的河流吗？一定有人这样比喻过。让我们来形容今天的世界，我们的语言就是这么匮乏。

有人从我身后冲上来，飞快地向前跑，紧接着又有几个家伙和我擦肩而过，追了过去。他们的体力不错，很快消失在夜色中。前方也许会有一场斗殴。路边有一对男女在争吵，撕扯，哭泣，谩骂。走过很久，我才意识到那可能是两个男人。我听到"她"对他说：老子受够了！

走出半站路后，经三路的人行道上围了一圈人。方格地砖上的血迹在夜晚只像是一滩滩的水渍。我一边走一边给儿子打电话。是前妻接的，我能听到她喊儿子的声音。她跟我无话可说。儿子告诉我他的小提琴马上要过六级了。这个我知道。儿子说五一假期他还要去学琴。这个我也知道。儿子说他在减肥，刚刚称了下，已经轻了两斤。这个我不知道。我想问问他想我吗？但是我没问。我只是告诉他我想他。这更像是套话。

学校有我一套房子。是很早以前的房改房，和杨帆家的一样老旧。离婚前这套房子闲置着，我用来堆积自己多年积攒下的书籍。如今上万册书更像是这套房子的东家，而我不过是个寄宿者。家属区还有个偏门，正对着一座立交桥。进门前，我像往常一样，站在路边那个水泥墩子上，用手机对着夜色中的立交桥拍照。我这么做也有半年了。最初的动机了无印象，我回忆不起来半年前的那个夜晚是什么督促我站在了水泥墩子上将手机对准了立交桥。这的确是个毫无意义的举动。但它却发展成了一个规矩。从此我夜夜重复这套规定动作，水泥墩子是一个可以信赖的坐标，站在它上面，有效地保证了拍摄角度的一致。我想，我只是喜欢这种绝对感，它有种单纯而稳定的特质。

如果你严格地去重复一件无意义的事，也许意义就会出现。谁知道呢。

我冲了澡。老式厕所里被我挂上了一台电热水器。但这实在不是一个可以冲澡的好地方，每次完事我都要花力气清理漫溢而出的水。有时候清理得不彻底，水流蜿蜒爬行，浸泡了外面堆在墙根的书籍，发现后，让我有一种寄宿者冒犯了东家的心情。

拖完水，我换上睡衣，坐在床沿久久不知所以。我拨通了徐果的手机，没有很明确的目的，但我还是这么做了。响了很久，无人接听。大约十分钟后，我已经躺下了，她打了过来。

她说："刚刚我正在唱歌。"的确，手机里有嘈杂的音乐声。

我说："没什么事，我只是想确定一下，你那个真相的来源可靠吗？"

"刘老师，你去和他接触，靠你的直觉来判断吧，如果你觉得他是无辜的，可以立刻扭身走人。"

"很好，但愿他不是个会伪装的。"我的言下之意是，以直觉去判断一个人有罪与否，是件不怎么靠谱的事。我准备挂机，其实我原本也没想求证什么。

"等等，"她却问我，"你想听我唱歌吗？"

"唱歌？"

"别挂断，该我上台了。"

我大概明白了她的意思，按下了手机的免提键。这当然不是一个听音乐的好方式，她那里太吵，想必手机也没法对着嘴。但我还是听到了乐声响起，听到了她的歌唱。由于完全失真，我无法衡量她唱得好坏，只能靠着耸起的耳朵和猜测，依稀听懂了被她反复唱到的一段歌词：

这城市那么空

这胸口那么痛

这人海风起云涌

能不能再相逢

这快乐都雷同

这悲伤千万种

Alone

我关了灯，习惯性地翻弄手机，逐一删除相册里今天拍下的几十张照片。但我保留了那两张她的照片，一张是她走来；一张是她离去。删除了的，对我便如宇宙尘埃中的粒子，完全可以视为不存在的幻象。而留下来的，就一定是确凿的存在吗？这城市那么空。这人海风起云涌。Alone。微博里有个女博士说她就是大学校长的一条狗，有人说中国大妈的购金狂潮击溃了华尔街做空黄金的计划，有人说发现城市的灯光竟能映亮头顶的云，看得他恍神。最新的一条微博直播了一起案件：就在一个多小时前，经三路人行道上几个家伙当街砍杀了一个年轻人。微博图片和我的记忆重叠，方格地砖上的血迹在夜晚只像是一滩滩的水渍。这是我亲眼目睹过的现场，但我目睹了的，都不比此刻微博上发布出来的真实。网络为世相的真实性加冕，如今城市里的现实，人的悲伤和欢乐，似乎都只有经过虚拟空间的确认，才是真的。即使这快乐都雷同，这悲伤千万种。

我感到忧郁。我对"抑郁"这个词，其实有些排斥。当我感知自己的情绪时，我觉得用"忧郁"更恰当些。百度上说抑郁症已成为世界第四大疾患，至少有10%的患者可出现躁狂发作，人群中有16%的人在一生的某个时期会受其影响。我觉得这个数据低估了抑郁症的发病概率，否则，我就只好承认自己只是人群中的那16%之一。好在专家们预计，到了2020年，抑郁症有望成为仅次于冠心病的第二大疾病。这可真的是指日可待。我们的队伍在壮大。

最后，我将那张夜晚的立交桥照片发在了微博上。我这么做，同样有半年了。没什么含义。我只是日复一日这么做，坚持同一角度，坚持同一时间段，坚持只配上同样的一句话：而黑夜已至。

5

操场上空空荡荡，只有零星的几个学生。我问了一个迎面跑来的女生，才知道五一假期从今天放起。我开始在跑道上慢跑。天阴着，晨风中有股土腥味儿。要下雨了。我的手指依然麻木，我不断攥紧拳头，然后再张开。攥紧，张开，就好像一个执着的捕风者。

校内的早点摊也没营业。我可以出去弄点儿吃的，但我毫无心情。回到楼上我冲了澡，继续上床睡觉。

我以为自己只是打了个盹儿，但再次醒来已经快到中午了。我好像还是很困，躺着翻看手机里的微博。那条消息最初没有被我留意，它从我的指尖滑过，我只是大概扫了一眼。"文化宫往北第一个三岔路口，车祸，人躺在地上一动不动。围了很多人。"当我从后往前再次浏览时，手指在这里停下了。困意缭绕，我从没这样昏聩过。我又闭上了眼睛。

仿佛又睡了一觉，其实不过是几秒钟。我睁开眼睛，点开了这条微博配发的照片。

我可以肯定是她。白色的、长度过膝、紧紧包住下身曲线的裙子，灰色帆布鞋，蓝色的棒球帽——滚落在马路的正中。尽管她趴着。

这条即时发布的微博是在十点半发出的。我看看手机上的时间，已经十一点四十了。我拨打她的手机，传来关机的提示音。

我点开手机通讯录，却不知道要做什么。我的手抖得厉害。我拨通了杨帆的手机。

杨帆说："小志在我这里。"

我分不清是她的声音在抖还是我的手在抖。

我"哦"一声，说："没事，我就问问。"

我挂了机，挣扎着爬起来，再次刷新微博，那条微博被人转发了：人已经死了，肇事车辆逃逸。

我听到自己内心狂躁地吼了一声：那个畜生杀了她！

咖喱鸡饭很难吃。我望着窗外，似乎她随时还会像个跨栏运动员似的穿过马路向我走来。

"你没事吧刘老师，饭不好吃？"一个经过的服务生问我。她认识我。

我回过神，发现自己的盘子里浇满了酱油。这只能是我自己干的。

"哦，没事。"可是孩子，这跟你有什么关系。

"要不要给你重做一份？"

"不用，谢谢。"我觉得我快要发火了。"你把它收走吧，给我来杯咖啡。"

我坐在那里，一遍又一遍刷新微博。那条微博不断有人参与评论。大家在诅咒肇事逃逸的畜生，在抱怨城市巨大的风险，在叹息生命的无常。还有人感到遗憾，说自己在车祸发生前刚刚经过现场，"生命就是这样，只早了他妈的几分钟，一台好戏便错过了。"咖啡对我没什么好处，不用百度，我能够感到自己此刻的坐卧不宁。我觉得愤怒，在胸中振翅的已经不是一只蛾子，是一架直升机。坐在这里也没什么好处，刷微博也没什么好处，我必须干点儿什么。我拨通了宋朗的电话。

"是我，刘晓东。"

"哦，钱收到了吗？"

"钱？"

"我安排人把钱打给那个女孩儿了，徐果，是叫徐果吧？"

"她死了。"

"死了？"

"你杀了她。"

"我没听懂，你是刘教授吗？"

"你杀了她，车祸，你善于干这个！"

"我完全不知道你在说什么，我们能见面谈吗？"

"好的，我也要见见你。"

"你在什么位置，我让人去接你。"

"不用，我去找你，你在哪儿？"

"还是我让人去接你吧，我住在山上，很远。"

一个小时后，我在咖啡馆外面坐上了一辆黑色的别克商务车。来接我的是个中年男人，下巴刮得铁青，黑色衬衣的纽扣一直扣到最上面一颗。路程的确不短。车子上了环城高速，绕了几圈，一直向南面开去。我打开车窗，外面飘进雨丝。下雨了。

渐渐地，可以看到隐约的山影。

这里已经是秦岭山脉北麓的边缘。国家三令五申严禁在这样的区域开发房地产，但总有"强大的"家伙们可以例外。那片别墅群远远可以望到，但车子进入盘山路后，它们就时隐时现了。山道上两名衣冠楚楚的保安举手敬礼，栏杆徐徐升起。我看了下时间，用了差不多一个半小时。

树木掩映，我猜不出这片别墅群的规模。如今就是这样一群蛰伏在山里的家伙，遥控着城市里的一切。院子被沉船木加工出的栅栏圈着，想必不是为了安全，只是象征性地划分出业主各自的领地。车子停下，那个司机替我打开了院门。宋朗坐在院子里，身后是一栋青灰色墙面的小楼，窗子狭长，单调地分割着墙体。他穿着睡衣裤，裹着褐色的睡袍，尽管躲在一棵树冠遮天的大树下，依然有雨丝飘在他身上。他稀疏的头发被雨淋湿，成了一绺一绺的。

他看到我，向我抬了抬手。我走过去，他问我："我们在这儿谈还是进屋里？"

"就这儿吧。"我说，同时观察身边有什么就手的。他的身边还有三把椅子，围着一张不大的乌木茶几。

坐下后，有人为我们端来了茶。是个很高的年轻女人，我觉得她有点儿面熟。想了想，我想起昨天在画展上见过她，那位云南女艺术家。她放下茶后默默进了屋。财富和艺术就是这样相得益彰的。

"在山里淋些雨不是坏事，"宋朗揉着额头说，"这些雨你在城里已经淋不到了。虽然它们都是从天上掉下来的。"我不是来和他谈雨水的，他知道。"文化宫的确有一起车祸，我问了交警部门。"他沉吟一下，继续说，"你知道今天早上城里发生了几起车祸、死了几个人吗？"

我不知道。老郭告诉我每天全世界有3000多人死于交通事故，10万人因交通事故受伤。"车祸和谋杀不一样。"我说。

"我很奇怪，你为什么这么肯定地要把我弄成个凶手？"

"你犯过一次罪，上瘾了。你怕她戳穿你，干脆弄死她。"这番话，几乎没有过我的脑子。从看到那条微博起，我只被这样一个似乎不证自明的认定左右着，现在，我把它说出来了。

"交警队的朋友告诉我，今天早上城里一共发生了46起车祸，死了7个人，这个叫徐果的女孩，只是其中之一。"他并不看我，仰在椅子里，眼望着天自说自话，"是辆银白色丰田撞死她的。那辆车简直就像一根撞针，端端正正击向了她，她像颗子弹似的被发射出去了几十米远——哦，这是警察的原话。司机其实不用负完全责任，她横穿马路，刚刚跨过隔离墩。可是那个笨蛋却跑了，不过他跑不掉的，一路的探头，总归会被抓到的。"他漫不经心地看我一下，问我："你觉得这一切都是我导演的？"

我沉默着，眼前是徐果从马路对面十拿九稳向我走来的样子。

"你继续说。"

"好吧，刘教授，我们从头捋一遍。你看，昨天你在画展上找到我，跟我说要谈件私事，我们谈了，然后我按照你的要求，打了一百万给那个女孩——到现在为止，我并不知道她是谁，是个做什么的，可是我觉得我应该信任你。今天早上，这个女孩横着从马路那边过来，"他用两只手比画，"有个笨蛋的车子竖着从马路这边过去，怎么说呢，他们像是经过了操练，准确无误地合拍了。"他一横一竖的两只手撞在一起，"于是你打电话给我，说我杀了人。"

"在我这里也有个事实。昨天这个女孩横着过来向你讨债，今天你竖着过去灭口，也很合拍。"我觉得自己战栗起来，也许是脖颈上冰冷的雨丝让我有了寒意。

"刘教授，你来之前我打电话给郭院长问了问你的情况，他说你近来情况不太好，在休假。"他盯着我瞧，就像一个他妈的盯着病人瞧的大夫。

"这和我们要谈的没关系。"

"我觉得有。你会出现幻觉和妄想的状况吗？"他摆摆手，"请相信，我没有想冒犯你。你看，我已经给了你们所要求的，我毫无必要去杀人，这个世界解决问题的方法有很多种，杀人是最愚蠢的办法。"

"可十年前你就干了和这差不多的事。"

"是，所以我直到今天还要承受被你怀疑的后果。"他的声音低下去，"好吧，我有罪，这是真的，我觉得我是个罪人。不过十年前那件事，只是我罪感中最轻微的一块。如果今天一百万就能够让我脱罪，我会觉得是受了上帝的恩宠。"

我也盯着他瞧，像个他妈的盯着囚徒瞧的上帝。

"实际上，我知道你们是在讹诈我，但我还是给了，因为掏点儿钱，我自己也会好过些——"

"等等，你说什么？讹诈？"

"不是吗？这个女孩叫徐果，而当年被我撞死的那对夫妻，丈夫姓王。昨天我就有疑问，但我不打算追究。你说的这件事，发生过，这笔债，我欠着。不管是谁，我还出去，自己会舒服些。我认为这是在帮我。刚刚我跟警察核实，死了的这个女孩，居然真是十年前另一起车祸的遗孤，交警队有档案，查起来很方便。可他的父母死在北边，我是在南边撞死的人，而且也不是发生在同一天。喏，那天我就是从这儿返回城里时出的事，我喝了酒。"

我陡然松弛下来，毋宁说是陡然垮掉了，胸中的直升机跌落，摔得分崩离析。徐果对我说她是丁师傅的女儿，她说丁师傅是她母亲，她有意回避了父姓，这不怎么符合常情。唯一真实的是，十年前她的父母在一起车祸中死亡。可这连巧合都算不上。每天全世界有3000多人死于交通事故，今天早上城里就发生了46起车祸，死了7个人。那么，她利用了我。我以为她的瞳孔是蓝色的，原来她只是戴了美瞳。

"昨天为什么不当面质疑我……"我问他。

他有电话进来，用手示意我稍等。

"警察朋友打来的，肇事的家伙抓到了，口口声声说是鬼使神差。"放下手机后，他对我说，"——哦，昨天，我觉得我跟你说明白了，我不打算追究。而且，正如你所说，不借助过多的理性过滤，就能够打动人的，是美的第一个要求。我觉得，这件事挺美的。我欠了笔债，像块石头搁在心里，你要来帮我搬走，我干吗要问你有没有资格搬？"

"你真给了她一百万？"

"这个你也要质疑吗？警察说探头拍到她是从一家银行出来的，我想她是去ATM机上查账了。如果你能拿到她的遗物，那里面该有张一百万的银行卡。"我和他的角色现在应该置换，该是他来质疑我。但他并无兴趣。

　　那个女艺术家又出来了，将一个小药瓶放在他手里，被他拍了拍手背后，又返回了屋里。那个接我的司机一直在院外就着干净的雨水擦车，此刻过来给我们添水，警惕地看我一眼。宋朗用一只空杯子盛了水，放在一边晾着，也许是准备吃药。

　　"你觉得自己有罪？"我很恍惚，耳边全是细雨打在植物上的窸窣声。我们享其荫蔽的这棵大树，看起来有上百年树龄，不知是花了大价钱移植来的还是本来就根深蒂固地长在此间。

　　"是，但很少能像那起车祸，让我可以明确知道自己的感觉是来自哪里。更多的时候，它们只是一种没有来路的情绪。"

　　他望向一个莫名的方向，很难说是在眺望上帝还是在观察天气。我不禁怀疑，他是否还记得我的存在。

　　"十几年来，我几乎全程参与了这座城市的改造，把它变成了今天这副样子，立交桥，一个个新区，但也让它如今一个早上就能发生46起车祸。这很可笑，我自己也觉得。可我这两年总是会想这些事儿。不，还不是你们所说的那种什么原罪，我觉得要比那个模糊得多，也深重得多。"他笑起来，但是笑得颇为冷淡，"怎么样，来帮我做画廊吧？我想艺术总不会制造那么多事故。我可以再给你一百万。"

　　这个时候，他才像是一个商人。

　　……

6

　　我在晨曦中醒来，就像第一次才看到这个世界。

　　我发现自己赤裸着，身边是同样赤裸着的杨帆。我必须回忆起来点儿什么。可是记忆恢复得异常缓慢。我看到了枕边的手机，于是想起昨夜我给宋朗打过电话。我跟他说我要去给他的画廊做艺术总监，不用他再付一百万，他已经付过了。我想起我跟那个叫左助的男孩喝了很多酒。我想起我们一同去了文化宫，看那个事故发生的现场。街上大雨如注。其后，我就真的再也记不起什么。我只确定，最后我一定睡着了。因为人只有先睡着，才会醒来。

　　我躺在灰白的光中。这里是杨帆的家。我想，这是半年来我第一次躺在她的身边。她的大腿温热。我从未问过她，我们之间的一切，有没

有给她带来过羞耻感，她也沮丧、气馁吗？是什么驱使着她，让她用羊毛地毯，用缀满流苏的窗帘，将这栋老房子装饰得像一个梦？

是的，这城市很糟糕，那么空，却又人潮涌动，一个早上就会有7个人死于车祸，下着和山里不同的肮脏的雨；人的欲望很糟糕，可以和自己儿子的小提琴教师上床，可以让自己的手下去顶罪，可以利用别人内心的罅隙去布局勒索。可是，起码每个人都在憔悴地自责，用几乎令自己心碎的力气竭力抵抗着内心的羞耻。

夜以继日。

昨晚是一个节点。但它没什么不同。唯一的特殊，可能只在于我没有拍夜晚的立交桥，没有把照片发在微博上，然后写下：而黑夜已至。

我在晨光中摸起了手机，对着一片灰白的虚空拍照。镜头里没有焦点，我的手也在颤抖不已。我把这团白光发在微博上，写下：黎明将近。

当然，那意味着抑郁症患者晨重夜轻的节律即将启动。可是，那又怎样？

我开始哭起来。

杨帆醒了，默默地为我擦泪。

我本来想跟她说点儿别的，可是我说："今天陪我去医院吧。"

选自《十月》2013年第5期

【评析】

《而黑夜已至》是一篇有身体与社会双重"隐疾"的隐喻意义的小说。艺术学教授刘晓东患有抑郁症，母亲去世的当晚他在一个女人的床上，更加深了自己的罪感。公司老总宋朗多年前醉酒驾车撞死了一对夫妻，由司机顶包了事。但宋朗始终无法摆脱内心的罪感，也患有抑郁症。酒吧歌手徐果年幼时，她的父母在一场车祸中丧身。徐果在艰辛而芜杂的生活中长大和生存。她对宋朗进行了一场敲诈，宋朗知情却慷慨地给了徐果100万元，只是为了自我赎罪。徐果则把诈骗来的钱用来报答养育过自己的老师，资助男友。刘晓东去和宋朗谈判，也是一种自我救赎和疗治。最后，徐果又在车祸中死去。不过徐果的死让刘晓东明白：虽然现代的城市生活造就了诸如车祸、婚外情、贫富差距、肮脏的空气等太多的弊病，也使许多无法舒展的心灵患上了抑郁症，但这个

时代中的人们，又都在自罪和自赎。《而黑夜已至》写出了抑郁症这个当下城市生活中的人们普遍的精神"隐疾"，也揭示了这个时代的"隐疾"。

《而黑夜已至》中以"抑郁症"进行的隐喻，有着深透的思考，主要是其对时代的"隐疾"持有的是非单向度的态度。弋舟在暴露和审视时代"隐疾"的同时，又给予它一些"劝慰性的温暖"：时代浩荡之下的人心，永远值得盼望，那种自罪与自赎，自我归咎与自我憧憬，永远会震颤在每一个不安的灵魂里。（弋舟：《创作谈：而黎明将近》）这表现了弋舟对当下生活的深度把握。

【扩展性阅读书（篇）目】

弋舟：《跛足之年》，敦煌文艺出版社，2009年版。

弋舟：《我们的底牌》，作家出版社，2011年版。

弋舟：《丙申故事集》，甘肃文化出版社，2011年版。

向春的作品

【作者简介】

向春（1963—），原名任向春，女，内蒙古巴盟人，中国作家协会会员。第二届甘肃"小说八骏"之一。著有长篇小说《刀子的温存》《河套平原》《鸡蛋放在哪只鞋子里》《身体补丁》《妖娆》五部，中短篇小说集《向春的小说》，其中《妖娆》入选"建国以来优秀长篇小说500部（数字）"选本。获甘肃省敦煌文艺奖，甘肃省黄河文学奖，广东作协"金小说"奖等奖项，2015年获第十六届百花文学奖小说新人奖。

被切除（节选）

3. 手术台

实际上我的眼睛一离开几何，就进入呆痴状态。我高一脚低一脚上手术台，闭上眼睛待人宰割。

其实我这几天一直在掩耳盗铃。我在网上查阅了很多相关资料，38岁的年龄，未生育，生活不规律，熬夜，喝酒，过敏体质，抑郁，再加严重污染的空气、食品、甲醛——乳腺癌已成为世界妇女的第一杀手，以万分之二百的数量在世界蔓延。就是说一百个里就有两个。

林似锦？

38岁？

我点头。

你不能点头，告诉我你丈夫叫什么名字？

后来我知道这么明知故问是确认患者，同时也要考证患者思维是否正常。

　　我的主治大夫夯着两只戴了塑胶手套的手，飘过来，说，林似锦，别紧张，可以闭上眼睛但不要睡着，有不舒服的感觉就说话。她是温柔的，她把每天重复二十遍的话，说得像唱歌似的，真不容易。

　　我的主治大夫姓蒙，我有点害怕她。我们第一次见面就有了身体的接触——她的手放在我的乳房上，她的食指和中指像两条小蛇，凉，滑，指头肚在我的乳房上精细地转着小圈，顺时针划过整个乳腺，像地球的自转和公转那样，最后停顿在一点上。她对助手说，左乳九点。

　　我看到助理看着我的片子，确定我乳房上肿块的位置。所谓的左乳九点，就是把左乳当成一个钟表，九点的那个位置。我很熟悉钟表上的九点，那是我起床的时间，我睁开眼，会对墙壁上的九点打个哈欠。那个助理用笔在九点的那个地方画了一个圈，紫蓝色的。

　　一个绿色的屏障挡在了我的眼前。

　　蒙大夫说，打麻药稍微有点疼，忍一下。我们用的是微波刀，几乎不出血，你放松。后来我知道微波刀这东西真神，在切开的同时就在接触面上止了血。用这东西杀人肯定不管用，不流血。

　　打麻药没觉得疼，动刀子也没觉得疼。听得见大夫和助手聊天呢，先说了自己的孩子又说单位谁家的孩子。这时听得蒙大夫说，林似锦，别睡着。你看你这么漂亮的乳房赶紧生孩子。我嗯了一声，表明我没有睡着。

　　这时蒙大夫停住了讲话，片刻工夫，她对助手说，你看这里，先不缝合，送病检。

　　这个时候，大夫是一个裁缝。

　　我全身抖动起来。我知道先不缝合是什么意思。大夫的肉眼很可能看到了让人怀疑的东西，她们一天就要做二十例手术，她们有经验。我握紧拳头，咬紧牙关，真的害怕得要死啊。

　　我和几何结婚十二年，一直没有要孩子。几何长得高大帅气冷峻，他双目炯炯有神，苏格拉底的额头闪烁着智慧之光。在我出入医院和法庭的半年时间里，他的眼光几乎没有和我对接。对方撤诉后，我的过失基本上定位了，那就是前男友因为失恋而自暴自弃，误入传销组织，又和上线有了性关系染上性病，最终自杀。我没有直接的责任，我以为我把自己洗清了。那个时候谈恋爱就要结婚，于是我们匆匆忙忙地把两张床摆在了一起。我们没有婚礼，没有洞房花烛夜，没有祝福，也没有蜜月。第一天晚上，我们几乎没说什么，洗洗睡吧，他就熄了灯。我等了很久，没听见他的动静。我撩开他的被窝，他打着一只手电筒，转魔方呢。我说，你不想证明我是处女吗？他突然把被子几乎掀在房顶上，赤裸裸地说，处女，处女，全世界的人都知道你是处女！

我知道，法庭上的几个回合，每次都在说着被告的处女膜，这个私密的东西被挑在光天化日之下，被晒太阳，这让几何多么尴尬。我们之间不仅横着一条命，而且横着那个给人无限想象的处女膜，还有原告想强加给我的丑陋糜烂的女性生殖器。这一切都是我的错，而几何是无辜的，甚至也是一个受害者。他克服不了对我身体的嫌恶。

可是床已经摆到了一起。他看了一本什么夫妻之道的书，说亚洲人一周过两次夫妻生活为宜，他根据我的经期定了星期二和六。除了二和六的时间，他卷了被子蒙头大睡，我的身子往他这边凑一下，他就会躲一下。没多久我怀孕了。我们俩骑着自行车去医院做检查，我骑在前面，被一个冒失的人撞倒了，我下意识地抱肚子，两脚朝天。这个姿势确实不雅观，我看到，几何装着不认识我，快速蹬着自行车走了。我不能要这个孩子，我没有准备好。作出这个决定时，我正设计好一款鹅黄花蕊面料，这款设计的灵感来自我肚子里的孩子。眼泪模糊了我的双眼。我打电话通告了他，就骑着自行车去医院。我骑得很慢，希望他能追过来，改变我的决定。可是没有。去了医院，手术排在了第二天。回到家，身心疲惫，想摸到床上歇口气。听得厨房里有水声，我想，他以为我手术了，会给我煮点粥。如果他给我端一碗粥，我就留下我的孩子。接着他就端过来一盆凉水，直接泼到了我的身上。第二天早上，我正式把孩子从我的肚子里拿出来。心死了一次。可是心这个东西很奇怪，一次半次是死不透的，像一种菌，环境好了就又活了。

我听到门口有人喊，林似锦的家属，林似锦的家属——

我眼前的屏障取开了，我的胸前裹着一圈纱布，像一个白色的抹胸。蒙大夫伸出手来摸了一下我的脸说，林似锦，你的手术需要扩大一点范围，现在护士推你到心理安慰室，你和家属商量一下。

后来我知道，所谓扩大一点的那个范围是半个胸部。

狼来了。我从床上跳下来，让狼叼了一口那样干号。我抱着前胸往外冲，两眼漆黑，我找不到门，几次撞在墙上。我喊着，找我丈夫，找我丈夫！两个护士架着我把我按到隔壁房间的一把椅子上，几何扑进来。

他躬下身子连并椅子一起抱住我。

我们已经很久没有拥抱了，尽管这是一个有名无实的动作，还是令我魂归七窍。

我说，重新去化验，肯定是弄错了，你快去，我要求重新化验。我声嘶力竭。

他说，这个问题我已经求证过了，不会有错的。现在问题很简单，切除患侧乳房连同腋下淋巴。时间就是生命，不能耽搁。

显然大夫已经和他沟通过了，他用的是大夫的口气。

我说不，如果切乳房，那就让我去死。

他无语，无奈，脸憋得通红，平时生气时就这个样子。他蹲下来俯在我的双腿上，求求你了，活着，活下来。以后我倒垃圾我擦地板我刷马桶我做饭我刷碗……

我们从交往到结婚十几年了，他从来没有对我妥协过。即使是新婚，我说你不洗澡就不要到床上睡，那他就去睡沙发。我说你不擦地板就不要吃饭，他就下馆子。我哭得死去活来，他说哭得天塌下来也没有用，你错了就是错了。总之他从来不向我低下他的头颅，他认为听老婆的话就是怕老婆，他平生最看不起的是怕老婆的货。

他的举动给我一个暗示，我要死了。我走到了深蓝地带，一个陷阱的边缘，再往前走就是黑。

我推开他，哪来的那么大的力气，胸前的纱布渗出了血。我又往外冲，脑袋撞在门框上，头顶上噅地飞起一群麻雀。我要回家，尽管十二年来我漂泊在这个家里，但是我想回家，家才是我想要的地方。

我被抱上推床，被几只胳膊摁住，嗷嗷嗷地向前走。廊上的天花板向后退去。我的眼睛捉住他，我心里在喊，救救我，救救我！我的手从他的手里脱出的那一刻，完了——双扇门合上的一瞬，我意识到了这也许是一次离别，永别，诀别。我双手抓紧床沿，用脖子挺着脑袋，看着他，绝望地呼喊：我爱你！

说别的已经来不及了，这是最简单的三个字。我想说，我曾经爱过你。如果我能活着出来，我还不想放弃爱。

4. 妻子

话说做人妻之后，我才发现，做妻子是个力气活儿。

一个女人没有和一个男人睡在一个被窝里你就根本不算认识他。几何和所有的天才一样，是生活的低能儿。他生活的能力就是刚好能自理的程度，也就是说自己会吃饭，会穿衣服，会上厕所，会睡觉，至于洗衣啊做饭啊购物啊通通与他无关，他甚至不会开洗衣机不会开空调不会用天然气。我擦地板时，他甩着两只长胳膊在十几平米的房间里走动。他说，人与拖把和地面形成稳定的三角形，这是我们家庭的形态，所以有家就要擦地板。折叠式防盗门充分利用菱形四边形的不稳定性而节省了空间，这个东西是可有可无的，君子不用防，小人防不住。有几何才有物体，有物体形状才有立方体，有立方体才有深度。我想一个有才华的人是与众不同的，是遗世独立的，是四体不勤的，油盐不浸的。这不就是我看上他并全力以赴嫁给他的初衷吗？我不能种了芭蕉又怨芭蕉。

我们是夫妻，天底下夫妻要做的事我们都要做。比如蜜月，是互相进入对方逐渐密切起来的一个月，人要通过身体获取快感，并从快感中学习亲密和依恋。良好的开头是成功的一半。可是他迷上了魔方，他玩得手都抽了筋，如果在后半夜魔方的拼色成功了，他就揭开了我的被子。我说你去冲澡，他说不冲。我说不冲不行，他转身就走，又去玩魔方。我们从来没有看过对方的私密处长得什么样。黑灯瞎火的身体凑到一起的时候，从来不说一句话。大概往墙里砸一根钉子的工夫，事情结束了。我想男人是要调教的，好像有人说过，妻子是丈夫的第二个母亲。相夫，要从最微小的事情做起，比如说如何与人亲近。在他看上去心情喜悦的时候，我嗫嚅着说，在床上的时候——其实我一张嘴就感觉到了不合时宜，床上的事情床上说么。我看他的脸，真诚，无辜，羞赧，不谙世事。我不知所措。但我还是锲而不舍，黑灯瞎火的浓情时刻，我说，长一点。他骤然停住，抽身而去。不欢而散后，冷战了很久。后来我就没有勇气了，在这个事情上放弃了。几年后我才恍然大悟，这是一个误会，我说的是时间，他听到的是物理长度。这句话是一秒钟就可以解除的误会，或者在有情人之间，这个事儿是心领神会的，根本就不会形成误会。可我们却无能为力。可怕的是，冷战，成了我们

生活的常态。有时我鼓起勇气问他,你是不是不爱我啊?他的表情很惊诧。我说难道爱不要表达吗?他像孔老二那样摇头晃脑地说,"道之出口,其淡乎无味",就是说真正的道是不能说出口的,一见空气就氧化得淡出鸟来。

可我已经做了人妻。既然妻子的属性一半是母性,我就要厚道一些,宽容一些,责无旁贷一些,要勇于承担这个光荣而艰巨的任务。我想让别人说我是个好媳妇,我想让别人说几何娶了个好媳妇。我想要别人对我的评价,对冲我的负债感。我进入角色相当快,所有资深妻子能做的事我马上就上手了。做家务和生孩子一样是女人的天性,是与生俱来的智慧,不用学。从小我母亲对我们的教育是,吃亏就是占便宜,无论利益上吃亏还是体力上吃亏都是占便宜了。可是如果是心灵上吃亏了呢?不知道。他很依赖我,我很有成就感,受到成就感的鼓励,我更加精益求精。饭菜上桌了,他说,筷子呢?饺子煮熟了,他说,没有小菜吗?他不会用筷子,夹起来的菜掉在餐桌上,沾在胸脯上,于是就得不停地跟着他收拾,擦洗了房子擦洗他。你如果胆敢让他刷个碗,最后这个碗就没有了。晚上他睡熟了,四仰八叉,半张着嘴,婴儿状。他是那么坦然,无辜,鸿蒙未开。他仿佛是一堆零件,半成品,等着我组装呢。

如果下班的时间我没回家,也没有回传呼,他就在楼下等着我,我一进楼门,一个物体就扑过来,吃啥呀?吃啥呀?我扬了扬手里拎着的菜。他可能是放心了,径直上楼,也不管我手里的东西压得一个肩膀高一个肩膀低。最有趣的是我们一前一后回家的时候,他先进去就叭叽一声关上门,我后面上来,手里拎着菜,再掏钥匙开门。打一个不恰当的比喻,一对夫妻就是一副驴磨,一共两个角色,一个做了磨,另一个就得做驴。我就是家里的驴,我的背上拽着石磨。这两个角色可以互换吗?后来的实践证明,不可以,只能驴拉磨,怎么能磨拉驴?

只要我在家他就是安心的,他睡觉,发呆,抠脚趾,认甲骨文,说希波克拉底,谈八思巴,看尤利西斯。隔个时辰就喊一声"哎",那是我的名字,看我在不在了。

刚结婚的时候日子紧巴,应季水果买回来,先尽着我吃,他说男人不爱吃水果。可是有些来不及吃就要坏了,我要扔的时候,我不止一次

地看到，他在吃那些丑陋的东西。我想他是爱我的，我得坚持。他还是个孩子，我得容他长大。我不能辜负了我们一起走过的艰难的日子，不能辜负了他的才华。我对自己说，为人要厚道！

我常常想，离开我，他吃什么呢？

我们的生活水平，停留在嘴上。

留校生要做两年助教才能上讲台，做助教期间，他白天在家睡大觉，晚上大量阅读，他看的书又变成了四书五经先秦文学唐诗宋词元曲明清小说。我知道他是个人才，试图规劝他。他不耐烦地说，我以为你骨骼清奇非俗流。脸上现出对一个俗类女人的鄙视。我即刻自卑。他是个天才，我是个俗人。尽管我有美貌，有善心，有灵性，有教养，但是我不如他有才华。我偏偏就臣服于才华，把有才华的人奉若神明，这是我的一个毛病。

5. ICU

我醒了，但我一时还无法分辨，我在哪个世界醒了。

空气是淡紫色的，黎明的丁香，傍晚的夜合梅。我扭动一下身子，身体在，胳膊在腿在脑袋在，有重量。我的心落下来，叹了口气。有什么东西摸索过来，暖乎乎的，握了一下我的手臂，又松开了。我吸了一口凉气，想叫，没叫出声来。我慢慢睁开眼睛，看到了白色的墙壁，淡紫色的灯光，是蓝色和淡粉结合了的那种紫，薄薄的，蜻蜓翅膀似的。我的旁边有很多的仪器，此起彼伏地闪着光，用很多的线跟我的身体连在一起。我睡在一个类似箱子的床上，像婴儿的睡床，或者就像一口没上盖的棺材。我确认，我活着。但是我已经不是过去的我了，我经过了一个轮回。我有一种强烈的感觉，我眼前的这个世界绝对不是过去的那个世界，它的味道，它的色彩，已经不是我认知的模样。我的生命重新开始了。

我听到旁边的另一声叹息。她说，鸟叫呢，画眉，燕子，鸟叫呢。我侧过脸来，微微抬起头，看到了刘一朵，睡在另一张床上。这是我活过来后见到的第一个人，心里涌上暖流。

这时护士过来了，看我们仪器上的数字，往腋下塞温度计，一丝凉意钻到我的腋下，我感知了活着的冷暖。我努力着对护士笑一下，护士

说，不要说话，体征一切正常，天亮了，你们的家属在门外等候，接你们出ICU。

我又打量了一下这个叫ICU的地方，墙上没有窗户，哪来的鸟叫呢？我让心静下来仔细听，哦，原来是仪器在叫，用不同的数字图像声音报告着我们的体征，长长短短的，很悦耳。我伸出一只手，和刘一朵伸出来的手，在两床之间相握。进手术室时，我对她怀着同情的心情，没想到我和她一个样。我说，鸟叫呢，我们还活着。

接下来大概是天亮了，护士把我和刘一朵推到门口，交给了各自的家属。我看到了我的丈夫。久别重逢，只隔了一夜，我们久别重逢。我觉得他也不是过去的他了，他脸上的肌肉那么柔软，表情那么慈祥，我觉得他那么亲，如果不是身体插满了管子，我会伸出双臂。我们已经很久没有拥抱了，我们甚至就要离婚了。而此时我们的眼睛里蓄满泪水，谁也不敢看谁。他还换了一件衣服，是我去年出国时给他买的一件巴宝莉，因为这件衬衣还生了一肚子的气。他嫌我花一个月的工资买虚荣，我说钱花给狗，狗也不会对人叫。不欢而散后，一个人待一个房间生气。我怕他把这件衣服扔垃圾桶，隔着门缝向客厅里瞄，我发现他正穿上那件衬衣对着镜子看呢，脸上的表情是那么喜悦。

怕眼泪流出来我闭着眼睛，听得推床嘚嘚嘚地响着。旁边刘一朵的丈夫说，大夫说手术很成功，这哈好了，这哈好了。

我和刘一朵在一个病房。几何把我抱起来放在病房的床上，沉入他双臂的那一瞬，我觉得他的身体跟过去也不一样了，仿佛谁在他的身体上赋予了情感，他的骨骼和血肉气息是那么有人情味儿。我傻不拉叽地想，病了也挺好的。

我看到了阳光，淡橘色，液体似的，涂在我的身上。我看清楚了自己，我的胸部被纱布层层裹住，患侧的胳膊和身子紧紧绑在一起，像一只粽子，上面还压着两个沙袋。乳房像一只包子，把里边的馅儿掏出去之后，皮瓣和胸腔要黏合，要有一定的外力，那就是纱布和沙袋。这是后来听护士说的。

麻药过去后，我开始疼痛、呕吐，护士过来换液体把床碰了一下，即刻昏厥过去。我听到几何的声音很遥远，他在指责护士，声嘶力竭。最深的疼痛像风一样，一下子就把人掀起来，在空中溃散，命若游丝。

我一只手伸向空中想抓住什么，落空以后，心想，要是能死就好了。我只能侧着身子躺着，躺一会儿就想换姿势，但是一动身子就疼死过去。几何不断地找大夫找护士，他低声下气的，一脸的讨好、巴结，他知道，我的命拴在他们的身上。一个护士姑娘给我装止痛泵，她说，8床你忍着点，上止痛药影响刀口愈合。7床比你重多了，她一声都不吭。7床是刘一朵。果然我没有听到对床的任何声息，倒是她的家属靠在墙根睡觉打呼噜，山响。

再睁开眼睛时，又是一个黑夜。后来的无数个夜晚，半夜醒来，我总是要问自己，这是真的吗？手术前一晚上，我用手机拍了我的双乳。现在存在我手机里的乳房已经成了艺术品，永远没有办法在现实中再现了。

我的半个身子麻得没了知觉，我想翻个身。看到几何坐着一个板凳，头杵在我脚底下睡着了。我想用手摸摸他，够不着。我就用脚在他的脸上蹭了蹭。他突然就蹦起来，大叫一声。可能看着我还睁着眼睛，他释了口气。

我转过脸看我的对床，昏暗的灯光下，迷彩服男人正跪在床边，手里端着碗，给媳妇喂吃的。媳妇一张嘴，他就跟着张一下嘴。还低声央求着，再吃一口，就一口。碗里可能是牛奶或者米粥，是人间烟火的香味，传到了我的鼻子里。我饿了。我竟然饿了，嗅到粮食的味道之前，我还是想死的。我说，我饿了。

几何说，活了活了，想吃东西就活了。好像之前我是死的。几何笨手笨脚地从保温盒里舀鸡汤，碰倒水杯，掉了筷子。用勺子把鸡汤喂进我嘴里，几何咂巴着嘴，仿佛他吃了香油辣水的好东西。果然吃了东西后身体里的血热乎了，我的眼珠子转动起来。我看到迷彩服男人靠在墙边，哧溜哧溜地吃老婆剩下的饭。天就亮了。

护士过来量血压测血糖，拆了尿管和身上的各种夹子绳子。这是第三天，可能我们危险期过了。护士要求下床活动。由于刀口很长，必须把筋腱抻开，不然以后胳膊就抬不起来了。我们被扶起来，哆哆嗦嗦地下地，挪到走廊上活动。走廊上已经有很多的病人，都是一个姿势，纱布裹着身子和胳膊，吊着引流袋。碰面的时候，站下来，点点头，无语，惺惺相惜。这让人想起渣滓洞里放风的江姐和孙明霞，用眼神互相鼓励。还有些女人是正在化疗的，举着光头，嘴里吃着什么，还呵呵笑着。我想不通，这些女人怎么还能吃下东西，还能笑。人的承受能力是无限大的，只要命在，百炼钢化作绕指柔。想来她们刚听到这个消息时都是头撞墙的，现在她们也笑了，该吃吃该喝喝。她们退而求其次，只要活着不要太难受就行了。

接下来是换药。我先进的治疗室。坐着，一层层揭下绷带，暴露出来的将是一个万劫不复的真相，我闭上了眼睛。比手术时还要害怕啊，比碰见鬼还要害怕啊，全身发抖。大夫说，不要紧张，最困难的时候已经过去了。我想抱着大夫痛哭，此时她是我的亲人，是我的救命恩人。闭着眼睛躺下来，清洗刀口。根据大夫的动作幅度，刀口有半尺长。大夫带着塑胶手套的手，一寸一寸挤刀口的淤血，又是短暂的昏厥。朦胧中大夫又把我裹起来。下了床我睁开眼，骨架要散了，抖得迈不动腿，头顶上的房子大幅度地旋转。我又有了死的想法。我挪动着出治疗室，刘一朵进治疗室，看着我脸色煞白，她悄悄对我说，你看了吗？

我低头看了一眼包扎好的胸部，摇摇头，眼泪涌出来。

我站在治疗室门外，疼痛再次袭来，我靠在几何的身上，气若游丝。迷彩服男人围着我们打转，很焦急，对着我说，深呼吸深呼吸。然后他自己深呼吸，气息直喷到我的脸上。见我闭上眼睛，赶紧把手里的水杯递过来让我喝口水。几何如履薄冰地护着我，不用看，我就知道他皱了眉头，挡开那个人的手，拒绝他添乱。等我缓过一口气，迷彩服男人扒在门缝上，看大夫给他老婆换药。突然我听到长号一声——

啊，啊么留啊么留，你们啊么给切了？啊，你们啊么给切了？接着是水杯摔在地下的声音。

护士们跑过来试图给他解释，可是他号起来。你们没说切奶子啊，就是你，他指着蒙大夫的鼻子，你说做什么改良根治手术，手术完了就好了，就从根儿上治好了，啊么把奶子给切了？啊——

他号啕的声音太高了，动静太大了，病房里的人都出来了，围过来。

我的天哪，我咋给家里的两个娃交代哩，切了奶子还啊么做女人哩，还啊么做娘哩。你们是啥驴日的大夫哩，奶子有病就切奶子哩？那心脏有病就切心脏哩？那脖子有病就切脖子哩？脑袋有病就切脑袋哩？你们啊么不把你们的切掉哩？

我听到，女人们，可怜的女人们，被割了乳房的可怜女人们，一个，两个，一片，大放悲声。

迷彩服男人被女人们的哭声吓呆了。护士长连推带拥地要他进排扰室，他干脆一屁股坐在地下了。我示意几何扶刘一朵回病房，我伸出一只手拉他，他看了我一眼，有点不好意思地抹掉了眼泪，站起来，扶我一起回病房。

两个男人用四只手先后把我和刘一朵放倒在床上。我们的上半身不能有一点受力，只能侧着身子躺着，手术的这一边垫着棉被，稍不对劲就会疼死。把两个女人安顿好，男人们释了口气。迷彩服蹴在地上，靠着墙，啜泣。

我问男人叫什么名字，刘一朵说叫赵保住。

我说赵保住，所有得这个病的人，基本都得切除乳房，切掉病源，是为了保命。你说命大还是乳房大？你要配合医生，也不能加重刘一朵的心理负担。

赵保住本来是蹲在墙角的，听了我说的话站了起来。他看着我的胸部说，那你——

我说，我也是，刚才走廊里的那些女人们都是。

哦，他若有所思地背着手在地上走了两遭，马上释怀了，脸上明亮了。人就是这样，如果遭难的只有自己，那是万分痛苦。如果大家一起受难，心情就好多了。

那切了病就好了？

这么说吧，比如你种洋芋，其中有一株得了环腐病，你把这一株拔了，别的洋芋感染的机会就会减小。同时还要整个地打农药，防止复发。这就是后面的化疗。

赵保住听懂了，他转头对着自己的媳妇说，切了好，切了好，没有奶子了，上面就不可能再长那个孽障东西了。他颠颠地去打开水，给他的女人热敷。

只有我和刘一朵在的时候，我问，你看了吗？

刘一朵说，看了。跟我想象的一样。没有多可怕。跟我们小时候没发育的时候一样，只是，只是刀口有点丑。我不怕难看，哪怕两个都切了，只要让我活着，看着我的两个娃长大就行了。

这个女人说话细声细气的，可是有一股能量直接传递给了我，我的恐惧似乎轻了一些。

刘一朵说，下次换药你就看，盯着看，你早晚也得看。我母亲说，你怕黑夜就盯着黑夜看，黑暗就没有了。你怕鬼就盯着有鬼的地方看，鬼就没有了。

刘一朵说话的声音很好听，有一点南方口音，发音部位在舌尖上。初次见到他们夫妻时我以为是父女。两个南辕北辙的人，看上去真的不般配。

这次换药的是个男大夫，手指冰凉。清理完伤口后，他对闭着眼睛咬着牙的我说，你看看，蒙大夫的手术做得多漂亮。

不知怎么，我就睁开了眼。我看到，胸前趴着一条蛇。

我惊恐地喊了一声，呕吐物直喷到医生的身上。

我被推回病房，死了一半。我没有力气去死，就绝食。几何找来主治大夫，就是神仙来了，我也咬定不睁眼不张嘴。我的液体里加入能量和蛋白，大夫说，每位患者都有一个接受的过程，慢慢来。几何和大夫说话的口气讨好到肉麻。我从来没见过几何这么谦卑，他可能忘记自己是个天才了。

到了半夜，我开始发烧，我听到护士长在训斥几何。几何本来就手笨，他的小脑发育不好，掌握平衡差，给我喂饭我不配合，他喂不进我嘴里，都洒在了床上。因为着急，他咻咻地喘气，在家里吵完架又没占着上风时他就这样喘气。他捏我的小腿，抠我的脚心，但他嘴上不舍得说一句体己的话。后来我感觉到他不在我身边了，我动了动脚，没触到他毛茸茸的脑袋。我有点心慌，我可能被放弃了，我叹了口气。赵保住过来了，双手托起我的后背，让我改变了一点睡姿。拧了热毛巾，敷在我的胳膊上。我睁开眼，刘一朵坐在我的旁边，一只手迟迟疑疑地伸过来，笑。她真会笑，笑得真好看。

她的笑让我的眼泪涌出眼眶。

刘一朵说，你长得真好看。站在旁边的男人赶忙附和着说，就是，你长得真好看。

我对赵保住说，你找了个好媳妇，长得比我好看。

赵保住脸红了，支吾着说，嗯，就是会说个普通话么。他的话把我惹笑了。

刘一朵说，大夫说了，你一点都不严重，很快就会好的。我比较麻烦，发现得太晚了。但是只要活一天，我都是高兴的，我能看着我的两个娃一天天长大。只要太阳出来，我就要睁开眼睛，能看到天是蓝的树叶是绿的，多好啊。

是啊，天是蓝的，树叶是绿的，就这么一点小小的要求。

又是一个早晨，太阳光斜射在我的身上，像一层橘粉。太阳升起了，太阳照常升起，我不知道，这一天是谁给我的。

几何从外面进来，手里提了很多东西。他端着八宝粥说，我做的，你信不信，从网上学的。他还从包里拉出我的衣服，一件件抖开，有连衣裙，还有礼服、高跟鞋。最后拿出来的是两个文胸，一个银灰色，一个湖绿色。他说，好一些了就穿上，里边塞上一些东西，根本看不出来。赵保住也凑热闹说，塞个馒头合适。大家傻笑起来。

我和刘一朵喝着八宝粥，夸着几何的手艺。粮食真是个好东西，它可以变成营养，滋养身体。身体真是个好东西，它可以能量转换，容纳生命。

我自言自语地说，我的那只乳房放在哪儿了？

赵保住的耳朵真灵，他把别在耳朵上的一支香烟在桌子上蹾了蹾说，肯定和我媳妇的在一搭哩，你们俩是同时切的奶子么。

几何瞪了一眼赵保住。他凑近我，很小的声音对我说，管它放在哪儿呢，你以前乳房也不好看，我根本不喜欢。

在我听来，几何说了一句惊世骇俗的体己话。

……

7. 几何天才

数学系的几何要转系，他要到中文系当老师。数学系当然不同意，新生一入学，有两门高等数学等着他代呢。他不管这些，他到中文系的教学楼上办文学讲座，场场爆满。他讲的是《李贺的几何生活》《亚里士多德与孔孟之道》。中文系的学生开始联名向院里要几何给他们讲课，不然就罢听现有老师的课。转系其实是个简单的事情，人事关系在学校人事处，很简单，可是对于以后评职称要受一些影响。中文系表态愿意接收，只是古典文学的老师人满为患。古典汉语缺人，古典汉语枯

燥，老师们不愿意讲。几何放言愿意承担中文系所有的课程。就这样，几何天才开始讲授说文解字，讲甲骨文，听课的学生挤满了走廊。他一身布衣穿梭在中文系教学楼，俨然陈寅恪或者钱钟书，让中文系的老师们的脸上时常现出尴尬。那一阵中文系的学术风气甚浓，老教授们著作等身，睡在上面也没问题了。年轻教师争相发表论文，为职称做准备。这是几何的软肋，他一篇论文都没有见诸官方核心刊物。以后的多年里他不评职称，因为他拒绝考英语，拒绝写论文，拒绝学计算机。后来更是滑稽，发表论文要给刊物交钱，这种教育体制超出了人类的想象，提到这事，几何无比气愤，仿佛自己受到了凌辱。除了有课，他昏然大睡，阴阳颠倒，不知今夕何夕。除了吃饭，他不知道自己是个有老婆的人。

我以他为骄傲这种情绪没维持几年，后来不能不厌倦。我要的是正常的婚姻和生活。他对于我始终是神秘的，我对这种神秘充满了敬意也充满了敌意。不过我马上就明白了，神秘其实就是对一个人的陌生感，神秘本身毫无意义。一旦进入婚姻，没有天才，也没有美人，只有夫妻，只有生活。而我的生活是不快乐的，这种不快乐来自他的不快乐。人作为一个生命个体，是由很多因素组成的，比如品质、才华、智慧、性情、性格、责任、认知、生存能力、爱的能力、相融的能力等等。而我们之间欠缺的很多，我们是两张皮，羊肉贴不到牛身上。他不会爱。爱是人的天性，世界上有不会爱的人吗？吃饭是人的天性，睡觉是人的天性，可是就有不会吃饭的人，有不会睡觉的人，那是一些病人。我也把几何当成一个病人，那治病的医生就是我。

世纪末，纺织企业纷纷倒闭。这给了我一个机会，我介入了服装设计行业，凭借良好的艺术素养，很快就成了一家知名品牌的设计师。

我的谦和、开朗、善意、义气，再加上好看，因和周围的人融洽而显得很有气场。逐渐的，我开始不想回家，一到家门口腿上就灌了铅，心思暗淡。我的应酬多了起来，我包了饺子蒸了包子放冰箱，一走了之。可是在应酬的中间，会接到他的电话，他在指责，比如他煮饺子糊在锅底了，电视机的电源没有关，他看的书被我合上了，他的什么东西找不着了，我唯唯诺诺应付着，护着一个女人的面子。我知道他找碴，因为他不快乐。

　　我试图理解他的不快乐，在学校里，他的课讲得当然是没得说，在学生们的渲染下，得罪了很多老师。他经常迟到，穿着拖鞋上课，没有教案，板书一半的内容别人不认识。学年考核的时候，几个硬性指标都不合格，无记名考核打分，他的分数最低。一些学术会议，只有相应职称的或者相应学术刊物上发表论文的才能参加，他被拒之门外。他被边缘化了。我下班回来，看他蔫头耷脑地坐在沙发上，没有开灯也没有开电视，通常下班的时间正播放动画片，他看得一脸傻笑直掉口水。我进洗手间他跟进洗手间，我进厕所他跟进厕所，我说怎么啦，要吃奶吗？他一脸苦笑说，考核不及格。他像一个做错事的孩子，简直要哭了。我一拍他的肩膀说，我以为钱包丢了呢，多大的事。他上来抱住我，找到知音了。我趁机说，擦擦地板吧。

　　第二天一大早，几何还在四仰八叉地睡觉，我就杀到了他的系里。为了给自己壮胆，我精心收拾了一番。我穿了高档职业装，一半妖娆一半干练。我让他们看到，能娶上这样老婆的男人不是天才还能是什么。在系领导办公室，我力陈当下中国教育的弊端，力挺几何的教学方法。最后我说，现下这一套评估大学教师职称的指标是一个天大的笑话，前无古人后无来者。你们不是大学，是养鸡场，你们养的鸡下的是一模一样的蛋。在教育界，意识形态导致腐败，绝对的意识形态导致绝对的腐败。

　　这件事在几何的系里沸沸扬扬了一阵子。我以为给几何挣来了面子，可是几何冷着脸对我说，以后别到我系里去，很多人认识你。

　　别人认识我，给几何丢脸了。

　　我开始着手买房子，我不应该住在几何学校的宿舍楼里了。我买了水蓝小城的一套两居室，搬家的那天，几何不配合，他说他喜欢旧房子。他说的是真话，几何喜欢一切旧的东西，用过的东西都不让扔。进了垃圾箱的一件东西，过几天堂而皇之地又出现在我家里。对一个旧物件都情深意长的人，不是个坏人。我想新房子也会变成旧房子的，他会慢慢喜欢的。

　　我知道我和几何的问题在哪里，那是一个烙印，无法消弭。

　　几何下课回来，我正在卧室里休息，他没发现我在家。我听到他在给一个人打电话。他的声音因为沉重而显得格外苍凉。他说，他很爱自己的妻子，可是因为一个特殊的事件，他看到了一张得了性病的女性生殖器的照片，在他的大脑里这张照片总是和妻子的器官重叠——在接近妻子的时候，他会想到一些肮脏的东西，这些东西怎么洗也洗不掉。大街的墙上、电线杆子上到处都是性病广告和图片，他无处逃遁——他也想到分手，相濡以沫不如相忘江湖。可是他看不到妻子就发慌，他依赖妻子——他在断断续续地说，电话里的人可能在开导他，或者在解救他。对方可能特别语重心长，几何哽咽了，后来突然大声哭泣。我捂着被子流泪，被嫌弃不亚于被侮辱，而这个人是我的丈夫。

进入本世纪，互联网在中国普及了，他在学术界被称为另类知识结构的学术人才，在民间知识界被认可了。这个年头，你有才华想掖着藏着不外露也没那么容易。是他的学生们有心，认真做了他的课堂笔记，整理了他的学术观点发在网络上。一些大学特邀他去讲课，英雄有了用武之地。同时他的工作环境也有了一些变化，他不争职称，不争访问学者，不争课时费，不争做导师，别人的机会就多了，同事们的脸也就热了。

可我还是心灰意冷。一个丈夫，哪怕他是个伟人，是个领袖，他不是人是个天上的神，如果他心里没有你，他不为你做什么，对于你来说等于什么都没有。所有的或虚名或实利，是他的，与你无关。我对自己说，结束这段没有意义的生活吧。

他下了飞机，进了家门，从拉杆箱里刨、拽出连衣裙往我身上比试。那是一件真丝连衣裙，而彼时还是隆冬。还拿出一只头花，往我头上比画时，才发现我是短发。只要离开三天，他再见到我，眼神就是羞涩的。他洗澡或者换衣服，从里边闩上门。我又对自己说，不要放弃，他还是个孩子。

我肠胃炎急性发作，本来想忍着，到天亮时忍不住了，我碰了他几次。他可能刚入睡，翻了一个身。后来我坐在马桶上几近虚脱，我用微弱的声音喊他，他坐起来把什么东西扔在地下说，让不让人睡觉了？天一亮我就连滚带爬去了医院。我在医院输液，他打来电话问我在哪里，我说在医院。他说你去看病吗？我无话可说。他说那我中午吃什么？我说你吃屎。

从医院出来，强烈的太阳光刺得我睁不开眼，一只手托着墙定神，

突然悲从中来。自从经历了那场事件，落寞地把两张床搬到一起后，我没有跟任何人大声争吵过，也没有放声大哭过。面对着如此的太阳，我无耻地张大了嘴，发泄结婚几年来的委屈。我没有过蜜月，没撒过娇，没听过一句体己话，我什么都没有——

身体的病几天就好了。人的身体有微循环，有能量转换，有新陈代谢，一些陈渣余孽马上被健康的细胞清除出去了。我再次检点我们的婚姻，这是一个空城，是一片废墟，连荒草都没有。

再次想到分手。

我要和他开诚布公地谈谈。我约他到了一家小饭店，公共场合我们不至于吵起来。他坐在我的对面，很不高兴，他说，我不爱吃外面的饭。我说，你以后可能得学会吃外面的饭了。他瞪了我一眼说，怎么，你又要出差？哎呀，天哪。我在心里说，林似锦，你可怎么办啊？

我切入了正题。我们结婚太匆忙了，我们之间有一个问题，那就是在法庭上——你对我有说不出口的嫌弃，这个消除不了，我们没法生存。他瞬间躲闪开我的眼睛，只是瞬间。他呼地站起来，把一只杯子摔在地上。他指着我的鼻子说，你小人之心，狗眼看人低，我恨你，你杀了我的孩子，你是一个杀人凶手，一个罪犯。他伸出手掀翻了餐桌。

以后的很多次，我试图解决这个问题。可他每次都扯到那个被我做掉的孩子。他把移花接木进行到底。

8. 义乳

......

一年后，闲着没事，我上了医院的网站，得到了一个坏消息，一个好消息。

坏消息是关于那对官员夫妇的。妻子死于放疗后的脏器感染。妻子去世后，丈夫极度悲痛，极度自责。他如果不是那么急于求成，妻子自然死亡的进程至少有两三年的时间。如果能慢一点，妻子还活着。有一天在家，突然听得外面急促地敲门，丈夫以为他又要被双规了。他抱起妻子的遗像从窗户一跃而下。其实敲门的是邻居。

好消息是关于刘一朵的。一段视频：一个南方女子十几年前被拐卖到北方农村，生育一男一女。三年前在妇女保健医院进行晚期乳腺癌手术治疗。现成为妇女保健医院乳腺科志愿者。一个患者从手术台上跳下来，情绪激动。跟我当初一样，胸前裹着纱布，一头就撞在门框上。这时，一个女人迎上来，伸出双臂，抱紧患者。她一只手拍着患者的后背说，不要怕，不要怕，有我呢。你看看我，我和你是一样的，你看我活得不好吗？她依然穿着那件明黄色的衣服。这个翻越了千山万水的苦命女子，没有爱情，没有财富，没有健康。她残缺的胸脯，每天要迎接多少因恐惧绝望而颤抖的心脏。她的脸庞清冷如月色，因为挂满怜爱而显得那么慈悲。

时光荏苒。有时候我忘了那只乳房了。两只乳房的我，已是我的前世。谁整天没事老想自己的前世呢？

我站在阳台上，俯身向外看。依然迷恋大自然长出来的各种颜色，迷恋芸芸众生世相百态，迷恋各种各样的时尚服饰，迷恋几何的才华。远远地看见几何了，他甩着长腿，手里晃着一把芹菜。到了楼下，仰着脸对我傻笑。我见青山多妩媚，料青山见我应如是。

我甩开嗓子喊，几何，回家吃饭！几何，回家吃饭！

选自《小说月报·原创版》2014年第12期

【评析】

向春的《被切除》叙述罹患乳腺癌妇女的境遇。小说以相互交织的两条叙述线索包含了较大的容量和深刻的思考。小说的主线是女主人公林似锦治病的过程，以一位病人的口吻将病患者身体创伤、精神创伤如泣如诉地道来，真切动人，并对乳腺癌的病理和治疗进行了科学地描述和思考，增进人们对乳腺癌的了解及其患病机理和治疗的思考。其中对其他几位患病女性刘一朵、"9床""10床"的病患境遇以及诊治过程中亲属和家庭状况的观照，映照出人生百态，渗透着人情悲悯。

小说的另一条叙述线索裹缠在林似锦对自己肉体受难的病情申诉里，是林似锦对自己的恋爱婚姻生活的回顾和反思。它让人想起散文家张晓风在《肉体有千万种受难的形态》一文中的话："在这一桩桩病情申诉里面，充满了肉体无辜的冤情，医生有时也是法官吧。某妻子的肺

癌，是一部他丈夫的抽烟史；某位父亲的十二指肠溃疡，是缘于独子的
一场车祸。他们来看病，其实也是来看他们生命里的悲情。诊疗室有如
神父据守的神龛，可以听尽天下苍生的谶语和申诉。"小说《被切除》
中乳腺癌患者林似锦对爱和婚姻生活的回顾，也是对自己生命里的悲情
的诊治。不过，小说的丰富之处在于，它一定程度上也写出了变迁中的
时代风貌和身在其中的人的境遇。而更为深刻和赞赏之处是小说深入到
了人性的褶皱，并为悲情的人生赋予了一些温暖、宽宥和慈悲，这才是
令人百感交集的生活。

《被切除》这部小说的独特性和价值，首先在于对乳腺病女性创伤
的细致入微的体谅和关怀；其次是对女性婚恋及其精神生活的深切体察
中的思考和关爱，能引起每一位女性和家庭的警醒；最后，小说两条线
索交织的结构使叙述丰满，立体性地呈现生活，这种写实叙述是有温度
的、有力量的，既能延展生活的时空，又能深入人物的内心触及生活的
核心。

【扩展性阅读书（篇）目】

向春：《身体补丁》，花城出版社2003年版。
向春：《河套平原》，作家出版社2012年版。

叶舟的作品

【作者简介】

　　叶舟（1966—），甘肃兰州人，中国作家协会会员，甘肃省作协副主席。著有诗文集《大敦煌》《边疆诗》《叶舟诗选》《敦煌诗经》《花儿——青铜枝下的歌谣》《引舟如叶》等；散文集《漫山遍野的今天》《漫唱》；中短篇小说集《叶舟小说》（上下卷）《叶舟的小说》《第八个是铜像》以及长篇小说《案底刺绣》《昔日重来》等，并有大型原创音乐剧《梅花消息》面世。作品曾获得《人民文学》小说奖、《芳草》首届汉语文学大奖、《十月》诗歌奖和甘肃省敦煌文艺奖一等奖等。短篇小说《我的帐篷里有平安》荣获2014年第六届鲁迅文学奖短篇小说奖。

我的帐篷里有平安

　　门是半扇式的，没有天，也没有地，就挂在门框中段，齐腰高。

　　多半是因为酒鬼。原先的门是完整的，但酒鬼们来喝酒时，一般不敲门，而是伸出蹄子踢，把门的下半端给踢烂了。老板不去锯酒鬼们的腿，反倒把门锯掉了天和地，剩下半截子，随便挂在上面，摇摇欲坠，一口气就能吹垮似的。当然，和气生财么，谁也不会跟钱去结仇。老板惹不起酒鬼是另一重原因。——夜深了，八廓街上灯火缭绕，烤羊排的气息逶迤流淌，让风吹远，被转经的信众们裹挟上，弥洒一片。酒鬼们吃完肉，喝饱了酥油茶，给肚子垫了底，便纷纷往这家客栈拢过来，个个揣着一布袋的碎钱，都想大醉一场。据说，一个男人只有喝醉了，才会梦见佛光，比念上一万遍嘛呢（六字真言）还强。

　　这家客栈是拉萨城里最红火的，不说人，光门口拴下的马，一晚上就能拉出十七八车的粪。白捡的，把粪运到拉萨河的对岸当肥料卖掉，

又有一笔不错的收入，老板肯定在背地里偷着笑。进去一拨人，门扇上嵌的青铜铃铛就要滴铃叫上一叫，小伙计们闻讯而来，先给客人敬上一条哈达，再引着路，顺利安顿在闲空的位子上。另外，门扇上还钉着一块氆氇，老板每天拿起竹笔，都会在纸上写下酒的名字和产地，再用一把匕首插在彩色的氆氇上，像个告示，以示郑重。喏！今晚上的酒水叫"擦哇"，意思是"一半的酒精"，是用青稞酿的，来自后藏的安多地区。那里靠近拉卜楞寺。价钱么，哼哼，当然不会含糊。

将近半个月，我天天晚上站在门口，眼睛都快花了。

入秋后，天开始变凉，星星们在头顶上打着寒战。即便乌鸦是金刚护法的化身，此时也怕冷，早已踪迹难觅，音信皆无。我整理了一下身上的袈裟，把肩膀护严了。其实，我完全可以跑到大昭寺门前去取暖。那里的僧俗们不舍昼夜地煨桑点灯，站在火堆旁，人不会感冒，也不会打愚蠢的喷嚏，惊吓了天上的神佛。另外，那里还可以看见谁的等身长头磕得比较好，谁的心更虔敬一些，谁的嘛呢更悦耳。这半个月以来，整个拉萨城都在过雪顿节，西藏十三万户人家都往圣城里赶，一来供养寺院；二者，可以参加节日的庆典，祝贺丰收，祈福明年的风调雨顺，牛羊满圈。——傍晚时，我在冬宫（布达拉宫）里吃的饭，没喝酥油茶，喝的是新鲜的酸奶。雪顿节的意思就是酸奶节嘛。到现在，我还能听见袈裟下的肚子在咕噜咕噜地叫，像藏着一只小羔羊，闹夜，始终不肯去睡觉。刚搁下饭碗，我看见尊者趋出了囊谦（佛堂），一摆手，冲我神秘地撇了撇嘴巴。我立时明白了，给周围的喇嘛们装了装样子，就说肚子疼，告退出来，便尾在了尊者的后头。我跟上尊者七拐八转，出了宫后的一个暗门，悄悄进了城，混入了八廓街上的人群里。

人多得像一锅煮烂的稀饭，挤挤挨挨，打头碰脸的。

天知道，这一段时间里，尊者每晚上钻进客栈里做什么。他饮食规律，又不沾酒，兴趣就更寡淡了。他是佛爷，我是个卑贱的侍僧，当然不能去打问，冒犯尊者的威仪。我像一根经幡杆子，站在客栈门前，心里空荒荒的，只好问天打卦，数天上的星星。有时候，尊者也会体恤我一下，在半扇门后露一露脸，冲我招手，喊我进去喝奶茶，祛祛寒气。我忸怩一番，委婉地拒绝，脚下像生了根。一个小小的下人，岂能跟法座同台？！偶尔，尊者会突然跑出来，问我要钱。我就打开布袋子，给他一把碎银子。我贴身侍奉多年，很知道尊者对钱是没什么概念的。一高兴，尊者会用一坨银子买一根竹笔；或者，用一两黄金购下一本空白的册页，还嘻嘻然地说这是印度或尼泊尔的纸莎草装订的，可以写道歌。我见尊者那么开心，也就没说上当受骗的事。我不想捅破。

这不！八廓街上出现了一个卖艺老人，抱着一把旧弦子，在弹唱格萨尔老爷带领藏军，将一股妖魔降伏的事迹。我见过他许多次。听人讲，他的年纪在七十八到一百六十二岁之间，总之很老了，老得像一只穿破的皮靴子。还听说，他此前是贩羊毛的，一点不识字，连三十颗藏文字母都念不全。可有一回，他路过药王山时遇见了雹灾，躲在山洞里睡了一大觉，醒来后，他就会说唱全本的故事了，身畔还多了一把旧弦子。

他是一枚异熟之果。我思想，他一定是被佛祖摸了顶。

我挪开步子，刚想上前去听弹唱时，尊者急匆匆地从客栈门里跑出来，喊我的名字。尊者说："仁青，我让你保管的那枚金刚杵呢？快拿给我，我真的有用。"我恭顺地致了礼，低眉说："尊者，这枚金刚杵就挂在我的脖颈子上，我不能给你，它是纯金的，可值钱了。"看家护院，不能随便舍财，这也是我的义务，我必须尽责。尊者揪了揪我的鼻子，揶揄说："小气鬼！快给我，我又不是去乱糟蹋，我是拿去送人的。"我愈加低下了腰身，不敢瞻仰天颜，嘟哝说："呃！是去送人呀，那就更不能给你了。要知道，这枚金刚杵是上一世佛爷传下来的，是布达拉宫的圣物，不可外流。"尊者呵呵呵地发笑，像在给我开示，笑得我一头雾水。尊者说："对呀！上一世佛爷传下来的，可传的是我，又不是你仁青，你咋能不让我做主说话呢？"——这是一句申斥。我吓慌了，忙将金刚杵摘下来，双手呈给尊者。

这时，客栈周围的路人们停下脚来，往尊者和我的身上看，好像一个下人闯了祸，在受主子的训斥。我叮嘱尊者说：

"能不给，最好不给。法王，这可是你的传世宝贝啊。"

尊者忽然击了一下巴掌，示意我闭嘴。尊者说："别乱嚷嚷了，这里没什么法王，我的名字叫宕桑汪波。记住喽！"

"我记下了，少爷！"

"嘻！今天的运气不坏，我碰见了一个山南来的少年人，会讲无数个莲花生大师的故事，都是善行与妙果，好听极了。"尊者扬了扬手里的金刚杵，眉飞色舞地说，"还没听够，会很晚的！你要是等不及，你就先回宫里去，看你，哈欠都打出来了。"——显然，金刚杵是一件赏赐。等一下，它就会挂在那个少年人的脖子上。我有点嫉妒，却也无奈。

"不回！我在外边等。"

"呃，我自己能找见回去的路，放宽心吧。"

尊者道。

"可我找不见，我需要尊者的莲花脚印在前头引路，要不我会迷失的。"我一再执拗，谨守义务。

"你呀你，人小鬼大，也会讲恭维话？"

尊者讥讽说。

我闭紧嘴巴，不露痴相，一时间恼恨起了自己。

尊者离身，对周围的路人们笑了笑，仿佛他认识他们很久了，还打了几声招呼，遂脚步轻盈地推开半扇门，兴致盎然地走进了客栈里。哦！我这才意识到，自己的脊背上早就孵出了一层汗，也不是紧张，更重要的是担心那枚纯金的金刚杵。哎哟！担心很快就被忘掉了，原因是一群路人拢了过来，围住我，上上下下地打量我，好像我是一只山里的长毛猴子似的。

我掀开袈裟，透了透气，凉快死了。

有人问："喂！小喇嘛，刚才那个鲜衣怒马、气度不凡的青年是谁呀？啧啧，长相那么好，双耳透长，两臂过膝，真的是一副观世音菩萨的颜容呀。"我早有预备，不想回答这些愚蠢的问题，便敷衍说："我家少爷！先时当过一阵子喇嘛，他现在还俗了。我是少爷在寺里时的朋友，结伴来玩。"夜色深沉，我听见一个个嘴巴都洞开了，舌头在赞美，在叹息，在艳羡。又有人问说："他一定是贵族吧？听他的口音，准保是门隅一带的人，那可是圣地呀，刚出过一位大法王。"我心里痴笑，暗暗说，算你眼睛里有水，尊者就是在山南门隅被认定为转世灵童，坐上了布达拉宫的无畏狮子大宝法座的。但我嘴上却说："其实，我家少爷叫宕桑汪波，来拉萨城朝佛的。"

"带了几千头牛？"

我不答，指了指天。意思说，比天上的星星还多。

"几万只羊？"

我摸了摸头发。

啧啧！——他们面露讶色，舌头卷起来，古怪地叫，仿佛嘴巴咂着酸奶，赞唱不止。我得意地撑开袈裟，兜住身体，裹紧自己，还扬起了下巴。见我爱搭不理的样子，路人们也就没了闲情，一忽儿就散光了。

再找那个弹弦子的艺人时，也没了踪迹。耳朵里全是八廓街上的嘈杂声，一锅稀饭又滚开了，水面上有牡丹花般的层层涟漪。

客栈右首，是一个露天的马厩，客人们的坐骑都拴在里头，饲料免费。一眼望去，马的品种个个俱佳，衬得上主人的身份。其中一匹炭黑色的跑马，几乎有一丈高，正打着响鼻，声震四方。看得出来，这匹马是从康巴藏区来的，差不多值一百两金子吧。左首，紧贴着客栈的是一家卖唐卡的铺子。这么晚了，里头仍灯火通明，金碧辉煌。画师们安静地盘坐在氆氇毡毯上，一笔一画，细心描着画布上的菩萨样子。听说，一根菩萨的眉毛，就要画上大半夜方可停笔，这当然算得上一桩功业。我空荒了一阵子，便想去唐卡店里转转，沾沾佛像的吉。

孰料，八廓街上涌来了一大帮人，吵吵嚷嚷的，停在唐卡铺子前，借着店内明亮的灯光，开始玩起了游戏。

游戏叫"插刀子"，我早就玩腻了。雪顿节前后，拉萨河谷底也就进入了雨季，每天晚上都会下，天亮就停了。昨晚也不例外，雨虽说不大，但此刻地上是软的。一帮人稀稀拉拉地散开，先在湿地上画好了方格，然后退出去七八丈远，开始打赌，看谁把刀子掷得远，投得准，恰好插在事先敲定的那一个宫格内。反正也无聊，我便袖手一旁，看热闹，磨时间，等待尊者出来，好护送他赶紧回囊谦里歇息。我是个侍僧，我不能忘了自己的志业，怠慢了法王。

问题在于，我看着看着，鼻子就快气歪了。哎哟！一帮顶天立地的粗汉子，笨手笨脚的，就像刚嫁人的新媳妇一样，竟然拿不好一根绣花针。投不准不说，有的居然扔到了自己的屁股后边，像一句日喀则的谚语说的那样：我指的是西门上的城楼子，你却是东门上的笨猴子。我忽然失笑起来，一下子笑得弯下了腰，笑得肚子也疼得抽筋，眼泪哗哗的。一帮人停下来，面面相觑，不知道我发的什么疯，中了什么蛊。这时，有一个黑脸踱过来，质问说：

"小喇嘛，你笑话我们呀？有本事，你投一下试试看。"

"呃！那你选一个宫格吧。"

我慨然道。

"嗬！看你的手也就是翻经书摸念珠的，你要是能投中的话，我拜你为师，包括大家。"——黑脸递给我一把刀子，又去指定了一个方格，讽刺说，"要是插不中，小喇嘛你翻个跟头给我们瞧，我就饶你一马。"

我轻蔑地哼了一声，一掀袍衣，出手如电，将刀子钉在了目标上。

不用问，他们先是不服气，七嘴八舌，说我凑巧的，简直撞了大运，其实没那么神。又有人递来刀子，我投中了，还有人来递，我全都接上，就当是一种试探吧。后来，我脚下居然堆了十几把刀子，刀柄上的缨穗花花绿绿的，纷纷央求我表演。——真的！我不吹牛，出家人不可妄语，我在剃度为僧前，一直在家里放牛。牛在草坡上啃青时，我就自己玩"插刀子"，技不压身，我差不多算童子功吧。我表演完了，没一次失手的，绝对震住了他们。我知道人都会有嫉妒心，黑脸也算不上太过分。黑脸说：

"这里太窄了，施展不开，不如我们去拉萨河边，那里开阔？"

"呃，乐意奉陪！"

我态度笃定。

"那么请！"黑脸相邀，弯了弯身子。

离开了八廓街，我被一帮人簇拥着，夸赞着，相搀着，拐进了一条僻静的巷道里。巷道很杂乱，污水横流，会闻见死鼠死猫的腐烂气息。每一年，来自藏地的信众们都麇集此处，围绕大昭寺，一圈一圈地扩远，密密麻麻地驻扎起来。或是盖一座简易的土坯房子，或是支起牛毛毡帐，错错落落地生活着，早晚朝佛，经年不散。其实，这怨怪不了他们，有的信徒家中有病人，许下愿，要磕五六年的长头；有的为躲避仇家，大隐于此，连肤色和样貌都渐渐变了；还有的，纯粹是懒汉和酒鬼，知道拉萨城里的日子相对容易，便拖儿带女，天天去磕头的人群里伸手。——看在佛爷的面子上，谁也不会计较。儿女们的肚子里装满了酥油，一个比一个胖，胖得像供养池子里的千年龟。

我被护持着，夹在队伍的中间，穿过巷道。

逼仄处，仅能容一个人侧转身子过去。更多的时候，我的左右都有人搀扶，生怕我被湿漉漉的地皮滑倒，啃一嘴的烂泥。呵呵！前头竟有人开路，喝退一两个路人，令他们避让。冷不丁，脚下蹿出来一群獒犬，颈上都箍着一只只红色的羊毛项圈，冲我呲牙咧嘴，低声咆哮。这时，我听见黑脸开口发话，念了一下嘛呢，又念了一句咒语。獒犬们登时肃穆下来，夹紧尻子，灰溜溜地跑了，比乌鸦还快。在巷子的尽头，忽然站起了一头公牦牛，不停咀嚼着，裆里的睾丸和家什悬垂下，比一块磨盘还大。我有点骇然，不敢看它，它却用挑衅的眼神射我。

黑脸见状，慢慢踱上前去，一下子扳住了公牦牛的犄角。公牦牛在抵他，弯刀般的犄角差一点刺破黑脸的肚皮。但黑脸汉子不费吹灰之力，猛地一撑双臂，就将公牦牛举了起来，举在头顶。

公牦牛不大，中等，可怎么也比十万块玛尼石要沉。黑脸抽空瞅了瞅，发现不远处有一堆干草垛，用来过冬的。黑脸气沉丹田，猛地一甩胳膊，公牦牛飞了出去，陷在了草垛中。害羞死了，它半天都没咳嗽一声，也没出来道个歉。

我失笑了一下，继续走。

距河岸不远了，我能闻见河水的味道，鼻尖上湿漉漉的。夜色也柔，洗浴着头顶的星星们，让它们烁亮，给飞行的度母们引路。偶尔，人的喘息和脚声惊起了草丛间的夜鸟，"呀"地一叫，在黑暗中一步步滑远，也看不见摔没摔跤。此时，还能听见河水冲击礁石的声音。礁石上一定刻满了彩色的经文，水冲一遍，等于念诵了一遍嘛呢。这个季节，拉萨河时常发脾气，用洪水裹挟着上游的树木和死牲口，不问青红皂白，一泻千里地往下跑。但今晚上，拉萨河很静，静得仿佛在焚香，也仿佛一尊从四川背回来的瓷器，敛尽了人世上的一切喧嚣。

我边走边卖弄，告诉他们该怎么执刀，如何出手，力道要用几分，准头该咋找。以前，我见过几次尊者在冬宫大法会上讲经说法的样子，我其实学的是尊者的口气，手势也像，表情也学着庄严。我这般照猫画虎，他们当然懵懂不知了，继续恭维我，说我的好话，让我的耳朵很舒服，慢慢发软。我讲解完后，另有几个人单独来提问，我就停下脚，拾起一根树枝，在地上开始比画。——比画完，刚收了势，我甚至有点气喘吁吁的，却忽然间觉得眼前一黑，被一条牛毛口袋罩住了脑壳，四肢被叉住，动弹不得。

佛爷呀！我被绑架了。

我突遭黑手，像一块酥油喂进了别的嘴里。这一刻，我立时明白了，原先他们在演戏，一步步地诱引我，让我自己送上门来。

我真蠢！

我的蹄子乱踹，拳头挥舞，尽力挣扎着。在这个红尘世上，我才活了十七岁，还没有看够风景，身体没长开，拳头也不够硬。我不贪，不嗔，不痴，我知道心上的戒律。对！我喜欢做一个喇嘛，也喜欢读《五明》经书，更喜欢在尊者的囊谦里擦拭佛龛，给尊者沏茶点灯，供奉一日三餐。我知道有一道宫墙将布达拉和拉萨城隔开了，我对宫里的九百九十九间房子滚瓜烂熟，却对俗世上的恩怨一无所知，也不曾结下过仇人和冤家。我猜，他们肯定认错了人。——迷离中，我感觉自己被抬了起来，架在半空中，一帮人往远处跑去，哑默无声。

我的袈裟被风掀开，衣袂飘飘。我越缩越紧。

我一直在踹，每一脚都踹在了棉花垛上，软绵绵的，毫无反应。我的拳头挥出去，打着空气。偶尔，拳头好像砸在了某个家伙的鼻子上，砸出了鼻血。我嗅见了一丝丝的血腥气，在清冽的夜风中很刺鼻，也很解恨。我被举在空中，像一只风筝那般滑行，滑向了夜幕的深处，滑向了拉萨河的滩涂。其实，我根本看不清夜色，牛毛口袋罩在头上，一团黑暗比铁还黑，也更坚硬。——恰在这时，我想起了尊者。尊者晴朗的颜容浮现在我的心里，比满月辉煌，照临我，给了我支持和信念。顺便，我还忆起了尊者前一天在囊谦里，用竹笔写下的一首道歌：

这么静，

比诵经声

还静。

……本来是去远山拾梦，

却惊醒了

梦中的你。

我闭上嘴巴，精气内敛，凝神不动。

这样，我的分量更重了，压得他们吭哧吭哧的，发出了牛喘声，脚步也慢了下来。我有点失笑。我这一具凡体肉胎，从没敬受过如此的

恩遇，竟然被当作了一尊佛像，被一帮粗汉子们抬举着，向一个不知名的龛笼上归位。眼底里漆黑如墨，但我的耳朵亮了起来，鼻子也尖了不少。这时，我又闻见了河水，以及河面上升起的雾气，有一点点土腥，也有一丝丝的鱼腥，还羼杂了枯枝败叶的腐烂味道。不知怎么了，我听见拉萨河的一刹那，心中作涌，略微有些恓惶。经书上讲，一个人的一世，其实就是一条河流过，把自己的少年、青年和以后都冲走了，只不过剩下了一些似是而非的念想、一些牵挂罢了。先时，我还不懂这一句话，太深奥，便向尊者去求证。尊者每每说，仁青啊，等将来的某一天，河水打湿了你的脚脖子，你就觉悟了。

现在，我的脚是干的，我却恍悟了，了然在心。

……涉河入林，辗转而行，我感觉身下的人群突然嘈杂起来，相互换手，挨个儿叮咛，将我一寸寸地往前传递，平稳、妥帖，毫不颠簸。听得出来，人实在太多了，比哲蚌寺后院的那一座玛尼山上的经石要多，比秋田上收获的谷穗还多，比云彩中藏下的雨滴更多。他们掐住声嗓，不敢高语，前后左右悄悄递话，一个说，小心点！一个说，抬稳了，别趔趄！另一个又道，举高点，快把帘子打起来！——倏忽间，一团暖意扑面袭来，我不再发冷打颤，甚至还闻见了火堆里劈柴和牛粪的味道，嗅见了酥油茶和糌粑的香气，另有燃香和桑烟。不用说，我被绑架了，这里才是目的地。

我听见那个黑脸的家伙在说："到了！款款放下，请喇嘛赶紧上座吧。"我像一根经幡杆子，从空气中卸下来，戳在地上。黑脸又催促说："快摆上坐垫，给喇嘛把靴子脱了，请上去！"我的胳膊被牵拽着，挪前几步，一屁股坐了下来。就这样，牛毛头套忽然被摘掉了，光明刺人，我眼底里黑了一黑。

妈哟！我坐在一顶宫殿般的帐篷里，坐在了首席的氆氇毡毯上。

我的眼前，麇集了成百近千的人，不分男女，无论长幼，每个人都身穿节日的盛装，珠光宝气，笑靥如花，拢着我，盘坐成一大圈。我心猜，他们一定洗了一整天的脸，梳了大半天的辫子，抹了一晚上的酥油。我闻见他们香喷喷的，像刚从煮羊肉的锅里捞出来的样子。男人们的羊毛领口雪白，妇人们的眉心里点了朱砂，鼻涕娃娃们吮着奶疙瘩，衣襟上油光斑斑。见了我，他们开始双手合十，嘴里念起了嘛呢。一时

间，帐篷里嗡嗡嘤嘤的，仿佛一大群蜜蜂来送花蜜。我惊呆了，有一点志忑，也有一种不安。——这时，首领般的黑脸汉子挪过来，边鞠躬，边给我献了一条洁白的哈达。黑脸说：

"仁青喇嘛，请宽恕我这个部落的鲁莽之举吧！"

我缄默。

"哦，冒犯了喇嘛，实出无奈！"黑脸汉子用眼神逡巡了一圈，唇红齿白地说，"怕耽搁时间太多，只好动了动粗，将喇嘛你抬了进来，真是礼数亏欠呀。"

心里打鼓，我且听下文。

"呵呵，这座帐篷下是我的整个族人，翻山渡河，来拉萨城朝佛献供，在拉萨河旁扎起毡帐过雪顿节，已经逗留了许多个时日。可是，可是在我的部落开拔前，尚有一个小小的卑微的心愿没能满足，感觉心里空荒。"——黑脸慢慢红了起来，像有一朵彤云升起，又嗫嚅说，"仁青喇嘛，你是尊者的侍僧，如雷贯耳，今夜请你来，想请你开口朗诵，证悟我们。"

"我只是个小僧人。"我答。

"不！西藏十三万户人家，谁不知道六世达赖喇嘛仓央嘉措佛爷的法座下，有一个聪慧机灵的小仆人叫仁青呀。"——黑脸起起然的，对着帐篷下的众人朗声介绍说："喏，都听好了！这就是大名鼎鼎的仁青喇嘛，刚刚请来的客人。"

我有些发窘，搪塞说：

"我是仆人，没什么法力。"

"可是，整个藏地都在传说，说仁青你对仓央嘉措佛爷的诗过目不忘，倒背如流呀。"黑脸汉子边说，边拿起五彩的供品，给三宝献祭，又喜滋滋地说。"哦，这是个恩典的夜晚！从此，我的帐篷里有平安，有了佛赐的平安！"

"那么，绑架我，只为了逼我朗诵？"

我质疑道。

"仁青喇嘛，还请你悲深愿重，宽谅我的整个部落，宽谅我这一座卑贱的帐篷吧！"——黑脸停了手，合十，作揖，虔敬地说，"哦！我要坦白，我跟踪了喇嘛你许久。我知道尊者慈悲，每天晚上去散心，去

采集谣曲，去灯火阑珊里习经修法。在八廊街上，我不敢去惊扰尊者的威仪，也不想打扰你去侍奉法王。可今晚上，却听见尊者对你讲，时间会很迟的，先让你回去。我想，这是一个佛赐的机缘，所以就……"

我伸手，拈起一撮供台上的五谷，洒向空中，问说：

"朗诵什么？"

"哦，法雨慈云，广拔众苦，快请佛爷的诗，做我们供养的福田吧！"——登时，黑脸汉子声嗓哽咽，长身倾倒，伏卧于地，朝着布达拉宫的方向再三叩首，又说，"我和族人们干渴坏了，盼佛爷的道歌，盼得眼睛里哭出了血，心中也寂灭了许久。恩典的夜晚呀！从此，我的帐篷里有了平安。现在，我看见空行母在帐篷下飞舞，就现在，就在头顶上。"

不作迟疑，我伸手说：

"快！快把三弦琴拿来，让我漫唱一首尊者仓央嘉措的道歌吧！"

我接过琴，抱在怀里。

霎时，我惊呆了。——我发誓，我见过这一把旧弦子。先时，它还在八廊街上的那个卖艺老人的手里，还在赞唱格萨尔王爷的英雄过去，此刻却神秘地传递在了我的怀中。我想，我也一定是被佛祖摸了顶。不加犹豫，我双目微阖，开始弹拨起来，如梦如幻地漫唱起六世达赖喇嘛仓央嘉措的一首谣曲。

听得出，帐篷外开始下起了雨，在这个慈祥的夜晚。

在拉萨河谷地。

选自《天涯》2013年第1期

【评析】

《我的帐篷里有平安》在较短的篇幅里描写了一个绑架事件。小说不论在人物身份还是情节安排上，都极富想象力，而且令人信服。小说描绘的人的信仰的虔诚和精神世界的真善美让人感动。

小说的结构令人称道。开头部分对客栈、八廊街以及拉萨城在雪顿节时熙熙攘攘景象的描绘非常生动，组成一幅幅如同电影的画面。而法王仓央嘉措与侍者仁青喇嘛就一枚金刚杵进行的对话，寥寥数语生动地塑造了仓央嘉措不谙世俗、一心向佛、高贵慈善的品格。八廊街上一位

卖艺老人弹着旧弦子是整个故事一个巧妙的伏笔。在中间部分，写仁青小喇嘛带有炫耀性地玩"插刀子"游戏，一方面非常符合小孩子的单纯好胜的心理，另一方面推动情节的发展——仁青跟着玩游戏的一群人到了一个偏僻开阔的河岸边准备大展身手示范"玩刀子"，不料"遭遇"绑架。这样，从短篇小说的艺术性来说，是符合逻辑地制造冲突和混乱，并让小说扣人心弦。小说的结尾更出人意料。绑架者原来是一个远道而来的部族，不敢打扰法王习经修法。于是"绑架"仁青小喇嘛，是为了听他唱法王的道歌，祈求"我的帐篷里有平安"。仁青弹起了八廓街卖艺老人的旧弦子。就这样小说令人在回味不尽中结束。应该说，小说结构呈现了举重若轻的智慧。

《我的帐篷里有平安》语言简洁明快，叙述节奏好。此外，这个带点悬疑的故事，最终的意义是通过藏族民众对信仰的虔诚，对善与美的尊崇，荡涤人心去追求精神领地的高度，从而让小说也有了深刻的内涵。

【扩展性阅读书（篇）目】

叶舟：《叶舟的小说》，甘肃文化出版社2014年版。

尔雅的作品

【作者简介】

　　尔雅（1969—），本名张哲，甘肃通渭人，中国作家协会会员，中国戏剧家协会会员。主要作品有长篇小说《蝶乱》《非色》《卖画记》《同尘》等，中短篇小说集《哑巴的气味》，散文集《一个人的城市》，学术随笔集《诗学与艺术问题》等。两次获得甘肃省专业文学奖"黄河文学奖"长篇小说一等奖，多次获得甘肃省重点文艺作品项目资助。

同尘（节选）

第一章　许多多

1

　　我是许多多。洛镇的艺术家。洛镇在洛州的南面，洛水的北面，是一个荒凉偏远的小镇。我看过十本中国地图，其中九本地图上都没有标出洛镇的位置，只有一本地图上有洛镇的名字，但是这两个字看上去很小，小得像一只蚂蚁。在古代就不是这个样子了。那时候洛镇是整个洛州的中心，洛水就从洛镇穿城而过，商旅往来，水草茂盛，妓女们唱歌，男人们赋诗，人人都是艺术家。人人都觉得琴棋书画比吃饭还要紧。只可惜爆发了战乱。战乱过后，洛镇衰败。现在只剩下一段古城墙，残垣断壁，满目萧条，放眼望去，昔日的繁华早已如过眼烟云。更主要的是，在那场战火之中，洛镇的艺术家们都死了。此后洛镇就没有出现过艺术家。几百年来一直如此。因此算起来我是唯一的一位活着的艺术家。我也是唯一一位晓得洛镇为什么没有艺术家的人。想起这一点儿，我感到很自豪。当然，在洛镇做一个艺术家需要勇气。因为现在的

洛镇早已不是古代的那个洛镇。有时候我觉得自己比那段古城墙还要孤独。但是我不怕。总有一天，我会出人头地，成为人人景仰的艺术家。我已到不惑之年，但是这不算晚。艺术的寿命比人的一生要长得多。作为一个艺术家，就算我从现在开始也还是来得及。有个画螃蟹的艺术家你晓得的，他四十岁的时候还是个木匠，有一天他梦见自己手拿着画笔画螃蟹，醒来之后他果然就会画螃蟹了；他画的螃蟹比商店里卖的要贵很多。他一下子就名满天下，富可敌国。艺术就是这个样子的：艺术家画出的任何东西都比实际的那些东西要贵，因为画出来之后，那些东西就比原来的东西要好了。

我从小就天赋异禀，心怀鸿鹄之志。我经常坐在古城墙脚下，想象古代时候，洛镇曾经的繁华。我想象自己就是那时候的一位艺术家，长袖飘飘，容貌俊美，正骑着一匹高头大马穿过洛镇的城门，洛镇的人们早就期盼着我的到来，无论王宫权贵还是庶民百姓，看见我之后，都在引颈而待，神色里充满了敬仰之情。人人都在渴望得到我的一幅作品，因为我的画会让洛镇的人们蓬荜生辉，是比美酒、夜宴和美人更好的享受。洛镇那时候有身材美妙、知书达理的女人，她们因为仰慕我的声名，从贴满窗花的窗户里向我暗送秋波，随时准备为我脱衣解带。我沉迷于这种想象，经常在古城墙边坐上一整天。我还以树枝为画笔，以地面为宣纸，画出一幅又一幅画来。没有人教我怎么绘画，但是我画的山水鸟兽、苍松翠柏却都很是精妙。这就是我和常人不一样的地方。你能够想得出来，洛镇的人们对于我的行为很惊奇。他们都觉得我的精神有问题。我在古城墙脚下遐想和画画的时候，他们会说，许多多着魔了，他这么神神道道的样子，一定是被鬼魂勾走了魂魄。其实他们如何懂得我心里的念头？他们只忙于农活、买卖、家长里短、生儿育女，根本不知道我心中的快乐。他们觉得我疯癫，我反过来也觉得他们的精神有问题。我经常感觉到我和他们完全不同，就像是使用了不同的语言一样。

而让我感觉到自己是一个真正的艺术家，是从有一天我观看《问道图》的时候开始的。当时我产生了一种极为奇特的感觉，虽然时隔多年，至今还让我印象深刻。《问道图》是我的祖先留下来的一幅画。关于这幅画的来历，我在后面会向你讲述。《问道图》不晓得是何朝何代的作品，但是至少也有三百年之久了。因为放眼望去，这幅画到处都是皲裂的纹路、水浸的圈痕、经年的烟碱，以及厚重的尘灰。题款标识印章都已模糊不清。倒是《问道图》几个字还很清晰，就像是刀削木刻的一般。画面上的景物已经漫漶不清，本是一个长衣书生向一个长须道士问路。但是他们只剩下大体的轮廓，面目表情已经十分模糊，他们被层层的尘灰、多年的烟碱、雨水的渍痕所包围，看起来就像是他们自己的影子。他们站立于山腰，周围是群山和树木，那山苍茫空阔，那树枯瘦纷乱，充满了旷远肃杀之气。

在我年少时节，有时会长久停留于《问道图》面前，抚今追昔，内心里充满物改人非的感慨。但是有一次看着这幅画，我忽然产生了一种奇异的感觉。当时我看见有一只蜘蛛从画上爬过，接着有一只飞蛾粘到画上，它在那里扑扇着翅膀。原来是粘到蜘蛛织好的网上了。飞蛾正好落在书生的长袖之上。它努力挣扎，就像是向书生求救。那时候蜘蛛在山间的树上，发现飞蛾之后，它就转身回来了。它从一棵树走到另一棵树上，接着走在云彩上，从云彩里出来就到了山间的沟壑上，它顺着沟壑一直往下走，很快就要走到飞蛾身边了。飞蛾已经晓得自己是穷途末路，于是它伏在书生的衣袖之上，不再挣扎。它绝望的样子让我产生了同情之心。因为有时候我觉得自己就像是这一只飞蛾。我正准备起身帮一帮飞蛾，这时候我忽然看见书生的衣袖挥舞了一下。千真万确，那衣袖挥舞的时候还带起了灰尘，灰尘就像是雨一样纷纷坠落。接着我看见那只绝望的飞蛾摆脱了蛛网的束缚，欢快地飞到云彩里去了。它在云彩里变成了漂亮的蝴蝶。显然是书生救了飞蛾。因为书生挥动了他的衣袖，于是飞蛾摆脱了蛛网。我起初以为这是我的幻觉，因为古代的书生是不会随便就挥舞他的衣袖的。我睁大眼睛，紧紧盯着画里的书生。假如他能够再一次挥舞他的衣袖，那就说明他的确是挥动过他的衣袖了。结果在一个小时之后，书生再一次挥舞起他的衣袖。不仅如此，他全身的衣裳都开始动起来了。他衣袂飘飘，神清气爽，说出的言语就跟深山里的泉水一样清冽甘甜；道士也动起来了，他的长须在山野的微风中飘荡摇曳。然后那些枯树苍山，那些破旧的云彩，也都顷刻间苍翠茂盛、如锦如织起来。而且我还发现，问道的书生其实并没有脚踏大地，而是飘游于云端之上，他和道士正像两只鸟一样飞越山间和云彩，向着更高的山巅和云彩上升。

让我感觉到神奇的一幕出现了：我自己也飞翔起来了。我感到身体的某个地方长出了一对色彩斑斓的翅膀。我就像是一只飞舞的蝴蝶。我感觉到耳朵和眼睛里闪现的微风、树叶的婆娑、云彩上的水珠，以及书生和道士的衣袖挥舞的声音。然后我的身体开始上升。那上升的感觉让我沉醉至极。比世间的女人、最好的食物、甘美的睡眠都要好得多。我长久地沉迷于这种奇异的感觉，以至于呼吸困难，口不能言。我倒在地上，出现了短暂的昏迷。我父亲还以为我是着了魔。只有我自己明白，我没有着魔，我是真切地感觉到自己在飞翔。

这是一种清清楚楚的召唤。我晓得。上天让我看见书生挥舞衣袖，又让我像一只鸟那样飞翔，正是因为他发现了我非同常人的才华，他要我献身于伟大的艺术。正是从那一刻起，我下定了决心：我要成为一个伟大的艺术家。

第七章　许百川

11

实际上，电影中的床戏镜头在后期剪辑的时候，大部分都被我剪去了，只留下一小部分场景，不超过五个镜头。当然，对于男主角而言，床戏部分是他整部电影中表演得最好的。他热情投入，每一个动作都在假戏真做，足以撩拨起观众的肉欲想象。毕竟是演艺界的大牌，举止之间，拿捏得恰到好处。但问题是，这些情欲镜头并非电影中的重点。他表演得越好就越是背离了电影中严肃而悲伤的主题。对于我这样的导演来说，庄严比床戏要重要得多。我不希望一部电影的亮点在于那些裸露的情欲镜头上面。电影中的艺术家潦倒穷困，欢场上的放纵一定是透露着无可奈何的寂寞。而他的表演太欢乐了，他饰演的艺术家情欲高涨，就仿佛他生活里最愉悦的事件就是床上的追逐。他饰演的艺术家比他本人还要肤浅。

……

其实就一部电影来说，演员为再现某种真实生活，经受皮肉痛苦，原本寻常。某些暴力、战争和恐怖电影中，演员往往要忍受近乎极端的身体考验，一切都为剧情和故事需要。相比于污水、粪池、吊打及真枪实剑一类场面，他所经受的痛苦，还算不得什么。但是他的神情迟疑。他说他感冒了，体温39摄氏度，如果再遭受这样的风雨袭击，或许就会引起肺部感染。不光是这部戏会受影响，也会影响他下一个档期的演出。他一边跟我说话，一边发出虚弱的咳嗽声，他还不断地裹紧披着的一件棉衣。他说能不能这样：去掉消防喷水的镜头。表达一个艺术家的困顿苦难并不一定非要有暴烈的风雨场面，他相信凭他的表演，就可以表现出戏里需要的情感；或者就用替身来完成这场戏，如果你坚持要有风雨交加的场面。您说成吗这样？他说话的时候还有力地挥舞了一下手臂，就像他在某一部电影里饰演过的领袖那样。

当然，他感冒了，剧组里所有的人都能感觉到疾病带给他的痛苦。很多人看望他，陪他说话，有些忠诚的粉丝还悄悄地把大把大把的玫瑰摆放到房间外面，秦州市政府也送来了营养品和药品。他的感冒成为剧组里的重要事件，就仿佛是电影拍摄过程中的一部分，又像是他突然得到的某种荣誉。可是我得拍电影，电影需要他忍受感冒的痛苦。剧组里费了很大的力气才调来了消防车，布置了外景，不能随便就搁置不用。这场戏差不多是整部电影中的高潮，我能想象的最合适的情境，就是让电影中的艺术家行走在剧烈的风雨之中。使用替身的建议几近荒唐，首先没有合适的替身人选，事先也从未有过这方面的计划；更主要的是，这场戏几乎都是近景拍摄，一半的镜头是脸部特写，怎么可以用另一张陌生的面孔？

我说对不起了，这场戏只能这样拍摄。他看了看我，嘴角浮现出不易觉察的冷笑。他说，好吧，听您的安排。他接着说，不管是什么样的演员，在片场都得听从导演的安排，您说对吗？他说话的语调古怪生硬。但我假装听不到他语气里的嘲弄，我笑了笑说，是的，通常就是这样的：演员必须听从导演的要求。

开拍。他从大风雨中由远到近。他脸上的表情痛苦、忧郁又迷惘。风吹乱了他的头发，雨淋湿了他的衣裳。但是，他并没有走进风雨的中心里去。他小心翼翼地沿着雨势的边缘走过来，为的是躲避更大的雨水的冲击。更令我惊奇的是，等到风雨刮走他的上衣，我看见他还贴身穿着一件衬衫。剧情里原定的设计是他要赤裸上身。他穿的还不是一件普通的衬衫，而是一件类似于阿玛尼那样的名牌。观众里对奢侈品稍有了

解的人，都可以轻易辨识出来。他贴身穿上衣服是因为感冒，也可能是为了表示某种炫耀。但是电影中的艺术家是一个穷人，正遭受着潦倒穷困的生活，他怎么可以穿一件他根本买不起的名牌衬衣？

我请他脱掉贴身的衬衣，我要求重拍这场戏。我跟他说话的时候，他坐在机位后面的一张椅子里。他身上裹了一件大衣，有人为他递上热水和药品。他看了我一眼，神色漠然，就像是听不到我在说什么。我就再次对他说，这场戏需要重拍，你不能贴身穿这样一件衬衣。

他看着我。他说，不。他说出这个词语的时候，面带笑容，就好像这个词语让他觉得很享受。

我说，我是导演。

他说，没错，您是导演，我是演员，演员得听导演的。可您别忘了，我是秦州市政府请来的演员，我的片酬是他们出的，不是您。我认为我的戏已经拍完了，而且我的表演没问题。我跟您是合作关系，您不能就这么命令我，您懂吗？您是导演，您是才华出众的导演，可比您牛逼得多的导演也没这么跟我说过话啊。演员是得听导演的，但也得看是什么样的导演对什么样的演员，您说是不是呢？

他就这样从容不迫地跟我说话。他说话的时候脸上一直是甜蜜的笑容，那笑容里充满了得意扬扬的嘲弄。他看上去太无耻了。我明显地感觉到我的身体在发抖，我感觉到我在逐渐地不能控制自己的身体。每当我发怒的时候，我就不知道自己能说什么。那些词语会可笑地隐遁，我无论如何也找不到它们。我就只能像一头困兽那样发抖。那时候我还看见，他的脸上露出公然的嘲讽。我这样仓皇无计的样子让他觉得很好笑，他甚至在那里笑出了声音。

我手中的扩音喇叭飞了出去，沿着他的耳边飞过，落到夜晚的虚空中。然后我冲了上去，想给他一记结实的拳头。现场一片混乱。剧组里的人和不远处的观众们发出尖叫声，机位后面的桌椅设备稀里哗啦倒了不少。这场架并没有打起来，但是在混乱中，我发现我右手的指头破了，正在流血。他的嘴角也出了血。

他盯着我，一字一句地说，你他妈真是一个傻X。

我没有说话。我觉得非常沮丧。

他说得对，我的确是一个傻X。

12

男主角第二天离开了剧组。很多人去送他，场面拥挤，就像他来的时候那样。他意气风发，跟每一个人握手。他骄傲得像一匹马。但他假装看不见我，他拒绝跟我握手。他用这种刻意的冷漠把我和他们区别开来，我就像是他们共同的敌人。那时候我站在欢乐的人群的边缘，感觉到自己是一个滑稽的小丑。

……

更麻烦的问题是这部仓促收尾的电影。许多影像带有强烈的演员风格，与我的愿望相去甚远。尤其是结尾部分的那场雨中剧情，充满了滑稽与生硬。为了达到节奏上的某种平衡，我又请了圈内一个著名的剪辑师一起进行后期制作。有些场景的镜头差不多都删去不用，在剩余的素材里努力拼接可以使用的部分。雨中场景也做了大幅修改，原有的片长被压缩，删去大部分近景镜头，只留下必须的背景和远景镜头。如此一番折腾，勉强求得相对完整的叙述节奏与风格。剪辑出来的毛片请圈内的朋友看了。有些朋友居然认为作品非常好，影像的力量感很强烈，冷静中包含着某种愤怒与感伤，色彩运用与整体的节奏也把握得相当娴熟。他们说在作品中看到了期待的我所独有的某种风格。他们的见解明显带有溢美的成分，不过我还是很享受他们的赞美。另一些朋友则提到电影中不能回避的缺点，主要是角色的选择有很大问题。主角的精神气质和表演风格与电影不相吻合，甚至显得古怪突兀。电影追求极简与冷静，而主角的表演则刻意张扬和煽情，因此在某些地方显得滑稽可笑。他们说完全可以选用有才华的业余演员，没有表演经验的更好，这样才能配得上电影本身的粗粝与真实。我对朋友们的观点深以为然，此后又进行了剪辑修正，用意在于尽量减少和淡化主角个人情绪的介入，除非某些必要的场景。显然，这样处理之后，影像风格干净了许多。

但是投资方并不认同圈内人的诸多评论。从一看到毛片之初，我即被无数麻烦包围。

先是秦州市政府组织了一次审片会。本地官员、大学里的文科教授、几位作家以及企业人士组成审片专家。我带领少数几位剧组成员参

会。见面之后，相互寒暄，满面都是伪善的春风。先看片，然后发言。最初都是赞美之词。主题有多么深刻，导演风格有多么独特，艺术上多么有追求。这些赞美的评论听上去熟悉又空洞，适合我拍摄过的任何一部电影。接着就是电影里的缺陷了。电影里的缺陷让每一位专家感到愉快，他们的眼睛和脑门发出闪闪光芒。电影的失败之处，在于男演员没有充分展现出他的表演艺术和人格魅力。男主角的情感没有得到充分的展示，其形象显得过于猥琐。在国内演艺界如此有影响的大牌演员，因为电影中的诸多限制，不能够充分展示自己的表演才华，不能不说是导演的失策。因为这会严重影响电影的票房号召力，而且会对明星本人造成负面的影响。另一个严重的问题是，电影所表达的情绪大大脱离了投资方的初衷。虽然电影的手法新鲜优美，但可以肯定，任何一个观众看了这部电影之后，都会产生某种压抑和灰暗的念头，因为电影所渲染的情感太过于沉重消极了。投资方的用意是以此宣传展示秦州作为一座文化古城的魅力。但是看完这部电影之后，会让人觉得，秦州是陈旧、保守和肤浅的，因为它都不能给一个艺术家提供基本的营养。你看，电影里的艺术家在秦州生活，既没有得到女人的爱情，也没有卖出一幅画，最后还在风雨里挣扎，像一只落汤鸡，这对于秦州有什么好处呢？人们看这部电影，不仅不会热爱秦州，反而会厌恶秦州。当然，导演可以辩解说，拍摄这样的电影是为了追求艺术，不是为了商业目的。但是我要问，如果一个导演为了所谓的艺术追求而有意丑化和侮辱秦州的形象，那么，就算你的艺术水准十分高明，又有什么意义呢？

有个一直写作诗歌的老先生说到此处，忽然变得慷慨激昂起来。他咬牙切齿，眼睛里发出愤怒的火焰。只听见啪的一声响，原来是他从座位上站了起来，用力拍了一下桌子，桌子上的一只茶杯也因此而被震翻在桌面上；茶水流泻而出，把他的一摞厚厚的讲稿都泡湿了。他动情的演讲博得了专家们热烈的掌声。

我只是一笑而已。文坛上如年老的诗人这样的人，我见过很多，也早已习以为平常了。不过有时恍然之际，无来由地觉得某种滑稽，忍不住在心里讥笑这些人。我残忍而缺乏同情心。其实这根本无关艺术的立场和观念问题，而是在于，我经常怀疑这些专家对他们所探讨议论的领域到底懂得多少。或者说，有些时候为了某种需要，他们要说出多少连自己都觉得厌恶的话语？

坦率地说，我当然不必在乎他们说什么。但是，我却要必须面对他们的评论带来的后果。其中之一是，投资方原定的后期经费因此而被搁置了，大约有一百万。助理王薇数次与有关部门交涉。对方虚与委蛇之态，时时都有，要么说正在拨付途中，要么说主管领导出差。到后来，连办事人员都不见踪影。我只好自己去拜会秦州广电局李局长。李局长照旧热情有礼，但语及费用之事，就显得虚情假意起来。反复询问之后，李局长说，是主管领导对电影很不满意，因此有意压缩了这笔经费。他安慰我不必着急，他会尽力疏通各种关系，总有办法拨付的。

……

13

我决定先期支付拖欠的剧组人员费用。剧组里的所剩资金已然不多，加上矿老板给的十万，以及我自己的少量存款，一共是五十万的样子，还有五十万的缺口。我就跟朵焉说起此事。朵焉是我的女人。朵焉懒洋洋地还在床上，她说立刻去银行查询，看她的账面上有多少钱。两个小时之后，收到银行短信通知，剧组账户里收进五十万。我打电话给朵焉，告诉她钱已收到。朵焉说，她账面上的钱其实不够，她临时又借了一些钱，一并转过来了。我问她跟谁借的，她说，你不用管这事，你赶紧处理你的事情吧，处理完了马上回来。

我问她马上回来是什么意思。

朵焉在电话里淫荡地笑了一下。她说，就是马上回来。她随即咬牙切齿地补充说，我要彻底检查，看看你是否跟那些女演员鬼混了。

朵焉接着说，许百川，我破产了。你得补偿我的损失。

我问怎么补。

她说，嗯，让我想一想。

这个时候她一定又是光溜溜的，在镜子面前走来走去。我能想象得到她的样子。我说你倒是快一点儿啊，这边很多事呢。朵焉就对着镜子看自己的身体，就好像镜子里藏了许多主意那样。

朵焉说，许百川，罚你陪我去旅游。

我如数支付了剧组员工的所有费用。大家拿到钱的时候，十分高

兴，每个人都像过节那样。有些人还埋怨我太见外了，不把他们当哥们儿，他们其实并不着急拿到工钱，完全可以再等一等。用你自己的钱支付剧组的工钱，我们也于心不忍。有人甚至还表示，可以少拿一些钱，剩下的我自己留着，总不能让我破产啊。我感谢他们的好意。我说没关系，秦州方面总会拨付那笔费用的。我请他们放心。

剧组就此正式解散。大家告别的时候和我握手、拥抱，有些人还流下了离别的眼泪。

就电影本身而言，后期其实还没有结束，还需要许多必须支付的物质和精神成本。这部从一开始就处于失控局面的电影留下许多不尽如人意之处，需要很多修补才能完成。虽然投资方尚有拖欠的费用问题，但就事件而言，至少算是告一段落了。以大而化之角度观之，也算是略感欣慰。

我，许百川，独立电影导演，前后耗时约一年，拍了一部名为《卖画记》的电影。现在，这部电影的拍摄结束了。

第八章 朵焉

1

我是朵焉。

那个喜欢裸体，在镜子面前走动的女人。喜欢看着自己的身体和眼睛说话的女人。一个分不清白天与夜晚，夏花和冬雪的女人。一个不停地燃烧的女人。我经常会觉得自己正处于火焰的中心。我经常会从梦中醒来，那些燃烧的火焰让我疼痛，难以呼吸。一个不停呓语的女人。在呓语之中，我的肋骨上长出翅膀，我因此可以飞起来。

他说朵焉是个妖冶的女人。他从未见过世上有如此狐媚。他说朵焉是个无耻放浪的女人。他从未见过世上有如此尤物。他说朵焉是光，是空气中的氧气，是夏天的果实，是鲜艳美丽的蝴蝶。他说世间最美丽的事，就是有一天乘坐一辆老式马车，行进于烂漫田野，林荫小径，身边是他心爱的女人。这个女人散发出与植物共生的气味。他说他爱这野生的气味，正像他离开那些喧哗的、虚伪的水流。他身边的女人正是朵焉。

他甜言蜜语、巧舌如簧。没有第二个男人能把词语说得如此销魂。

也没有哪一个女人可以抵挡如此惊心的词语。就凭这些词语，我应该杀了他。但是，我杀了他，仍然不能杀死那些词语。它们植入了我的骨头。杀了它们，就是杀了我自己。

我知道他说的都是假话。只要他不在我身边，空气里就充满了清晰的梦呓一样的声音。他说的是假的。他在说谎。我经常走到镜子面前，问镜子里的女人说，他是不是在撒谎？镜子里的女人看着我，表情哀伤又愤怒，她回答我说：是的，他在说谎。

可是，他在这时候来到我身边。他抱着我，亲吻、抚摸。我立刻就可耻地变得柔软。那些愤怒的呓语立刻变得沉默。分明有另一个声音在说：他没有说谎，他说的都是真的。他说的朵焉的样子，正是真实的、可以触摸得到的朵焉。

可怜又美丽的朵焉。她中了毒。世上没有解毒的药。只有他可以，他是唯一的解药。

第十章　刘小美

……
我不是个干净的女人。我知道。像我这样的女人，想在世上活得干净，该有多难。就算我居住在山村里也不够，何况是在这样拥挤喧闹的城市。有时候我在想，我是不是生来就是有罪的？只要我梳妆打扮，笑脸对人，期望穿上整齐漂亮的衣裳，就会带来数不清的麻烦？人们看着我，眼神里永远不怀好意，就好像我出现在他们面前是为了迎接他们的念头。他们喜欢我带给他们的念头，期待我变成他们想象的样子。不是我愿意这样，而是因为我无法逃脱的绝望。一个女人，面对空气一样无所不在的男人的眼睛，能够怎样？

我假装欢颜，精心梳妆，在心里渴望能够迅速老去，渴望脸上长出密集的皱纹。我拒绝过很多男人的假意与真情，但是，我不彻底。你只要活着，你就不能拒绝得这样彻底。

他姓周。五十岁的一个男人。人们称他为周老板。他笑容和蔼，眯缝着细小的眼睛。有一天，他到我的店里来。他仔细观看店里悬挂的字和画。他和我说话，谨慎温和，始终保持了充足的礼貌。他说他姓周，喜欢字画古玩，平时偶尔也收藏了几幅。然后他问我，有几幅字画能不能在店里代卖？他问我的语气小心翼翼，就像是带了一些羞愧。当然，代卖没什么问题。我店里的一半作品都是代卖的。他面露喜色，连声道谢，并说若是能卖出去，他会给我比别人多的佣金。我笑笑说，佣金多少就依行规。多了反而欠你人情。

之后他让人送字画来。他每一次派的人都不同。每个人都称他为周老板。起初送来的是普通的字画，后来就逐渐显得不寻常。每一次他送来的字画摆出来不过三天，就会有另外的人来买走。那些人是假装对别的作品有兴趣，之后就注意到他送来的作品。买字画的人几乎不还价。成交之后对方会问我，是需要现金，还是转账？到款之后周老板会给我一个账号，要我把款额打进去。他每一次提供的账号和开户人名字都不一样。

有一幅八大山人的《杜诗行画轴》，标价九十万。有人出价九十万。转账的时候，我对周老板说，这笔数额太大了，我希望他可以给一个账号，让买家直接转款。周老板在电话那头沉吟了一下。他说，还是先转到你的账上吧，你再转给我。佣金十万，你直接扣除就可以。十万不是一个小数目，这很诱人。我不过是一个勉强维持生活的女人，也需要这笔钱。但因为多，我觉得有什么地方不对。我只想平安度日，这笔钱太多了。他又沉吟了一会儿，他说，可以，那就要现金，我会派人来取。三个小时后，一个戴墨镜的人来，他说周老板让他来取货。他从买家那里拿走了钱。

周老板请我吃饭。他邀请的语气温和礼貌，他说可以解释他为什么需要我，这种理由听上去特别充分，让我无法拒绝。我害怕，又好奇，想着这是第一次，也是最后一次。

他是神秘的商人。很长时间里，他对自己的生活秘而不宣。我一直不知道他是什么样的身份。他说话温和，保持着合适的礼貌。他说到很多话题，但实际上什么都没有说出来。第一次吃饭的时候，他说他注意到我很久了。他说我看起来寂寞安静，不贪婪，是值得信赖的女人。他说我看上去又漂亮又安静。他说的话其实和很多男人没什么区别。但是他的声音听起来磁性、流畅，不像是刻意的恭维。然后他给我讲生活里的笑话，那些笑话都是他亲眼目睹的。笑话很有趣，每一个笑话都能

让我大笑。饭店富丽堂皇，灯光和音乐调节得刚刚好，服务生小心地站在包厢门口。其实他没有解释为什么要我卖他的画，以及他到底是什么样的人。高脚杯里的红酒泛出艳红的波纹，汁液经过唇齿和肺腑，带给我无法控制的荡漾和羞耻。是他的酒里加进了另外的什么东西吗？我觉得羞耻，却无法控制自己。他说他喜欢我这样的女人。希望能和我有稳定的、长期的关系。他说他其实不需要那些卖画的钱，他甚至不需要任何钱。他让我卖他的画只是因为他喜欢我。我不是一个干净的女人，我知道。我见过许多男人的虚情假意，他的说辞也无非那样。但是，从他的口齿里说出来，就好像变成了真的。就好像是第一次。就好像必须是这样的。他的相貌不难看，眼睛温柔，超过五十岁，但他比实际的年龄看上去年轻。他的肚腩还没有凸起，看起来就像是一个悠闲从容、读过书、有大把金钱的四十岁男人。

然后我发现自己不能控制的情欲。这让我感觉到羞耻。也许是我长久的寂寞，也许是他带来的那么多的钱。我甚至把他想成是另一个男人。另一个我一直等待，却不能够见到的男人。

包厢里的另一道门。通往楼上的电梯。电梯尽头是一个华丽的房间。房间里的吧台上是摆好的红酒。巨大的床铺上是暖暖的、粉红色的光芒。这些就像是算计好的阴谋，可是我控制不了自己。我的身体湿润，渴望那张巨大温柔的床。

他抚摸，亲吻，说着肉麻的话。他撩拨、讨好，每一步都在合适的地方。他亢奋，热烈，持久。你很难相信他是一个五十岁的男人。我迎合、扭动，不顾羞耻，期待的念头越来越强烈。然后，我可耻到了高潮。

这是第一次。后来是第二次。后来是另一次。就这样我和他在一起五年。每隔一周或者两周，他会发信息来，告诉我他在哪里。每一次的地点都不相同。我盛装出行。有时候我甚至期待着这些信息。很长时间我对他一无所知，他说很多话，但其实关于他自己，什么都没有说出来。他不光是一个书画商人，我很早就觉察这一点儿，但是他笑而不语。直到有一天他喝得大醉，不停地呕吐，他要我打开他的手提包。取一种解酒的药。他的包就摆在床头，他睡的那一侧。我从来没有翻动或者打开他的包。我从一开始就是这样。我不翻动他的东西是为了显示我对他没有企图。即使在最亲密的时刻，在我可耻地有了高潮的时刻。那时候他大醉呕吐，忍受不了身体的痛苦，他要我从他的包里找一种解酒的药。然后我打开了他的手提包。这也是我唯一的一次打开了他的包。

两把汽车钥匙。我坐过其中的一辆，他自己开着车子。车子后排有一个小的桃木吧台，一个高脚杯里盛满了红酒。他说酒可以喝。我没有说话。我看见外面的灯火映照在酒杯里暗红妖艳的液体上。那些液体有轻微的波纹，你甚至觉察不到汽车在迅速行走。一串房门的钥匙。一些现金。三样药。一样是降血脂药。另一样解酒药。还有一样是春药。然后我看到一个牛皮纸的信封。信封里装了卡。信封上写了几个字。

周厅长亲启

×××即日

有一天我看见了这些。我看见的这些让我不安。我只想简单生活。我遇到的麻烦已经那么多，不想增加更多。他察觉到了我心里的恐慌。他微笑，问我看到了什么。我说，夜里我也喝醉了，夜里做了什么我都不记得了。他点了点头，很满意我的回答。然后他说，我是他最喜欢的女人，既美貌又安静，他愿意和我分享他的所有的秘密。他出身低微，经历过难以启齿的痛苦生活，现在他需要的这些，是他对自己早年生活的补偿。他对书画艺术既无才华，也无兴趣，只不过是一种姿态。人们因为他的喜欢而争相奉承，四处搜罗，却不知道他的喜欢其实是出于假装。他喜欢他们这样。这也是他对自己早年生活的补偿。

我不愿意听到这些。就算是一个愚钝的女人，也不愿意听到这些。你知道得越多，危险就会越多。它比我生活里的所有麻烦加起来还要多。

我说，我什么也没有听到，什么也没有看见。请你不要再让我代卖那些字画，我只是你普通的朋友，你只是一个普通的书画商人，好吗？

他没有说话。他抱着我。亲吻抚摸。他服用了药品，兴致勃发。他温柔又粗暴，让我到了高潮。

然后他说，不。你必须这样。

这是陷阱，是阴谋。我陷入其中，不能脱身。因为共同的秘密，我成了这个男人的同谋。又因为我不顾羞耻的贪婪，很多时候，我其实享受他给我的这些。肉体的欲望。华丽的床铺。足够多的佣金。伪装的喜欢和迷醉。我不是一个干净的女人，我内心寂寞，不知道我能够到哪里去。

……

选自尔雅：《同尘》，作家出版社2016年版

【评析】

《同尘》以画家许多多、电影导演许百川、画廊商人刘小美、艺术爱好者朵焉四个人物串联起当代艺术界的形态情貌。许多多出身洛镇，是一个乡村画家，家里有一幅祖传画《问道图》。在洛镇，他狂热地热爱艺术，相信艺术能让自己"飞翔"。这其实是一种对艺术超越世俗的极度快感功能的隐喻。然而，他既不为人们理解，也不善营生，贫困中妻离子散。继而，他所爱慕的女人刘小美因当地人的排挤和欺凌而离开。于是，许多多从洛镇出走，走向秦州、兰州、西安、北京、苏州等城市，寻求对自己的艺术的认可。然而，在经历了艺术江湖的种种欺骗之后，终于顿悟在艺术名利场中世俗名利与心性自由不可兼得，卖掉了家传古画《问道图》，自己也丧失作画的能力。

许百川是个独立电影导演，从小生活在城市里。他的艺术理念是现代的，并不排斥物质和日常生活，他认为生活中充满了艺术的灵感和诗意。他认识许多多之后，决定以许多多为原型，拍一部反映艺术家生活的电影《卖画记》，以表达自己对艺术的独到见解。然而，拍电影并不是一个独立的事情，政府官员、地方文人、学者专家纷纷出场，从确定剧本到拍摄，遇到各种牵绊阻碍，许多人不懂艺术却以一副艺术家的面目干扰和践踏着艺术，其间仍然不过是种种欲望和利益的纠缠。电影拍成后，反响也还不错，但许百川觉得荒凉，是对艺术在当下的如那孤独的斗士的悲伤。许百川厌倦了。但最终，他没有逃离，那幅距今五百年的《问道图》给予许百川力量，这幅画凝聚着对故乡和先祖的记忆。一位艺术家，是要延续艺术的根脉的，因为这就是延续故土的根脉和文化的根脉。许百川的形象真实地呈现了一位有明确独特的艺术观念、有坚定的艺术追求的艺术家的生活，并指出艺术在当代社会的困窘。围绕着许百川，一批政客、商人、演员、作家的虚伪、狡猾和假借艺术名义而

进行的卑下表演都得到了展示。

刘小美是一位出身乡村的美人，走向城市后成为一位书画商人。不论在乡村还是在城市，她的所有麻烦和灾难都是因为她的美丽。她逃不脱一个又一个男人对她的觊觎和伤害，从而揭示人性的贪婪、嫉妒和占有等欲望之恶。小说也通过刘小美刻绘出艺术江湖中伪装热爱艺术，打着艺术的旗号，利用权力攫取利益的官员的丑恶形象。刘小美同时观看艺术家许多多和许百川，她看出了艺术家的善良和单纯，以及困境。她是形形色色的社会人物和书画江湖人物的观看者，她看出了普遍的人性之恶。难得的是，刘小美一直保持着内心的善良和纯正。

朵焉是小说中一位率性真实的女子，她才华横溢，自由不羁，爱憎分明，又妖娆迷人。小说以她参加画展和歌手大赛这个事件揭秘了娱乐江湖的真相。更重要的是，她可能寄寓了人何以立身、何谓爱和人生这样的一个象征意义。

《同尘》的艺术特色也是独特的。小说的复调叙事勾连起小说的各部分，从而完成了情节的照应和结构的完整，多重叙事声音也形成多重意味的交织，使得小说的内涵得到扩张和丰富。而第一人称叙事的亲切真实感增添了小说阅读的流畅和魅力。小说迷离而清丽的语言里有温软而伤感的气息。小说在一定程度上对一些艺术命题进行了探讨，体现出学者的艺术学养。

【扩展性阅读书（篇）目】

尔雅：《蝶乱》，敦煌文艺出版社2003年版。

尔雅：《非色》，敦煌文艺出版社2007年版。

后 记

　　《小说品读》就要付梓印刷了，从最初的立项到今天的出版经历了漫长的过程。当初我们三位讲授中国当代文学的教师，在长期的教学中感受到甘肃文学缺失，产生了编一套 "甘肃当代文学作品精选与研究丛书"的想法，旨在让广大读者，尤其是学习生活在甘肃的大学生通过阅读本丛书，较为全面地了解甘肃当代文学的作家作品，体会甘肃浑厚的历史文化和独有的风土人情，感受甘肃人民生存状况和不屈的奋斗精神，从而真正走进甘肃，热爱甘肃，建设甘肃。

　　这部《小说品读》的编选过程，也是学习、体味、感悟的过程。我们既深深地感受到甘肃作家自觉的文学责任感，对个人、时代、国家、民族的历史与现状充满深切关怀的人文精神，也深深地为甘肃作家以心作笔书写生活的文学追求，为他们独特的个性化的艺术造诣心中油然而生敬佩。然而，由于受书稿字数限制，许多作家的作品只能忍痛割爱。已经选上的作家的作品也经常偏于选择短篇小说，而选择了中长篇小说的就必须对作品进行删节，这样一来影响了对作品全貌的反映。为了弥补这个缺憾，我们在作品之后加进去了"评析性的简介"模块，对短篇小说进行赏析，对节选的中长篇小说将简介和评析结合在一起，力图传达作品比较全面的信息。并对每个作家设有"扩展性阅读书目"，为读者全面了解作家提供线索。

　　感谢作家们的大度包容、无偿授权支持本书的出版，在对你们文学成就的尊敬中，更添一层对你们情怀的感佩。

　　编写工作长达四年，期间诸事缠绕，曾一度想过放弃，感谢我校叶淑媛博士、金生翠副教授的坚持和支持，才促使这部书稿完成，才使我们最初的目标得以实现——"甘肃当代文学作品精选与研究丛书"（共三册《诗学现场》《文苑散步》《小说品读》）全部出版面市。最后要感谢本书的责任编辑张水华女士，她从专业的角度提出了许多修改的意

见，她的认真负责让我难忘。

本书肯定存在许多编选不当之处，恳请各位专家斧正批评。

岁月流逝，趟过时光的河流，文学的涛声潺潺滋润着心田，因为文学，时常感受到生命的丰盈。感谢所有支持本书出版的人。

编者

2018年7月11日